한국 모더니즘 문학과 그 주변

이 도서의 국립중앙도서관 출판시도서목록(CIP)은
e-CIP 홈페이지(http://www.nl.go.kr/cip.php)에서 이용하실 수 있습니다.
(CIP제어번호 : CIP2006002900)

Korean Modernist Literature & Its Outskirts

한국 모더니즘 문학과 그 주변

푸른사상

□ 머리말

모더니즘이라는 망령과 씨름해온 지 어느덧 15년이다. 필자 나름으로는 의미 있는 작업이라 생각하며 붙들고 늘어졌던 것이니, 지금 돌이켜보아도 후회는 없다. 다만 이 시점에서 그간의 자취들을 되돌아보며 이제는 한 매듭 지을 때가 된 것 같다는 생각이 들기에 감회가 새로울 따름이다.

처음 모더니즘 작품과 이론을 접하였을 무렵의 일이 새삼 떠오른다. 중학교 1, 2학년 무렵이었던 것 같다. 그 때만 하더라도 요즘처럼 김기림이나 정지용의 이름을 자유롭게 거론할 수 있는 시절이 아니었다. 교과서에 수록된 김광균의 「언덕」을 공부하며, 이 시가 이미지즘의 영향을 받은 작품이며, 이 때 이미지즘이란 다름 아닌 모더니즘의 한 유파라는 이야기를 들은 기억이 난다. 당시 이 같은 선생님의 설명은 나에겐 그저 생소하기만 했다. 다만 김광균이란 시인이 있고, 시에서 이미지를 강조한 시풍이 있다는 정도만을 이해하고 넘어갔던 듯하다. 이상의 작품 같은 것도 잠시 얻어들을 기회가 없지는 않았지만, 중학생 수준의 지적 능력으로는 도무지 이해가 되지 않고 해서 그저 좀 신기한 작품이 있구나 하는 생각뿐이었다.

이런 사정은 고등학교에 올라가서도 별로 달라지지 않았다. 문학에 대한 깊이 있는 공부보다는 아무래도 대학 입시라는 목전의 목표 달성이 더 시급한 과제였기 때문이다. 솔직히 참고서나 자습서에 소개된 내용을 기계적으로 외우기에 바빴던 시절이었다. 그런 가운데 모더니즘과 관련된 몇몇 시인이나 유파들에 대해 추가적으로 정리해볼 기회가 있기는 하였지만, 어차피 그런 일들이야 대학 입시라는 목표를 달성하기 위한 구색 맞추기 용일 뿐, 그 이상도 이하도 아니었던 것이 사실이다.

그 후 대학에 들어가서야 본격적으로 모더니즘 시와 시인들에 대해 관심을 가지고 들여다볼 기회가 주어졌다. 문학을, 그것도 한국 현대시를 전공하기로 마음을 먹고 나서, 무언가를 해보기 위해 이리저리 기웃거릴 무렵의 일이다. 80년대라는 시대 자체가 그렇듯이, 국문과의 분위기 역시 당시 대학가를 휩쓸고 있었던 이념의 열풍으로부터 자유로울 수 없었다. 주위 친구들이 하는 공부란 대개가 카프 계열의 계급주의 문학자들의 저작 일색이었고, 이론적인 면에서도 그 방면의 공부가 대접받았다. 그 와중에서 시를, 특히 모더니즘 시를 공부하려 한다는 것은 그 자체가 이미 고립을 자초하는 선택이었다. 당시의 시대적인 분위기 상으로는 모더니즘이란 리얼리즘, 그것도 카프 계열의 리얼리즘에 대한 대타 개념으로만 겨우 존립할 수 있는 지엽적인(?) 문학 운동쯤으로 생각되었던 까닭이다. 역사의 진로에 대해 깊이 고민하는 자라면 마땅히 리얼리즘 운동에 투신해야만 했으며, 그런 감각 위에서 본다면 '오도된 리얼리즘'의 일종으로 간주되었던 모더니즘에 관한 연구란 헛된 수고로움에 불과한 것으로 생각될 수밖에 없는 작업이었기 때문이다.

그런데 웬일인지 그런 모더니즘의 경계 내부로 한 발짝씩 걸어 들어 갈수록, 내 눈엔 그게 일반적으로 알려져 있는 바와 같이 단순히 표피적인 감각이나, 기교 위주의 얄팍한 수단에만 한정된 것이 아닐지도 모른다는 생각이 들기 시작하였다. 때마침 입수한 몇 권의 관련 분야 이론서들과, 이를 바탕으로 한 국내외의 저작물들은 그런 필자의 생각을 보다 공고히 해주는 계기를 마련해주었다. 모더니즘 또한 세계의 본질을 놓고 벌인 치열한 사투의 결과물이라는 것을, 그리고 그 대결은 문학이라는 좁은 테두리 내에서만 가두어둘 수 없는 보다 근원적이고 전면적인 대결이라는 것을 뒤늦게나마 깨닫게 되었던 것이다.

여기까지 이르자 내 나름의 욕심이 생기기 시작하였다. 모더니즘이 결국 세계를 바라보는 근원적인 관점과 연관된 문제라고 한다면, 그것의 핵심적인 내용들을 좀더 철저하게, 그리고 다양한 각도에서 파헤쳐보고 싶다는 생각을 가지게 된 것이다. 이로부터 필자의 공부 방향은 일찌감치 모더니즘으로 정해졌고, 그 뒤 모든 학문 연구의 초점은 그 틀에 맞추어졌다. 시란 주어진 미학적 기준에 안주하여 창조되는 것이라기보다는, 그러한 기준에 대해 끝없이 회의하며 고민하는 과정에서 나온 내면적 고뇌의 산물일지 모른다는 생각이 고개를 들기 시작하였다. 그러한 생각은 시인이 시대의 본질과 그것의 바람직한 진로 설정에 대해 진지하게 고민하는 존재이며, 그러한 고민을 그는 또한 시라는 양식을 통해 감싸 안고자 노력하여야 한다는 사실을 승인함으로써만 가능한 이야기일 것이다.

이 책의 기본 방향은 바로 이러한 필자 나름의 시에 대한 인식, 모더니즘에 대한 인식을 기반으로 한 것이다. 시대 및 역사에 대한 위기 의식, 그리고 공동체의 진로 모색에 대한 철저한 고민이야말로 모더니즘의 진짜 주제이며, 이것은 한국 근현대 모더니즘 문학의 경우에도 결코 예외일 수 없다는 것이 필자의 생각이다. 그런 위기 의식이나 고민이 당대 한국의 모더니즘 문학에 얼마만큼 철저하게 반영되었는가, 그러한 반영의 정도에 있어혹 미흡한 점은 없었는가, 만일 미흡한 점이 있다면 그 원인은 과연 무엇인가 등이 이 책에서 필자가 다루고자 한 내용이다. 그런 과정에서 때론 이런 문제 의식들이 전후 문학과 비평에 이르기까지 두루 그 영향을 미친다는 점을 발견하게 된 것은 뜻밖의 소득이었다고 할 수 있다.

그간의 들쭉날쭉한 연구물들을 모아 이렇게 한 권의 책을 엮어놓고 보니 뿌듯함보다는 걱정스러움이 앞선다. 그간 필자의 작업을 곁에서 지켜보고 격려해주신 많은 분들께 먼저 인사를 전하고 싶다. 일일이 열거하기는 어렵지만 지금까지 필자를 이끌어주시고 밀어주신 여러 교수님들, 선배, 동학들에게 감사를 드린다. 또한 도무지 경영에 도움이 될 턱이 없는 이런 종류의 학술 서적을 출간하는 데 선뜻 도움의 손길을 내밀어주신 <푸른사상> 출판사의 한봉숙 사장님과 관계자 여러분들께도 심심한 감사의 뜻을 전한다.

2006년 11월의 어느 늦은 밤에.

저자 씀.

7

제2부 모더니즘 문학과 전후 문학의 비평론

송욱(宋稶)의 시론

정태용(鄭泰榕)의 비평

장일우(張—宇) 문학 비평 연구

제3부 한국 문학의 내면 분석, 기타

윤동주(尹東柱) 시의 갈등 양상과 내면 의식

「화사」의 정신분석적 연구

번역가의 임무

영미 고전주의적 경향의 모더니즘 시와 시론이
한국 현대시에 미친 영향

1. 개념의 이해

1) 용어와 의미상의 혼란

원래 모더니즘이라는 개념 자체가 그러하듯이, 영미 계열의 모더니즘의 특색을 규정하려는 시도 역시 애매한 점이 있다. 여기서 굳이 영미 계열(혹은 앵글로 색슨 계열)이라는 한정사를 붙이는 것은, 비슷한 시기 프랑스나 독일, 이태리 등에서 발생한 모더니즘의 제 유파와의 구별을 유도하기 위함이다. 후자에 속하는 유파로 다다나 쉬르 레알리슴, 표현주의, 미래파, 입체파 등을 열거할 수 있다면, 그리하여 그들이 소위 〈아방가르드〉로 통칭되는 것처럼 인간의 이성과 질서 의식에 대해 매우 부정적이고 비판적인 인상을 던지고 있다면, 영미 계열의 모더니즘이란 언뜻 보수적이고 체면과 격식을 중시하는 앵글로 색슨의 기질을 연상케 하듯이 이성과 질서, 전통 따위를 어느 정도 긍정하는 기반 위에 성립된 모더니즘이라는 뜻을 함의하고 있는 듯하다. 사실 지금까지 우리 주변에서 흔히 이런 유형의 모더니즘적 경향을 의미하는 말로 이 용어가 폭넓게 통용되어 온 것이 사실이다.

그러나 이 경우 정확히 〈어느 정도〉까지인가가 문제가 될 수 있다. 모더니즘이라는 명칭 자체가 어차피 고대나 중세와는 구별되는 근대만의 새로운 조류라는 의미를 내포한 것이므로, 거기에 전통에 대한 인식이 개입되어 있다손 치더라도 그것은 상당히 제한적인 것일 수밖에 없다. 모더니즘의 가장 큰 특징은 과거의 문학 전통과의 단절이기 때문이다. 그러므로 영미 계열의 모더니즘이 전통을 긍정적으로 인식한다고 했을 때, 이 말은 대륙 계열의 것들에 비해 상대적으로 그렇다는 의미이지 그 자체가 절대적인 기준은 아니다.

이러한 사실을 염두에 두고서 볼 때 앞서 언급한 내용들은 주로 영미의 이미지스트 시인들, 즉 T. E. 흄이나 에즈라 파운드, 에이미 로우웰, 리처드 올딩턴, 그리고 조금 더 내려간다면 T. S. 엘리어트 등에게까지는 별 무리 없이 적용될 수 있는 것처럼 보인다. 그러나 같은 영미 계열의 모더니스트라 할지라도 이들과 비슷한 시기에 활동했던 제임스 조이스나 버지니아 울프, 헨리 제임스, D. H. 로렌스 등의 예를 떠올린다면 사정은 많이 달라진다. 즉 제임스 조이스 이하 지적된 작가들의 문학적 성향은 같은 영미 계열의 이미지스트들이나 엘리어트가 보인 보수적 경향과는 대조적으로, 오히려 대륙 중심의 아방가르드적인 기질과 가깝기 때문이다.

이러한 불일치는 과연 영미 계열의 모더니즘이라는 범주나 인식이 성립될 수 있느냐라는 새로운 문제 의식을 불러일으킨다. 실제 영미계, 대륙계와 같이 지역적인 편차에 초점을 맞춘 이와 같은 모더니즘 분류법은 본 고장인 서구에서는 거의 찾아볼 수 없는 것으로, 수용자 측이라 할 수 있는 일본이나 한국의 경우에만 예외적으로 인정되고 있는 견해이다.[1]

그렇다면 일본이나 한국에서 〈영미 계열의 모더니즘〉이라는 용어가 어떤 개념적 의미를 내포하고 있는가부터 따져보아야 할 것이다. 이 의문에 대한 해답은 이미 위에서 일부 제시된 것처럼 보이는데, 반복한다면 인간의 이성과 질서에 대한 인식을 존중하며, 더불어 과거의 문학적 전통에 대해서도 일부 전향적인 태도를 보이는 상대적으로 보수적인 특성을 지닌 모더니즘적 경향으로 정의될 수 있다. 이런 견해에 입각해서 볼 때 아방가르드와 맥을 같이하는 제임스 조이스 이하의 모더니스트들은 당연히 제외될 수밖에 없다. 요컨대 이 틀 속에 포함되는 것은 흄과 파운드를 위시한 이미지스트들과 엘리어트, 그리고 아무리 넓게 잡는다 하더라도 이들에 대한 반동으로 일어난 뉴·컨트리파 일부 정도밖에는 해당되지 않는다.

이런 현상이 빚어지게 된 데에는 몇 가지 그 나름의 필연적인 이유들을 생각해볼 수 있다.

첫째, 수용자 측의 편의와 관계되는 것으로, 모더니즘과 관련된 서구의 여러 가지 잡다한 제 유파들을 체계적으로 정리하고 분류하기 위해서는 부분적인 것에 불과하다 할지라도 특징적인 요소들의 경우 이를 표 나게 부각시킬 필요성을 느꼈기 때문이다. 이 점은 또한 서구에서는 거의 통용되지 않는 유파 개념들이 일본과 한국에서 새롭게 의미를 부여받아 통용되어온 저간의 현실과도 무관하지 않는 것으로 생각된다.[2]

---

1) 드문 예이긴 하나, 서구 학계에서의 모더니즘 분류에 있어 지역 단위의 움직임에 주목한 경우를 찾는다면 맬컴 브래드버리와 제임스 맥팔레인의 경우를 찾아볼 수 있다. 이들은 영미(Anglo-American) 계열과 독일 계열의 모더니즘에서의 〈모던〉이라는 어휘에 잠재된 용법의 차이에 근거하여 모더니즘의 문학적 특성을 비교, 설명하고 있다.

2) 예컨대 주지주의 *intellectualism*, 신고전주의 *neo-classicism* 등이 그러하다. 이들 명칭은 각각 철학 분야(주지주의)와 음악·미술 분야(신고전주의)의 개념이 전용된 것으로,

둘째, 보다 눈에 띄는 현상은 일본과 한국 모두 공히 초기에 서구 모더니즘 문학 이론을 수입, 소개한 이들이 주로 시 전공자들이었다는 사실이다. 앞서 영미 계열의 모더니스트들 가운데 아방가르드적인 특성에 보다 가까운 인물들로 지적된 조이스나 울프, 제임스, 로렌스 등은 일부 시를 남기기도 했지만 주로 소설 분야에서 맹렬히 활동하였던 모더니스트들이다. 따라서 이들의 소설을 제외한 영미 모더니즘 시들의 경우만을 놓고 볼 경우에는 대부분 이미지즘과 같이 고전주의적이고 상대적으로 보수적인 이해를 바탕에 깔고 있는 것이 사실이다. 시 전공자들의 안목으로 볼 때에 영미 계열의 모더니즘과 대륙 계열의 모더니즘 운동이 자연스럽게 구분되는 것처럼 느껴졌던 것은 어쩌면 당연한 일이었는지도 모른다.[3]

2) 범주 설정 및 특성의 이해

이제까지 살펴본 것과 같이 원래 영미 모더니즘이란 용어 자체는 여러 가지 문제점을 지닌 용어이다. 그러나 그것이 주로 시 분야에 국한되며, 아울러 비슷한 시기 발생한 유럽 대륙에서의 모더니즘의 제 유파들과의 변별성을 확보하기 위해 그간 일본이나 한국 등지에서

원칙적으로 그 속에 문예 사조적인 의미를 내포하고 있지는 않다.

이상 주지주의나 신고전주의의 명칭 및 개념적 의미에 대한 자세한 설명은 박현수, 「1930년대 한국 모더니즘 문학 연구 1 - 주지주의의 개념을 중심으로」, 문학사와 비평 연구회 편, 『한국 현대 문학의 근대성 탐구』 (새미, 2000), pp. 207~214 참조.

3) 이와 유사한 인식은 이미 서구에서도 있어 왔다. 예를 들어 쟈끄 마리땡의 경우 〈이지적 모더니즘〉과 〈과격 모더니즘〉으로, 맬컴 브래드버리와 제임스 맥팔레인의 경우 〈고전주의적 모더니즘〉과 〈낭만주의적 모더니즘〉으로, 프랭크 커모드는 〈전통적 모더니즘〉과 〈분열적 모더니즘〉으로, 클레멘트 그린버그는 〈차가운 모더니즘〉과 〈뜨거운 모더니즘〉 등으로 각기 자기 나름의 방식으로 양자를 구분하고 있는 것을 볼 수 있다. 그러나 이러한 구분법은 어디까지나 특성에 따른 분류일 뿐, 지역적인 편차를 그대로 기준으로 삼은 것은 아님을 눈여겨 볼 필요가 있다.

널리 사용되어온 개념인 것만은 틀림없는 사실이다.

그렇다면 이제 이 용어가 지닌 개념적 범주 및 그 특성을 보다 명확히 정리해볼 필요성을 느끼게 된다. 이 문제를 해결하기 위해서는 무엇보다도 흄 T. E. Hulme이 주장한 〈불연속적 세계관〉의 이해로부터 출발하여야 하리라고 생각된다.4) 흄의 이론은 서구 르네상스 이래의 휴머니즘적 태도에 대한 비판적 인식으로부터 출발한다. 그는 이 세계를 ① 수학적, 물리학적 과학의 무기적 세계와 ② 생물학, 심리학, 역사학에 의해 취급되는 유기적 세계, ③ 윤리적, 종교적 가치의 세계로 3분하여, 이들 사이에는 엄격한 위계 질서, 즉 〈불연속〉이 존재한다고 주장한다. 윤리적 종교적 세계의 원리가 생물학이나 심리학과 같이 유기적 세계의 가치에 의해 설명될 수 없으며, 마찬가지로 수학이나 물리학적 지식만으로 생물학이나 심리학, 역사학의 범주를 넘보아서도 안 된다. 왜냐하면 윤리적, 종교적 가치의 세계와 무기적 세계는 절대적인 가치 기준에 의해 지배되는 세계이며, 이에 반해 유기적 세계란 상대적인 가치 기준이 적용되는 세계이기 때문이다. 이런 그의 생각을 따른다면 휴머니즘은 상대적인 가치에 의해 지배되는 유기적 세계와 절대적인 가치에 의해 지배되는 윤리적, 종교적 세계를 한데 뒤섞어버린 치명적인 결함을 지닌 것이 되고 만다.

이러한 혼란의 결과 발생한 것 중의 하나가 바로 문학에 있어서의 낭만주의 사조라는 것이 그의 생각이다. 따라서 흄은 휴머니즘과 낭만주의의 붕괴를 필연적인 것으로 이해하고, 이들의 한계를 넘어선 새로운 인간관, 문학관의 도래가 불가피함을 주장한다. 유기적 원리에

---

4) 이하 서술되는 흄의 이론에 대한 소개는 주로 그의 저서인 T. E. Hulme, *Speculations* (London : Routledge & Kegan Paul Ltd., 1971)에서 발췌한 내용이다.

바탕을 둔 〈생명적 예술〉과 비유기적, 추상적 원리에 바탕을 둔 〈기하학적 예술〉 사이의 대립 구도가 여기서 파생되며, 그 연장선상에 문학에서의 낭만주의와 고전주의 사이의 양식적 대립이 가로놓이게 된다. 흄에 따르면 이러한 양식의 대립은 인류 예술사, 문학사에 있어 늘 있어왔으며, 이들 대립쌍들은 시대를 번갈아가며 서로 상대방에 대해 우월적인 지위를 누려왔다.[5] 그리하여 흄은 자신이 활동하던 시대를 휴머니즘에 기반을 둔 생명적 예술과 낭만주의가 드디어 한계에 다다른 시기로 이해하고, 이를 대신할만한 새로운 기하학적 예술과 고전주의적 경향의 문학 양식이 조만간 도래할 것으로 선언하게 된다.

이러한 흄의 사상은 그 후 영국과 미국을 중심으로 한 학계와 평단에 상당한 반향을 불러일으키게 된다. 특히 문학 분야에서 낭만주의에 대한 반발로 새로이 등장한 이미지즘 시론은 그 대표적인 예라고 할 수 있다. 흄은 인간 상상력의 무한함과 자유로움을 강조한 낭만주의적 인식에 맞서, 인간이란 어디까지나 유한하며 불완전한 존재일 뿐이며, 이러한 불완전함을 보완하기 위해서는 질서와 규율, 체계 등은 필수불가결한 요소라고 보았다. 이런 입장에서 이미지즘 시론은 전대의 낭만주의 시에서와는 달리, 시인의 마음속에 떠오르는 순간적인 국면의 포착과 그것의 전달을 중시한다. 감정은 무절제하게 표출되는 대신에 적절히 통제될 필요가 있으며, 반면에 대상에 대한 정확하고 정밀한 묘사가 우선시된다. 시에서 직관과 이미지에 대한 흄의 강조는 바로 이런 이론적 바탕에 입각한 것이다.

이와 같이 흄에 의해 정초된 이미지즘 시론은 에이미 로우웰과 리

---

5) 이러한 양식 간의 주기적인 반복에 대한 인식에서도 알 수 있듯이, 여기서 그가 말하는 낭만주의나 고전주의라는 용어는 단순히 서구 문학사상의 특정 시기에 유행하던 사조적인 개념이라기보다는 각기 인간 능력의 무한성과 유한성에 대한 믿음을 전제로 하여 성립된 총체적인 양식 개념으로 이해하여야 할 것이다.

처드 올딩턴, H. D., 윌리엄 카를로스 윌리엄즈, 그리고 누구보다도 미국 출신의 에즈라 파운드 등의 가세에 의해 본격적인 시운동의 면모를 띠게 된다. 이들은 주로 전대의 시가 운율의 주기성에 기초한 기계적인 박자 개념, 즉 음악적인 요소에 많이 의존하여 왔다고 한다면 새로운 시대의 시는 시각적인 효과에 바탕을 둔 이미지의 회화성이 좀 더 강화되어야 한다고 주장한다. 여기서도 알 수 있듯이 이미지즘 시론은 회화나 조형 등의 미술 분야에서 직·간접적인 영향을 받은 것이라 할 수 있다. 다시 말해서 이미지즘 시론에서 강조하고 있는 이미지나 직관, 언어적 조형력에 대한 관심 등은 모두 미술 분야에서의 관심 사항이 이월된 것이다.

원래 이미지즘에서 말하는 이미지란 고전주의적인 인식을 그대로 물려받은 건조하고 견고한 성격의 이미지를 의미한다는 점에 유의할 필요가 있다. 같은 이미지라 할지라도 인간의 감정이나 정서를 직접적으로 자극할 우려가 있는 이미지는 여기서 제외된 것이다. 이와 같은 이미지에 대한 설명에 있어 흄이 그것의 창출을 위해서는 직관의 절대적인 우위가 필요함을 줄곧 강조했던 데 반해, 파운드는 지성의 작용 역시 신중하게 고려되어야 함을 주장한다. 그는 한 편의 시에서 거기 동원된 이미지들에 조형성과 통일성을 부여하는 것은 지성의 도움 없이는 해결 불가능하다고 보았다.

시에서 지성적인 국면에 대한 강조는 그 후 T. S. 엘리어트의 등장으로 더욱 활성화되는 양상을 맞는다. 그는 이미지만으로는 시가 복잡다단한 근대 이후의 제 상황에 효과적으로 대처하기에는 한계가 있다고 보고, 이를 극복하기 위한 방편으로 시에 형이상학적인 요소를 도입할 것을 제안한다. 그는 시인의 임무란 사상을 감각적으로 파악하고, 그것을 표출할 수 있는 능력을 갖추는 것으로 이해하였는데, 이러한 사상과 감정의 융합에 대한 인식은 대상에 대한 주지적인 태도를 바탕으로 한 것이라는 점에서 주목된다. 그가 주장한 소위 〈객관적 상관물 *objective correlative*〉론이 그 구체적인 예로서, 주관 자체를 지성의 작용에 의해 객관적인 사물 또는 현상으로 변용시켜 처리하는 것을 말한다. 이 같은 그의 주장은 이후 I. A. 리차즈나 W. B. 예이츠, 올더스 헉슬리 (희곡) 등에 의해 보다 다양한 형태로 보강, 발전하게 된다.

이상은 흔히 영미 모더니즘으로 일컬어지는 이미지즘과 20세기 형이상시파의 입장을 요약한 것이다. 물론 여기에 일부 시인들이 추가적으로 거론될 수도 있겠으나, 대개의 경우는 우리 주변에서 이런 테두리 내에서 이해되어온 것이 사실이다. 그렇다면 이제 영미 계열의 모더니즘 시운동이 지니는 특성을 종합적으로 정리해볼 차례다.

첫째, 인간에 대한 기본 관점은 반 휴머니즘적 태도를 기초로 한다. 그들은 인간 능력을 매우 제한적인 것으로 인식하고, 이러한 한계의 자각 위에 시작(詩作)에 임할 것을 주문한다. 이러한 이해는 낭만주의자들이 인간의 무한한 창조력을 샘에 비유했던 것에 비해, 흄은 인간의 능력이란 고작해야 물통과 같이 고정되고 한정된 것이어서 퍼내고 나면 곧바로 바닥을 드러내고 만다고 주장했던 데에서도 찾아볼 수 있다. 그들이 주장하는 질서에 대한 인식과 문명 비판의 정신은 이같은 반 휴머니즘적인 태도에 기반을 둔 것임을 알 수 있다. 그들은 인간을 본질적으로 한정되고 불완전한 존재로 인식했기 때문에 사회 질서나 제도는 그러한 인간의 결점을 보완하기 위해 필수적인 것이라고 보았다. 그리고 그러한 관점의 연장선상에서 문명 비판적 인식이 제출되었는데, 그들은 현대인들이 불완전한 자기 자신의 위치를 망각하고 윤리적 종교적 제반 가치를 소홀히 취급한 데서 파생된 현대 문명의 갖가지 병폐와 혼란상을 지적하고 바로잡기 위해서는 이러한 인식이 반드시 필요한 것으로 이해하였다.

둘째, 실재 및 세계를 바라보는 기본 시각과 관계된 것으로, 이들의 입장은 상대적인 것과 절대적인 것들 사이의 건너뛸 수 없는 단절, 즉 불연속성에 대한 믿음에 의해 지배되고 있음을 알 수 있다. 이런 입장에 기초하여, 이들은 찰스 다윈이 주장했던 진화론의 사상과 근대 초기 자본주의 사상가들이 피력했던 무한 진보의 원리에 대해서 동일하게 부정적인 입장을 취한다. 르네상스 이래의 서구 사상은 종교의 본질을 전연 오해하고 말았다는 흄의 주장은 그 자신이 설정한 신과 인간 사이에 가로놓인 절대적인 간극을 보다 확실하게 강조하기 위한 목적에서 제출된 것으로 보인다. 때문에 실재 세계를 가로지르는 이 같은 불연속과 그들 사이의 엄격한 위계 질서를 파악하는 일이 무엇보다도 급선무일 텐데, 이들의 이러한 관점은 디오니소스적인 것이라기보다는 아폴로적인 것이라고 할 수 있다. 이것은, 특히 시문학 분야에서, 많은 대륙 계열의 모더니즘 유파들이 흔히 디오니소스적인 관점에서 논의되어온 것과는 명백히 구분된다.[6]

셋째, 예술 및 문학 분야에 있어서 이들은 고전주의적 양식의 현대적 계승자를 자처하고 있다. 흄이 고전주의적인 양식론의 입장에서 그의 이미지즘 시론을 전개해나갔음은 이미 설명한 바 있거니와, 그의 뒤를 이은 에즈라 파운드나 T. S. 엘리어트 등도 이러한 큰 틀에서

---

6) 이러한 주장을 한 대표적인 인물로는 모리스 비브를 지적할 수 있다. 그에 따르면 모더니즘은 본질적으로 고전주의적, 혹은 아폴로적으로 여겨지는 가치에로 되돌아 간 것으로 파악된다.

Maurice Beebe, "Introduction : What Modernism Was," *Journal of Modern Literature*, Vol 3, July, 1974, p. 1066. (김욱동, 『모더니즘과 포스트모더니즘』 (현암사, 1992), p. 37에서 재인용)

그다지 멀리 벗어나지는 않는다고 보아야 한다. 특히 엘리어트는 그 자신을 일컬어 '정치적으로는 왕당파요, 종교적으로는 국교도, 그리고 문학적으로는 고전주의자'라고 공공연하게 밝히고 있을 정도이다. 이들이 강조하는 고전주의의 양식적 특성이란 문학에 있어 전체의 질서와 조화를 중시하며, 언어적 조형성과 그것의 구성 방식에 강한 관심을 보이는 것을 의미한다. 아울러 낭만주의의 현대적 계승으로 인식되어온 대륙의 모더니즘 유파들이 인간의 개성과 자기 표현 능력을 중시했던 데 비해, 이들은 오히려 몰개성론을 주장한다. '시란 개성의 표출이 아니라 개성으로부터의 도피'라는 엘리어트의 정의는 이러한 몰개성론의 입장에서 제출된 것이다. 이런 이들의 입장은 문학적 전통에의 관심과 개성 불신의 태도로 이어지는데, 종국적으로 이는 자신이 다루려는 대상과의 엄격한 거리 유지를 전제로 한 것이라는 점에서 감정의 적절한 통제를 가장 큰 덕목으로 삼는다.

2. 1930년대 한국 시단에서의 영미 모더니즘 시운동의 수용과 그 영향

1) 수입과 소개

이 땅에 최초로 영미 계열의 모더니즘 시인들의 시가 번역, 소개된 것은 1924년경으로 거슬러 올라간다. 한국 근대시의 선구자 중의 한 사람인 김억은 그의 번역 시집 『잃어진 진주』의 서문을 통해 영국 출신의 모더니즘 시인인 리처드 올딩턴과 에이미 로우웰의 시를 소개한 적이 있다. 그 후 1926년에는 카프 계통의 시인인 유완희가 『개벽』지를 통해 올딩턴의 「지하철에서」를 번역, 소개한 바 있다.[7] 그러나 이들의 작업이 뚜렷한 목적 의식에서 비롯된 것이라고 보기는 어렵고, 이후 문단에 등장한 모더니즘 시인들과의 연속성을 발견하기도 힘들다.

그런 점에서, 본격적으로 영미 모더니즘이 수입, 소개되기 시작한 것은 대략 1930년을 조금 지난 시점으로 이해하는 것이 바람직할 것 같다. 구체적으로 이 시기에 새로이 문단에 등장한 비평가 최재서와 김기림, 임학수, 이양하 등에 의해 체계적으로 수입, 소개되기 시작한 것이다. 영문학 전공자들이었던 이들은 당대 한국 문학이 처한 상황적 조건을 그 나름의 안목으로 분석하고, 그러한 바탕 위에 모더니즘 도입의 필요성을 인식하였던듯하다. 즉 당시의 문단은 세기말 류의 병적인 감상주의와 카프를 중심으로 한 소위 경향파 시가 주류를 형성하는 한편, 일부 쇠퇴의 기미도 함께 보이고 있던 실정이었다. 이러한 퇴폐적 감상성과 계급 목적 의식에 맞서, 이들은 참신한 감각과 언어 예술에 대한 자각을 기초로 한 모더니즘 시론의 도입이 우리 시단의 건강성 회복을 위해서는 필수적이라고 이해하고,[8] 이를 활발히 창작에 반영할 것을 제안한다.

김기림의 「시작에서의 주지적 태도」(1933·4)와 「포에시와 모더니티」(1933·7), 그리고 최재서의 「현대 주지주의 문학 이론의 건설―

---

7) 김용직, 『한국현대시사』 제1부 (한국문연, 1996), p. 201.
　 이 경우 유완희의 번역과 소개는 그가 올딩턴의 「지하철에서」의 주제나 의미에 대해 계급주의적인 시각에서 잘못 이해한 결과로 생각된다.
8) 널리 인용되고 있는 김기림의 다음과 같은 발언에 유의할 필요가 있다.
　 "모더니즘은 두 개의 부정을 준비했다. 하나는 로맨티시즘과 세기말 문학의 말류인 센티멘탈 로맨티시즘을 위해서고, 다른 하나는 당시의 편내용주의의 경향을 위해서였다. 모더니즘은 시가 우선 언어 예술이라는 자각과 시는 문명에 대한 일정한 감수를 기초로 한 다음 일정한 가치를 의식하고 쓰여져야 된다는 주장 위에 섰다."
　 김기림, 「모더니즘의 역사적 위치」, 김학동외 편, 『김기림 전집·2』 (심설당, 1988), p. 55.

영국 평단의 주류」(1934 · 8), 「비평과 과학―현대 주지주의 문학 이론의 건설 속편」(1934 · 8) 등이 이 당시 발표된 대표적인 소개의 글들이다. 특히 김기림은 그 자신이 직접 시작에 임하면서, 시인과 비평가로서, 동시에 모더니스트로서의 강한 자의식을 드러내고 있다. 이와 함께 당대 영미의 모더니즘 시인들에 대한 본격적인 수입, 소개도 아울러 이루어지는데, 그 대열에는 위에 언급된 두 사람 외에 이양하와 임학수가 가세하고 있는 것을 볼 수 있다.

이와 같이 문단 내외의 여건과 기반이 어느 정도 조성되자, 때맞춰 이들의 활동을 직, 간접적으로 뒷받침해줄만한 시인들이 속속 시단에 등장한다. 정지용과 김광균, 신석정, 장만영 등은 재래의 시들과는 구분되는 참신한 감각과 회화적 이미지의 활용, 언어적 조형성을 무기로 우리 시단에 신선한 충격파를 일으킨다. 그리고 이들은 곧 김기림 등에 의해 모더니즘 시인으로 분류되어, 이후 우리 시단의 중추적인 시인들로 차츰 자리를 굳혀가게 된다.

2) 시인들의 활동상

(1) 김기림

김기림은 1930년대 한국 모더니즘 시운동의 대부에 해당되는 사람[9]이라고 할 수 있다. 무엇보다도 그는 논리와 체계를 중시하는 비평가이자 새로운 감각의 세계를 창조하는 데 앞장선 시인이었다. 이러한 이중의 인식은 시창작과 동시에, 특히 이론 분야에 있어서 그를 당대 문단의 독보적인 존재로 자리매김할 수 있게 만들었던 것이다. 그간 김기림의 비평에 대한 논의는 상당히 활발하게 이루어져 왔는데, 이

---

9) 김용직, op. cit., p. 266.

는 그가 남긴 모더니즘 성향의 시들에 비해 비평의 수준이 상대적으로 나아보였던 속사정과 무관하지 않은 것으로 판단된다. 필자 역시 이미 몇 차례 그의 비평 활동과 관련된 논의를 진행한 바 있으므로, 이 글에서는 주로 그의 비평과 시작 활동과의 상관 관계에 초점을 맞추어보고자 한다.

처음 그가 서구의 모더니즘 유파와 이론들을 소개하면서 영미 계열의 이론에만 특별히 주목한 것은 아니었다. 초기에 발표된 그의 시문들을 살펴보면 초현실주의나 다다이즘, 입체파, 미래파 등에 대해서도 동일하게 주의를 기울이고 있음이 드러난다. 그러나 어느 정도의 기간이 지난 후, 그는 당대 우리 시단의 현실에는 대륙 중심의 낭만주의적 성향의 모더니즘론보다는 영미 계열의 시론이 보다 잘 대응될 수 있을 것이라고 생각하였던 듯하다.[10]

시집 『태양의 풍속』(학예사, 1939)은 비록 발간 시기 면에서는 『기상도』(창문사, 1936)에 뒤지나, 거기 수록된 시들은 대부분 등단 초기인 1930년에서 1934년 사이에 발표된 것들이라는 사실이 눈길을 끈다. 이 시집은, 따라서, 초기 그의 모더니즘에 대한 이해의 수준이나 시작 과정의 구체적인 면모를 확인할 수 있는 유용한 자료인 셈인데, 텍스트의 내용을 검토해나가기에 앞서 이 시집의 서문에 나오는 김기림의 다음과 같은 발언에 먼저 주의를 기울일 필요가 있다.

---

10) 이와 같은 사실, 즉 초기 단계에서 김기림의 영미 모더니즘 시론에 대한 이해는 일정 기간 동안 상당한 혼란을 겪었음을 결코 간과해서는 안 된다. 그것은 당시 그가 모더니즘 시론을 직수입했다기보다는 주로 일본을 통해 간접적으로 접하였던 사실과 무관하지 않다. 이 점에 관한 한, 특히 그는 阿部知二나 春山行夫 등이 주축이 된 『詩と詩論』지의 영향을 적지 않게 받았음을 확인할 수 있다. 이 문예지는 영미 모더니즘의 영향을 많이 받은 것은 사실이지만, 그 외에 여러 대륙의 모더니즘 유파에 대해서도 상당한 주의를 기울이고 있다는 점에 유의할 필요가 있다.

그 비만하고 노둔한 오후의 예의 대신에 놀라운 오전의 생리에 대하야 경탄한 일은 없느냐? 그 건강한 아츰의 체격을 부러워해본 일은 없느냐?

까닭모르는 우룸소리, 과거에의 구원할 수 없는 애착과 정돈. 그것들 음침한 밤의 미혹과 현휘에 너는 아직도 피로하지 않었느냐?

그러면 너는 나와 함께 어족과 같이 신선하고 기빨과 같이 활발하고 표범과 같이 대담하고 바다와 같이 명랑하고 선인장과 같이 건강한 태양의 풍속을 배호자.11)

여기서 그는 시작에 있어서의 신선함, 활발함, 대담함, 명랑성, 건강함 등을 적극 강조하고 있다. 이러한 강조는 서구적인 근대 문명 세계를 향한 맹목에 가까운 지향성을 드러낸 것이기도 하다는 점에서 문제점을 지닌다. 즉 그의 시는 어족, 바다, 태양 등으로 표상되는 〈밝음〉의 세계와 음침, 우울, 밤 등으로 규정되는 〈어두움〉의 세계에 대한 이항 대립적인 인식을 기초로 하여, 전자를 문명 세계에, 후자를 재래의 전통 세계에 대입시키는 심하게 단순화되고 단선적인 인식에 기초하고 있음을 알 수 있다. 그 결과, 이 시집에 실린 그의 대부분의 시들은 후자를 떠나 전자에로 향해가는 이른바 〈여행〉의 테마를 지니게 되었다.12)

이러한 양상은 물론 이 시기 그의 영미 모더니즘 시론에 대한 이해의 수준을 드러낸 것이다. 다시 말해서 이 시기에 김기림의 시는 주

---

11) 김기림, 「태양의 풍속」, 김학동외 편, 『김기림 전집·1』(심설당, 1988), p. 15.
12) 이와 같은 사실과 관련하여, 이 시집에 실린 시의 제목들이 「여행」, 「해상」, 「해도에 대하여」, 「출발」, 「북행 열차」, 「항해」, 「비행기」, 「일요일 행진곡」, 「상아의 해안」, 「꿈꾸는 진주여 바다로 가자」 등 여행 및 바다와 연관된 것이라는 사실은 특별한 주의를 요한다.

로 서구 문명에 대한 피상적인 이해와 그것에 대한 맹목적인 지향성
으로 인해 경박함을 드러내고 있다. 이 시기 그의 시가 뿌리 없는 코
스모폴리타니즘을 노정하고 있다고 비판받는 이유는 바로 여기에 있
다.

가을의
태양은 겨으른 화가입니다.

거리 거리에 머리 숙이고 마주선 벽돌집 사이에
창백한 꿈의 그림자를 그리며 댕기는 ……

「쇼-위도우」의 마네킹 인형은 홋옷을 벗기우고서
「셀루로이드」의 눈동자가 이슬과 같이 슬픔니다.
　　　　－「가을의 태양은 「플라티나」의 연미복을 입고」 부분

칠월은
모험을 즐기는 아이들로부터
고향을 빼았었다.

우리는 세계의 시민
세계는 우리들의 「올림피아-드」

시컴언 철교의 엉크린 질투를 비웃으며 달리는 장해물 경주 선수
들
기차가 달린다. 국제 열차가 달린다. 전망차가 달린다 ……

해양 횡단의 정기선들은 항구마다
푸른 기빨을 물고 「마라톤」을 떠난다 ……

영미 고전주의적 경향의 모더니즘 시와 시론이 한국 현대시에 미친 영향 • 29

오늘밤도 초생달은
산호로 판 나막신을 끌고서
구름의 층층계를 밟고 나려옵니다.

어서와요 정다운 소제부.
그래서 왼종일 깔앉은 띠끌을
내가슴의 하상에서 말쑥하게 쓸어줘요.
그리고는 당신과 나 손 잡고서
물결의 노래를 들으려 바다까로 나려가요.
바다는 우리들의 유랑한 손풍금.

― 「나의 소제부」 전문

  인용된 위의 시들에서도 드러나듯이, 그의 시들은 외부 세계에 대한 감각적 파악과 비유적 이미지의 활용에 치중하고 있다는 것을 알 수 있다. 서준섭 교수는 이러한 김기림의 태도를 '문명 사회의 각종 외면적인 소비의 풍속을 선명한 이미지로 붙잡는 데만 정신이 팔려 있다'[13]고 비판한다. 즉 초기 단계에서의 김기림은 과거와는 다른 새롭고 참신한 언어와 이미지를 창조하여야 한다는 강박 관념에 치우쳐, 심하게 일면화되고 단순화된 양상을 보여주고 있다. 주제와는 무관한 쓸모없는 외래어의 남발과 이국적인 소재들, 생경한 감각적 이미지들의 잦은 동원으로 그의 시는 경박함을 벗어나지 못하고 있다. 이와 같은 태도를 두고 김용직 교수가 새로운 것을 향한 그의 맹목적인 편향성이 또 다른 감상적 태도를 초래하고 말았다고 평가한 것[14]은 적

---

13) 서준섭, 「1930년대 한국 모더니즘 연구」, (서울대대학원 박사논문, 1977), p. 45.
14) 김용직, 「모더니즘의 시도와 실패」, 『한국 현대시 연구』 (일지사, 1979), p. 284.

절한 지적이라 이해된다.

이러한 초기적 한계를 어느 정도 극복하게 된 것은 그가 본격적인 문학 수업을 위해 재도일을 결심하고 동북제대 영문과에로 입학하기 전후한 시점이라고 할 수 있다. 이 무렵 그는 자신의 대표작이라 할 수 있는 장시 「기상도」를 연재하던 중이었는데, 이 시 속에서 그는 종래의 맹목적인 서구 추수적인 문명 예찬의 분위기에서 벗어나 새롭게 근대 문명 비판의 태도를 도입하고자 한다. 명백하게 처음부터 T. S. 엘리어트의 「황무지」를 의식하고 기획한 것으로 보이는 이 장시에서, 그는 근대 이후의 역사 진로에 대한 불안감과 위기 의식을 묵시록적인 전망과 유토피아 지향성을 통해 극복하고자 시도한다.15) 이러한 시도는 물론 뚜렷한 내적 근거를 확보하지는 못한 것임을 염두에 둘 때, 일정 부분 한계를 지닌다고 할 수 있다. 그러나 어쨌든 이런 시도만으로도 모더니즘 세계관의 본질에 한걸음 다가선 것이라는 점에서 의의를 찾을 수 있을 것이다.

한편, 동북제대 유학을 마치고 귀국한 이후 김기림은 영국의 시인이자 학자인 I. A. 리차즈의 심리학적 비평론에 많은 관심을 기울이게 된다. 해방 이후 그는 자신의 영미 모더니즘 시론에 대한 관심의 연장선상에서 그의 이론을 새롭게 소화하여 『시의 이해』(1950)라는 저서를 출간하기도 한다.

(2) 정지용

김기림이 영미 모더니즘 시론의 수입과 전개에 있어 거의 독보적인 위치를 차지하는 존재였다고 한다면, 실제 창작 과정에서 정지용이

---

15) 이 점에 대한 자세한 해설은 김유중, 『한국 모더니즘 문학의 세계관과 역사 의식』 (태학사, 1996), pp. 74~92 참조.

차지하는 중요성은 그에 버금가는 것이라고 할 수 있다. 특히 이미지의 조형성이나 감각적 표현의 참신함이라는 면을 놓고 볼 때, 정지용의 시는 전대의 시가 이룩하지 못한 경지를 개척해 보여줌과 동시에, 그것을 당대의 다른 모더니스트들에 비해 상대적으로 유려하고도 안정된 형태로 표출해내고 있다. 김기림이 그를 두고 '실로 우리의 시속에 현대의 호흡과 맥박을 불어넣은 최초의 시인'[16]이라고 평가한 것은 단순한 과장만은 아니라고 할 수 있다. 특히 그의 시에는 영미 이미지즘적인 요소가 짙게 드러난다.

> 넓은 벌 동쪽 끝으로
> 옛이야기 지줄대는 실개천이 회돌아 나가고
> 얼룩배기 황소가
> 해설피 금빛 게으른 울음을 우는 곳
>
> ― 그 곳이 참하 꿈엔들 잊힐리야
>
> 질화로의 재가 식어지면
> 뷔인 밭에 밤바람소리 말을 달리고
> 엷은 조름에 겨운 늙으신 아버지가
> 짚벼개를 돋아 고이시는 곳
>
> ― 그 곳이 참하 꿈엔들 잊힐리야
>
> ― 「향수」 부분

지용의 대표작 가운데 하나라고 할 수 있는 이 텍스트에서 우리는 감각적 이미지에 대한 그의 관심과 그것의 언어적 조형에 대한 섬세

---

16) 김기림, 「1933년 시단의 회고」, op. cit., p. 62.

한 노력을 엿볼 수 있다. 위에서 그는 황소의 울음을 '금빛 게으른 울음'으로, 밭에 부는 바람소리를 '밤바람 소리 말을 달리고'라고 비유할 정도로 절묘한 언어 감각과 이미지의 자유로운 변용을 통한 탁월한 공감각적 인식을 선보이고 있다.

나아가 그는 사상이나 관념 자체를 감각적 이미지를 통해 좀더 선명하고 구체화된 형태로 전달하는 방법을 모색하게 되는데, 이는 결국 영미 이미지즘 시론의 핵심에 해당되는 것이라는 점에서 마땅히 우리의 주목에 값한다.

> 유리에 차고 슬픈 것이 어린거린다
> 열없이 붙어서서 입김을 흐리우니
> 길들은 양 언 날개를 파다거린다
> 지우고 보고 지우고 보아도
> 새까만 밤이 밀려나가고 밀려와 부딪치고
> 물먹은 별이, 반짝, 보석처럼 백힌다
> 밤에 홀로 유리를 닦는 것은
> 외로운 황홀한 심사이어니
> 고흔 폐혈관이 찢어진 채로
> 아아, 늬는 산ㅅ새처럼 날러갔구나!
>
> — 「유리창·1」 전문

잘 알려져 있다시피 위의 인용 시는 지용이 그의 아들을 잃고 나서 그 슬픔을 표현해내기 위해 쓴 시이다. 자신의 서글픈 감정을 드러내기 위해 지용이 동원한 소재들은 유리와 별, 밤, 보석, 산새 등과 같은 구체적인 것들이다. 이 소재들을 통해 그는 자신의 감정을 직설적으로 토로하는 대신 우회적인 기법을 통해 전달하고 있다. 그러나 그러한 표출은 상당히 인상적이며 효과적이라고 할 수 있다. 이는 결국 시에 있어서의 그의 상상력의 수준과 치밀한 구성 능력을 나타내주는 것으로서, 이로 미루어보건대 지용은 영미의 이미지즘 시론으로부터 영향을 받았으되, 그러한 영향이 수동적인 차원에만 머문 것이 아닌, 그 자신의 독창적인 경지의 개척으로까지 의욕하고 발전해나갔다는 점을 유의할 필요가 있다.

물론 지용의 시에 대한 평가가 항상 긍정적인 것만은 아니라는 점을 의식할 필요는 있다. 당대의 임화로부터 해방 이후 몇몇 비평가들에 이르기까지 그의 시가 지닌 약점으로 이미지 중심의 기교에 치중한 시이며, 그런 점에서 후대로 갈수록 언어의 쇄말화 현상을 극복하기 어려웠다는 점을 지적하곤 한다. 이러한 평가는 그 자체로 정당한 것일 수는 있겠으나, 우리 근대시사에 미친 지용의 공로를 고려해볼 때 가혹한 감이 없지 않다. 결론적으로 그의 시는 감각적이고 명징하며, 동시에 역동적인 이미지의 제시로 한국 이미지즘 시의 수준을 한 차원 끌어올린 데 일조하였던 것으로 평가할 수 있을 것이다.

(3) 김광균

감각적 이미지의 구현이라는 점에서, 이 시기 또 한 사람 빼놓을 수 없는 시인이 김광균이다. 영문학 전공자였던 김기림이나 정지용과는 달리, 그는 영문학에 대한 기초적인 지식이 사실상 전무하였으며, 더군다나 형편상 유학을 생각할 처지도 아니었다. 이러한 사실은 그의 시에 나타난 이미지즘적 요소가 순전히 내발적인 동기에 의한 것임을 의미한다. 즉 전대의 시와는 다른, 시의 새로운 차원의 시를 써보겠다는 열의와 남다른 언어 예술에 대한 감각이 그를 한국의 대표적인 이미지스트로 이끌었던 것이다.

이런 사정은 그의 시에서 여타의 모더니스트들과는 조금 구분되는 색다른 면모를 드러내게 만든 계기로 작용하기도 하였는데, 예컨대 그의 시 전편에 드리워진 진한 감상성같은 측면을 지적할 수 있을 것이다. 에즈라 파운드가 설파했듯이, 원래 영미 모더니즘 시론에서 주장해온 이미지란 가능한 한 자아 내면의 감상성을 배제한, 건조하고 견고한 이미지를 말한다. 그러나 이와는 대조적으로 1930년대 한국 시단에서 소위 이미지즘 계열의 시로 분류된 텍스트들을 살펴보면, 대부분 감상적인 면과 어느 정도 유착된 이미지들이 주로 활용되고 있음을 볼 수 있다. 사실 이러한 특징은 우리 고유의 정서나 문화적 특성과도 일정 부분 연관되어 있다고 생각된다. 그리고 이 점에 관한 한 가장 두드러진 특징을 드러내 보인 시인이 바로 김광균일 것이다.

어느 머언 곳의 소식이기에
이 한밤 소리 없이 흩날리느뇨

처마 끝에 호롱불 여위어가며
서글픈 옛 자췬 양 흰눈이 내려

하이얀 입김 절로 가슴에 메어
마음 허공에 등불을 켜고
내 홀로 밤깊어 뜰에 나리면
머언 곳에 여인의 옷벗는 소리

희미한 눈발
이는 어느 잃어버린 추억의 조각이기에
싸늘한 추회 이리 가쁘게 설레이느뇨

한줄기 빛도 향기도 없이
호올로 찬란한 의상을 하고

흰눈은 내려 내려서 쌓여
내 슬픔 그 위에 고이 서리다

- 「설야」 전문

영미 모더니즘에서 강조하는 일반 특성과는 달리, 위의 인용 시에
서 우리가 느끼게 되는 것은 낭만적 감상성이 짙게 드리워져 있다는
사실이다. 이런 괴리는 원래 김광균 자신이 확고한 모더니스트적인
자의식에서 출발했다기보다는, 김기림에 의해 뜻하지 않게 모더니즘
시인으로 자리매김되었던 사실과도 무관하지 않다.

그러나 그는 김기림과의 만남을 계기로, 영미 이미지즘 시의 영향
권 내에 스스로를 편입시키게 된다. 서구의 현대 회화에 대해 상당한
흥미를 가지게 되었고, 시작에 있어서 회화적 이미지와 기법들을 활
용하는 데 적극적인 관심을 기울이게 되었다. 특히 그는 고흐나 세잔
느 류의 인상주의 화풍에 대해 많은 관심을 가지고 있었는데, 이들
그림에서 강조되고 있는 조형적 구도와 공간 배치, 그 속에 동원된
소재들의 입체감과 양감, 질감 묘사 등은 실제 그의 시작 과정에서
적지 않은 영향을 미친 것으로 생각된다. 또한 대상을 주관적인 관점
에 의해 왜곡하고 변형시키려는 태도는 그간 김광균 시의 중요한 작
시적 특성으로 지적되어온 것[17]으로, 이 점 역시 인상파 미술가들의
화풍 및 그 특성과 일정 정도 상관성을 지니는 것으로 볼 수도 있을

---

17) 예컨대 그의 시에 동원된 색채들은 사물이나 자연 본래의 고유한 색조로부터 벗어
난 경우가 적지 않다. '해바라기의 하-얀 꽃잎 속엔'(「해바라기의 감상」), '검푸른
돛을 단 작은 요트'(「호반의 인상」), '유리빛 황혼'(「벽화」), '푸른 옷을 입은 송아지
한 마리'(「성호 부근」) 등은 그 대표적인 예이다. 조동민은 김광균 시에 나타난 이
와 같은 특성을 〈절대 심안〉이라는 용어로 정의한다.
　조동민, 「김광균론」, 구상·정한모 편, 『30년대의 모더니즘』 (범양사출판부, 1978),
pp. 109~110.

것이다. 사실 그는 오장환과 더불어 당대의 어느 시인보다도 화가들과의 교류와 접촉이 잦은 시인이었다. 그러므로 그가 시작 과정에서 현대 회화의 영향을 받았던 사실은 결코 우연이 아니다. 이러한 사실과 관련하여, 아래 제시된 인용문은 이 당시 그의 내면 풍경의 일단을 엿볼 수 있게 해주는 한 대목이다.

> 시는 새로운 어법을 다듬고 상징주의의 황혼을 벗어난 문명의 리듬을 타려고 애를 썼으며 기차 소리와 공장의 소음, 도시의 애수와 울부짖음 속에서 회화를 찾으려 하였다. 그런데 삼십년대의 회화는 어느 의미로든 시보다 조숙하였다. 시는 그림과 함께 호흡하면서도 앞서가는 회화를 쫓아가기에 바빴고 이런 무형의 운동이 그 운명이 오래가지도 못하였다.[18]

이른바 〈공감각적 이미지〉를 가장 능란하게 구사할 줄 아는 시인도 그였다. 특히 그의 대표작인 「외인촌」의 맨 마지막 행에 보이는 '퇴색한 성교당의 지붕 위에선 / 분수처럼 흩어지는 푸른 종소리'라는 구절은 시각과 청각의 절묘한 균형과 조화로 그간 우리 현대시에서 공감각적 이미지를 솜씨 있게 구사한 대표적인 예로 자주 거론되어왔다. 이러한 공감각의 유효 적절한 제시를 통해 그는 자신의 텍스트 내에서 한층 역동적인 이미저리를 창조하고 발전시켜나갈 수 있었던 것이다.

뿐만 아니라 그는 뛰어난 언어적 조형 능력을 발휘하여, 생동감 있고 감각적인 표현들을 끌어내는 데 성공하였다. 주로 비유적 이미지들을 동원하여 이 작업을 행하였던 바, 여기서 그는 전혀 다른 성질을 지닌 어휘들을 비유의 쌍으로 설정하여 놓음으로써 독자들에게 참신함과 경이로움을 선사하였던 것이다.

---

18) 김광균, 「30년대의 화가와 시인들」, 『와우산』 (범양사출판부, 1985), p. 177.

기차는 당나귀같이 슬픈 고동을 울리고
낙엽에 덮인 정거장 지붕 위엔
가마귀 한 마리가 서글픈 얼굴을 하고
코발트 빛 하늘을 쫍고 있었다.
　　　　　　　　　－「지등(紙燈)－북청가까운 풍경」 부분

다만 귓가에 들리는 것은
밤의 층계를 굴러내리는
처참한 차바퀴 소리

　　　　　　　　　　　　　　　　－「야차」 부분

조각난 달빛과 낡은 교회당이 걸려 있는
작은 산 너머
　　　　　　　　　　　　－「향수의 의장－동화」 부분

시냇가에 늘어선 갈대밭은
머리를 헤뜨리고 느껴 울었다
　　　　　　　　　　　　－「해바라기의 감상」 부분

　위의 인용 예들은 각각 자연과 인공 간의, 시간과 공간 간의, 무형
적인 것과 유형적인 것 간의, 유정물(有情物)과 무정물(無情物) 간의 구분
을 의도적으로 무시하고 엇갈리게 결합시킴으로써 감각적 효과를 극
대화한 예들이다. 그는 또한 관념이나 추상적인 개념어들을 구상화시
켜 표현해내는 데 탁월한 능력을 발휘하였는데, 특히 백철의 경우는
이와 같은 김광균 시의 특성을 두고 '김광균은 황혼과 노래 소리와
심지어는 사람의 의식까지도 하나의 유형적인 것으로 개조해서 본
다'[19)라며 극찬을 아끼지 않았다.

3. 전후 한국 시단에서의 영미 모더니즘적 영향과 그 파장

1) 상황적 배경

이른바 해방 이후 전개된 후기 모더니즘[20] 시운동의 성격을 규명하는 일은 지난한 작업에 속한다. 그것은 이 시기의 모더니즘 시운동이 일제 하인 1930년대 모더니즘의 연장에서 발생하였으며 그 문학사적 맥을 이은 것은 분명한 사실이지만, 이들 각자의 시에 나타난 모더니즘적인 특성이 어느 특정 유파의 이론으로 일관되게 조망할 수 있을 정도로 동질적이지 않은 것이 문제가 될 수 있기 때문이다.

1950년대의 모더니스트들은 일차적으로 1930년대의 모더니즘에 대한 차별성을 강조함으로써 자신들의 이론적 입지를 마련하려 하였다.[21] 그러나 이러한 이들의 시도가 가시적인 뚜렷한 성과로 나타난 것은 아니었으며, 또한 1930년대 모더니즘에 대한 이들의 비판이 충분하다거나 효과적인 대응으로 발전하였던 것도 아니었다. 다만 1930년대의 모더니즘 시들이 기법적인 측면에서의 상당한 관심을 드러내었다고 한다면, 전후의 모더니즘 시들은 그것과 더불어 현대적인 새로운 정신의 문제를 시 속에 구현하는 데 노력을 기울인 점이 인정된다. 즉 현대 정신의 탐색이 문제가 될 것인데, 그런 관점에서 해방과 전

---

19) 백철, 『조선신문학사조사 – 현대편』 (백양당, 1949), p. 307.
20) 해방 이후 전개된 모더니즘 시운동을 맨 처음 후기 모더니즘이란 용어로 지칭한 것은 김경린에 의해서이다. 좀더 자세한 사항은 김경린, 「'신시론' 그룹과 『새로운 도시와 시민들의 합창』과 후기 모더니즘의 태동」, 『한국 모더니즘 시운동 대표 동인 시선』 (앞선책, 1994), pp. 18~22 참조.
21) 이 시기 모더니즘 시인 가운데 한 사람인 김경린은 1930년대의 모더니즘이 현실의 장벽을 뛰어넘지 못해 실패하고 말았다는 점, 따라서 병리학적인 생리를 극복하지 못한 채로 사물에 대한 직접성을 구현하는 것만으로는 시의 발전을 도모할 수 없기 때문에 시의 전진을 위해서는 새로운 사고가 필요함을 거듭 주장한 바 있다.

란이라는 미증유의 혼란을 겪은 이 시기의 모더니즘 시인들이 일정 정도 현실 비판적인 인식이나 서구의 실존주의적 사고 등에 관심을 가지게 된 것은 당연한 결과라고 받아들여질 수도 있다.

1950년대 모더니즘 시운동은 주로 해방 이후 시단에 새로이 모습을 드러낸 신진 시인들에 의해 주도되었다고 판단된다. 물론 이 당시에도 김기림이나 정지용, 김광균, 장서언, 장만영 등의 활동이 없었던 것은 아니나, 대개의 경우 이들 1930년대 모더니스트들은 해방과 더불어 그들의 시 세계에 있어 상당히 변모된 양상을 보여주게 된다. 이에 따라 자연스럽게 모더니즘 시운동의 주도권은 〈신시론〉과 〈후반기〉 동인과 같은 젊은 신진 시인들에게로 넘어갔던 것이다. 이에 후기 모더니즘 시인들은 전대의 거장인 김기림이나 정지용과 같은 거목들의 공백을 자신들이 메워야 한다는 심적 부담감을 가지게 되었다. 이들은 이 부담감을 동인 결성22)과 같은 집단적인 시운동의 전개 형태로 극복해보고자 시도하였으나, 그러한 그들의 시도가 이후 발전적으로 이어지지는 못하였다. 이들의 활동이 피상적인 것으로 이해되는 것은 바로 이 때문이다.

그런 한계에도 불구하고, 이들 후기 모더니즘 시인들의 활동에서 우리는 다음과 같은 몇 가지 의의를 발견할 수 있을 것이다. 첫째, 전대 모더니즘이 이룩하지 못했던 집단적인 운동의 성격을 띠게 된 점. 둘째, 자칫 맥을 잇지 못할 뻔했던 전대의 모더니즘을 이어준 교량

---

22) 〈후반기〉 동인 결성 시기에 대해서는 연구자들에 따라 견해가 분분하다. 예컨대 오세영 교수는 김춘수의 회고를 받아들여 1951년을 기점으로 잡고 있으나, 이광수의 경우에는 그 시기를 1949년까지 올려 잡아야 한다고 주장한다. 이러한 혼란은 이들 동인들이 뚜렷한 성명이나 결의문을 발표하지 않은 데서 비롯된 것으로, 동인의 범위에 대한 이해와 함께 좀더 세심하게 다루어져야 할 과제이다.
오세영, 「후반기 동인이 시사적 의의」, 『20세기 한국시 연구』(새문사, 1989) 및 이광수, 「1950년대 모더니즘 시 연구」(고려대대학원 박사논문, 1995) 참조.

역할을 담당하였던 점. 셋째, 해방 후 남쪽 문단에서 그들의 문학적 이념을 대외적으로 천명한 최초의 동인이라는 점 등이다.23)

이들 동인들 가운데 영미 모더니즘 시와의 관련은 주로 김경린, 김규동, 박인환 등에게서 엿볼 수 있다. 그러나 구체적인 양상에 있어서는 단순히 영미 모더니즘 시의 틀만으로는 포괄될 수 없는 점이 많으므로, 이러한 부분에 대한 진전된 논의는 마땅히 개별 시인들에 대한 심도 있는 연구를 통해 보완되어야 할 것이다.

2) 시인들의 활동상

(1) 김경린

1950년대 모더니즘이 〈신시론〉이나 〈후반기〉와 같은 동인들을 중심으로 움직였다고 한다면, 이들을 주도한 것은 김경린이라고 할 수 있다. 그는 일찍이 1940년 일본 유학 시절에 北原克衞가 주재한 『VOU』지에 가입하면서 국제적인 감각과 흐름 속에 모더니즘의 본질을 익힐 기회를 갖게 된다. 그는 이 시기 모더니즘 운동의 실질적인 리더로서의 역할을 담당한 것으로 인정되나, 이후 지속적인 활동을 보이지 않은 까닭에 작품으로는 그다지 크게 평가받지 못하였다.

그는 시란 결국에 있어서 '전진하는 사고'24)여야 한다는 점을 줄곧 강조한다. 이러한 목표의 현실적인 달성을 위해서 그가 중시한 것은 시에 있어서 ① 언어의 기능을 확대할 것과 ② 시대 감각으로서의 이미지를 중시할 것, 이 두 가지 사항으로 요약된다.

…… (상략) …… 언어의 과거에 있어서의 모든 약속을 파괴, 또는

---

23) 오세영, op. cit., pp. 286~287.
24) 김경린, 「매혹의 연대」, 『새로운 도시와 시민들의 합창』(도시문화사, 1949).

재인식을 요구할 것이며 언어의 단순 명쾌의 방향을 향하여 그리고 극단의 언어의 제한을 돌파하고 나아갈 것이다. 이로 말미암아 하나의 사물에 접근할 때 그에 접근함으로써 발생하는 심리적인 면을 초월하여 직감적으로 하나의 현실에 대한 관찰을 새롭게 할 수 있을 것이면 이의 관찰에서 얻은 경험은 또다시 언어와 언어와의 화학적 결합으로 인하여 구축되는 「이메이지」의 세계로서 찬연히 빛날 수 있고 또한 그의 배후에 숨은 시대 감각이야말로 우리의 시에 있어서 중요한 「포인트」가 되는 것을 말하여 두는 바이다.25)

또한 그는 모더니즘 시의 난해성을 배격하고자 했는데, 그에 따르면 난해성이란 결국 시인의 경험의 질서화에 대한 노력이 부족하기 때문에 빚어지는 현상이라고 보았다. 현대시란 사회 현실에 대한 관심 내지는 시대 감각이 주제가 되고, 기법적인 면에서는 경험의 질서화와 이미지의 효과적인 배치에서 오는 '이데오푸라스티 *ideoplasty*'의 세계를 형상화하여야 한다고 주장한다.26) 여기서 그가 말하는 이데오푸라스티란 병치된 이미지들의 결합에 의해 그것들과는 전혀 다른 하나의 독립된 이미지가 생산되는 현상으로서, 결합 과정에서 이미지들이 스스로 말하는 자율적인 형태의 시가 나타나는 것을 의미한다. 이 용어는 원래 이미지즘 시인인 에즈라 파운드에 의해 도입된 용어로, 김경린의 경우는 이러한 파운드 류의 개념을 비교적 정확하게 이해하고 있었던 것으로 판단된다. 따라서 김경린이 이데오푸라스티에 주목

---

25) 김경린, 「현대시와 언어(하)」, 『경향신문』(1949. 4. 23).
26) 이 문제에 대한 김경린 자신의 설명을 인용하면 다음과 같다.
　　"〈이데오푸라스티!〉(응화 관념)란 작시 과정에 있어서의 중요한 두 가지의 단계, 즉 적확한 언어의 채택과 성공적인 작상의 구현화 등의 결과로서 이루어지는 시적인 효과의 세계를 말하는 것인 바 이는 작상에 대한 모집과 분류와 결합으로서 형성되는 〈라인〉과 〈라인〉이 서로 유기적인 화합 작용을 일으켜서 하나의 통일적인 시세계를 이룩함으로써 성공적인 성과를 거둘 수 있는 것이라고 할 수 있다."
　　김경린, 「현대시의 원근」, 『조선일보』(1954・12・13).

하였다는 것은 그가 영미 이미지즘의 영향권 내에 들어 있음을 의미하는 것일 수 있다.[27)]

이론적인 면에서의 이와 같은 태도는 그가 1930년대 모더니스트들이 주장해온 이미지론의 한계를 돌파할 수 있는 한 내적 근거를 마련한 것으로 평가될 수도 있을 것이다. 그러나 실제 시작에 있어, 그것의 적용이 성공적이라고 할 정도는 아니었다. 오히려 그의 이미지 활용은 전대의 모더니스트들에 비해 단순해진 감이 없지 않다. 그럼에도 불구하고 부분적으로나마 그는 자신이 주장했던 이데오푸라스티의 양상을 효과적으로 표출한 것으로 보이는데, 그 구체적인 사례들을 지적해보면 다음과 같다.

> ① 태양이
>   직각으로 떨어지는
>   서울의 거리는
>   프라타나스가 하도 푸르러서
>   나의 심장마저 염색될까 두려운데
>   ─ 「태양이 직각으로 떨어지는 서울」 부분
> ② 오늘도
>   성난 타자기처럼
>   질주하는 국제 열차에
>   나의 젊음은 실려가고
>
>   보랏빛

---

27) 이러한 이해와 관련하여, 김경린이 에즈라 파운드에 경도되었던 흔적은 그가 1955년경 미국에 유학할 무렵, 투병 중이던 파운드를 일부러 찾아 모더니즘 전반에 대한 의견 교환을 한 데서도 알 수 있다.
김경린, 「DIAL 동인들의 '현대의 온도' 운동」, 『한국 모더니즘 시운동 대표 동인 시선』 (앞선책, 1994), p. 26.

애정을 날리며
경사진 가로에서
또다시
태양에 젖어 돌아오는 벗들을 본다
　　　　　　　　　　　 - 「국제 열차는 타자기처럼」 부분

　김경린의 대표작으로 꼽히는 작품들 가운데 일부이다. 이상의 예들은 비교적 참신한 언어 조형과 역동적인 이미지 구사 등을 통해 모던한 감각을 확보하고 있는 것으로 생각된다. 인용 시 ①은 기하학적인 표현과 회화적 이미지를 앞세워 예각적이며 강렬한 인상을 독자들에게 전달하고 있다. 한 행 한 행이 독자적인 이미지를 거느리고 있으면서도 그것들이 결합하고 있는 과정에서 전체의 의미를 새롭게 재조합하며 형성하고 있다는 점은 눈여겨 볼 대목이다. 이와 같은 사정은 ②의 경우에도 마찬가지이다. 열차의 폭음과 속도감을 잘 조합한 1연과 몽환적인 자연의 빛과 내면적 차분함을 결합시킨 2연의 내용은 표면적으로는 상반된 효과를 드러내고 있는 것처럼 보이지만, 이들이 순간적으로 던져주는 이미지의 기묘한 조화는 그가 강조한 이데오푸라스티와 부합된다고 할 것이다.

(2) 김규동

　김규동은 〈후반기〉 동인들 가운데 가장 많은 시론을 남긴 이로, 후기 모더니즘 시운동을 이론적으로 뒷받침하고 있었다고 볼 수 있다. 그는 해방 전 경성고보 은사인 김기림으로부터 모더니즘의 강한 세례를 받았으며, 일본에 건너가 모더니즘 시인인 北川冬彦과 林野四郎 등을 만나 직접 사사한 바도 있다. 그의 시와 시론은 영미 이미지즘과 쉬르 레알리슴, 입체파, 신즉물주의적 경향이 혼재되어 다소 혼란

스런 느낌을 주기도 하는데, 이러한 현상은 그가 다각도에서 현대의
시대 정신을 포착하기 위해 애쓴 결과라고 이해할 수 있을 것이다.
그는 줄곧 시인이 시대 의식, 또는 시대 정신으로 무장한 채 끊임없
이 새로운 시를 쓰기 위해 노력하여야 한다고 주장한다. 여기서 그가
말하는 시인의 시대 정신이란 단순히 시대를 반영하는 것이 아닌, 시
대를 앞서 나가는 정신을 뜻한다. 그리하여, 이러한 그의 논리는 후에
'시는 시대와 함께 끊임없이 진화하는 것'이라는 이른바 〈진화론적 시
관〉[28]으로 표출되기도 한다.

그의 모더니즘은 현대 문명의 병적인 징후까지를 포괄적으로 수용
한 것으로, 이러한 징후들을 그는 시에서 문명 자체의 속성에서 비
롯된 불안 의식과 속도감으로 드러내고 있다. 제1 시집인 『나비와
광장』에 수록된 대부분의 작품들이 전쟁으로 인해 빚어진 좌절과 절
망을 대변하고 있는 것으로 판단되는데, 이러한 절망감은 주로 검은
색 이미지로 표출되고 있음이 특징적이다.

> 이윽고
> 먼 하늘에 상장(喪章)처럼
> 날리는
> 오! 화려한 그림자여
> 검은 날개여!
>
> — 「검은 날개」 부분

> 검붉은 전쟁의 여파를 쓰고
> 오늘도 고독의 경사
> 먼 미래의 지평을 속력은 질주하고 있다
>
> — 「뉴―스는 눈발처럼 휘날리고」 부분

---

28) 김규동, 「시의 진화」, 『현대시의 연구』 (한일출판사, 1975).

탈옥수들은
일제히
암흑한 미래의 영토를 질주하고 있었다.
　　　　　　　　　　　　　－「참으로 난해한 시」 부분

　이러한 이미지를 통해 그는 전쟁 직후의 암담한 현실을 그려내고자
했던 것이다. 현실의 암담함은 위에서 보듯 현대 문명의 미래에 대한
불안감과 위기 의식의 형태로 등장한다. 이로 본다면 그에게 있어 모
더니즘이란 일차적으로 역사, 현실에 대한 위기 의식과 불가분의 관
계를 형성하고 있다고 볼 수 있다. 그러나 실제 작품에서 그것이 단
편적인 이미지나 병적 징후들로만 포착되고 있는 점은 이 시기 그의
시의 한 약점으로 지적될 수 있겠다. 더군다나 이러한 이미지와 징후
들은 그 자체가 감상적인 요소로 전환될 소지가 큰 것이기에 각별한
주의가 요망된다. 그 스스로도 이 점을 무척 경계하였던 것으로 보인
다. 그리하여 그는 이러한 스스로의 약점에 대응하기 위한 정신적 모
색의 일환으로 〈나비〉라는 구체적이고도 전략적인 이미지를 구축한다.

　　현기증 나는 활주로의
　　최후의 절정에서 흰 나비는
　　돌진의 방향을 잊어버리고
　　피묻은 육체의 파편들을 굽어본다.

　　기계처럼 작열한 작은 심장을 축일
　　한모금 샘물도 없는 허망의 광장에서
　　어린 나비의 안막을 차단하는 건
　　투명한 광선의 바다 뿐이었기에―

진공의 해안에서처럼 과묵한 묘지 사이 사이
숨가쁜 Z기의 백선(白線)과 이동하는 계절 속―
불길처럼 일어나는 인광(燐光)의 조수에 밀려
이제 흰 나비는 말 없이 이즈러진 날개를 파다거린다.

하―얀 미래의 어느 지점에
아름다운 영토는 기다리고 있는 것인가
푸르른 활주로의 어느 지역에
화려한 희망은 피고 있는 것일까.

신도 기적도 이미
승천하여 버린지 오랜 유역―
그 어느 마지막 종점을 향하여 흰 나비는
또 한 번 스스로의 신화와 더불어 대결하여 본다.

― 「나비와 광장」 전문

거친 바다와 싸우며 건너가려는 나비의 이미지는 영미 모더니즘의
문명 비판적 인식과 시각을 대변하는 것으로서, 스티븐 스펜더 이래
일본과 한국의 다수 모더니즘 시인들에게 수입되어 상당한 영향을 미
친 것으로 평가받고 있다.[29] 김규동의 경우도 이러한 테두리 속에서
의 논의가 가능할 것으로 보이며, 위 시에서는 다만 배경이 광장으로
바뀌었다는 점이 다를 뿐이다. 나비란 이 때 파괴적이며 동시에 절망
적인 현대 문명에 맞서, 미래에 대한 희망과 인간의 의지 내지 생명력
을 암시하는 존재이다. 김규동의 경우 그 나비는 '최후의 절정'에서 마
주치는, 그리하여 미약하긴 하지만 역사에 대한 가느다란 희망의 편린
을 펼쳐 보여주는 나비인 것이다. 그는 이외에도 「해변 단장」, 「전쟁과

---

29) 여기서 말하는 모더니즘과 나비 이미지에 대한 자세한 설명은 김윤식, 「수심을 몰
   랐던 나비」, 『이상 연구』 (문학사상사, 1987), pp. 269~273 참조.

나비」, 「대위」, 「전쟁은 출렁이는 해협처럼」, 「항공기는 육지를 떠나고」 등에서 이와 같은 나비의 이미지를 동원하고 있는데, 이들 역시 일관되게 문명 비판과 관련된 내용을 담고 있다는 점에서 비슷한 해석이 가능하다.

그러나 이 같은 특색 있는 이미지의 동원에도 불구하고, 전반적으로 이 시기 그의 시에 나타난 모더니즘적 인식과 모색이 과연 성공적이었던가 하는 점에 관해서는 대체로 부정적인 인식이 우세한 것이 사실이다.30) 좀더 냉정하게 말한다면 그의 모더니즘은 문제 의식만 선명하였을 뿐, 그것을 뚫고 나가기 위한 현실적인 해결책을 제시하는 데는 실패하였다고도 볼 수 있다.

그러나 60년대 이후 후기로 갈수록 그는 그러한 스스로의 한계를 넘어서기 위해 애쓰거니와, 그것은 그의 시에서 시대 정신에 대한 재해석의 형태로 구체화된다. 이 경우 시대 정신이란 이러한 현대 문명의 불안감과 무정향적 속도에 효과적으로 대응하기 위한 시대적 저항정신과 같은 의미를 지니게 된다. 또한 그는 이와 같은 자신의 주장이 막연한 관념론에 떨어지는 것을 경계하였는데, 그 결과 구체적인 '생활 현실'과 그 속에서 마주치게 되는 느낌을 시 속에 수용할 것을 적극 주장한다.31)

---

30) 이 문제에 대해 오세영은 김규동이 문명 비판을 의도하였다고는 하나, 도시 소시민적 생활의 애환과 피상적인 불안 의식이 센티멘탈리즘이나 추상적 진술에 의존하여 발언되었을 뿐이라는 점에서 그의 모더니즘은 피상적 모더니즘에 머무르고 말았다고 규정한다(오세영, op. cit., p. 285). 한편 이광수는 그의 시가 즉물주의적 인식을 토대로 이미지즘 및 다다와 쉬르 레알리슴 등을 적당히 조합한 양상을 띠고 있으며, 결과적으로 이러한 태도는 그의 시를 특색이 없는 것으로 만들고 말았다고 본다. 특히 쉬르 레알리슴의 수용과 관련하여서는 기법만을 어설프게 받아들였기에 텍스트 내에서 이미지의 단절과 난해의 포즈만을 가중시킨 결과를 가져왔다고 비판한다(이광수, op. cit., pp. 136~137).

31) 김규동, 「시와 현실」, op. cit.

이처럼 현대 문명이 던져주는 불안감과 속도에 대응하는 한편, 구체적 생활 현실과 그 느낌을 시 속에 수용한다고 했을 때, 그의 시는 자연 질서와 지성, 전통 등에 일정 부분 관심을 기울이지 않을 수 없게 된다.

> 우리는 우리 문화의 모체인 전통을 이어받아 새 시대의 문학에 적응케 할 의무가 있다. 그리고 또한 우리가 추구하는 문학의 기능은 이 시대의 혼란과 무질서와 절망과 비극을 초극할 수 있는 성질의 것이어야 하리라는 것도 잘 알고 있다.[32]

여기서 그가 강조한 바, 시대 정신의 실체가 드러난다. 그것은 어디까지나 사회 역사에 대한 굳은 신념과 예언자적 지성을 전제로 할 때에만 성립될 수 있는 것으로서, 그 내용 면에서 엘리어트 류의 질서관이나 문명 비판 정신과 통한다고도 볼 수 있다. 즉 그가 말했던 시대 정신은 이 시절 김경린이 말한 시대 감각의 개념보다 한 단계 발전한 것으로 생각된다.[33]

4. 맺음말

이상에서 필자는 1930년대와 1950년대에 걸쳐, 한국 시단에 미친 영미계 모더니즘 시와 시론의 영향 관계를 거칠게나마 살펴보았다. 물론 보는 관점에 따라서는 이들 시인 이외에도 몇몇 시인들을 추가적으로 거론할 수도 있을 것이다.[34] 그러나 한국 시단에서 그 영향

---

32) 김규동, 「시의 진화」, op. cit., p. 100.
33) 이광수, op. cit., p. 52.

여부를 보다 엄격하게 추적하고자 할 경우에는 일단 이들 정도로 한 정하는 것이 바람직하리라고 본다.

영미 모더니즘 시론은 일찍이 흄이 제시했던 불연속성의 원리에 입 각하여 스스로의 이론을 구체화해나갔다. 그것은 질서와 지성에 대한 강조로, 회화적 이미지와 언어 조형성에 대한 관심으로, 그리고 다시 고전주의적 전통 계승과 문명 비판적 인식 부각에 주력해나감으로써 대륙의 여러 모더니즘 유파들과의 차별화를 시도하였다. 이러한 그들 의 시와 시론이 여러 경로로 수입, 소개되면서 한국 시단에도 적지 않은 변화의 바람을 몰고 왔던 것이 사실이다. 위 논의에서 보듯 그 러한 변화는 시대에 따라서, 또 개인에 따라서 다양한 형태로 전개되 었다. 그러나 이 모든 변화는 결국 근대라는 역사적 상황 아래에서 우리 시의 바람직한 정향성을 모색하기 위한 과정에서 산출된 것이라 는 점에서 일치한다. 중요한 것은 결국 한 시대의 문예 사조로서의 영미계 모더니즘이라는 외적 대상이 아니라, 그 모든 것을 포괄적으 로 수용하고 이를 나름대로 체질화해나간 우리 문학사의 현재와 미래 일 것이기 때문이다.

이와 같은 인식에 기초하여, 영미계 모더니즘의 시와 시론이 한국 시단에 미친 내적 외적 영향 여부를 정리해본다면 다음과 같다.

첫째, 무엇보다도 기법적인 측면에서 일대 혁신을 몰고 왔다고 할

---

34) 예컨대 1930년대의 경우 장만영이나 신석정 등을, 1950년대에는 김수영이나 박인 환, 김춘수 등이 여기에 포함될 수 있을 것 같기도 하다. 그러나 이들 시인들의 예 는 단순히 영미 모더니즘 시론의 테두리 내에서만 조망할 수는 없다는 것이 필자 의 견해이다. 장만영이나 신석정의 텍스트에서 보이는 목가적 분위기는 오히려 낭 만주의적 요소를 짙게 깔고 있는 것으로 생각되며, 김수영의 경우는 말라르메와 트 릴링, 하이데거 등의 영향이 혼합되어 검출된다는 점에서, 그리고 박인환의 경우는 이미지즘 외에 쉬르적 요소와 센티멘탈리즘적인 요소가 보다 우세하며, 김춘수의 경우도 존재론적 인식이 한결 승하다는 점 등이 특정 사조의 관점에서 이들의 텍 스트를 조망하기를 꺼리게 만든다.

수 있다. 신선한 이미지와 언어 조형에 대한 강조, 참신하고 감각적인 비유의 활용 등은 종래의 감상주의적 시관이나 그들에 한 발 앞선 경향파 시단의 편내용주의적 경향이 보여줄 수 없었던 새로운 경지를 펼쳐 보여주었다고 할 수 있다. 또한 이러한 참신한 기법들의 도입은 우리 시의 건강성 획득에도 일조한 것으로 판단되거니와, 시작 과정에서 그것의 효과적인 적용은 정서적인 면에서도 많은 변화를 몰고 온 것이 사실이다. 다만 기법에 대한 지나친 경도는 영미 모더니즘 시론 본래의 취지를 망각한 것이라는 점에서, 그리고 당대 모더니즘 시단의 내면적 허약성을 반증하는 것이라는 점에서 마땅히 경계하여야 할 사항이 아닐 수 없다. 이 점과 관련하여, 1930년대 우리 문단에서 이미 기교주의 논쟁이 한 차례 일어났음은 음미할만한 일이다.

둘째, 시어와 시의 제재, 주제 등에 대한 새로운 관점과 인식이 대두되었다. 종래의 관점대로라면 시에는 반드시 적합한 어휘와 주제가 있게 마련이고, 그것을 벗어나는 것은 별로 이롭지 못한 일로 치부되었다. 그러나 모더니즘의 도입은 이와 같은 한정된 틀을 제거해버린다. 그 결과 시인들은 일상 생활과 현실 속에서 널리 시의 어휘와 주제를 구하게 되었다. 따라서 시의 영역이 대폭 확장되는 한편, 그에 따른 새로운 시적 감수성과 인식이 출현하는 계기를 마련하게 된다.

셋째, 시작에 있어 의도적이고도 치밀한 제작과 미적 가공에 대한 관심을 불러일으킴으로써 시의 구조적 측면의 중요성을 각성시키는 계기를 마련하였다. 이전까지 시인들은 시란 주체 내면의 자연 발생적인 느낌이나 천재적인 영감을 표출해내는 것이라고만 믿어왔다. 다시 말해서 시란 감성의 자연스런 발현일 뿐, 그 속에서 감성과 지성의 조화를 모색하고자 하는 움직임은 거의 없었다고 해도 과언이 아니다. 당연하게도 이러한 믿음에는 의도적인 제작에 대한 인식이 틈

입될 여지가 없다. 그러나 영미 모더니즘 시론에서 강조하는 질서와 지성에 대한 강조는 시란 어디까지나 치밀한 구상과 건축학적인 제작에 의해 조직적으로 완성되는 것이란 믿음을 심어주었다. 더불어 시를 바라보는 관점 면에서도 부분 부분의 기능과 전체의 구조를 중시하는 새로운 태도를 가져 왔다.

넷째, 회화과 건축, 영화 등 주변 장르와의 활발한 교류를 가능케 해주었다. 이는 곧 모더니즘 시가 문학이라는 한정된 울타리를 벗어나 근대적인 문물과 제도, 나아가 사고 방식 전반에 관심을 가지게 된 것을 뜻한다. 근대 자본주의 도시 문명의 가장 큰 특징은 그것이 바로 시각 우위의 문화라는 점에 있다. 따라서 영미 모더니즘 시론이 시각적 이미지에 지대한 관심을 기울인 것은 이러한 속사정과 무관하지 않다. 근대 도시라는 환경 속에서 시각 문화를 첨예하게 반영하고 있는 장르들이 바로 회화와 건축, 영화 등인 바, 근대에 들어 이들의 변모 양상에 관심을 가지고 그러한 변화를 시 속에서 발전적으로 수용하려는 태도가 등장하게 된 것이다.

다섯째, 근대 문명의 진로에 대한 거시적인 관심을 불러 일으켰다. 이는 영미 모더니즘 시론이 근대 이후 자본주의 물질 문명의 전개와 확산에 따라 변화된 우리 생활의 각종 부면을 단순히 수동적으로 반영하기만 한 것은 아니라는 점을 의미한다. 다시 말해서 이러한 경향의 도입을 통해서 우리 시단은 문명의 미래에 대한 보다 깊이 있는 이해와 관심을 촉구하는 계기를 마련하였는데, 구체적으로 그것은 전쟁으로 인한 문명사의 위기 내지는 종말에 대한 인식과 밀접히 관련되어 있는 것임을 주목할 필요가 있다. 이 같은 위기 의식, 종말 의식은 또한 유토피아 지향성과 내적 유대 관계를 맺고 있는 것으로, 앞으로의 논의에서 이 부분에 대한 보다 철저한 이해가 필요할 것으로 보인다.

　지금까지 영미 모더니즘 시와 시론이 한국 시단에 미친 영향에 대해 대략적으로 요약, 정리해보았다. 물론 이러한 정리가 완벽할 수는 없다. 경우에 따라서는 대륙 계열의 모더니즘 유파들의 영향으로 볼 수 있는 것과 일정 부분 겹치는 것도 있을 수 있으며, 더군다나 영미 모더니즘 시론이라는 것도 고정된 인식의 틀에만 얽매인 것이 아니라 시대의 변화에 따라 조금씩 자신의 이론을 추가하거나 변형시켜나가는 작업이 지속적으로 행하여져 왔던 것이 사실이기 때문이다.

　사실 어느 특정 사조의 영향이 한 나라의 문단에 거대한 흐름을 형성하여 면면이 이어 내려온다는 것은 단순히 긍정적으로만 바라볼 수 있는 문제는 아니다. 뒤집어본다면 이는 문학 자체의 다양성과 자기 생성 능력이 제대로 가동되고 있지 못하다는 사실과 통하기 때문이다. 그럼에도 불구하고, 한국 시단에서 영미계 모더니즘의 영향력이 중시되는 이유는 그것이 우리 시사에 있어 새로운 차원을 타개하는 데 결정적인 계기를 마련해준 것으로 평가받고 있기 때문이다. 당연한 말이겠지만 우리는 이러한 영향 관계를 의도적으로 축소하거나, 반대로 과장하려 들어서는 안 될 것이다. 이 시점에서는 다만 그 흐름을 정확하게 읽고, 거기서 얻어진 교훈을 앞으로의 문학의 발전을 위해 적극 활용할 줄 아는 지혜가 무엇보다도 요구된다고 하겠다.

정지용(鄭芝溶) 시 정신의 본질

1. 문제의 제기

정지용이라고 하면 가장 먼저 떠오르는 것이 1930년대 이 땅에서 활동하던 대표적인 모더니즘 시인으로서 그가 갖는 이미지일 것이다. 서구적인 세련된 감각과 참신한 조어법, 정련된 이미지와 기교를 앞세운 그의 시는 아직까지도 우리 근대시가 이룩한 최정상으로 인정받고 있으며, 그런 의미에서 그것은 또한 근대 문학사상 새롭게 탄생한 하나의 신화라고 할 수 있다.

그러나 시인 정지용의 이러한 서구적인 최첨단 모더니스트로서의 풍모 이면에는, 동양적인 의식 세계에 탐닉하는 전통론자, 고전주의자로서의 또 다른 면모가 자리 잡고 있다는 점 역시 결코 부인하지 못할 엄연한 사실이다. 영문학 전공의 일본 유학파 출신의 엘리트, 대표적인 모더니즘 그룹인 구인회의 일원, 도회적 감각과 산뜻한 이미지 구사로 문명을 드높였던 당대 최고의 이미지스트 정지용은 또한 한시를 줄줄 외고 간간이 서예를 즐기는 한편, 산수 자연의 풍경을 묘사하거나 이를 시로써 표현해내는 데 능숙한, 뿐만 아니라 평소 동양 고전과 경전 류에 대한 해박한 지식1)을 갖추었던 열렬한 전통 옹호론 자이기도 하였다.

동양과 서양, 전통과 현대라는 기존의 이분법적인 사고에 익숙한 일반인들의 시각에서 볼 때, 이러한 정지용 문학의 표면적인 이율 배반성은 그에 따른 상당한 혼란을 불러일으킬 소지를 안고 있는 것으로 생각될 수 있다. 사실 그의 문학을 다룬 적지 않은 수의 그간의 연구물들에서, 이와 관련된 문제 의식은 본격적으로 거론되어 있지 않거나 경우에 따라서는 적당히 얼버무려진듯한 감이 없지 않다. 그 결과 그의 모더니즘은 모더니즘대로, 동양적 의식 세계나 자연관에 대한 논의는 그것대로 각각 별개의 관점에 의해 다룬 예들을 흔히 보게 된다.

가장 좋지 않은 예로는 송욱에게서 보듯 지용의 문학을 기본적인 원칙도 안목도 무시한 채, 다만 그때그때의 개인적인 취미와 경박한 유행 심리만을 드러낸 시류 추수의 산물로 몰고 가는 경우2)라고 할

---

1) 한문학에 대한 정지용의 남다른 소양은 그가 남긴 여러 편의 산문들에 중국 고전 한시와 시인들의 이름이 여러 차례 거론되고 있는 것으로 미루어 짐작할 수 있다. 해방 후인 1947년, 서울대에 출강하여 현대 문학 강좌를 담당하면서『시경』의 문구 들을 주로 인용하며 강의에 임하는 등, 그는 평소 동양 고전 및 경전에 대해 상당 한 정도의 식견과 교양을 갖추었던 것으로 전해진다.
　이와 관련된 세부적인 사항에 대해서는 윤해연, 「정지용의 후기 시와 선비적 전통」, 『지용 문학 세미나 자료집』(지용회, 2003), pp. 99~100.
2) "지용은 새롭고 훌륭한 시를 썼지만 그 주제가 매우 제한된 것이었기 때문에 그 표 현 방식도 현대시의 주제를 휩싸기에는 매우 폭이 좁은 것이었다. 그래서 그가 시 의 수사에 고심하면 할수록, 그리고 예술가로서 정진하면 할수록 현대시의 세계로 부터 완전히 물러가는 모순에 빠지고 말았다. …… (중략) …… 그러나 그는 전통 을 변화시키지는 못했으며 초기에는 전통을 아주 등지고, 후기에는 전통에 그냥 안 주하고 말았다."
　송욱, 「한국 모더니즘 비판」,『시학평전』(일조각, 1963), p. 206.

수 있다.

그러나 이와 같은 시각에서 일정 부분 탈피했다고 했을 경우에도, 정지용 문학의 전개 양상을 초기, 중기, 후기와 같이 시기별로 나열하여 각 시기의 특징적인 국면을 부각시키고 따로 정리하는 방식이 일반적으로 활용되고 있는 것을 볼 수 있다. 이런 정리 방식은 그러나, 변화의 이유나 근거에 대한 추적이 사실상 생략되어 있거나 미약하다는 점에서 또 다른 한계를 노출하고 있는 것으로 받아들여진다. 비교적 최근에는 이러한 단점 지적에 따른 보완책의 일환으로, 지용 문학의 추이를 일관된 시각에서 이해해보려는 몇몇 시도들이 눈에 띄기도 한다. 그렇지만, 엄밀히 말해서 이마저도 형식 논리적인 관점을 멀리 벗어나지는 못한 것이어서 이에 관한 본격적인 논의라고 보기에는 어려운 점이 있다.

사실 한 시인의 문학적 경향이나 의식 세계의 변화가 반드시 일관된 관점에서 투명하게 정리될 수 있는 것만은 아니다. 경우에 따라서는 전혀 예기치 않은, 우연적이고 돌발적인 변수들의 작용도 충분히 예상할 수 있기 때문이다. 그러나 정지용의 경우는 적어도 그런 식의 우연적이거나 돌발적인 변화의 가능성에서 한 걸음 벗어난 예로 이해해야 한다는 것이 필자의 일차적 판단이다. 이 글은 이러한 판단의 근거들을 한데 모아 좀더 정밀하게 추적해보기 위한 목적에서 구상, 집필된 것이다.

2. 전통 의식과 그 기반, 문학적 발현 양상

1) 자연시의 본질 : 정신 세계의 고고함과 유현함에 대한 강조

실제 정지용의 시와 산문을 검토해보면, 그가 초기에서부터 동양의 여러 고전과 우리 고유의 전통 문화에 대해 얼마나 깊은 관심을 지닌 채 문학 활동을 해왔는지를 알 수 있게 된다. 물론 그에게서 서구 취향의 참신하고 모던한 감각과 기교가 돋보이지 않는 것은 아니지만, 그것과는 별도로 이러한 동양 고전과 전통 문화에 대한 관심이 그의 문학의 저변에 면면히 이어져 내려왔다는 사실만큼은 분명히 인식해 둘 필요가 있다. 이 점은 1930년대 중반 이후의 후기 시편들에서 한층 두드러져 보이는데, 앞서 지적한대로 이러한 현상을 어떻게 이해해야 할지의 여부를 가리기 위해서는 보다 세심한 주의가 요구된다 하겠다.

일단 초기와 중기, 후기 시편들 사이의 거리나 차별성 자체를 부정할 이유는 없다고 본다.[3] 다만 이와 같은 변화의 구체적인 양상을 검토하는 과정에서 주목되어야 할 사실은, 지용의 시가 후기로 내려갈수록 감각이나 기교와 같은 순수한 언어 미학적 차원으로부터 의식 세계의 고고함과 유현함을 강조하는 방식으로 전환되고 있다는 점이다. 말하자면 정신의 깊이를 확보해보고자 하는 노력이 가속화되고

---

3) 정지용의 경우 초기에는 이미지즘 계열의 사물시를, 중기에는 가톨릭 신앙에 바탕을 둔 종교시를, 후기에는 자연을 대상으로 한 자연시, 이른바 산수시를 주로 쓴 것으로 인정된다.

이 점에 대한 보다 자세한 내용 이해는 김용직, 「정지용론」, 『한국 현대시 해석·비판』(시와시학사, 1993) ; 이숭원, 『정지용 시의 심층적 탐구』(태학사, 1999) 관련 부분 참조.

있다고 생각되는데, 그러한 노력의 전개 방식은 시를 통해 우회적으로 내면 정신 세계의 깊이를 추구하는 전통적인 동양 시학의 태도와 일치하는 것으로 이해될 수 있다.

여기서 우리가 유의해서 살펴보아야 할 점은 자연을 대하는 시인의 태도 및 그것을 바라보는 방식일 것이다. 이미 여러 논자들에 의해 누차 지적되어왔던 사항이긴 하지만, 지용의 시에 나타난 자연이란 단순히 객관적인 현실 풍경의 묘사, 혹은 제시에만 머물지는 않는다.

담장이
물 들고,

다람쥐 꼬리
숯이 짙다.

산맥(山脈)우의
가을ㅅ길ー

이마바르히
해도 향그롭어

지팽이
자진 마짐

휜들이
우놋다.

백화(白樺) 홀홀
허울 벗고,

꽃 옆에 자고
이는 구름,

바람에
아시우다.

— 「비로봉(毘盧峯)」 전문[4]

골에 하늘이
따로 트이고,

폭포(瀑布) 소리 하잔히
봄우뢰를 울다.

날가지 겹겹히
모란꽃닢 포기이는듯.

자위 돌아 사폿 질ㅅ듯
위태로히 솟은 봉오리들.

골이 속 속 접히어 들어
이내(晴嵐)가 새포롬 서그러거리는 숫도림.

꽃가루 묻힌양 날러올라
나래 떠는 해.

보라빛 해ㅅ살이
폭(幅)지어 빗겨 걸치이매,

---

4) 이하 시의 인용은 이숭원 주해, 『원본 정지용 시집』(깊은샘, 2003) 수록분에 의거
한다.

기슭에 약초(藥草)들의
소란한 호흡(呼吸)!

- 「옥류동(玉流洞)」 부분

　위의 시들은 정지용의 시 가운데 자연을 대상으로 한 대표적인 텍스트들이다. 여기서 시인이 자연을 바라보는 태도는 일단 객관적이며 관조적이라 할만하다. 철저하게 인간의 모습이 지워져 있으며, 자연의 신비로운 질서와 조화를 그려내기에 힘쓰고 있는 것으로 보이기 때문이다. 설령 지용의 자연시(혹은 산수시)에서 인간이 등장한다 하더라도, 그것은 다만 자연 속에 파묻힌, 자연의 질서를 거스르지 않는 배경적인 의미 정도 밖에는 없다. 자연이 하나의 풍경이듯, 그런 시들에서 인간 역시 자연 속에 존재하는 하나의 풍경으로서만 제시되어 있을 뿐이다. 이렇게 본다면 지용의 시에서 인간적인 요소란 처음부터 제거되어버린듯한 느낌을 주기도 한다.

　그러나 자연에 대한 이러한 이해는 어디까지나 사태의 본질을 제대로 꿰뚫어보지 못한 데서 온 피상적인 것일 뿐이다. 지용의 시에 나타난 자연은 인간과는 무관하게 놓인 원시 자연이 아니다. 위의 시에서 형상화된 자연의 아름다움과 신비는 시인의 눈길에 의해 섬세하게 포착되고 발견되어진 어떤 것이다. 보다 엄밀히 이야기한다면, 그것은 눈에 보이는 풍경을 그대로 옮겨놓은 것이라기보다는 시인의 의식 속에서 조화롭고 짜임새 있게 재구성되고 재배치된 형태로서의 자연이다. 그런 점에서 그것은 인간의 의식과는 동떨어진 채 존재하는 자연 그대로의 모습이 아니라 철저하게 인간화된 자연이기도 하다.

　이와 같은 자연에 대한 인식은 결국 그것을 둘러싼 문화적인 의식 배경에 대한 속 깊은 이해 없이는 포착되지 않는다. 그리고 이때의 문화적 의식 배경이란 전통적인 동양 고전 시학의 관점 및 내용과 그 맥이 닿아 있는 것으로 이해된다. 위에서 살펴보았던 시인의 자연을 대하는 태도는 동양 고전 시학에서 강조하는 〈정경 교융(情景交融)〉이나 〈의경 융철(意境融徹)〉 등의 관념에 비추어볼 때 그 의미가 보다 선명하게 부각될 수 있으리라 생각된다. 인간의 눈길은 여기서 자연의 질서와 조화를 아름답고 신비롭게 바라보며 이를 따르기 위해 노력한 것으로 보인다. 그러나 그러한 질서와 조화에 대한 감각 및 그것을 향한 의지란 사실상 자연을 바라보는 인간의 내면 깊숙한 곳에 이미 선험적으로 자리 잡고 있는 것으로 보지 않으면 안 된다. 이로 보면 시인은 다만 자연을 매개로 하여, 질서와 조화를 추구하는 그 자신의 내면 세계의 감각 및 의지를 재확인하였을 따름이다.

주관과 객관의 구분을 넘어서는 이러한 태도는 분명 오랜 세월에 걸쳐 문화적으로 축적된, 매우 성숙한 의식 배경이 전제되어 있지 않고서는 도출되기 힘들다. 우리가 지용의 자연시에서 도리어 시인 내면에 자리한 정신 세계의 고고함 내지 유현함을 감지하게 되는 것 또한 이런 이유 때문이다. 그러한 정신의 깊이가 좀더 비중 있게 다루어지고 형상화된 예는 바로 다음과 같은 시편들일 것이다.

　　벌목정정(伐木丁丁) 이랬거니 아람도리 큰솔이 베혀짐즉도 하이 골이 울어 멩아리 소리 쩌르렁 돌아옴즉도 하이 다람쥐도 좃지 않고 뫼ㅅ새도 울지 않어 깊은산 고요가 차라리 뼈를 저리우는데 눈과 밤이 조히보담 희고녀! 달도 보름을 기달려 흰 뜻은 한밤 이골을 걸음이란다? 웃절 중이 여섯판에 여섯 번 지고 웃고 올라 간 뒤 조찰히 늙은 사나히의 남긴 내음새를 줏는다? 시름은 바람도 일지 않는 고요에 심히 흔들리우노니 오오 견듸랸다 차고 궤연(几然)5)히 슬픔도 꿈도 없이 장수산(長壽山) 속 겨울 한밤내—

— 「장수산(長壽山) · 1」 전문

노 주인(老主人)의 장벽(腸壁)에
무시(無時)로 인동(忍冬) 삼긴물이 나린다.

자작나무 덩그럭 불이
도로 피여 붉고,

구석에 그늘 지여
무가 순돋아 파릇 하고,

흙냄새 훈훈히 김도 사리다가
바깥 풍설(風雪)소리에 잠착하다.

산중(山中)에 책력(冊曆)도 없이
삼동(三冬)이 하이얗다.

— 「인동차(忍冬茶)」 전문

위의 시들은 단순히 객관 정물이나 자연 풍경을 묘사하기 위한 것
이 아니다. 오히려 그와 같은 정물과 풍경을 매개로 하여, 정신 세계
의 고고함과 유현함을 펼쳐보이고자 하는 것이 진짜 목적일 터이다.
여기서의 자연은 시인이 지향하고자 하는 정신 세계를 효과적으로 표
출해내기 위한 배후적인 장치로서 기능한다. 구체적으로 그것은 삭막
한 현실을 이기고 견디어내는 정신의 인내력과 강인함에 대한 표출을

---

5) 『문장』에 처음 발표되었을 당시에는 '올연(兀然)'으로 되어 있다. 이숭원은 전후 문
  맥으로 보아 '올연'(우뚝하게)이 맞을 것으로 추정하고 있다.
  이숭원, op. cit., p. 191.

염두에 둔 것이다. 이러한 정신의 인내와 강인함을 부각시키기 위해서는 외부 현실, 즉 이 시에 제시된 자연이 주체에게 우호적으로 다가와서는 안 될 일이다. 이 시들의 시간적 배경이 한결같이 겨울로 제시되어 있으며, 공간적 배경 역시 인간이 쉽사리 범접하기 어려운 깊은 산중으로 설정되어 있는 것은 바로 이 때문이다.

한겨울, 산 속에서 시적 주체는 고요가 뼈를 저리우고(「장수산·1」) 책력도 없이 삼동을 하얗게 지새야만 하는(「인동차」), 일반인이라면 상상하기 어려운 고립된 조건 속에 놓여 있다. 어떤 생명의 움직임도 동면 상태에 몰아넣을 수 있을 정도의 이러한 상황 배경 속에서, 홀로 상황의 어려움에 맞서 이를 견디어내는 것이 있다면 그것은 시인 내면의 깨어 있는, 그리고 살아 숨 쉬는 정신일 것이다. 여기서 시인은 정신을 흐트러지게 할지 모를 일체의 요소로부터 벗어난 세계 속에 스스로를 침잠시키고자 노력한다. 그러므로 이 시들 속에 나타난 자연은 그러한 정신의 인내와 수련 과정을 보다 돋보이게 하기 위한 목적에서 시인에 의해 섬세하게 선별적으로 취사 선택되고 구조화된 형태로서의 자연인 셈이다.

2) 전인적 교양인으로서의 문인 : 조선조 사대부 의식의 문화적 계승과 관련하여

그렇다면 지용의 자연시에 나타난 이와 같은 정신 세계의 특성은 과연 어디서부터 연유한 것인가. 서구 취향의 이미지즘 계열의 모더니스트로 흔히 분류되고 있는 그가, 다른 한편으로는 동양 고전 시학에서 전통적으로 중시되어온 정신 세계의 깊이까지를 고스란히 물려받았다고 한다면 이는 무엇 때문인가. 이러한 질문은 사실상 후기 자연시 뿐만 아니라 그의 문학 전체의 근원적인 성립 기반과 관계된 것인 만큼, 결코 간단하게 답할 성질의 것은 아니라고 판단된다.

혹자는 위와 같은 자연시의 현상적 특성을 두고, 당대 현실의 열악함을 견디어내고자 하는 시인 내면의 초월적 극복 의지가 다분히 우회적으로 표출된 예로 이해하기도 한다. 그것은 비록 상황에 대한 소극적인 대응 방식에서 출발한 것이기는 하나, 당대의 열악한 식민지적 현실 조건 속에서, 문학인으로서는 결코 물러설 수 없는 마지막 자존심을 지키기 위한 최소한의 저항을 담고 있는 것이라고도 볼 수 있기 때문이다. 이 점에 대해서는 정지용 자신도 글을 통해 이와 관계된 발언[6]을 남긴 바가 있거니와, 이 경우 이 말 속에 어느 정도의 자기 변명적 요소가 스며 있음을 감안한다 하더라도, 그와 같은 측면이 있음은 결코 부정할 수 없는 사실일 터이다.

그러나 이 문제를 단순히 이런 각도에서만 바라보려 한다면, 그것은 사태의 본질은 고사하고 겉으로 드러난 현상마저도 지나치게 단선적으로 받아들인 결과라는 비난을 면키 어렵다. 명백하게도, 그러한 논의 속에는 시작 과정에서 시인 정지용이 심정적으로나 의식적으로 기대고 있었던 동양적 고전 전통의 세계에 대한 관심이 전적으로 결

---

6) "『백록담』을 내놓은 시절은 내가 가장 정신이나 육체로 피폐한 때다. 여러 가지로 남이나 내가 내 자신의 피폐한 원인을 지적할 수 있었겠으나 결국은 환경과 생활 때문에 그렇게 된 것이었다. 그러나 모든 것을 환경과 생활에 책임을 돌리고 돌아앉는 것을 나는 고사하고 누가 동정하랴? 생활과 환경도 어느 정도 극복할 수 있는 것이겠는데 친일도 배일도 못한 나는 산수(山水)에 숨지 못하고 들에서 호미도 잡지 못하였다. …… (중략) …… 위축된 정신이나마 정신이 조선의 자연 풍토와 조선인적 정서 감정과 최후로 언어 문자를 고수하였던 것이요, 정치 감각과 투쟁 의욕을 시에 집중시키기에는 일경(日警)의 총검을 대항하여야 하였고 또 예술인 그 자신도 무력한 인테리 소시민층이었던 까닭이다."
정지용, 「조선시의 반성」, 『정지용 전집·2 (산문)』(민음사, 1988), p. 267(이하 이 책에서 인용할 경우에는 『전집·2』로 약호화하여, 인용문의 제목과 인용 면수만을 함께 밝히도록 함).

여되어 있기 때문이다.

　실상 이 문제는 일제 말기 정지용이 몸담고 있었던 〈문장〉파의 사상적 기반을 검토하는 작업과 따로 떼어 생각할 수 없는 것처럼 비치기도 한다.[7] 당시 〈문장〉파가 지향하고자 했던 전통 문화를 향한 복고적 관심과 문화적 엘리트주의 태도는 조선조 사대부 문인 계층의 선비 정신과의 기묘한 동류 의식 속에서 그 실질적인 존립 근거를 마련했던 것으로 풀이되는 까닭이다. 이들은 근대 부르조아 시민 사회의 원리라고 할 수 있는 대중 취향의 보편주의적 사고 방식으로부터 그들 자신의 예술 활동을 적극적으로 보호하고 차별화시키고자 노력했다. 이와 같은 차별화를 위한 의지를 우리는 다음과 같은 몇 가지 사실들로부터 간략하게나마 추출해낼 수 있는데, 그것은 한 마디로 당대적인 의미에서의 새로운 고급 예술 문화의 부흥을 위한 모색 과정이라고 할 수 있을 것이다.

　먼저 〈문장〉파의 일원이었던 이병기나 이태준 등과 더불어, 정지용은 조선 후기의 대표적인 사대부 문인이라 할 수 있는 추사(秋史) 김정희를 깊이 사숙하고 있었던 점이 확인된다.[8] 그는 추사를 좇아 조선조 선비들이 평소 갖추고자 하였던 인문적 교양과 시·서·화를 통합한 문인 예술의 새로운 경지를 현대적인 차원에서 재확립하기 위해 나름대로 고심하였던 것으로 보인다. 예술가와 그의 작품을 따로 분리하여 보지 않고, 그가 남긴 예술로부터 한 인간의 인격과 인품을

---

7) 이 문제에 대한 자세한 논의는 황종연, 「한국 문학의 근대와 반근대－1930년대 후반기 문학의 전통주의 연구」, (동국대대학원 박사논문, 1991) ; 최승호, 『한국 현대 시와 동양적 생명 사상』 (다운샘, 1995) 참조.
8) 〈문장〉파와 추사와의 관계는 ①『문장』의 제자(題字)가 추사의 필적으로 되어 있다는 것, ②『문장』 창간호의 표지화가 추사의 수선화 그림으로 장식된 점만 보더라도 뚜렷이 알 수 있다.
　황종연, op. cit., p. 97 참조.

직접 가늠해볼 수 있다는 생각은 추사를 비롯한 조선조 사대부 문인들의 예술관을 그대로 반영한 것으로 생각된다.

> 어떤 사람이 무슨 재주를 품었다면 그의 사람됨을 먼저 알 만한 일이기에 그의 싫어하고 좋아하는 것을 밀우어 그의 성품(性品)과 예술(藝術)을 짐작할 수 있으리라.
> 이상(李箱)의 말마따나 앉음앉음만 보아도 그 사람의 얼마마한 화가(畵家)인 줄 안다고도 하는데 연필을 고느는 꼴로 화가(畵家)의 격(格)을 엿볼 수 있다는 억설(臆說)쯤은 무난히 통할 수 있지 아니한가.[9]

정지용의 위의 발언을 통해 우리는 예술을 대하는 그의 기본적인 이해 및 태도를 엿볼 수 있다. 한 인물의 성품과 그의 예술을 동일시한다는 것, 이는 단순히 예술의 가치를 한 인물의 평소 품행과 일치시켜 본다는 의미로만 그치는 것은 아니다. 진정한 예술이란 〈학예일치(學藝一致)〉의 경지에서만 얻어질 수 있다는 신념의 표현인 것이다. 그것은 고도의 학문적 수련 과정을 거쳐 자연스럽게 몸에 밴 상태에서 흘러나오는 예술적 표현의 경지를 겨냥함을 의미한다.

그러므로 이 경우 예술은 단지 미적인 잣대에 의해서만 평가받는 것이 아니다. 여기서의 예술이란 진과 선의 범주까지를 두루 포괄한 개념으로 재정립되지 않으면 안 된다. 소위 〈예도〉로 일컬어지는 조선조 선비들의 예술적 가치 기준은 바로 이런 관점에 입각하여 도출된 것으로 이해된다. 추사가 강조했던 〈문자향 서권기(文字香書券氣)〉의 관념이라든지, 동양 미학에서 예술 작품에 대한 가치 평가 기준으로 곧잘 인용되고 있는 〈격(格)〉의 관념 등은 모두 인물과 예술을 불가분

---

9) 「여상 사제(女像四題)」, 『전집·2』, p. 149.

의 관계로 놓고 본 데 따른 결과일 것이다.

정지용은 이 점에 있어서 극히 의식적이었다. 심지어 그는 『문장』지에 투고된 원고의 글씨 하나까지도 세심하게 짚고 넘어갈 정도[10]로, 평소부터 예술가의 인물 됨됨이를 폭넓게 강조하였다. 이로써 그는 예술이란 단지 아름다움이나 그것을 드러내기 위한 기법만의 문제에 머무는 것이 아님을 분명히 천명한 셈이다.

두 번째로 지적할 수 있는 것은 정지용이 예술가의 기질이나 성향을 주로 풍류나 멋, 도락(道樂) 등과 연결시키려 했다는 점이다. 이와 같은 관념은 어차피 '삶의 여유'[11]와 관계되는 것인 바, 현실에 있어서 이는 정지용 자신의 고급스런 취미 생활과도 밀접한 관련을 맺고 있는 것으로 생각된다. 그는 일제 말기의 열악한 시대적 조건 속에서도 다양한 취미를 유지했던 것으로 전해진다. 산천을 두루 주유하고 바다 너머, 국경 너머로 여행 다니기를 좋아했다든지, 서예에 관심을 가지고 틈틈이 연습에 몰두했던 사실 등은 이미 알려진 바와 같다.

그러나 이외에도 그가 조선조 선비들의 의식 세계 속에 담긴 멋스러움을 스스로 구현해보기 위해 애쓴 흔적들은 곳곳에서 산견된다. 그 가운데서도 난(蘭)에 대한 애호라든가, 술자리의 품격, 기생을 바라보는 예사롭지 않은 시선 등은 우리의 특별한 관심을 요하는 대목일 것이다.

---

10) "글월 세우기와, 뜻을 밝힐 줄을 몰은다면, 거기에 글씨까지 괴발개발 보잘 것이 없다면,… "
"… 다음에는 원고글씨까지 채점할 터이니 글시도 공부하시오."
「시선 후(詩選後)」, 『전집·2』, p. 276 / p. 284.
11) 최승호, op. cit., p. 38.

그러나 메칠 뒤에 가보니 내가 사고 싶은 분은 이미 임자를 얻어 팔려보리고 말았다. 우울하게 돌아온 수삼일 후 지용 대인(芝溶大仁)에게서 편지가 왔다.

"가람 선생께서 난초가 꽃이 피였다고 이십 이일 저녁에 우리를 오라십니다. 모든 일을 제쳐놓고 오시오. 청향복욱(淸香馥郁)한 망년회가 될 듯하니 질겁지 않으리까"

과연 즐거운 편지였다. 동지 섣달 꽃본 듯이 하는 노래도 있거니와 이 영하 이십도 엄설한 속에 꽃이 피였으니 오라는 소식이다.[12]

간(肝)회와 개성(開城)찜이 나수어 왔다. 병 속에서 고이 기다리던 맑고 빛나는 〈품(品)〉이 별안간 부피이 부풀러 오르는사 싶다. 이것은 무슨 적의에 가까운 짓이냐 혹은 원래 호연(浩然)한 덕을 갖춘지라 애애(靄靄)한 보람을 미리 견디지 못함이런가. 정히 그럴진대 기어나오라. 그대를 어찌 기게 하랴. 내 은배(銀杯)로 너를 옮기리라. 거든히 들어 너의 덕을 기리량이면, 오호 덕이 높은 자는 기적을 행하리니 언 가지를 불어 눈같이 흰 매화를 트이게 하라. 금시 트이리라.[13]

『오호, 끔즉이 춥수다이!』하며 들어서는 아이의 이름이 추월(秋月)이라는 것을 알았다. 귀가 유난히 얼어 붉었는데 귀뿔이 홍창 익은 앵도처럼 호므라져 안에서부터 터질가 싶다. 그림이나 글시 한점 없는 백노지로 하이얗게 발른 이 방안에 추월이는 이제 그림처럼 앉었고 그리고 수집다.
…… (중략) ……
『추월아, 넌 고향이 어디냐?』
『넝미(嶺美)웨다.』
『언제 여기 왔어?』
『7월에 왔시요.』
7월에 온 추월이는 방이 더워옴에 따라 귀뿔이 녹아 만지기에 따

12) 이태준, 『상허 문학 독본』(백양당, 1946), pp. 14~15.
13) 「수수어(愁誰語) II-2」, 『전집·2』, p. 32.

근따근하나 빛깔이 눈 우에 걸어온 고대로 고은 것이 가시고 말었다.

『추월아 너 밖에 나가서 다시 얼어 오렴아.』

추월이가 웃는 외에 달리 무슨 말이 없었을 때 차차 웃음소리가 이야기를 가져오고 화선(花仙)이마자 추위를 부르짖으며 들어와 예 (禮)하며 앉는다.[14]

이러한 그의 언급은 과거 선조들의 의식 속에서 풍류와 멋, 도락적인 면들을 발견하고, 이를 다시 현대의 관점에서 새롭게 재조명해보고자 하는 정신적 귀족주의 태도와 일정 정도 상관성을 유지하고 있는 것으로 보인다. 그에게서 즐길 수 없는 것, 즐거움을 전달해주지 못하는 것은 결코 문화적으로 가치를 지닌 것이 아니며, 문화적인 가치를 지니지 못하는 것은 응당 예술적인 것과도 거리가 먼 것으로 간주된다. 생활 속에 멋과 아름다움을 간직한 것이기에 가치가 있는 것이고, 그것은 또한 사람들에게 즐거움을 줄 수 있는 것이다. 문화적인 것은 어떻든 예술적인 것과 관계가 되고, 그 중간에는 즐거움이라는 인식이 개입한다는 것이 평소 그의 생각이었던 듯하다. 이 때 즐거움의 근거는 물론 동양 전통 미학과 조선조 사대부 문인들의 취미 생활이나 여가 등에 바탕을 둔 것이다.

우리 주변에서 사라져가거나 잊혀져가는 생활 속의 문화적 가치들을 유의 깊게 살펴보고 발굴하여, 이를 현대적인 시각에서 재조명해보려는 이와 같은 시도는 전후 그의 문학 활동에도 분명한 영향을 미치게 된다. 예컨대 그가 남긴 일부 산문에서 과거 내간체 문장에서나 주로 쓰이던 "… 사오며", "… 오리까" 등의 의고투 문체가 의도적으로 사용되고 있는 점은 그의 정신적 귀족 취향과 대비하여 세심하게

---

14) 「화문행각(畵文行脚) - 의주(義州) 2 」, 『전집·2』, p. 71.

관찰될 필요가 있는 것으로 생각된다. 생각하기에 따라서 이러한 예는 그가 평소 문장 표현의 문제에 많은 관심을 가졌던 만큼, 예술가의 기질이나 성향 면에서 중시하였던 멋과 풍류, 도락 등과 연관된 내면의 문체론적인 관심이 이런 방식으로 표출된 경우로도 볼 수 있을 것이기 때문이다.

3. 모더니즘과 동양 고전 전통과의 상관 관계

그렇다면 이와 같은 정지용 문학의 동양적인, 혹은 전통적인 특성들은 그의 모더니즘과 어떤 관련을 맺고 있는 것일까. 과연 이러한 변화는 송욱의 지적대로 별다른 필연적인 이유도, 일관성도 없이 전개된 관심 형태의 이월에 불과한 것일 뿐인가. 이 질문은 다루기에 따라서는 상당한 파문과 논란의 여지를 안고 있는 것처럼 보인다.

그러나 이 점과 관련하여 연구자의 입장에서 한 가지 분명히 강조하고 싶은 것이 있다면, 그것은 기존의 동양과 서양, 전통과 현대라는 완강한 이분법적인 사고의 틀을 뛰어넘어, 좀더 폭넓은 시야와 유연한 자세로 이 문제를 들여다볼 필요가 있다는 점이다. 모더니즘과 동양 고전 시학이 반드시 대립적이거나 혹은 무관하기만 한 것은 아니며, 그런 관점에 비추어볼 때, 이들 양자 사이에도 일정한 연계 가능성 같은 것이 있을 수 있다는 사실을 염두에 두어야 한다. 그리고 이런 관점에서 이 문제를 해석하려들 경우, 다음과 같은 몇 가지 사항들이 구체적인 논의선상에 오를 수 있을 것이다.

1) 이미지즘 시학의 원천에 대하여

모더니즘이란 원래 서구적인 연원을 지닌 것이며, 그런 의미에서 그것은 서구 근대 자본주의 물질 문명으로 인해 빚어진 미학적 반응의 일 양태라는 사실에 대해서는 새삼 재론의 여지가 있을 수 없다. 그만큼 그것은 서구 문학사에 있어서 혁명적인 전환이었으며, 시대의 변화에 민감하게 반응한 새로운 예술 형식이었던 것이다.

그러나 이러한 사실로 인해 모더니즘이 지금까지 동서양에서의 문학사적인 흐름과는 무관하게 탄생한 전혀 새로운 문학적 발현 양식으로 오해되어서는 안 될 것이다. 특히 과거 1930년대 우리나라 시단에 커다란 영향력을 행사하였던 것으로 이해되는 영미 계열의 이미지즘 시학의 경우, 이 점은 거듭 강조될 필요가 있다.

실제로 이미지즘 시학의 대부라 할 수 있는 미국 시인 에즈라 파운드의 경우만 하더라도 『논어』와 『시경』을 비롯한 동양 전통 고전에 대해 해박한 지식을 가지고 있었다.15) 특히 그는 이백(李白)과 왕유(王維)의 한시, 바쇼의 하이꾸 등 전통적인 동양 시들에 깊이 매료되어 이들 시의 특성을 자신의 시학에 반영하기 위해 노력하였던 것으로 알려져 있다. 그런 이유로 인해, 그가 시작에 있어 이미지의 중요성을 적극적으로 주장하게 된 배경에는 이러한 동양 고전 시학에 대한 그의 남다른 이해와 경사가 단단히 한 몫을 한 것으로 전해진다. 물론 세부적인 내용들을 살펴보면 그의 이해가 정확했다고 볼 수 없는 부분이 있기는 하지만, 적어도 이미지즘 시학의 기초 이론을 수립하는

---

15) 파운드는 후에 『논어』와 『시경』을 영어로 번역하기까지 하였다.
  Confucian Analects, translated English edn., Ezra Pound (Square&Series, 1951).
  The Classic Anthology Defined by Confucius, translated English edn., Ezra Pound (Harvard Univ. Press, 1954).

과정에서 동양 시학에 대한 이러한 그의 이해와 경사는 결코 무시할 수 없다는 점만큼은 분명하다.

그가 주장한 시의 3가지 형태, 즉 멜로포에이아(음악시), 파노포에이아(시각시), 로고포에이아(논리시)를 구분하면서 했던 다음과 같은 지적은 이 지점에서 한번쯤 재음미해볼만한 것이기도 하다.

> … 또 중국 작가들이(특히 이백(李白)과 왕마힐(王摩詰)) 아마 그들의 표의문자(表意文字)의 성격 때문에 파노포에이아의 정점에 도달했다는 일반적인 생각이나… 16)

파노포에이아의 정점에 중국 고전 한시의 예를 언급한 이러한 파운드의 발언은 그의 시학이 순수하게 근대 서구적인 산물만은 아님을 짐작케 하는 대목이다. 문제는 파운드가 한자 자체가 지닌 표의문자적 특성을 비교적 정확하게 인식하고 있었으며, 이를 그의 새로운 시학 구상에 반영하려 했다는 점이다.

이 점은 동양 고전 시학에서 강조해온 이미지가 단순히 물상이 던져주는 감각적인 효과의 재현에만 머무는 것이 아님을 뜻한다. 궁극적으로 이미지란 거기에 내포된 관념과 의미까지를 암시, 전달하고자 한 개념이라는 점이 주목될 필요가 있다.17) 이러한 예를 통해서도 알 수 있듯이, 서구의 모더니즘 시론과, 그 연장선상에서 이해되어온 정지용을 비롯한 1930년대 한국 이미지즘 시인들의 시작 방법론은 실상

---

16) 에즈라 파운드, 「현대와 문학」, 이영걸 역, 이창배 편, 『현대 영미 문예 비평선』 (을유문화사, 1981), p. 27 .

17) 중국 고전 시학에서 강조하는 〈형신(形神)〉과 〈의경(意境)〉의 개념은 이런 사고 방식의 소산으로 이해된다.
〈형신(形神)〉, 〈의경(意境)〉의 개념에 대한 자세한 해설은 이병한 편저, 『중국 고전 시학의 이해』(문학과지성사, 1992) 관련 부분 참조.

그 연원을 거슬러 올라가 봤을 때, 뜻밖에도 동양 고전 시학의 뚜렷한 영향 아래 성립된 것임을 알 수 있다. 다시 말해서 그것은 서구적인 동시에 동양적인 발상법에 의거한 것이다. 서양과 동양이라는 편벽된 이분법적인 사고만으로는 놓치기 쉬운 또 다른 진실의 요소가 거기에는 가로놓여 있는 까닭이다.

이 시기에 활동했던 대부분의 모더니즘 시인들, 정지용을 비롯한 김기림, 김광균 등의 시인들은 당시 대부분의 또래 집단이 그랬듯이 일찍이 서당과 같은 전통적인 교육 기관에서 한문을 수학했던 경험들을 가지고 있었다. 물론 그들이 당시 본격적인 한문, 한시 수업을 받았다고는 볼 수 없을 것이다. 그러나 어찌 되었건 글을 배우고 익히는 초기 단계에서의 이와 같은 학습 경험은 이후 이들이 보인 동양 고전에 대한 관심이나, 혹은 이들의 모더니즘 문학 활동 전반에 적지 않은 영향을 미쳤을 것임은 자명한 일이다. 이들 시인이 공통적으로 본격적인 문학 활동 단계에서 파운드 류의 이미지즘 시론과 유사한 특성을 보인 데에는 이러한 유년기 경험으로부터 받은 영향이 알게 모르게 작용하였을 것으로 볼 수 있기 때문이다.

2) 추사와 북학파 지식인들의 사상 : 법고창신(法古創新)의 정신

흔히 조선조 사대부들의 의식 세계는 근대 서양의 역동적이고 개혁적인 성향과는 동떨어진, 고루한 보수적 전통에만 머물러 있다고 생각되기가 십상이다. 물론 그런 요소가 전혀 없다고는 볼 수 없겠으나, 조선 후기 사대부 계층의 문사들, 특히 앞서 거론된 추사 김정희를 위시한 소위 북학파에 속하는 지식인들의 의식 기반이 그렇게 정체되어 있다거나 케케묵은 고루한 사고 방식에만 일방적으로 얽매여 있는 것은 아니다.

근본적으로 이들 북학파의 사상이란 시대에 능동적으로 대응하지 못하고 있던 기존의 보수 유림 세력들에 대한 도덕적, 학문적 반성의 차원에서 전개된 새로운 이론적 모색에 기반을 둔 것인 까닭이다. 이들은 또한 청과의 문화 교류를 통해 간접적으로나마 서양 문물에 대한 이해도 넓혀 나갔으며, 그 결과 이들 가운데 일부는 서양의 천주교(서학)에 관심을 가지기도 하였다. 일상 생활과는 무관하게 관념적인 논쟁으로 변질되어버린 성리학적인 논의들을 비판하면서, 〈경세치용(經世致用)〉과 〈이용후생(利用厚生)〉에 입각한 새로운 〈실사구시(實事求是)〉의 학문(즉, 실학)을 구상하기 시작한 것도 이 무렵의 일이다.

이러한 사례들로 미루어 보건대, 당시 추사를 정점으로 한 북학파 사대부 계층의 의식 성향은 시대에 비해 상대적으로 진일보한 특성을 유지하고 있었던 것으로 생각된다. 이들은 또한 청에서 수입된 새로운 학문적 흐름인 고증학과 금석학의 영향을 받아, 유학 경전에 대한 해석에 있어서도 한층 개혁적인 면모를 보이고 있다. 이제까지의 학문적 흐름인 주자학적 원리를 일방적으로 수용할 것이 아니라, 유학 원전으로 돌아가 다시 처음부터 원전의 내용을 충실하게 이해, 정리하고 재해석해나가는 방식을 취한 것이다. 그러므로 이때의 복고주의적 관심이란 재래의 완고한 보수적 입장과는 엄밀하게 구분될 필요가 있다. 즉 과거의 것에만 집착한다는 의미에서의 복고가 아니라 과거의 것을 새롭게 발견하고 재 이해함으로써 시대의 변화에 걸맞는 새로운 학문적 흐름을 창조한다는 의미가 강화된 형태로서의 복고인 것이다.

이와 같은 추사와 북학파의 사상이 이 시기 정지용을 비롯한 〈문장)과 고전론자들에게 얼마나 이해되었는지는 현재로서는 파악할 길이 없다. 다만 이 자리에서 분명히 이야기할 수 있는 것은 정확한 영향 관계 여부를 확인할 수는 없다 하더라도, 이들이 남긴 글 가운데에는 이러한 북학파가 남긴 정신적 유산과 상통하는 것으로 짐작되는 내용이 심심치 않게 눈에 띈다는 점이다. 이 가운데 정지용과 관련된 대목들을 일부 가려내어 정리해보면 다음과 같다.

경서(經書) 성전류(聖典類)를 심독(心讀)하야 시의 원천에 침윤하는 시인은 불멸한다.[18]

고전적인 것을 진부로 속단하는 자는, 별안간 뛰어드는 야만일 뿐이다. …… (중략) …… 우수한 전통이야말로 비약의 발디딘 곳이 아닐 수 없다.[19]

가장 타당한 시작(詩作)이란 구족(具足)된 조건 혹은 난숙한 상태에서 불가피의 시적 회임(懷妊) 내지 출산인 것이니, 시작이 완료한 후에 다시 시를 위한 휴양기가 길어도 좋다. 고인(古人)의 서(書)를 심독(心讀)할 수 있음과 새로운 지식에 접촉할 수 있음과 모어(母語)와 외어(外語) 공부에 중학생처럼 굴종할 수 있는 시간을 이 시적 휴양기에서 얻을 수 있음이다.[20]

새것이 숭하여지는 한편으로 고전(古典)을 사랑하는 마음도 심하여지겠지요. 어느 곳 어느 째 할 것업시. …… (중략) …… 혼독에 물은 날로 갈고 / 예전 피리로 새 곡조를 불어내십시요.[21]

---

18) 「시의 옹호」, 『전집·2』, p. 245.
19) Ibid., p. 246.
20) 「시와 발표」, 『전집·2』, p. 249.
21) 「시조촌감」, 『전집·2』, p. 296.

'고전'과 '진부'를 구분하고, 과거의 전통을 새로운 창조를 위한 비약의 근거로 삼고자 하는 태도, 이러한 태도야말로 일찍이 북학파 지식인들이 강조했던 〈법고창신〉의 정신에 부합되는 것이라고 할 수 있으리라. 여기서 법고창신이란 추사가 평생의 화두로 삼았던 사상적 문구이며, 동시에 그것은 현실 속에서의 구체적인 실천론이기도 하다.22) 그러므로 그에게서 고전을 되돌아보는 것은 결코 보수적이거나 진부한 상태로 떨어지는 것을 의미하지는 않는다. 그것은 새로운 창조를 위한 정신적 기반을 구축하는 개혁적인 작업과 동일시된다.

평소에도 정지용은 늘 '현대 문학을 공부하려면 무엇보다도 고전을 알아야 한다'23)는 소신을 굽힌 적이 없다고 한다. 다시 말해서 그의 의식 속에서는 적어도 고전과 현대, 전통과 현대라는 이분법은 무용한 것이다. 그것은 단지 시간적인 낙차에 따른 구분일 뿐이며, 내용이나 실질 면에서 이러한 낙차의 결과가 반드시 상호 반발하는 형태로 나타날 것이라고 보지는 않았던 것이다. 위의 구문들을 참고하건대, 그는 오히려 고전의 철저한 학습과 전통에 대한 깊이 있는 이해만이 개혁적이고 혁신적인, 새로운 예술적 지평을 여는 데 합당한 태도라 여겼던 것이다. 그리고 이러한 신념은 그가 남긴 숱한 작품들에서도 그대로 연장, 반영되어 있는듯한 느낌을 준다.

이런 각도에서 본다면 모더니즘과 동양의 고전 전통 및 시학은 그 표면적인 이질성에도 불구하고 상호 연결될 수 있는 가능성이 충분한 것으로 판단된다. 정지용이 모더니즘에 경도된 것은 물론 영문학 전공의 유학생 엘리트로서의 체험, 최첨단의 감각과 지성을 지닌 문인

---

22) 강관식, 「추사 그림의 법고 창신의 묘경」, 정병삼 외, 『추사와 그의 시대』 (돌베개, 2002), p. 263.
23) 윤해연, op. cit., p. 99.

집단인 구인회 회원으로서의 자의식 등이 절대적인 비중을 차지하겠지만, 그 이면에는 이와 같이 동양과 서양, 고전과 현대 사이를 가로지르는 영향 관계와 유대 관계에 대한 인식이 한몫을 차지하고 있을 것으로 생각된다.

4. 결론 : 정지용 문학의 본질과 목표점에 대하여

정지용의 시는 분명 초기, 중기, 후기에 걸쳐 상당한 변화의 진폭을 노출하고 있는 것이 사실이다. 그러나 그러한 변화는 일반인들이 언뜻 생각하는 것처럼 그렇게 무원칙하거나 경박하기만 한 것은 아니다. 이미 앞서 살펴보았듯이, 이때의 변화란 어떻게 본다면 근원적으로는 동질적인 세계 사이에서 벌어지는 변화일 수 있겠기 때문이다. 물론 이러한 과정이 처음부터 그의 의식 내부에서 치밀하게 전략적으로 구상되고 유도된 결과라고 볼 수는 없을 것이다. 그럼에도 우리가 이러한 사실에 대해 굳이 주목하는 이유는 그것이 정지용 문학의 몇 가지 개성적인 국면들을 이해하는 데 있어 중요한 좌표축의 기능을 담당할 수 있을 것으로 판단되기 때문이다.

앞서도 지적했듯이, 정지용은 시작 과정에 있어서의 기법적인 측면, 계산된 치밀성과 의도적인 조형 방식 등에 별로 후한 점수를 부여하지 않는다. 시에 있어서 더 중요한 것은 기법이 아니라 정신이며, 이는 평소의 부단한 학문적 수련 과정을 통해 몸에 밴 상태에서 자연스럽게 우러나오도록 만들어야 한다는 것이 그의 생각이다. 그런 그의 사고는 어떤 의미에서 보면 유기체적 낭만 정신의 특성과 부합되는 것처럼 느껴진다. 확실히 시에 있어서 선명한 이미지의 구현과 더불어 정신의 고고함과 유현함을 드러내려는 그의 시작 성향은 모더니즘 일반의 틀 속에서만 이해될 수 없는 측면이 있다.

이 점과 관련하여, 우리는 그가 근대 이후의 문학이 지향했던 대중 지향성과 문학 예술의 보편주의적 저변 확산의 노력 등에 대해 부정적인 시각을 유지하고 있었던 점을 다시 한번 되새겨볼 필요가 있다. 다시 말해서 문학과 예술을 바라보는 그의 시각은 철저하게 귀족적이며 엘리트주의적인 의식에 사로 잡혀 있다고 할 수 있다. 다른 한편으로, 그는 또한 문화 창조의 주역이 근대적인 의미에서의 직업적 전문가 집단에 귀속되는 것 역시 그다지 달갑게 여기지는 않았다. 의식 세계의 깊이 확보라는 뒷받침이 없는, 소위 '글장이의 글'에 대한 그의 경멸어린 태도24)에서 우리는 그 구체적인 증거를 발견할 수 있다. 그가 바라는 문학 세계란 이처럼 대중 추수적이거나 기능적인 전문 창작 집단의 의식, 또는 행동 특성 너머에 존재한다. 그것은 바로 전인적 교양인으로서 문화 창조의 모범을 보이는 문인 의식에 대한 향수이다. 그가 바라는 진정한 의미에서의 근대 문학이란 이러한 문화 엘리트로서의 자부심의 확산으로서의 근대 문학이다. 따라서 그것은 우리 민족의 문화적 의식 수준과 심미안을 전체적으로 한 단계 끌어올리려는 노력과 일치한다.

그가 기법에만 매달리지 않았던 이유가 바로 여기에 있다. 사실 그 자신 당대의 누구보다도 기법적으로 우수했으며, 또한 기법 상으로 완성된 작품을 생산해내기 위해 많은 노력을 기울였다. 그럼에도 불구하고 그가 기법에 앞서 점점 더 정신적인 측면을 강조하게 된 데에는 이와 같은 숨은 이유가 있는 것으로 보인다. 문학에 있어 정신적인 측면을 강화하기 위해서는 다른 무엇보다도 인식 지평의 심화와

---

24) 「옛글 새로운 정 (上)」, 『전집·2』, p. 213.

확대가 뒤따라야 할 것이다. 그러기 위해서는 서구의 근대적인 인식
과 사조를 도입하는 것도 방법이겠지만, 역으로 우리의 과거 고전 전
통에서 그 가능성을 찾아보는 것도 한 방법일 수 있다. 〈정신주의〉에
대한 그의 의식적인 강조[25])란 사실상 이러한 작가 내면의 인식 지평
의 심화와 확산을 염두에 둔 발언으로 보인다.

뿐만 아니라, 그를 비롯한 〈문장〉파의 문인들은 대부분 언문일치의
문장에 대해 부정적인 입장을 취하였다. 언문일치란 말할 것도 없이
근대적인 문장의 기초이며, 그런 의미에서 그것은 각국의 근대 문학
정립 시기에 지대한 공헌을 한 측면이 있다. 그럼에도 불구하고 이들
이 언문일치에 대해 비판적인 인식을 드러낸 것은 단순히 이들이 지
닌 복고적인 취향을 반영한 결과만은 아니다. 보다 근본적인 맥락에
서, 그들은 언문일치가 문체 자체를 표준화하여 결과적으로는 비개성
적인 문장을 양산해낼 것을 우려했기 때문이다. 언문일치가 이들에게
서 환영받지 못한 데에는 사실상 문화적인 평범성과 비개성적 보편성
을 거부하는 이들의 문화 엘리트주의적인 정신, 달리 말한다면 정신
적 귀족주의 태도가 자리 잡고 있다. 그들에게서 언문일치란 개성과
특색이 제거된 민중의 문장일 뿐이며, 그것은 또한 그들이 심혈을 기
울여 완성하고자 하는 예술 문장과는 근본적으로 상치되는 것이다.[26])

이 점과 관련하여, 이태준과 더불어 정지용이 해방 이후 『문학 독
본』류의 책을 간행했던 사실[27])은 의미 심장한 대목이다. 이는 그가

---

25) "거윽히 시의 Point d'appui(책원지(策源地))를 고도의 정신주의에 두는 시인이야
　　말로 시적 상지(上智)에 속하는 것이다.……"
　　「영랑과 그의 시」, 『전집·2』, p. 261.
26) 이 문제에 대한 자세한 이해는 황종연, op. cit., p. 95 참조.
27) 이태준, 『상허 문학 독본』(백양당, 1946) ; 정지용, 『지용 문학 독본』(박문출판사,
　　1948).

일찍부터 새로운 근대적 예술 문장의 모범을 창조하기 위한 모색에 몰두했음을 입증하는 것이다. 문학 활동을 통해서 정지용이 궁극적으로 추구하고자 했던 것은 그의 문장이 근대적인 형태의 예술 문장의 전범으로 자리 잡을 수 있도록 하는 것이었다. 그런 목적을 효율적으로 달성하기 위해서는 모든 면에서 자신의 문장의 우수성을 증명하지 않으면 안 되었다. 이를 위해서 그는 이제까지의 고전적인 문장의 규범과는 다른, 그러면서 동시에 고전적인 문장 규범의 장점까지를 폭넓게 수용한 새로운 형태의 근대적인 문장 규범을 창조해야만 했다. 동양과 서양, 전통과 현대를 수시로 넘나들며 그의 문학이 전개된 것은 바로 이런 이유 때문이라고 할 수 있을 것이다.

이상(李箱) 시에 나타난 유희적 요소

1. 난해성 시비의 근본 원인

　이상(李箱) 문학, 그 가운데서도 특히 그의 시 텍스트를 이해해보려는 시도는 지난한 작업에 속한다. 그간의 예를 살펴보더라도, 그의 텍스트가 지닌 난해함은 해석자들에게는 일차적으로 텍스트 자체에 대한 접근 불가능성(불가해성)으로 받아들여져 왔으며, 이러한 해석상의 어려움은 또 다음 단계에서는 수많은 그 나름의 그럴듯한 근거에 입각한(그러나 그 어느 것도 완전하다고는 믿기 어려운) 해석들의 범람, 즉 해석상의 개방성으로 이어졌던 것이다. 이제까지 쏟아져 나온 이상 문학에 대한 수다한 학술적인 논의들에도 불구하고, 이에 관한 한 아직도 여전히 새로운 해석의 가능성이 열려 있고, 나아가 보다 넓게, 다양하게 열려야 한다는 요청이 끊이지 않는 것은 그의 텍스트가 지닌 가장 큰 특징이자 매력이라 하겠다.

　실제로 이와 같은 텍스트 해석상의 특징은 상당 부분 작가인 이상 자신에 의해 의도적으로 저질러진 측면이 많다. 다시 말해서 작가 스스로가 곧잘 텍스트에 담긴 의미를 고의적으로 감추고자 노력하였던 까닭에, 이와 연관된 한정된 정보와 지식만으로 텍스트에 접근을 시도해야 했던 많은 연구자들의 추적 작업은 매번 중요한 순간이면 어김없이, 그리고 번번이 벽에 부딪치지 않을 수 없었던 것이다. 앞으로도 그와 그의 텍스트에 대한 다양한 학술 담론들이 줄을 이을 것임에는 틀림이 없을 테지만, 어느 경우에라도 체계적이고 완벽한 짜임새를 갖춘 이해를 기대한다는 것은 역시 무리일 수밖에 없다.

따라서 필자는 이와 같은 근본적인 한계를 인정하는 바탕 위에서 이 글을 서술하고자 한다.

2. 텍스트 해석의 세 가지 유형 : 유희적 측면과 관련하여

이상의 텍스트, 특히 그의 시작품의 경우를 살펴본다면, 우리는 그것의 이해 문제와 관련하여 다음과 같은 세 가지 경우를 상정해볼 수 있을 것이다. ① 체계적인 해석 자체가 거의 불가능하다고 인정되는 경우 ② 조금 가능한 경우 ③ 상당히 가능하다고 기대, 혹은 판단되는 경우.[1] 이들 각각의 경우는 단순히 해석의 가능성이나 정도만을 기준으로 삼은 것이라기보다는, 작가인 이상이 텍스트를 대하는 방식과 엄밀한 대응 관계를 유지하고 있는 것으로 판단된다. 말하자면 텍

---

1) 이와 같은 유형적 구분은 김윤식 교수의 견해를 참고한 것이다.
　김윤식, 『이상소설연구』(문학과비평사, 1988), p. 20.

스트 창작 단계에서 작용하는 그 어떤 내적인 원리가 이러한 차별성을 발생케 한 근본 원인으로 지목될 수 있다는 것인데, 유희란 이 경우 그러한 원리적 성격을 파악하고자 할 때 맞닥뜨리는 핵심 개념으로 이해된다.

어떤 의미에서 본다면 유희란 모든 창작 행위의 저변에 내재해 있는 근본 충동이라 할 수 있다. 창작 충동이란 본질적인 차원에서 유희 충동이며, 그것의 가장 문명화된, 동시에 고도화된 형태로 이해될 수 있겠기 때문이다. 문학 작품의 창작 역시 창작의 일종인 한에서는 이러한 유희의 영역에 포괄되지 않을 수 없다. 그런데 이상 문학에 있어 이러한 유희가 특별히 주목되는 까닭은 유희의 내용이 아니라 그가 유희를 행하는 방식에 있다. 내용적인 측면에서만 본다면 텍스트 내에서 그가 행하는 유희란 도무지 한심스럽고 쓸데없는 짓처럼 보이기 일쑤이다. 「오감도」 연재 시에 그를 향해 '미쳤다'는 일반인들의 비난이 쏟아진 것도 무리는 아니다. 이런 관점에서 텍스트에 대한 접근을 시도할 경우에는 당연히도, 곧잘 문제의 핵심을 빗겨 나가버리기 십상인 것이다. 유희의 규칙을 문제 삼고자 할 때 이상이 그의 텍스트에서 보여준 유희는 지금까지 알려진 문예 창작의 일반적인 규칙(혹은 원리)과는 전혀 다른 양상을 띠고 있기 때문이다. 요컨대 이상은 그 나름의 방식으로 놀이의 규칙을 창조하면서, 텍스트 창작과 관련된 자신만의 유희2)를 즐겼던 것이다.

---

2) 여기서 말하는 〈유희〉란 〈놀이〉와 〈장난〉의 요소를 포괄적으로 수용한 개념이다. 양자는 공히 현실적 이익이 아닌 쾌락을 추구한다는 점에서는 일치하나, 놀이가 공인된 규칙이 있는데 반해 장난은 그러한 규칙을 찾을 수 없다는 점에서 구분된다. 이상의 경우 텍스트 상에서 이러한 양자적인 요소가 동시에 드러난다는 점에서 단순한 기호 놀이의 차원이 아닌 유희의 차원으로 재해석할 수 있을 것이다.
최봉영, 『주체와 욕망』 (사계절, 2000), pp. 161~162.

앞서 제시되었던 이상 텍스트의 세 가지 유형은, 그러므로, 그렇게 창조된 놀이 규칙의 세 가지 다른 양상과 밀접한 관련을 맺는다. 규칙의 진정성이라는 측면에서 본다면, 이들 세 가지 유형의 유희는 모두 동일한 비중을 지닌다고 볼 수 있다. 그러나 해석 가능성이라는 각도에서 봤을 경우에는, 이들 사이의 편차는 선명하게 드러난다. 이때 유희의 방식이란 그것의 대상과 목적까지도 포함한 개념으로 이해되어야만 할 것이다.

1) 텍스트의 체계적인 해석 자체가 거의 불가능한 경우

먼저 ①의 경우를 일컬어 우리는 순수한 관념의 유희라고 부를 수 있을 것이다. 이 경우 순수 관념(혹은 절대 관념)이란 현실적인 맥락과 연결된 어떠한 접근 가능성도 봉쇄되어버린 경우를 의미한다. 이러한 텍스트들의 경우는 역으로 다양한 해석의 가능성을 폭넓게 개방한 경우라고도 볼 수 있는데, 그러한 해석의 타당성 여부는 물론 검증될 수 없으며, 검증되어야할 당위나 의무 또한 없다. 설령 그것이 텍스트 창작 단계에서 이상 자신이 지녔던 원래의 의도와 상당 부분 맞아 떨어지는 것이라 할지라도, 그러한 사실의 확인은 어차피 현실적으로는 불가능하다. 뿐만 아니라 가능하다 하더라도 어떤 면에서는 무의미한 것으로 생각될 수밖에는 없다.

여기서 우리가 인정하지 않으면 안 되는 것은 이 경우에 속하는 텍스트들에서 이상은 시라는 장르의 명칭을 빌어 순수하게 그 자신의 관념의 유희를 즐겼다는 점이다. 물론 그것이 현실적인 차원과 연계된 어떤 심각한 문제 의식이나 위기 의식을 내포하고 있을 수도 있을 테지만, 그런 문제 의식, 위기 의식조차가 관념적 유희의 차원에 바탕을 두고 행해졌던 것임에는 변함이 없다. 주로 수식이나 도형, 수학이나 물리학, 공학 등과 같은 그 자신의 과학적인 지식 내지 관심과 연관된 텍스트들이 여기에 속하는 바, 우리가 알 수 있는 것이라고는 막연하게 이상이 이러한 매재들을 동원하여 전통적인 시 장르의 속성, 또는 규칙을 의도적으로 무시하려 했다는 점이다.

그와 같은 무시의 이면에는 앞서 제시된 서구적 합리성에 토대를 둔 근대 이래의 과학 지식에 대한 전면적인 회의가 놓여 있다. 그 연장선상에서 이상은 시 장르가 지닌 전통적인 속성들, 이른바 언어 놀이의 규칙들을 파기하는 한편, 자신만의 새로운 규칙을 창조하여 그 속에 스스로를 위한 색다른 공간을 만들어보고자 하는 시도를 펼쳐 보인다. 이럴 때 그의 시에 동원된 갖가지 매재들, 즉 언어뿐만 아니라 수식과 도형, 수학, 물리학, 공학적 지식이나 관심 등은 타인과의 의사 소통을 위한 수단이 아니며, 오로지 순수하게 자기 자신의 내면 세계의 관심사를 표출해내기 위한 도구일 뿐이다. 그리고 그것이 그러한 도구인 한에서, 이들 매재들이 지니고 있는 고유의 특성이나 그들 사이의 차별성은 무화(無化)되어버리거나 적어도 유보된다고 할 수 있다.

의사 소통이 불가능한 차원에서 벌어지는 작가 자신의 순수한 내면적 관념의 유희란 타인에 의한 해석 가능성을 처음부터 염두에 두지 않은 것이라고 할 수 있다. 이 단계에서 우리가 할 수 있는 것이라고는 오직 그러한 텍스트의 외면을 통해 드러난 작가 자신의 관심사나 내적 고민들이 어떤 범주에 속하며, 어떤 방향성을 지닌 것인지를 주어진 한계 내에서 막연하게 추측하는 것뿐이다.

1 + 3

3 + 1

3 + 1 1 + 3

1 + 3 3 + 1

1 + 3 1 + 3

3 + 1 3 + 1

3 + 1

1 + 3

선상(線上)의점(點) A

선상(線上)의점(點) B

선상(線上)의점(點) C

A + B + C = A

A + B + C = B

A + B + C = C

— 「선(線)에관(關)한각서(覺書)·2」 부분

	1	2	3
1	·	·	·
2	·	·	·
3	·	·	·

	3	2	1
3	·	·	·
2	·	·	·
1	·	·	·

∴ nPh ＝ n(n−1)(n−2) ……(n−h+1)

(뇌수(腦髓)는부채와같이원(圓)까지전개(展開)되었다,그리고완전(完

全)히회전(廻轉)하였다)

－「선(線)에관(關)한각서(覺書)・3」전문

위와 같은 텍스트들로부터 우리가 알 수 있는 것이라고는 작가인 이상이 이 텍스트를 창작할 당시 어떤 방면에 관심을 두고 있었는가 하는 정도일 것이다. 인용 내용들을 중심으로 훑어보면, 거기에는 도형을 매개로 펼치는 상상과 더불어 수학적, 기하학적인 인식 등이 개입하고 있음이 확인될 뿐이며, 정작 이러한 텍스트의 창작 배경이나 그것의 세부적인 정확한 의미에 대해서는 구구한 억측들만이 난무하고 있는 형편이다. 이 경우 문제가 되는 순수 관념이란 사실상 어떤 현실적인 이해도 단호히 거부한다. 텍스트 속에서 우리는 작가 이상이 자신만을 위해 쌓아올린 견고한 관념의 성채를 발견하고 망연자실하게 된다. 우리가 할 수 있는 일이란 다만 그 성채의 문 밖에서 어정쩡한 자세로 기웃거리며 서성거리는 것뿐이다.

2) 텍스트의 해석이 조금 가능한 경우

①과 같은 유형의 시들이 자족적인 글쓰기 양상을 면하기 힘든 것이라고 한다면, ②의 경우에 속하는 텍스트들은 현실적 차원에 대해 다소나마 유연한 태도를 보인 예들로 볼 수 있다. 앞서 지적되었던 유희적 태도는 여기서도 그대로 작용하고 있지만, 그것이 순수 관념의 형태로 드러난다기보다는 현실과의 긴장감 속에서 파생되는 주체 내부의 위기 의식과 일정 정도 상관성을 지니는 것으로 판단되기 때문이다. 이 유형의 시들을 해석하기 위해서 그간 자주 초현실주의나 정신분석학적인 원리들이 동원되었던 것은 이 때문이다.

그러나 보다 중요한 것은 이러한 위기 의식이 단지 작가인 이상 개인의 주체적 인식 범위에만 국한되는 것이 아니라, 근대적 현실이라는 보다 큰 문제틀과 연계되어 있다는 점이다. 이와 같은 근대에 대한 인식의 철저함, 근대에 대한 근본적인 의문과 회의, 불신이야말로 그의 텍스트가 순수 관념의 차원에서 벗어나 당대 현실과의 관계에서 빚어낸 긴장감, 나아가 현실에 대한 전면적인 대결 의식으로까지 발전할 수 있게 만든 계기로 이해된다. 한글로 된 「오감도」 연작의 세계가 여기서의 대표적인 예로 거론될 수 있을 것이다.

> 13인(人)의아해(兒孩)가도로(道路)로질주(疾走)하오.
> (길은막다른골목이적당(適當)하오.)
>
> 제(第)1의아해(兒孩)가무섭다고그리오.
> 제(第)2의아해(兒孩)도무섭다고그리오.
> 제(第)3의아해(兒孩)도무섭다고그리오.
> 제(第)4의아해(兒孩)도무섭다고그리오.
> 제(第)5의아해(兒孩)도무섭다고그리오.
> 제(第)6의아해(兒孩)도무섭다고그리오.
> 제(第)7의아해(兒孩)도무섭다고그리오.
> 제(第)8의아해(兒孩)도무섭다고그리오.
> 제(第)9의아해(兒孩)도무섭다고그리오.
> 제(第)10의아해(兒孩)도무섭다고그리오.
>
> 제(第)11의아해(兒孩)가무섭다고그리오.
> 제(第)12의아해(兒孩)도무섭다고그리오.
> 제(第)13의아해(兒孩)도무섭다고그리오.
>
> 13인(人)의아해(兒孩)는무서운아해(兒孩)와무서워하는아해(兒孩)와그렇게뿐이모였소.

(다른사정(事情)은없는것이차라리나았소)

그중(中)에1인(人)의아해(兒孩)가무서운아해(兒孩)라도좋소.
그중(中)에2인(人)의아해(兒孩)가무서운아해(兒孩)라도좋소.
그중(中)에2인(人)의아해(兒孩)가무서워하는아해(兒孩)라도좋소.
그중(中)에1인(人)의아해(兒孩)가무서워하는아해(兒孩)라도좋소.

(길은뚫린골목이라도적당(適當)하오.)
13인(人)의아해(兒孩)가도로(道路)로질주(疾走)하지아니하여도좋소.
　　　　　　　　　－「오감도(烏瞰圖) 시제일호(詩第一號)」 전문

　　때묻은빨래조각이한뭉텅이공중(空中)으로날라떨어진다.그것은흰비
둘기의떼다.이손바닥만한한조각하늘저편에전쟁(戰爭)이끝나고평화(平
和)가왔다는선전(宣傳)이다.한무더기비둘기의떼가깃에묻은때를씻는다.
이손바닥만한하늘이편에방망이로흰비둘기의떼를때려죽이는불결(不
潔)한전쟁(戰爭)이시작(始作)된다.공기(空氣)에숯검정이가지저분하게묻
으면흰비둘기의떼는또한번이손바닥만한하늘저편으로날아간다.
　　　　　　　　　－「오감도(烏瞰圖) 시제십이호(詩第十二號)」 전문

　　이러한 텍스트들 역시 ①의 유형에서 본 바와 같이, 현실적인 맥락
에서의 일목요연한 이해는 불가능한 것으로 판단된다. 그럼에도 불구
하고, 우리가 이러한 텍스트들에 대해 조금이나마 파고들 의욕을 느
끼게 되는 것은, 순수 관념으로 무장한 채 그리로 파고들 단 한 치의
빈틈도 허용치 않았던 ①의 유형과는 달리, 공포나 불안감, 위기 의식
따위로 표현되는 인간적 감정의 색채가 어느 정도는 묻어 있다는 점
때문일 것이다. 그리고 이러한 감정들은 단순히 개인적인 내력이나
경험에만 의존하는 것이 아닌, 당대 상황에 대한 작가 나름의 냉철한
인식, 혹은 그와 관련된 작가의 안목 내지 태도와 알게 모르게 연계

되어 있다는 점이 주목된다.

따라서 여기서 문제가 되는 것은 이상이 이와 같은 심각한 사안을 대하는 방식이다. 특정 기호나 숫자들의 나열, 도형, 생경한 외국어 어휘 표현 등이 군데군데 등장하기는 하지만, 그것이 단순하게 현실과 무관한 차원에서 행해지는 관념의 유희라고는 보기 어렵다. 일정한 규칙과 치밀한 수순을 밟아 완성된 것으로 보이는 이 유형의 텍스트들은 각기 그 나름의 원리에 의해 현실과의 긴장 관계를 반영하고 있는 것으로 판단되기 때문이다. 이제까지의 연구자들이 이 유형에 속하는 텍스트들을 조금이나마 해독해낼 수 있었던 것도 바로 그와 같은 연결 지점에 착안하였기 때문에 가능한 일이다. 다만 그것의 정확한 의미는 아직도 여전히 베일에 가려 있다고 판단되는데, 그것은 이상이 현실과의 심각한 맞대결을 펼쳐나가는 순간에 있어서조차 유희적 태도를 버리지 않으려 하였던 데 있다.

진지함과 가벼움, 심각함과 장난스러움이 한 편의 텍스트 내에 동시에 공존하는 이와 같은 독특한 작법은 이상 문학을 진정 이상 문학답게 만드는 가장 특징적인 요인일 것이다. 그리고 그것이 단순한 말장난이나 경박한 기호 놀이의 차원을 넘어서고 있다는 점은 우리가 결코 놓쳐서는 안 될 대목이다. 그러한 유희 속에서도 '절망이 기교를 낳고 기교 때문에 또 절망'[3]하여야만 하는 비극의 순환성이 그 속에 내재하고 있음을 깊이 인식할 필요가 있겠기 때문이다.

3) 텍스트의 해석이 상당히 가능하다고 기대되는 경우

마지막으로, 수적으로 미미하긴 하지만, 이상이 남긴 시들 가운데

---

3) 이상, 『이상문학전집 · 3 (수필)』 (문학사상사, 1993), p. 360.

③의 경우와 같이 텍스트 전체의 의미 파악이 상당히 가능하다고 기대되는 경우도 있다. 여기서 굳이 〈기대된다〉는 단서 조항을 다는 것은 어떤 경우에도 그것의 의미가 완벽하게 이해된 것으로 생각하기는 어렵다는 의미이다. 단지 우리는 텍스트의 표면에 나타난 서술 방식과 내용을 토대로, 그 텍스트를 써내려갈 당시의 작가 이상의 내면 심경과 창작 의도 따위를 논리적으로 재구성하고 추론해볼 수 있다는 정도이다.

이러한 추론이 어느 정도 가능한 것은 이 유형에 속하는 텍스트에서 기호 놀이에 해당되는 양상이 그나마 가장 덜 검출되는 편이기 때문일 것이다. 주로 거울을 모티브로 한 일련의 시들에서 이와 같은 양상을 발견하게 되겠거니와, 여기서의 거울이란 작가 이상의 내면 의식 내지 내적 성찰의 자세를 형상화하기 위한 상징적인 매개체로 보인다. 유희의 대상은 이 경우 표면상 앞서의 언어나 도형, 수식, 기호 따위의 관념적인 대상으로부터 거울이라는 객관적 실체로 이동한다. 거울을 앞에 두고 이상은 갖가지 기기묘묘한 장난과 상상과, 그 외에 엉뚱하다고 밖에 볼 수 없는 고민들을 반복하고 있다. 그러한 장난, 상상, 고민은 그에게 있어서는 유희의 또 다른 방식인 셈이다.

거울때문에나는거울속의나를만져보지를못하는구료마는
거울아니었던들내가어찌거울속의나를만나보기만이라도했겠소

나는지금(至今)거울을안가졌소마는거울속에는늘거울속의내가있소
잘은모르지만외로된사업(事業)에골몰할께요

거울속의나는참나와는반대(反對)요마는
또꽤닮았소

나는거울속의나를근심하고진찰(診察)할수없으니퍽섭섭하오

— 「거울」 부분

여기 한 페—지 거울이 있으니
잊은 계절(季節)에서는
엎은 머리가 폭포(瀑布)처럼 내리우고

울어도 젖지 않고
맞대고 웃어도 휘지 않고
장미(薔薇)처럼 착착 접힌
귀
들여다 보아도 들여다 보아도
조용한 세상이 맑기만 하고
코로는 피로(疲勞)한 향기(香氣)가 오지 않는다.

— 「명경(明鏡)」 부분

　작가가 다름 아닌 이상이라는 편견에만 심하게 사로잡혀 있지 않다면, 이러한 유형의 시에 나타난 내용은 일반 작가들의 시에서 흔히 접하게 되는 내용들과 별반 다르지 않다고도 볼 수 있다.[4] 표현법 자체만을 놓고 볼 때, 위의 텍스트들은 우리 주위에서 흔히 마주치게 되는 시들에 비해 별다른 변별성을 지니지 않는다. 단지 우리의 눈길을 끄는 것은 거울이라는 평범한 소재가 왜 유독 이상에게 있어 시적인 상상력을 유발케 한 도구로 작용하였는가 하는 점이다.

　이러한 궁금증은 실상 거울을 매개로 한 이런 유별난 유희가 왜 새삼스레 그에게 필요했느냐 하는 의문과 연결되어 있다. 초현실주의에

---

4) 이러한 점에 대해서는 이남호 교수의 적절한 지적을 참조할 필요가 있다.
　이남호, 『교과서에 실린 문학 작품을 어떻게 가르칠 것인가』(현대문학사, 2001), pp. 15~23.

서 그토록 강조해 마지않는 〈권태〉의 의미[5]가 이 지점에서 부각되는 것은 자연스러운 일이다. 세상사에 대해 주체 스스로가 어느 한 순간 문득 느끼게 되는 덧없음, 재미없음, 혹은 '스스로움'[6]이라는 문제 의식이 선명하게 부각되겠거니와, 여기서의 권태란 일상의 익숙한 세계로부터 뛰쳐나와 이제껏 경험해보지 못한 낯설고 새로운 세계에로 내달리기 위한 일종의 준비 작업이며 치밀한 사전 포석에 해당될 것이다. 이상이 거울 앞에서 행하는 유희란 이러한 의미에서의 일상에 대한 권태를 경험한 자의 세상 거꾸로 보기, 또는 세상 뒤집어보기의 한 표현 방식으로 볼 수 있다. 보다 직접적으로 이야기한다면, 세상을 이제까지와는 전혀 다른 방식으로 뒤집어 보기 위한 주체 내면의 욕망을 담은 텍스트 내적 장치가 바로 거울이다.

따라서 이 경우 그의 유희는 그 자체로 경박하고 부질없는 짓처럼 비칠지도 모르나, 텍스트에 좀더 신중하게 접근해보았을 때 그 속에 담긴 내적 의미는 도리어 상당히 무게 있고 진지한 것으로 다가옴을 알 수 있다. 이상은 이러한 거울이라는 상상력의 매개체를 통해 현실 세계에 대한 불만과 주체 내면의 잠재된 욕망을 상징화된 문맥에 담아 전달해보려 하였던 것이다.

---

5) "초현실주의에서의 설명 방식에 따르면 어떤 사회적 입장의 결여에 의해서 유발된, 실천적 행동 가능성의 상실 현상은 하나의 진공 상태, 바로 권태(ennui)를 낳게 된다. 이 권태라는 것은 초현실주의적 관점에서 보면 전혀 부정적인 가치를 지니는 것이 아니라 오히려 초현실주의가 목표로 삼는, 일상적 현실을 변화시키는 것이 가능하기 위한 결정적인 전제 조건이 된다."
페터 뷔르거, 『전위 예술의 새로운 이해』(심설당, 1986), p. 191.
6) "나에게는 인간 사회가 스스로왔다. 생활이 스스로왔다. 모두가 서먹서먹할 뿐이다."
이상, 「날개」, 『이상문학전집·2 (소설)』(문학과지성사, 1993), p. 324.

3. 유희를 바라보는 시각

이제까지의 논의를 통해서도 어느 정도 드러났듯이, 이상에게 있어 유희란 대개가 진지하고 심각하기조차 한 내면의 고민과 시대적 위기 의식을 은폐하기 위한 자기 위장의 한 방법론이라고 할 수 있다. 그 것은 처음부터 철저하게 독자를 의식한 의도적이며 계산적인 행위이 다. 이상의 텍스트 속에 나타난 유희적 국면이야말로 작가 자신과 독 자, 그리고 근대라는 시대 정신과 연관된 문제 의식을 하나로 연결시 켜주는 가장 핵심적인 코드가 아닐 수 없다. 그간의 수많은 연구 작 업에도 불구하고, 우리가 이상의 문학을 거듭 문제 삼는 이유도 바로 그러한 이상만의 특수한 코드화 작업에서 매번 새로운 매력을 느끼기 때문일 것이다. 이 경우 우리는 유희야말로 권태와 긴장, 욕망과 좌절, 장난스러움과 진지함, 은폐와 노출, 희극성과 비극성이 상호 첨예하게 대립하는, 그리고 동시에 교차하는 지점에서 파생된 작가 이상의 고 뇌의 표정이자 몸짓임을 인정하지 않을 수 없을 것이다. 그런 까닭에, 그의 텍스트에 나타난 유희는 독자로 하여금 항상 암호나 수수께끼와 같은 궁금증을 불러일으킨다.

어떤 의미에서 그는 독자(이 때 독자는 경우에 따라서 일반인으로 상정되기도 하였으며, 구인회 회원들로만 국한되기도 하였다.)를 의식 한 그러한 비밀스러운 유희의 국면들을 스스로가 즐겼다고도 볼 수 있다. 독자를 대상으로 한 대결 의지와 자기 과시의 풍모들이 은연 중 그 속에 잠재해 있었던 것이다. 비밀과 유희가 겹쳐질 때, 그것을 행하는 주체는 색다른 쾌감을 경험하게 된다. 그러한 쾌감은, 그러나 앞서 제시한 고뇌의 표정이나 몸짓을 완전히 제거하지 못한 것이라는 점에서, 단순한 쾌락 원리의 산물은 아니다. 시각을 조금 달리하여 본다면, 그것의 또 다른 축은 현실 원리와 은밀하게 맞닿아 있음을 발견하게 될 것이기 때문이다. 쾌락 원리와 현실 원리는 이 지점에서 상호 중첩된다. 이 점에 있어 이상은 매우 적극적이었다. 텍스트의 도처에서 그가 현실을 수용하면서도 한편으로는 현실을 교묘하게 조롱하며 파기하고 있음이 그 증거이다.

그러므로 최종 단계에서 이러한 비밀스런 유희는 현실에 대한 우회적인 도전, 즉 〈음모〉 또는 〈흉계〉의 차원으로까지 발전한다. 「날개」와 「종생기」 등으로 대변되는 소설 장르의 출현이 이어짐은 이 때문이다. 이를테면, 소설이라는 장르가 요청되었던 것은 그러한 음모 내지 흉계를 밀도 있게 담아내기 위한 고육책이었던 것으로 풀이될 수도 있을 것 같다. 아마도 그는 이 지점에 이르러, 이러한 모든 자신의 의도를 기능적으로 수용하기에는 시라는 장르 자체가 지나치게 단편적이고 편협하다고 느꼈을지 모른다. 소설 속에서 그는 그 자신만을 위한, 동시에 한편으로는 독자를 완벽하게 따돌리기 위한 음모를 꾸민다.[7]

그러한 음모나 흉계를 은밀하게 담고 있는 소설이란 결국, 유희의 보다 새로운 국면을 끊임없이 개척해보고자 노력하였던, 박제가 되어버린 불우한 천재, 이상의 마지막 선택이 아니었을까.

---

7) 김기림이 이상에게 보낸 사신(私信) 가운데 다음과 같은 일부 내용을 참조할 수 있을 것 같다.
　"소설(小說)을 쓰겠오. 「おれ達の幸福を神様にみせびらかしてやる(우리들의 행복을 신에게 과시해줄 – 인용자 주)」 그런 해괴망측(駭怪망측)한 소설(小說)을 쓰겠다는 이야기요. 흉계(凶計)지요?"
　이상, 「사신 · 3」, 『이상문학전집 · 3 (수필)』(문학사상사, 1993), p. 226.

이상 시를 바라보는 한 시각

― 금기의 인식과 위반의 충동

1. 서론 : 문제의 제기

최근 이상 문학 연구자들 사이에서 새롭게 주목받고 있는 관점 가운데 하나가 바로 텍스트에 나타난 기호의 유희적 측면에 대한 관심일 것이다. 대부분이 인정하듯이, 이상의 텍스트가 일종의 유희적 국면을 노출하고 있다고 했을 때 이 말의 의미는 다소 조심스럽게 인식될 필요가 있다. 다시 말해서, 그와 같은 유희가 결국 작가 이상의 모더니티 인식 수준과 긴밀하게 연관되어 있다는 사실을 알아차리는 것은 대단히 중요하다. 언뜻 보기에는 도무지 황당하고 기괴하게만 느껴지는 텍스트라 할지라도, 그 속에서 우리가 시대와 사회에 대한 그 나름의 치열한 모색과 고민을 엿볼 수 있는 것은 바로 이 때문이다.

여기서 직접적으로 문제가 되는 부분은 그러한 텍스트의 글쓰기 내부에 가로놓인 위기 의식 내지는 절박함일 것이다. 이상의 경우에 위기 의식이나 절박함이 어째서 극단적인 유희의 국면―장난스러울 뿐만 아니라 퇴폐적이고 병적인, 나아가서는 파괴적이고 폭력적이기까지 한—으로 현상할 수밖에 없었느냐 하는 점을 해명해내는 것이야말로 그의 문학에 다가서기 위한 중요한 열쇠가 될 것이다. 그간 이 문제의 해명과 관련하여, 텍스트에 내재된 작가 정신에 대한 정신분석학적인 논의가 자주 동원되었던 것은 어쩌면 필연적인 일이기도 했다.

그러나 정신분석만이 텍스트에 드러난 욕망의 구조를 이해하는 유일한 길은 물론 아닐 것이다. 욕망이 욕망으로 발현되기 위해서는 우선 현실의 모순과 억압이 전제해야 하며, 그러한 모순이나 억압의 인식에서 비롯된 주체 내면의 위기 의식과 더불어, 그것을 낳은 당대 현실의 사회 문화적인 제 조건들이 마땅히 고려되지 않으면 안 되기 때문이다. 그의 문학에 나타난 욕망의 구체적인 양상들이 현실적으로는 거의 극복되기 어려운, 시대 사회의 모순에 대한 작가 자신의 강한 불만과 저항 정신의 표출이라는 점을 감안한다면, 유희란 일단 이러한 불만과 저항 정신의 변형으로 이해될 수 있다. 그러므로 이 글은 이상이 당대 현실의 모순과 억압적 조건들을 어떤 방식으로 이해하였으며, 그것에 대한 저항으로서의 작가적 욕망이 왜 굳이 유희라는 양상을 띨 수밖에 없었는지를 추적해보기 위한 하나의 시도로서 작성된 것이다.

2. 논의의 방향 설정

1) 기존 논의의 검토

「오감도」 연작을 포함한 이상의 초기 시 텍스트들이 근대 합리주의와 과학적 세계관의 근간을 이루는 일반 원리들에 대한 회의적 시각에서 비롯되었다는 사실은 그간 몇몇 연구자들에 의해 거듭 지적되어 온 바 있다.[1] 유클리드 기하학의 공리가 부정되는 비유클리드 기하학의 세계에 대한 발견과, 갈릴레이 측량술과 뉴턴 물리학의 기초 원리들을 송두리째 무너뜨린 아인슈타인 상대성 이론과 양자 역학 체계의 출현 등이 이를 뒷받침해주고 있거니와, 이러한 정황들로 미루어, 이 시기 그의 텍스트에 드러난 유희적 국면이란 실상 근대적 합리성의 체계 이면에 감추어진 내적 모순 내지는 이율배반적 특성을 효과적으로 형상화해내기 위한 수사적 장치의 일종이리라는 주장은 상당한 설득력을 지닌 것일 수 있다. 부연한다면 이상이 그의 텍스트를 통해 드러내고자 했던 것은, 근대적 합리성에 의해 도출된 어떠한 진리 체계라 할지라도 그것의 무모순성 뒤에는 반드시 진위 결정의 불가능성이라는 내적 모순, 즉 자가당착적 관계를 내포하지 않을 도리가 없다는 점일 것이다. 이 경우 텍스트에 나타난 근대에 대한 부정과 비판으로서의 반근대, 탈근대적인 사유란 합리성 내부에 감추어진 자체 내의 모순 발견으로 말미암은 필연적인 결과라는 해석이 가능하다.

이상의 텍스트에서 이러한 사유는 이른바 순수 관념의 형태로 등장한다. 다시 말해서 이항 대립을 기초로 한 근대 형이상학의 진리 내용과 사유 체계는 여기서 경험 과학의 근본 한계를 드러낸 채, 다음 단계에서 시공간의 통합적 인식과 무한 개념의 도입에 기반을 둔 순수 관념의 세계에로 수렴된다. 이와 같은 인식이야말로 이미 여러 차

---

1) 대표적인 자료로는 김윤식, 「유클리드 기하학과 광속의 변주―이상 문학의 기호 체계 분석」, 『문학사상』 (1991·9) ; 권영민, 「이상 문학, 근대적인 것으로부터의 탈출―합리주의에 맞선 존재론적 질문」, 『문학사상』 (1997·12) ; 김명환, 「이상의 시에 나타나는 수학 기호와 수식의 의미」, 『이상 문학 연구 60년』 (문학사상사, 1998) ; 최혜실, 「괴델, 에셔, 이상」, 『한국 근대 문학의 몇 가지 주제』 (소명출판, 2002) 등을 들 수 있다.

례 지적된 바 있듯이 괴델적인 세계의 발견이며, 동시에 힐베르트나 하이젠베르그적인 세계에로의 다가섬이라 할 수 있을 것이다.[2] 단지 이론적으로만 어느 정도 이해 가능할 뿐, 현실 속에서 그것을 실제 경험한다거나 입증하는 것은 거의 불가능하다는 점에서, 이러한 사유는 인간 삶의 구체적인 양상들이 최소한도로 축소된 세계라 할 수 있다. 위에서 언급한 순수 관념이란 바로 이런 측면을 두고 한 말이다. 그런 까닭에, 수식이나 도형, 기호(기호적 차원에서 사용된 언어 기호까지를 포함하여) 등이 전면에 등장하는 초기의 여러 시 텍스트들에서 우리가 이와 관련된 작가 의식의 내적 편린들을 발견하게 된 것은 그 자체만으로도 고무적인 일이 아닐 수 없다. 기존의 연구물들이 이와 같은 사실들에 대해 주목했던 것은 비교적 정확한 추론의 결과라고 이해할 수 있다.

2) 이해의 결여 부분 : 새로운 관점의 도출과 관련하여

이상에게 있어 모더니티의 인식 수준을 문제 삼는 경우, 이러한 순수 관념과 관련된 논의들이 그 이전의 것들에 비해 상대적으로 진전된 관점을 제시하고 있음은 분명한 사실일 것이다. 무엇보다도 이전까지는 정확한 해명이 불가능하였던, 그리하여 단지 기괴하고 장난스럽게 밖에 비치지 않았던 텍스트 내적 유희의 양상들에 대해 적절한 이해의 틀을 제공했다는 점이 지적되지 않을 수 없다. 분명 이러한 방식의 이해를 통해 이상 문학의 한 특징적인 면모가 드러나게 되었으며, 이는 결국 이상 연구사에서 하나의 획기적인 성과에 해당하는 것으로 기록될 수 있을 것이다.

---

2) 앞서 거론된 자료들 가운데 김윤식과 최혜실의 논의에서 이러한 지적이 등장하고 있는 것을 볼 수 있다.

그러나 여기서 분명히 해두지 않으면 안 될 사실은 이와 같은 해석의 지나친 확대 적용은 그 드러난 성과 못지않게 폐해 또한 클 수도 있다는 점이다. 간단히 이야기해서 위와 같은 측면에서만 이상의 텍스트들을 바라볼 경우, 그의 시란 자칫 현실 생활과는 동떨어진, 관념 편향적인 유희의 소산쯤으로 오인될 우려가 있음도 사실이기 때문이다. 그리하여 이러한 태도는 그의 문학이 마치 삶의 구체적인 경험들이 녹아 있는 유기적 세계의 원리 내지 모순과는 엄격하게 구분되는, 무기적 세계의 영역에 속함을 선언하는 것인 양 받아들여질 수도 있다.[3]

이 같은 이해는 물론 실제 사실과 상당한 거리가 있다. 남겨진 텍스트들을 좀더 면밀히 검토해보면, 거기에는 관념 세계에 대한 긴장된 인식과 더불어, 광범위한 각도에서 현실 세계의 유기적인 삶의 질서와 원리들이 문제시되고 있다는 사실을 발견하게 된다. 순수 관념의 세계 못지않게 이상을 강하게 추동하며 자극했던 것은 현실 세계의 유기적 삶의 방식이자 원리였다. 근대 형이상학의 제반 원리가 공리나 정리 따위로 대변되는 자연 과학적 보편 진리 개념에 의존하고 있다면, 그리하여 이상이 그러한 진리 개념에 내포된 자체 내의 모순점에 대해 새로이 눈을 뜬 것이 바로 무기적 세계의 원리에 대한 비판적 이해의 시초라고 한다면, 유기적 세계에 대한 그의 비판적 태도는 현실 세계의 가치 질서를 결정짓는 문화나 제도, 규칙 등에 대한 회의주의적인 시각과 관련을 맺고 있는 것으로 보인다. 일상적 삶의 질서라 할 수 있는 이러한 원리들이 부정과 비판의 대상으로 인식된 데에는 일차적으로 삶이란 이성적 조건이나 질서에 의해서만 규정되

---

3) 이러한 관점에서 서술된 글로는 김윤식, 「〈쥬피타 추방〉에 대한 6개의 주석 – 이상과 김기림」, 『세계의문학』 (1990 · 12)이 대표적이다.

는 것은 아니라는 내적 판단 때문일 것으로 보인다. 그러나 보다 근본적으로는 표면상 합리적으로 보이는 우리 삶의 제반 가치 질서들이 사실은 합리를 가장한 폭력일 뿐이며, 근거가 모호한 허위 의식일지도 모른다는 강한 의혹으로부터 출발한다. 이성적 삶의 배후에 가로놓인 이와 같은 문제 의식의 발견이야말로 현실 세계에 대한 그의 비판의 가장 결정적이고도 핵심적인 부분이라고 할 수 있을 것이다.

이성과 비이성을 가로지르는 이러한 그의 대담무쌍한 시도와 관련하여, 특히 주목해서 살펴보아야 할 부분이 사회적 금기를 대하는 그의 태도이다. 이상 문학의 가장 특징적인 양상은 우리 사회에서 그간 금기시되었던 내용들이 전면적으로 다루어지고 있다는 점일 것이다. 죽음이라든가 성욕, 매춘 등이 그 구체적인 양상으로 지목될 수 있으려니와, 그의 텍스트에 나타난 퇴폐적이면서 동시에 파괴적, 폭력적인 유희의 양상들이란 기실 이러한 금기에 대항하기 위한 하나의 음모, 곧 위반으로서의 의미를 지닌다.

3. 금기와 위반[4]에 대한 일반적 이해

1) 금기에의 요구와 위반의 충동

인간에게는 기본적으로 인간이기에 억누르지 않으면 안 되는 동물성의 영역이 있다. 이성적인 관점에서 볼 때, 그러한 동물적인 충동의 무분별한 분출은 인간 사회의 본질적인 가치와 질서를 어지럽히는 위험한 것일 수밖에 없다. 당연히도, 이런 종류의 위험 요소는 마땅히

---

4) 이하 전개되는 금기와 위반에 대한 논의는 조르주 바타이유, 『에로티즘』, 조한경 역 (민음사, 1989)의 내용을 주로 참조했음을 밝힌다.

이성에 의해 통제되고 억압되지 않으면 안 된다.

그러나 이성만으로 이러한 충동을 억누르는 데에는 한계가 따르기 마련이다. 따라서, 이성에 의해 다스릴 수 없는 이러한 위험 요소를 회피하기 위해서는 또 다른 형태의 억압이 개입하지 않으면 안 되었는데, 그것은 결국 인간이 인간 스스로에게 부과하는 구속의 형태로 표출된다는 점에서 무의식적인 억압 수단이 되는 셈이다. 인간을 동물과 구분시켜주는 주요한 요인 가운데 하나가 인간 사회의 문화나 제도, 규칙 등이라고 한다면, 그리고 그것이 인간과 동물을 가르는 외적인 기준이 될 수 있다면, 이와는 별도로 인간이 동물과 분리되는 내적인 기준에 해당되는 것은 바로 금기라 할 것이다. 한 사회를 이끌어가는 문화나 제도, 규칙 등이 인간의 이성적인 측면과 관계되는데 반해, 금기란 근본적으로 비이성적인 영역에 속한다는 점이 주목된다.5) 그것은 한 사회나 집단의 성격을 규정짓는 주요 원리이면서도, 지금까지 상대적으로 등한시되어온 감이 있다.

금기는 필연적으로 그것에 대한 위반의 충동을 몰고 오게 마련이다.6) 요컨대 금기의 원칙과 위반의 충동은 인간의 사유와 행동에 적지 않은 영향을 미치는 비이성적 원리이다. 그것은 합리성의 배후에 가로놓인 인간 존재의 근원적인 생존 방식이다. 스스로 금기라는 제

---

5) 이 말이 곧장 금기가 이성과 무관하다는 의미로 이해되어서는 곤란하다. 금기란 어디까지나 합리적인 세계의 질서를 유지하기 위한 목적에서 출현한 것으로 이해될 수 있기 때문이다. 즉 금기 그 자체는 비합리적인 것이나, 금기의 효과는 사회적 합리성의 유지로 판명난다. 금기에 대한 위반이 한 사회 내부에서 비이성적인 행위로 비난받게 되는 이유는 이 때문이다. 여기서 〈근본적으로〉라는 한정사를 굳이 첨가한 이유는 금기와 이성의 이런 미묘한 관계를 의식한 때문이다. 아울러 금기란 내적 체험에 바탕을 두는 것으로서 본래는 제도와 무관하나, 제도화가 반드시 불가능한 것만도 아니다. 예를 들어 근친상간의 금기는 각종 법규와 제도 등에 의해 사실상 금지되고 있는 실정이다.
6) 예컨대 살해에 대한 금기는 그와 관련된 심각한 위반에의 욕망을 불러일으킨다.

한을 설정하고, 더불어 그것을 위반하고자 하는 충동에 사로잡히게 되는 것은 순전히 인간적인 과정이다. 이에 비할 때, 동물에겐 금기의 원칙도 위반의 충동도 있을 수 없다. 위반 행위 자체만을 놓고 볼 때는 내면에 잠재한 동물성의 표출로 보일지 모르나, 인간에게 있어 위반의 충동이란 이러한 금기라는 대전제를 의식한 다음에야 가능한 것이라는 점에서 시종일관 인간적인 영역에 속한다고 할 수 있다.

2) 근대 사회와 금기의 문제

금기란 사회 공동체의 유지를 위해서는 필수적인 것이다. 그것이 필수적이어야 할 이유는 명백하다. 노동과 생산의 체계를 유지하기 위해서 지속적으로 사회 권력은 인간 내면의 동물적인 욕구를 통제할 필요가 있기 때문이다. 개인으로 하여금 쾌락을 최대한 억제하고 생산에 몰입하게 할 때, 그가 속한 사회는 무질서한 자연의 상태를 벗어나 한층 안정되고 성숙한 인간 사회의 질서를 유지하게 된다. 인간 사회는 금기와 노동을 통한 새로운 가치 창조의 사회이며, 그런 만큼 금기가 없는 사회란 생각조차 할 수 없다. 금기의 위반에는 보통 혹독한 사회적 비난이나 처벌이 뒤따른다.

근대에 들어서도 이러한 금기는 지속적으로 인간의 사유와 행동에 제약을 가하는 요소로 작용한다. 생각하기에 따라서는 이전에 비해 오히려 강화되었다고도 볼 수 있다. 왜 이런 결과가 발생하게 되었는가. 그것은 노동 생산성에 대한 근대 사회 내부의 집착과 관련이 있다.[7] 근대 사회에서 노동 생산성이 특히 문제시된다고 할 때, 일차적

---

7) "생산의 요구는 당연히 금기의 요구로 나아가게 됩니다. 생산의 체계를 유지하기 위해서는 인간의 동물적 충동이 억제되어야 하기 때문입니다."
이재우, 「니체는 경제학자인가?」, 서울 사회과학연구소, 『막스, 프로이트, 니체를 넘

으로 통제되고 관리되어야 할 측면은 개개인의 시간이다. 보다 나은 생산성 향상을 위해 일정 부분 허용되는 시간적 여유를 휴식으로 일컫는 반면, 생산성 향상과 무관한 시간 여유는 예외 없이 나태요 낭비, 혹은 일종의 사치로 간주되기 마련이다. 이러한 부분들은 근대 사회에 들어서 각종 규율과 제도들을 통해 충분히 효율적으로 관리할 수 있게 되었다. 문제는 인간이 단지 생산과 무관한 상태에서 그치는 것이 아니라, 거기서 몇 발짝 더 나아가 파괴적이고 폭력적인 양상으로까지 치달리게 되는 경우이다. 이성만으로는 더 이상 관리하고 통제하기 어려운 이러한 상황을 미연에 방지하기 위해서는 제도적 차원의 해결책 이상의, 보다 강력하고 내면적인 통제책이 요구되었던 것이다. 근본적으로 비이성적인 영역에 속한다고 할 수 있는 금기가 근대 사회에 들어서서도 여전히 그 위세를 잃지 않은 데에는 이러한 속사정이 있다.

예컨대, 사회적으로 금기시되는 대표적인 것 가운데 하나가 무분별한 성행위이다. 부끄럼 없이 행하던 성행위를 인간이 부끄럽게 여기고 스스로 제한을 가하게 된 데는 분명 그 나름의 이유가 있다. 성행위는 생식과 연결되기에 생산적인 면과 관계가 있는 것으로 이해될 수도 있겠으나, 제한 없이 벌이는 성행위란 결국 노동 시간의 제약으로 이어질 것이므로, 금기의 대상으로 인식된다. 그런데 여기서 특히 유의하여야 할 사실은 성행위에 관한 한 인간은 여타의 동물과는 다른, 독특한 측면을 지닌다는 점이다. 동물에게 있어 성행위란 오직 생식을 위한 중간 과정일 뿐이지만, 인간의 성행위는 단지 생식을 위한 것에만 머물지 않는다는 점이 무엇보다도 주목된다. 그것은 동시에 정신적, 육체적 쾌락을 목적으로 한 것이기도 하다. 때로 인간은 성행

어서』(새길, 1997), p. 191.

위를 통해 극단적인 쾌락을 추구하기도 하는데, 이때의 성행위란 파괴적이고 폭력적인 양상을 띠게 된다. 성행위를 통한 이러한 쾌락의 추구, 즉 에로티즘의 추구가 금기시되는 가장 큰 이유는, 그것이 생산적이기보다는 파괴적이며 폭력적인 과정이라는 점에 있다.[8]

근대 사회는 특히 이러한 에로티즘의 추구를 사회적으로 철저하게 금기시하는 경향이 있다. 근대 자본주의 성장의 기틀이 되는 생산성 향상을 위해서는, 파괴적이고 폭력적인, 뿐만 아니라 소모적이고 낭비적인 과정이라 할 수 있는 에로티즘이야말로 억제되어야 할 충분한 이유가 있는 것이기 때문이다. 그것이 도덕적인 비난의 대상이 되고, 사회의 이면에서 은밀하게 이루어지게 되기까지에는 상당 부분 이런 측면이 잠재해 있다.

4. 이상 시에 나타난 금기와 위반의 상관 관계

1) 일상적 삶의 무의미함에 대한 인식과 탈출에의 시도

이상 문학의 유희적 양상을 이해하는 데 있어, 무엇보다도 먼저 그의 텍스트에 나타난 〈나태〉와 〈권태〉의 의미를 제대로 이해하는 것만큼 중요한 것은 없다. 이미 수차 지적되었다시피, 이들 용어는 일상 속에서 한 문제적 인물이 경험하게 되는 삶의 무의미함과 무가치함에 대한 문제 제기적 성격이 강하다. 변화 없는, 혹은 지속적으로 반복되는 현실의 일상적 삶이란 인간을 끊임없이 구속하는 삶이다. 그러한 구속으로부터 벗어나기 위해서는 개인에게 부과되는 사회적 의무와

---

8) 이 점에 관한 한 바타이유의 주장은 명확하다. 그는 에로티즘을 〈위반적 폭력〉으로 규정한다.

요구 일체를 거부하여야 하며, 이 때 사회적 의무와 요구의 거부란 정상적인 사회 생활의 포기, 즉 일체의 구속으로부터 해방된 룸펜으로서의 생활을 의미한다.

정상적인 사회인으로 생활하기 위한 제일 조건은 노동을 통한 사회 참여이다. 인간은 노동을 통해 사회에 기여하며, 동시에 그러한 기여를 통해 주체를 형성하고 자아를 실현한다. 그러나 인간이 노동을 통해 사회에 기여하고 자아를 실현하는 만큼, 다른 한편으로 그는 끊임없이 그 사회 속에서 구속된 존재로 살아갈 수밖에 없다. 사회는 사실상 개개인에 대한 그러한 구속의 힘에 의해 유지된다고 해도 과언이 아니다. 이러한 사실에 새롭게 눈을 떴다는 데 이상 문학의 한 출발점이 놓여 있다.

> 내가 제법 한 사람의 사회인 자격으로 일을 해보는 것도 아내에게 사설 듣는 것도 나는 가장 게으른 동물처럼 게으른 것이 좋았다. 될 수만 있다면 이 무의미한 인간의 탈을 벗어버리고도 싶었다.
> 나에게는 인간 사회가 스스로왔다. 생활이 스스로왔다. 모두가 서먹서먹할 뿐이었다.
>
> － 「날개」 부분9)

인간 사회는 노동을 통해 형성되고 유지된 것이긴 하지만, 또한 노동만으로는 이루어질 수 없다. 반복되는 일상의 노동으로부터의 탈피란 모든 인간의 잠재된 욕망이기도 하다. 그러나 이상의 경우는 위 인용문에서 보듯, 보통의 경우 잠재되게 마련인 그러한 욕망을 전면

---

9) 이상, 「날개」, 김윤식 편, 『이상 문학 전집 · 2』(문학사상사, 1991), p. 324.
　　이하 문학사상사 판 『이상 문학 전집』에서의 인용은 『전집』의 호수와 페이지만을 명기하기로 함.

적으로 노출시키고 있다는 점이 특징적이다.

노동으로부터의 전면적인 탈피는 결국 이성과 금기의 세계로부터의 탈피를 의미하며[10], 그것은 또한 인간을 동물적인 수준으로 추락시키는 것을 의미한다. 그러나 인간은 비록 동물적인 수준으로 추락한다 하더라도 결코 동물이 될 수는 없다. 왜냐하면 이때의 노동으로부터의 탈피에 대한 욕망이란 전적으로 인간적인 욕망이기 때문이다. 금기의 위반이 금기 자체를 무의미하게 만들지는 못하듯이 말이다.

이러한 상황의 미묘함은 그가 인간적인 욕망이 전연 배제된 동물의 본능적 행동에 대해서도 동일한 거부감을 보이고 있다는 사실에서 확연하게 나타난다.

> 나는 일어나서 오던 길을 돌치는 도중에서 교미하는 개 한 쌍을 만났다. 그러나 인공의 기교가 없는 축류(畜類)의 교미는 풍경이 권태 그것인 것 같이 권태 그것이다. 동리 아해들에게도 젊은 촌부들에게도 흥미의 대상이 못되는 이 개들의 교미는 또한 내게 있어서도 흥미의 대상이 되지 못한다.
>
> ─「권태」부분[11]

왜 동물적인 행동이 그의 흥미의 대상이 되지 못하는가. 인공의 기교, 다시 말해서 인간의 욕망이 거기에는 개입되어 있지 않기 때문이다. 그렇다면 여기서 말하는 인간의 욕망이란 무엇을 의미하는가. 그것은 바로 금기를 의식하고 행하는 위반의 충동을 의미한다.

이러한 금기에 대한 위반의 충동처럼 그를 자극하는 것은 없었는

---

10) 노동이 이성 및 금기와 밀접한 상관 관계를 유지하고 있다는 사실에 대한 자세한 해설은 조르주 바타이유, op. cit., pp. 42~49 참조.
11) 『전집·3』, p. 147.

데, 그 근본적인 이유는 위반 자체의 내밀한 속성에 근거한다. 위반의 충동이란 곧 사회적으로 용인될 수 없는 인간의 욕망을 의미한다. 그것이 사회적으로 용인될 수 없는 이유 또한 명백하다. 사회의 안정과 질서 유지에 현저한 위협 요소이기 때문이다. 이미 언급했듯이, 금기의 위반이 목표로 하는 것은 쾌락이며, 그것의 나타난 결과는 파괴적이고 폭력적인 양상이다. 쾌락과 파괴가 내면적으로 결합되어 있다는 데 거부할 수 없는 위반의 매력이 있다. 여기서 파괴란 곧 일상으로부터의 탈피를 의미한다.

다음과 같은 진술은 그러한 위반의 충동이 인간 이상에게 가져다주는 매력에 대한 직접적인 표출이다.

> 불나비가 달려들어 불을 끈다. 불나비는 죽었든지 화상을 입었으리라. 그러나 불나비라는 놈은 사는 방법을 아는 놈이다. 불을 보면 뛰어들 줄 알고—평상에 불을 초조히 찾아다닐 줄도 아는 열정의 생물이니 말이다.
>
> —「권태」 부분12)

> 어차피 살아날 수 없는 것이라면, 혼자서 한껏 잔인한 짓을 해보고 싶구나.
> 그래 상대방을 죽도록 기쁘게 해주고 싶다. 그런 상대는 여자 — 역시 여자라야 한다. 그래 여자라야만 할지도 모르지.
>
> —「불행한 계승」 부분13)

위 인용문에서 이상은 우리 사회에서 용인될 수 없는 대표적인 두 가지 금기 사항인 자살에의 충동과 성적 충동의 문제를 거론하고 있

---

12)『전집·3』, p. 153.
13)『전집·2』, p. 209.

다. 사실 이 두 충동은 이상에게 있어 둘이 아닌 하나이다. 미학적인 측면에서 본다면, 그것은 유희적 충동을 중심으로 상호 긴밀하게 연결되어 있다. 죽음의 유희와 성적 유희는 이 지점에서 에로티즘의 미학으로 승화된다.[14] 이상 문학의 또 다른 주제인 에로티즘은 이런 각도에서 논의되어야 한다. 유기적 세계를 대하는 작가 이상의 태도와 인식은 이러한 에로티즘에의 강렬한 욕망과 따로 분리하여 생각할 수 없을 것이다.

2) 이상의 시에 나타난 위반 충동과 그 양상

지금까지 논의되었던 금기와 위반의 양상들은 이상의 시에서도 그대로 반복적으로 대응되어 나타난다. 다만 그것이 시라는 의장을 걸쳤기에, 일견 애매모호한, 뿐만 아니라 수사적이고 상징적인 의미를 띤 채 등장한다는 점이 조금 다를 뿐이다.

이상의 시에 제시된 위반의 충동은 일차적으로 일상적 삶의 무의미한 반복에 대한 강한 거부감으로부터 출발하는 것으로 보인다. 그리고 그것은, 앞서 살펴본 바와 같이, 노동을 통해 길들여지는 근대인들의 구속적 삶에 대한 회의주의적인 시선과 일치한다.

---

14) 이상 소설에 나타난 에로티즘의 미학을 언급한 기존의 논의로는 김주현, 「이상 소설의 미학」, 『이상소설 연구』 (소명출판, 1999)를 참조할 만하다.
　이 글에서 김주현은 이상의 소설 텍스트에 제시된 에로티즘적 양상이 바타이유의 경우와는 다소 차이가 나는 것으로 이해하고 있으나, 그런 그의 지적은 바타이유 에로티즘 론에서의 죽음의 위상을 경직되게 이해한 결과로 보인다. 바타이유 역시 죽음에 대한 선명한 인식으로부터 에로티즘의 출발이 가능하다고 보았기 때문이다. 다시 말해서 어떤 경우에도 에로티즘의 성립에 있어 죽음에 대한 인식이란 선(先) 조건일 수밖에 없다. 에로티즘과 죽음에 대한 인식의 상관 관계에 대해서는, 조르주 바타이유, 『에로스의 눈물』, 유기환 역 (문학과의식, 2002)의 제1부 「시작 – 에로스의 탄생」 부분 참조.

양팔을 자르고 나의 직무를 회피한다
이제는 나에게 일을 하라는 자는 없다
내가 무서워하는 지배는 어디서도 찾아볼 수 없다
— 「회한의 장」 부분[15]

나는지금거울을안가졌소마는거울속에는늘거울속의내가있소
잘은모르지만외로된사업에골몰할께요
— 「거울」 부분[16]

「회한의 장」은 그가 한때나마 자신의 양팔을 자르고 싶은 충동에
빠진 적이 있음을 고백한 시로 볼 수 있다. 팔이 있으면 시키는 일을
안 할 수 없고, 일을 한다는 것은 곧 사회의 지배로부터 자유로울 수
없다는 것을 의미하기 때문이다. 이 경우 일, 즉 노동을 통해 한 개인
에게 행사되는 사회의 지배란 그에겐 두려움과 공포의 대상이다. 적
극적인 탈출에의 모색, 위반에의 충동은 이러한 지배에 대한 철저한
자각으로부터 비롯된다.

「거울」에서 그는 이와 관련된 스스로의 위반 충동을 거울이라는 매
개물을 통해 우회적으로 표출하고 있다. 거울이란 여기서 단순히 자
신의 외적인 모습만을 비추어주는 도구가 아니다. 그것은 내면적인
심리 상태까지를 투영시켜주는 존재로 파악된다. '거울 속의 나'는 무
언가를 음모하고 있다. 그 음모는 '외로된 사업'으로 지칭되는 음모이
다. 따라서 그것은 자신이 처한 현재의 상태, 곧 일상적 상황으로부터
어떻게든 벗어나고 싶다는 강한 의지의 표출이라 할 수 있다.

---

15) 『전집 · 1』, p. 244.
16) 『전집 · 1』, p. 187.

그러나 이상의 시에 나타난 위반에의 충동이 단지 이런 차원에서만 논의될 수 있는 성질의 것은 아니다. 거기에는 일상적 삶으로부터의 탈출 의지라는 다소 막연한 동기 이외에, 보다 강력하면서도 거부할 수 없는 내적 동기가 존재하는데, 그것은 바로 자신의 내면에 존재하는 금기에 대한 선명한 인식이다. 이와 같은 금기에 대한 선명하고도 철저한 인식이 없다고 한다면, 위반에의 충동이란 사실상 별 큰 의미가 없다. 위반이 진정한 위반으로서의 의미를 갖기 위해서는 먼저 위반 이전에 존재하는 금기의 중압감을 철저히 인식하는 것이 무엇보다도 중요하기 때문이다.

> 죽고싶은마음이칼을찾는다.칼은날이접혀서퍼지지않으니날을노호(怒號)하는초조(焦燥)가절벽에끊치려든다.억지로이것을안떠밀어놓고또간곡히참으면어느결에날이어디를건드렸나보다.내출혈이빽빽해온다.그러나피부에상채기를얻을길이없으니악령나갈문이없다.가친자수(自殊)로하여체중은점점무겁다.
>
> ― 「침몰」 전문[17]

위의 인용 시는 여타의 이상의 텍스트들과 마찬가지로 그간 다양한 해석의 가능성을 두루 폭넓게 허용한 예에 속한다. 그러나 연구자가 보기에 이 시의 해석에 있어 진짜 중요한 사항은 자기 파괴적인 양상을 지닌 자살 충동의 성격을 어떻게 이해하느냐이다.

여기서 '죽고싶은마음'이란 무언가와 관련된 극렬한 위반에의 충동을 의미한다. 억제할 수 없는 충동에 이끌려 그는 드디어 그 위반을 결행하기로 마음먹는다. 그러나 위반을 결행하기 위해 칼을 찾지만, 그 칼은 날이 접혀서 퍼지지 않는다. 내적인 금기의 억제력이 동시에

---

17) 『전집 · 1』, p. 78.

작동하는 순간이다. 위반의 충동과 금기 사이에서 그의 심리적 초조감은 극에 달한다. 간신히 그 충동을 억제하며 참고 있자니, 내면의 충동은 점점 더 심해져서 도저히 스스로를 통제할 수 없는 상황에까지 이르고 만다. 그럼에도 금기의 억제력은 여전히 요지부동이어서, 위반의 충동이 실제 결행될 수 없도록 철저하게 봉쇄한다. 이 진퇴양난의 상황을 그는 위에서 '악령나갈문이없다.'라고 표현하고 있다.

금기라는 구속이 존재하기에 위반의 충동이 생기는 것이다. 인간사회는 금기의 사회이며, 금기가 존재하는 한 인간에게서 위반의 충동을 완전히 제거하기란 불가능하다. 금기와 위반은 서로를 비추는 거울과도 같은 존재이다.

1.

나는거울없는실내에있다.거울속의나는역시외출중이다.나는지금거울속의나를무서워하며떨고있다.거울속의나는어디가서나를어떻게하려는음모를하는중일까.

2.

죄를품고식은침상에서잤다.확실한내꿈에나는결석하였고의족을담은군용장화가내꿈의백지를더럽혀놓았다.

3.

나는거울있는실내로몰래들어간다.나를거울에서해방하려고.그러나거울속의나는침울한얼굴로동시에꼭들어온다.거울속의나는내게미안한뜻을전한다.내가그때문에영어(囹圄)되어있드키그도나때문에영어되어떨고있다.

4.

내가결석한나의꿈.내위조가등장하지않는내거울.무능이라도좋은나

의고독의갈망자다.나는드디어거울속의나에게자살을권유하기로결심하
였다.나는그에게시야도없는들창을가리키었다.그들창은자살만을위한
들창이다.그러나내가자살하지아니하면그가자살할수없음을그는내게가
르친다.거울속의나는불사조에가깝다.

5.
    내왼편가슴심장의위치를방탄금속으로엄폐하고나는거울속의내왼편
가슴을겨누어권총을발사하였다.탄환은그의왼편가슴을관통하였으나그
의심장은바른편에있다.

6.
    모형심장에서붉은잉크가엎질러졌다.내가지각한내꿈에서나는극형
을받았다.내꿈을지배하는자는내가아니다.악수조차할수없는두사람을
봉쇄한거대한죄가있다.

—「오감도 시 제15호」 전문[18]

　인용된 시는 금기와 위반의 이와 같은 이율배반적 자기반영성을 거
울 상징으로 형상화한 것으로 생각된다. 여기 나타난 '거울속의나'의
존재가 가지는 의미는 앞서 인용했던 「거울」에서의 기능과 비교, 유
추해볼 수 있으려니와, 1연에서 그러한 '거울속의나'가 '외출중'이라고
진술한 사실에 주목해볼 필요가 있을 것이다.

　이상의 텍스트에서 이 〈외출〉이 가지는 의미는 각별하다. 「날개」에
서 보듯, 외출이란 현실로부터 벗어나기 위한 모색의 일종이며, 그런
의미에서 그것은 기존의 질서를 뒤집기 위한 흉계와 음모의 시작이다.
다시 말해서 이상에게 있어 외출이란 금기의 위반이다. 금기의 구속
을 강하게 의식하는 이 편(거울 밖의 나)에서 본다면, 그러한 외출, 즉

---

18) 『전집·1』, pp. 49~50.

금기의 위반을 아무렇게나 모의할 수 있는 거울 저 편의 나(거울 속의 나)란 한층 무섭고도 두려운 존재일 수밖에 없다.

2연의 내용은 꿈에서의 위반적 양상을 모티브로 한 것이다. 현실 속에서는 불가능한 위반일지라도 꿈속에서는 얼마든지 가능하다. 더군다나 그 위반의 양상이 기괴하고 폭력적일 경우도 있을 수 있다. '의족을담은군용장화가내꿈의백지를더럽혀놓았다.'라는 구절은 꿈속에서 펼쳐지는 이러한 위반의 기괴함과 폭력성을 반영한 것으로 보인다.

3연에서는 위반의 충동에서 벗어나고 싶은 자아의 소망이 나타나 있다. 이러한 소망의 실현은 물론 불가능하다. 앞서 살펴보았듯이, 위반의 충동이 없다는 것은 금기가 없다는 것과 같은 말이니까. 금기의 구속력과 위반에의 충동은 한 쌍의 대립쌍이며, 필요충분조건이다. 그들은 서로가 서로에 의지하면서, 동시에 서로를 구속하는 존재이다. '내가그때문에영어(囹圄)되어있드키그도나때문에영어되어떨고있다.'라는 진술은 그러한 상관성을 드러낸다.

4, 5, 6연은 3연까지의 내용의 부연이자 재확인이다. '거울속의나'가 간직한 위반의 충동을 제거하고자 가능한 모든 방법을 동원하여 애를 써보나, 내면의 금기가 먼저 제거되지 않은 상태에서 위반의 충동만을 제거한다는 것은 불가능함을 다시 한번 확인하게 된다. 금기의 준수냐 위반이냐는 양자택일과 결단을 요구할 뿐, 결코 타협의 대상이 아니다. 그러나 이미 언급하였다시피, 금기와 위반 자체는 서로를 비추는 거울과도 같은 것이기에, 각자를 따로 분리하여 생각할 수 없는 것이다. 이상이 강조하고자 한 것은 바로 이 점이다. 6연의 마지막에 나오는 '악수조차할수없는두사람을봉쇄한거대한죄가있다.'라는 구절의 의미는 이런 각도에서 생각해볼 여지를 지닌다.

여기서 한 가지 꼭 유의하여야만 할 사실이 있다. 일반적으로 위반은 죄의식을 유발하는 악과 관계되지만, 이러한 죄와 악을 조장하고 부추기는 것은 다름 아닌 금기이다. 금기의 위반에는 반드시 내적인 고뇌와 두려움이 뒤따른다. 돌려 말한다면, 이 경우 고뇌와 두려움이 없는 위반이란 이미 위반이 아닌 것이다.[19]

이 즈음에서 연구자는 이상의 대표작인 「오감도 시 제1호」를 새롭게 해석해볼 필요성을 느낀다. 이 텍스트의 의미가 어느 고정된 한 가지 해석에만 전적으로 매달린다는 것은 넌센스일 수밖에 없겠지만, 상당히 양보를 한다 하더라도, 이제까지 우리가 살펴본 금기와 위반의 카테고리 내에서 이해한다고 해서 크게 잘못될 이유는 없으리라 판단되기 때문이다.

> 13인의아해가도로로질주하오.
> (길은막다른골목이적당하오.)
>
> 제1의아해가무섭다고그리오.
> 제2의아해도무섭다고그리오.
> 제3의아해도무섭다고그리오.
> 제4의아해도무섭다고그리오.
> 제5의아해도무섭다고그리오.
> 제6의아해도무섭다고그리오.
> 제7의아해도무섭다고그리오.
> 제8의아해도무섭다고그리오.
> 제9의아해도무섭다고그리오.

---

19) 이 문제와 관련하여, 바타이유의 다음과 같은 진술을 참고할 필요가 있다.
"금기를 준수하고, 금기에 복종하면, 우리는 더 이상 그것을 의식할 수 없다. 그러나 그것을 범하는 순간 우리는 고뇌를 느끼며, 고뇌와 함께 금기가 의식되고, 죄의식도 체험하게 된다. 이러한 고뇌와 죄의식 끝에 우리는 위반을 완수하고, 성공시킨다."
조르주 바타이유, op. cit. (1989), p. 41.

제10의아해도무섭다고그리오.

제11의아해가무섭다고그리오.
제12의아해도무섭다고그리오.
제13의아해도무섭다고그리오.
13인의아해는무서운아해와무서워하는아해와그렇게뿐이모였소.
(다른사정은없는것이차라리나았소)

그중에1인의아해가무서운아해라도좋소.
그중에2인의아해가무서운아해라도좋소.

그중에2인의아해가무서워하는아해라도좋소.
그중에1인의아해가무서워하는아해라도좋소.

(길은뚫린골목이라도적당하오.)
13인의아해가도로로질주하지아니하여도좋소.

　　　　　　　　　　　　　　　　－「오감도 시 제1호」 전문[20]

　13이라는 숫자는 그 자체가 이미 금기의 숫자이다. 13인의 아해가
무서워하는 것은 그들이 막다른 골목에 갇혀 있음에도 질주하지 않을
수 없다는 사실에 있다. 여기서 막다른 골목이란 금기에 대한 인식을
의미하는 것은 아닐까? 그리고 그 속에서 질주한다는 사실은 금기를
인식하는 순간, 역으로 그것으로부터 벗어나 보고자 하는 강한 충동
을 느꼈다는 것을 의미하는 것은 아닐까? 그러나 금기의 위반이란 누
구에게나 두려운 일임에 틀림없다. 13인의 아해가 한결같이 자신이 처
한 상황에 대해 무서워하여야만 하는 이유는 바로 이 점에 있다.
　금기와 위반이 서로 마주보는 것인 만큼, 그것들을 따로 분리하여

---

20) 『전집·1』, pp. 17~18.

생각한다는 것은 의미가 없다. '13인의아해는무서운아해와무서워하는아해와그렇게뿐이모였소.'라는 구절은 금기 그 자체에 내포된 근원적인 공포와, 그런 금기를 위반함으로 인해 개인이 겪게 되는 공포의 감정이 결국에는 마찬가지라는 의미로 이해될 수 있다. 금기가 두려운 것이라면, 금기의 위반 역시 인간에겐 두려운 것일 수밖에 없다. 이런 관점에서 본다면 어느 쪽이 무서운 것인지, 어느 쪽이 무서워해야 하는 것인지를 구분한다는 것은 사실상 무의미하다.

만일 금기가 존재하지 않는다면, 위반의 충동 역시 존재할 이유가 없다. 길이 뚫린 골목일 때, 13인의 아해가 도로를 질주하지 아니하여도 좋다는 마지막 구절의 의미는 이런 맥락에서 이해가 가능하다.

13으로 표상되는 금기의 존재에 대한 인식과, 그것에 대한 강렬한 위반의 충동을 매개로 한 이와 같은 텍스트 내적 구도는 아래 시에서 시각을 조금 달리하여 등장한다.

> 나의 방의 시계 별안간 13을 치다. 그때, 호외(號外)의 방울소리 들리다. 나의 탈옥의 기사.
> 불면증과 수면증으로 시달림을 받고 있는 나는 항상 좌우의 기로에 섰다.
> 나의 내부로 향해서 도덕의 기념비가 무너지면서 쓰러져버렸다. 중상. 세상은 착오를 전한다.
> 13 + 1 = 12.[21] 이튿날(즉 그때)부터 나의 시계의 침은 세 개였다.
> — 「1931년(작품 제1번)」 부분[22]

---

21) 기존의 자료들에서 이 부분은 '12 + 1 = 13'이라고 제시되어 있으나, 이는 『현대문학』(1960·11)에 처음 발굴, 게재된 이후 편저자들이 계속적으로 원문 확인 없이 재인용한 때문으로 보인다. 일본어로 기재된 창작 노트에는 분명히 '13 + 1 = 12'로 되어 있다.
일본어 원문의 복사본은 김윤식, 『이상 문학 텍스트 연구』(서울대학교 출판부, 1998), p. 458 참조.

13이라는 금기의 숫자가 현실에서 발현되는 순간은 위반이 실현되는 순간을 의미한다. '나의 탈옥'이란 그런 금기의 위반이며, 그것은 충동적으로 '별안간', 또한 확실하게 실행에 옮겨진 위반의 순간이다. 그러나 그러한 위반이 곧 금기로부터의 완전한 탈출을 의미하는 것은 아니다. 위반과 동시에 위반으로 인한 두려움이 그를 엄습한다. 불면증과 수면증 사이에서 시달리며, 좌우의 기로에 선다는 말은 위반 행위 자체를 철저하게 밀고 나가지 못하고, 그에 따른 두려움으로 자아가 엉거주춤한 상황에 처하게 되었음을 뜻한다.

위반의 결과, 그의 내부에 존재하는 도덕의 기념비가 무너지게 되었다. 그것이 무너짐으로 해서 아무 것도 거리낄 것이 없이 자유롭게 된 대신에, 황당하게도 그는 '중상'을 입는다. 위반으로 인해 모든 것이 그의 멋대로 되리라는 생각은 이 지점에서 완전 '착오'였음이 드러난다.

'13 + 1 = 12'. 이 정식은 그 자체가 명백한 오류이다. 금기의 위반으로, 그것이 지닌 두려움으로부터 해방되리라던 그의 기대 역시 이것과 마찬가지로 오류임이 밝혀진다. 13대신 그는 12로 표상되는 일상의 정상적인(또는 구속적인) 상태로 복귀하지 않으면 안 된다. 시계의 침이 세 개로 된 것은 두 개뿐인 경우보다도 오히려 한층 더 금기의 구속력이 증가하였음을 의미하는 것일 수 있다.

3) 근대적 상황의 특수성과 위반 충동의 한계에 대한 인식

이제껏 필자는 위반의 충동이 현실에 있어 문제가 되는 것은 오직

---

22)   『전집·1』, p. 238.

금기가 전재함으로써만 가능하다는 점을 누누이 강조해온 셈이다.

그러나 그 날 그 날의 일상적인 삶을 살아가는 대다수 사람들에게는 이러한 금기와 위반의 메커니즘이란 그다지 현실감 있게 다가오는 문제가 아닐 수도 있다. 왜냐 하면, 이때의 금기는, 반드시 그것이 우리의 의식을 억누르는 금기라고 인정하는 한에서만 금기일 것이기 때문이다. 다시 말해서 우리가 금기를 더 이상 금기라고 느끼지 않게 되는 경우, 그것에 대한 위반 충동이란 원천적으로 불가능하다. 자본주의 사회에서의 바쁜 일상은 금기를 둘러싼 이와 같은 근본적인 의문들을 거의 완벽하게 봉쇄해버린다. 대다수의 사람들은 일상의 바쁜 현실 속에 파묻혀, 금기 자체에 대한 명확한 인식 없이 그것을 제도적 차원에서 당연하다는 듯이 수용한다.

우리 사회의 각종 금기가 제도화된 형태로 고착되게 된 데에는 이런 사정이 있다. 제도라는 범주에 편입됨으로써, 금기는 원래의 비이성적인 영역으로부터 벗어나 합리주의라는 가면을 쓴 채로 우리 앞에 등장한다. 이런 경우, 제도화된 금기의 위반은 곧장 사회적 지탄과 처벌의 대상이 된다.

이상은 금기와 관련된 당대 사회의 이러한 모순점의 인식에 있어서도 남달랐다.

> 내가치던개(狗)는튼튼하대서모조리실험동물로공양되고그중에서비
> 타민E를지닌개는학구(學究)의미급(未及)과생물다운질투(嫉妬)로해서박
> 사에게흠씬얻어맞는다.하고싶은말을개짖듯배앝아놓던세월은숨었다.
> 의과대학허전한마당에우뚝서서나는필사로금제를앓는다.논문에출석한
> 억울한촉루(髑髏)에는천고에씨명(氏名)이없는법이다.
>
> — 「금제(禁制)」 부분[23]

---

23) 『전집·1』, p. 75.

「금제」란 금기가 제도화된 양상을 보이는 것을 뜻한다. 위의 인용시는 당대 사회의 제도화된 금기에 대한 인식과 더불어, 그것에 대한 그 자신의 위반 충동이 얼마나 위험한 것인지를 드러내주는 텍스트로 볼 수 있다.

이상의 텍스트에서 '개'는 주로 자아 내면의 길들여지지 않은 동물적 충동을 상징하는 말로 생각된다. 이러한 자아 내면의 길들여지지 않은 충동은 근대 사회의 제도화된 금기 앞에서 옴짝달싹할 수 없는 상태가 되고 만다. 그런 충동의 외부적 표출, 즉 금기의 위반은 극히 예외적이고 병적인 사례에 속하는 것으로 간주되어, 연구자들의 실험 및 관찰 대상이 됨과 동시에 그 위반 행위에 따른 강력한 제재를 받게 된다. 제도화된 금기 앞에서, 위반 충동은 더 이상 사회적으로 용납될 수 없다. 자아 내면의 위반 충동은 이 경우 스스로에 의해 철저하게 봉쇄되지 않으면 안 된다. 제도화된 금기의 강력한 구속력을 의식하고 있는 자아에겐, 이와 같은 사태는 분명 고통스런 일이다. '하고싶은말을개짖듯배앝아놓던세월은숨었다.의과대학허전한마당에우뚝서서나는필사로금제를잃는다.'라는 말은 그러한 자아 내면의 고통을 드러낸 표현이다.

금기에 따른 위반 충동이 한갓 비정상, 또는 병적인 사례로 보고되고 취급되는 상황. 이 상황은 일찍부터 깊은 문제 의식을 지녔던 그에겐 무척이나 억울한 것임에 틀림없다. 그러나 근대라는 시대적 조건 속에서 그의 억울한 사정을 달리 호소할 길은 없다. 위반에 따른 대가란 어디까지나 이름조차 주어지지 않는, 즉 '씨명이없는' 하나의 특이한 연구 대상으로 간주되는 것뿐일 테니까.

그러나 이러한 시대적 한계에 대한 인식에도 불구하고, 그는 줄곧

이 점에 대해 분명한 문제 의식을 지녔던 것으로 보인다. 이 경우 위반 충동은 그에 따른 어떤 위험 부담을 감수하고서라도 직접 체험해 보고픈, 거부할 수 없는 매력을 지닌 존재였던 것이다. 아래 구절들에서 우리는 이상의 자아 내면에 잠재해 있는 그러한 의식상의 편린을 엿볼 수 있다.

> 대지의 성욕에 대한 결핍 … 이 엄중하게 봉쇄된 금제의 대지에 불륜의 구멍을 뚫지 않으면 안된다.
> — 「어리석은 석반(夕飯)」 부분[24]

> 혼자서 나쁜 짓을 해보고 싶다. 이렇게 어두컴컴한 방 안에 표본과 같이 혼자 단좌하여 창백한 얼굴로 나는. 후회를 기다리고 있다.
> — 「공포의 기록」 부분[25]

5. 결론 : 위반의 미학, 에로티즘에로 나아가는 길

지금까지 연구자는 유기적 세계의 현실을 바라보는 작가 이상의 시선을 금기와 위반이라는 틀 속에서 이해해보려 하였다. 금기란 인간을 동물과는 구별시켜주는 내적 과정이라는 점에서 문화적 배경의 산물로 간주된다. 이상이 이러한 금기를 선명하게 의식하고 그것에 대한 끊임없는 위반 충동에 시달렸던 것은 어쩌면 인간으로서 있을 수 있는, 지극히 정상적인 과정이었는지도 모른다. 무엇보다도 그는 위반을 통해 금기를 인식한 인간만이 경험하게 되는 쾌감을 얻을 수 있었으며, 또한 이 쾌감을 통해 사실상의 사형 선고라 할 결핵이 가져다

---

24) 『전집·3』, p. 129.
25) 『전집·2』, p. 203.

준 불안감으로부터 잠시나마 벗어날 수 있었기 때문이다.

그러나 여기서 더욱 중요한 사실은 금기란 그 자체가 두려운 것이며, 금기의 위반 역시 두려움과 공포를 수반한다는 사실이다. 위반이 인간에게 가져다주는 쾌감이란 실제에 있어 이와 같은 두려움 및 공포와 불가분의 관계를 유지한다.[26] 죽음과 관련된 현실적인 공포감이나 불안감은 이러한 위반 충동이 발현되는 순간 한층 쾌락적이며, 동시에 파괴적인 양상을 띠게 마련이다. 그것은 일종의 일탈이자 유희이며, 그것이 노동이 아닌 유희인 한에서, 그것은 또한 생의 낭비를 의미한다. 자신의 생이 마감될 때까지 낭비하고 탕진하며 벌이는 기묘한 유희의 축제. 그것이 바로 이상 문학인 것이다.

금기의 위반이 공포스러운 것이라면, 그의 유희에도 역시 내면적인 공포가 자리 잡고 있다. 그것이 진정으로 그를 공포스럽게 만든 이유는 금기 자체의 내밀한 속성에 기인한다. 금기란 원래가 두려운 것이긴 하지만, 그럼에도 불구하고, 위반의 충동이 따르지 않은 금기란 금기일 수가 없다. 그러나 근대적 상황에서 금기란 제도화된 형태로 등장하여, 그러한 위반에의 충동을 근원적으로 용납치 않는다. 이 사실을 깨달았다는 것 자체가 그에겐 거대한 공포이자 불행의 시작이었으리라.

근대 사회를 실질적으로 움직이는 것은 제도의 힘이다. 제도란 사회적으로 조직화된 보편 원리이다. 그것은 사회 내부의 공개적인 합의에 의해 마련된 것인 동시에 그 사회를 움직이는 권력의 작용에 의해 은밀하게 조종되는 것이라는 점에서 항상적인 이중성을 지닌다.

---

26) "그런데 역설적인 것은 우리의 의식은 그 위반을 즐기기 위해 금기를 지속시킨다는 것이다. 금기를 어기려는 충동과, 금기의 밑바닥에 깔려 있는 고뇌를 동시에 느낄 때 비로소 에로티즘의 내적 체험은 가능한 것이다."
조르주 바타이유, op. cit. (1989), p. 41.

때문에 이와 같은 제도를 어느 관점에서 들여다보느냐에 따라서 근대, 그것에 대한 해석 역시 상반된 결과를 초래할 수 있다. 이른바 〈제도적 장치로서의 근대〉와 〈제도화된 권력으로서의 근대〉라는 양 시각이 충돌하는 지점이라 할만하다.27) 근대 사회를 살아가는 사람들에게, 제도란 필수불가결한 요소이다. 그들 대부분은 제도의 합리성과 가치 중립성을 믿는다. 그러나 그 가운데 몇몇 문제적 인물들은 이러한 합리성과 가치 중립성에 대한 믿음이야말로 제도에 대한 근본적인 환상이라고 주장한다.

금기가 제도의 영역에 편입되었을 때, 그것의 위력은 배가된다. 이 경우 금기는 위반에의 충동 자체를 불허하며, 또한 이와 같이 위반에의 충동조차 허용치 않는 금기란 더 이상 사람들에게 공포의 대상으로 인식되지도 않는다. 이상이 진정으로 공포스러워 했던 것은, 더 이상 사람들에게 공포로 인식되지 않는 금기, 즉 근대 사회의 제도화된 권력으로 자리 잡은 금기의 존재이다. 그것은 근대 세계의 합리의 이면에 감추어진 비합리성의 한 측면이기도 하다.

이러한 금기를 앞에 두고, 그는 고독 가운데서도 해괴망칙한 어릿광대의 몸짓을 계속하지 않을 수 없었는데, 거기에는 물론 이상 자신의 절망적인 표정이 가로놓여 있다. 죽음을 정면으로 응시하고 있다는 점에서, 또한 그러한 가운데서도 존재의 연속성에 대한 신념과, 현실 원리를 벗어난 위반에의 충동에 끊임없이 스스로를 내맡기고 있다는 점에서, 유기적 세계를 대상으로 하는 그의 글쓰기 방식에는 에로티즘의 흔적이 짙게 배어 있다. 그리하여 그 태도는 합리적 인식과

---

27) 특히 이러한 제도와 권력 사이의 상관 관계는 지식의 문제와 맞물릴 때, 보다 복잡한 양상을 띠게 된다. 근대에 있어서 제도와 권력, 지식의 상관 관계를 정리한 글로는 강상중, 「제도로서의 지식과 권력으로서의 지식」, 『오리엔탈리즘을 넘어서』, 이경덕외 역 (이산, 1997) 참조.

일상적 사유의 한계를 멀찌감치 넘어선다. 이로 본다면 이상에게 있어 글쓰기란 현실 속에서는 어찌 할 수 없었던, 그의 내면에 잠재되어 있는 위반 충동을 우회적으로 표출해내기 위한 대리 만족의 수단인 셈이다. 그것이 한층 파괴적이고 폭력적인 에로티즘의 양상을 띠고 세상에 등장하게 된 데에는 바로 이와 같은 이상 자신의 내적인 고민이 자리하고 있다.

이상 문학에 나타난 에로티즘의 미학은 이런 맥락에서 이해가 가능하다.[28]

---

28) 흔히 문학 작품에서 에로틱한 면이 강조되어 있다고 했을 때, 이를 단순하게 이해할 경우 성적 연상 작용과 관계되는 자극적이고 말초적인 감각만을 떠올리기 쉽다. 그러나 에로티즘에서 강조하는 금기와 위반의 상관 관계에 무게를 둔다면, 이는 결국 유기적 세계를 바라보는 근대 모더니티의 속성을 내부로부터 비틀어 허무는 한편, 궁극적으로는 그것을 넘어서고자 하는 모색 내지 시도의 일종으로 볼 수 있을 것이다. 이상에 의해 처음 시도되었던 한국 현대시의 이와 같은 문제 제기 방식은 그 후 서정주 등에 의해 부분적으로 계승되었으며, 1980년대 중반 이후 새로이 대두되기 시작한 포스트모더니즘 조류의 등장과 더불어, 현 시단에서 상당한 영향력을 행사하고 있는 것으로 이해된다.

이 문제에 대한 세부적인 논의는 본고의 집필 목적상 논의 범위를 다소 벗어난 문제로 판단되므로, 이상 시에 나타난 에로티즘의 미학적 차원에서의 해명과 더불어, 이후의 과제로 돌린다.

〈대화〉적 관점에서 본 이상 문학의 모더니티

1. 서론 : 논의의 시발점

이상 문학을 논의하고자 할 때 흔히 주목받는 화두 가운데 하나가 〈모더니티〉의 문제이다. 모더니스트로서 그가 모더니티를 어떤 방식으로 이해하였는지, 그것을 그의 작품 속에서 어떻게 표출하였는지, 그리고 그 표출은 당대 문단과 지성사에 무슨 의미를 던지고 있는 것인지 등이 이 지점에서 구체적으로 상론될 수 있으려니와, 대개의 경우 이와 관련된 논의들은 시대를 지나치게 앞질러 나갔던, 그래서 필연적으로 불우한 생을 마감하지 않을 수 없었던 작가 이상의 천재적인 인식, 그 탁월한 안목과 그 속에 내재하는 비극성에 집착하기 십상이다.

사실 1930년대 활동하던 모더니즘 문인들 가운데 이상만큼 뚜렷하게 이 문제에 대해 일관된 자의식을 가지고 덤벼든 경우를 찾기란 쉽지 않다. 그리고 바로 이 점에 있어서 그는 김기림과 더불어, 카프를 중심으로 한 리얼리즘 진영의 문학인들이 이룩해놓은 전체 성과와 맞

먹는 비중을 지닌 작가로 우리 문학사에서 군림할 수 있었던 것이다.[1] 요컨대 그는 당대의 어느 작가보다도 모더니티라는 문제 의식에 첨예하게 부딪쳤으며, 드디어는 그 압력을 견디지 못하고 산산조각이 난 경우에 해당된다고 할 수 있다.

이런 각도에서 그의 문학을 이해하려 할 경우, 우리는 그 의미를 자못 진지하고 심각한 것으로만 받아들이기 쉽다. 물론 그의 시도는 지금의 관점에서 보더라도 진지한 면을 지니고 있는 것은 사실이다. 그러나 한편으로 이와 같은 진지함만이 그의 전부라고 이해하기에는 곤란한 점들이 산견되는데, 그것은 끝내 그가 문학을 관념적 유희의 일종으로 간주했던 탕아로서의 기질과 관련된다. 이른바 〈데카당스〉적인 요소 또한 그의 문학이 지닌 또 다른 진면목이 아닐 수 없다. 그리고 이 점에 관한 한 그는 시대나 사회, 역사에 대해 한 치의 양보도 없었다. 데카당이란 결국 정신적 귀족주의에서 오는 지식인 특유의 자존심의 근거이자 그 결과로서 빚어진 부산물이라고 한다면, 그의 문학은 동시에 그러한 그의 호사 취미를 직접적으로 반영한 것으로 볼 수밖에 없다. 시대가 영웅을 몰라보고 홀대하며 박해한다는 것, 그리하여 영웅은 그 자신의 능력을 제대로 펼쳐볼 기회조차 얻지 못한 채 생을 비극적으로 탕진하게 된다는 것이 이들 데카당들의 논리의 요체인 바, 일찍이 보들레르나 랭보에 의해 실천되었던 이 같은 구도를 통해 이상은 자기 존재와 내면의 근거로 합리화하고자 기도했던 것으로 볼 수 있다.

이 글에서 필자는 그러한 이상 문학 특유의 데카당스적인 요소를 이 이상 장황하게 늘어놓을 필요성을 느끼지는 않는다. 다만 모더니

---

1) 이 부분과 관련된 문제 의식에 대해서는 김윤중, 『한국 모더니즘 문학의 세계관과 역사 의식』(태학사, 1996) 참조.

티 인식에 관한 한 이상에게 있어서는 진지함만큼이나 정신적 귀족주의 내지는 호사 취미가 그의 전 생애에 걸친 지대한 관심사였으며, 그것이 결국 그의 문학적 행로에도 결정적인 영향을 미쳤다는 점을 강조하고자 할 따름이다. 이러한 태도의 결과는 그의 문학에서 곧잘 유희적 국면으로 표출되었던 것인데, 여기서 필자는 문학 작품에 나타난 이러한 유희적 국면들을 우리가 어떤 각도에서 이해하고 받아들여야 할 것인가와 관련된 하나의 기준을 제시해보고자 한다. 보다 직접적으로 표현한다면, 모더니티에 대한 인식이 이상 문학의 한 중심 축임을 인정하는 것과 그의 데카당적인 기질은 상당히 밀접한 상관성을 지니고 있는 것으로 판단된다. 그리고 그것은, 고쳐 생각할 때, 이상이 당대 우리 사회가 지닌 문제점들을 어떻게 바라보았는가 하는 문제와 직, 간접으로 연관되는 것임을 알 수 있다. 이를테면 그의 생활과 창작 활동의 근저에 깊숙이 개입하는 모더니티를 둘러싼 문제의식, 그리고 그것과 늘상 대립하곤 했던 당대의 사회 역사적 제반 조건들에 대한 인식을 문제 삼는 일이야말로 그의 문학적 궤적 및 그에 수반되는 의미를 추출해내는 올바른 길일 수도 있음을 증명해내는 것이 이 글의 주된 목적인 셈이다.

2. 모더니티와 타자의 문제

1) 〈대화〉란 무엇인가

플라톤의 형이상학적 탐구 과정을 흔히 대화의 관점에서 이해하려는 태도에 대해 바흐친이 강하게 부정했던 사실은 널리 알려져 있다.[2] 그에 따르면 플라톤식의 대화(변증법)란 한마디로 공통의 규칙,

동일한 사고 방식과 가치 체계를 공유한 사람들끼리 벌이는 언어 게임의 일종으로, 그것은 결국 자기 대화(독백)의 변형일 따름이라는 것이다. 그런 과정을 통해 도출된 결론이라는 것도 따지고 본다면 체계 내에서의 형식적인 자기 합리화에 불과하다.

바흐친이 〈대화〉라고 말했을 때의 대화란 이런 것이 아니다. 그가 말하는 〈대화〉의 의미를 제대로 이해하기 위해서는 그와 같은 공통의 언어 규칙이 개입하지 않는 사람들 사이에서 빚어지는 관계를 상정할 필요가 있다. 만일 나와는 전혀 다른 언어 게임의 규칙을 지닌 대상, 혹은 아예 그러한 규칙 자체에 대한 개념이 없는 대상이 있다고 한다면 어떻게 할 것인가. 가령 내가 말을 걸려고 하는 대상이 우리말을 전혀 할줄 모르는 외국인이라든가, 아니면 미처 말을 배우기 이전의 어린 아이라고 한다면 어떻게 할 것인가. 우리는 이 경우 상대방에게 필사적으로 우리 자신이 사용하는 언어를, 그리고 그것의 규칙을, 하나하나 〈가르치지〉 않으면 안 된다.

이 때 전제되는 양자 사이의 관계란 공통의 언어 규칙을 공유한 사람들끼리 벌이는 〈말하다−듣다〉의 차원이 아니라, 그러한 공통 기반을 공유하지 못한 사람들 사이에서 벌어지는 〈가르치다−배우다〉의 차원으로 이해된다. 이 가르치고 배우는 과정, 이것이 바로 바흐친이 이야기하고자 하는 〈대화〉의 참뜻이다. 다시 말해서 그가 〈대화〉라고 했을 때는 이처럼 언제나 공통의 규칙을 공유하지 못한 사람들, 또는 집단들 사이에서 펼쳐지는 불안하고 위태롭기 그지없는 관계를 의미한다. 그리고 그런 점에서 그것은 단일한 공통의 규칙이 지배하는 공동체적 집단 내에서 행해지는 자연스런 〈독백〉과는 명백히 구분된

---

2) 이하에서 전개되는 바흐친의 〈대화〉 개념에 관한 설명은 가라타니 고진, 『탐구·1』, 송태욱 역 (새물결, 1998)에서 주로 참조하여 정리한 것임을 밝힌다.

다.[3]

이 같은 바흐친적 의미에서의 〈대화〉 개념을 수용한다면, 그가 〈타자〉라는 말을 공통의 규칙을 지니지 못한 상대방에만 한정하여 사용하고자 한 이유에 대해서도 수긍할 수 있을 것이다. 진실된 의미에서의 〈타자와의 대화〉란 그에겐 철학적 과제인 동시에 세속적인 문제일 수밖에 없었는데, 그것은 그의 〈대화〉 속에 내재하는 〈가르치고-배우는〉 과정이 상품 시장에 있어 상품을 〈팔고-사는〉 과정과 흡사하기 때문이다.

흔히들 우리는 배우는 자에 대해 가르치는 자가 우월한 입장에 선다고 생각하기가 쉽다. 그러나 이런 태도는 공통의 가치 규범이 지배하는 공동체 사회 내에서나 가능한 일이다. 전혀 다른 규칙을 지닌 대상, 우리가 사용하는 언어 규칙을 아예 모르는 대상에게 무언가를 가르치기 위해서는 가르치는 쪽이 도리어 약한 쪽이며, 끌려 다니는 쪽이지 않으면 안 된다. 아무리 가르치고 싶어도 상대방이 배우길 거부하면 도리가 없기 때문이다. 이는 상품에 대한 가치 개념이 전혀 다른 상대방에게 자신의 상품을 팔고자 하는 상인이 처한 입장과 동일하다. 상품을 팔고 못 팔고의 문제는 상인의 입장에서는 자신의 생존이 걸려 있는 절박한 문제이다. 그가 상품을 팔기 위해서는 어떻게든 상대방에게 그 상품이 지닌 가치, 즉 효용성을 납득시키지 않으면 안 된다. 만일 그렇다 하더라도 상대방이 끝끝내 상품의 구매를 거부

---

3) 이 점에 대해서는 다음과 같은 내용의 설명을 참고할 필요가 있다.
"규범적 커뮤니케이션 모델에서의 대화는 사실 독백(바흐친)이다. …… (중략) …… 바흐친의 의미에서 보면 플라톤의 『대화』는 사실상 대화가 아니다. 거기에는 플라톤이라는 한 사람의 인간이 말하고 있을 뿐이며 하나의 목소리만 있을 뿐이다. 많은 목소리가 있다 해도 다성적이지는 않다."
Ibid., p. 82.

한다면 그로서는 더 이상 어쩔 수 없는 일이 되고 만다. 이러한 상황에서 가르치는 쪽, 파는 쪽이 열세이지 않을 수 없는 이유는 이로써 명백해진다.

이와 같은 〈가르치고-배우는〉, 그리고 〈팔고-사는〉 관계를 일본학자 가라타니 고진은 〈비대칭적〉 관계4)로 명명한다. 그의 논리를 그대로 따른다면 이 〈비대칭적〉 관계야말로 바흐친이 말하고자 하는 〈대화〉의 가장 기본적인 전제 조건임을 알 수 있다. 양자가 상호 대등한 입장에 놓이는 것이 아니라 한쪽(가르치거나 파는 쪽)이 다른 한쪽(배우거나 사는 쪽)에 비해 절대 열세에 놓여 있는 상태, 이 상태에서 예상되는 온갖 무리를 무릅쓰고서라도 시도되는 것이 〈타자와의 대화〉인 것이다.

〈비대칭적 관계〉에서 펼쳐지는 〈타자와의 대화〉에 있어서는 처음부터 상대방과의 매끄러운 관계를 기대하기란 힘들다. 따라서 양자 사이의 소통 행위가 이루어지기 위해서는 필연적으로 규칙 자체를 받아들이기까지의 과정에서, 이들 간에 어떤 비약이 개입되지 않으면 안 된다. 이 때 요구되는 비약이란 가르치거나 파는 쪽에서 본다면 온갖 난관을 뚫고서라도 필사적으로 성취하여야 할 것이라는 점에서 〈목숨을 건 도약〉이며, 그럼에도 불구하고 원리적으로는 그 정당성이나 논리적 근거를 찾아내기 어렵다는 점에서 〈어둠 속에서의 도약〉이라고 할 수 있다.

이 과정에서 그러한 도약이 가능하리라는 확신은 물론 있을 수 없다. 열쇠를 쥐고 있는 것은 어디까지나 상대방, 즉 〈타자〉이기 때문이다. 또한 그 〈타자〉의 입장에서 본다면, 가르치려드는 쪽 역시 자신과는 다른, 공통의 규칙에 의해 묶일 수 없는 별개의 존재인 〈타자〉일

---

4) Ibid., p. 13.

뿐이다. 여기서 알 수 있듯이 〈타자〉라는 개념은 상대적이다. 뿐만 아니라 〈대화〉의 과정, 즉 〈가르치고─배우는〉 과정 역시 상대적인 과정일 뿐이다. 상호간의 관계에서 언제든 〈주체〉는 〈타자〉를 가르칠 수 있으며, 언제든 그 자신이 〈타자〉가 되어 배울 수 있다. 만일 위와 같은 도약이 실제로 현실 속에서 가능하다고 믿는다면 말이다. 〈대화〉란 바로 이런 상대적인 〈주체들〉, 혹은 〈타자들〉 간에 벌어지는 문제인 것이다.

2) 몇 가지 예외들

지금까지 필자는 조금 번잡스럽다 싶을 정도로 장황하게 바흐친이 말했던 〈대화〉의 개념과 그 구체적인 성격에 대해 짚어보았다. 이와 관련된 사항들은 지금까지 우리 주변에서 수차 논의되어져 왔던 것들로, 지금 이 자리에서 새삼스레 다시 문제삼을만한 것은 못된다. 단, 여기서 강조하고자 하는 대목은 이와 같은 바흐친의 설명을 우리 근대 문학사에, 그리고 특히 그 한 부분으로서 존재하는 이상 문학과 연관지어 생각해보았을 경우 과연 어떤 결과가 발생할까 하는 의문과 관계가 있다.

위에서 본 바와 같이, 바흐친 식으로 설명하자면 〈대화〉적 관계에 있어 〈가르치는〉 쪽은 〈배우는〉 쪽에 대해 항상 수세에 놓이지 않을 수 없다. 그러나 이러한 내용이 모든 경우에 일관되게 적용되었던 것은 아니다. 몇 가지 예외적인 사례들을 찾을 수 있을 것인데, 그 가운데 앞으로의 논의와 관련하여 문제적인 경우로는 다음과 같은 것들이 있다.

첫째, 〈가르치는〉 쪽에서 〈배우는〉 쪽에 대해 자신의 논리를 일방적으로 강요하는 경우를 가정해볼 수 있을 것이다. 상대방의 의사와는 상관없이 처음부터 무력이나 폭력을 동원하여, 배우지 않고는 못배기게끔 만드는 것이다. 만일 배우기를 끝내 거부하는 〈타자〉가 있다고 한다면 그러한 타자를 공동체로부터 일시적으로, 또는 영구히 격리시켜버리는 방법을 취한다. 이 경우 필요하다면 특정 집단 전체를 제거하는 등의 끔찍한 일도 서슴지 않고 저질러진다. 단순화시켜 말한다면 가르침을 받아들일 것이냐, 끝내 거부하고 죽음을 택할 것이냐, 이 둘 사이의 양자택일만이 허용된다.

역사를 통해서 이러한 사례들은 자주 목격된다. 정복자가 자신의 권능을 내외에 과시하기 위해 피지배 민족에 대해 그들 고유의 습속을 폐기하고 정복자의 규범을 따를 것을 명령하는 경우가 이에 해당될 것이다. 〈배우는〉 쪽에서 본다면 순순히 따르지 않고서는 당해낼 재간이 없기에 살아남기 위해서라도 어떻게든 배워야하며, 그런 점에서 거기에는 별다른 선택의 여지가 있을 수 없다. 그러나 이 경우 문제는 그러한 배움의 형식적인 측면과 실질적인 내용이 일치하지 않을 가능성이 상존한다는 점이다. 다시 말해서 형식적으로는 정복자의 규범을 따르는 체 하지만, 정복자의 힘이 약화되었을 경우 언제라도 그 규범에서 벗어나 본래 자신의 상태로 되돌아가 원위치할 수 있는 여지가 남는다. 그랬을 경우 그것은 바흐친이 제시한 바, 진정한 의미에서의 〈대화〉적 관계가 성립되었다고 말하기는 어려운 것이 사실이다.

둘째, 〈가르치는〉 쪽이 아니라 〈배우는〉 쪽에서 오히려 적극적으로 나서서 받아들이려고 하는 경우를 생각해볼 수도 있을 것이다. 이 경우라면 〈가르치는〉 쪽은 끌려 다니는 입장이 아니라 반대로 우세한 위치를 점하고 있는 것처럼 비치는데, 그러한 변이 관계는 전적으로 〈배우려는〉 쪽의 맹목적인 추종에 의해서 촉발된 것이라는 점이 특징적이다. 좀더 부연한다면 이 경우 〈가르치는〉 쪽은 가르치는 문제에 대해 별 관심이 없을 수도 있지만, 〈배우는〉 쪽에서 오히려 하나라도 더 들여오기 위해 애를 쓰는 경우라 할 수 있다. 〈가르치는〉 쪽의 세계에 한시 바삐 편입되고자 하는 〈배우는〉 쪽의 욕망이 이런 묘한 상황을 야기하는 원인일 터인데, 이 경우 또한 앞서의 경우와 마찬가지로 정상적인 〈대화〉 관계로는 볼 수 없을 것이다. 왜냐 하면 대개가 〈배우는〉 쪽에서 자신이 배우려고 하는 대상, 즉 〈가르치는〉 쪽이 지닌 실질 내용보다는 그 외면적인 화려함에 현혹되어, 그로부터 유발된 사태일 것이기 때문이다. 무분별한 추종이 예상되는 이런 관계 속에서는 〈배우는〉 쪽의 그러한 맹목적인 수용 자세가 오히려 〈가르치는〉 쪽의 체계나 규칙에 대한 이해를 더욱 더디게 만들 수 있다. 당연히도, 그 결과 역시 경박함의 차원을 면하기는 어렵다.

3) 근대라는 타자와 식민지 지식인의 반응

서구적 의미에서의 근대란 그들 역사의 진행 과정에서 도출된 자본제 생산 양식과 민족 국가 수립이라는 역사적, 물적 토대 위에 구축된 실체라는 점에서, 이전까지 동양 세계가 한 번도 자체 내에서 경험해보지 못했던 새로운 규칙을 담은 타자일 수밖에 없다. 그러한 타자와의 만남은 그 자체만으로도 당혹스러운 일이지 않을 수 없다. 그 만남은 어차피 싫든 좋든 대화를 필요로 할 수밖에 없는 것이었을 터인데, 여기서 문제는 이러한 대화의 필요성을 논하기 이전에 힘의 불균형이 양자 사이의 관계를 앞질러 결정지어버렸다는 점에 있다. 서양의 압도적인 과학 기술력, 자본주의적 생산 능력과 그것에 바탕을 둔 정치, 군사적 힘의 우위는 그들로 하여금 동양과의 심도 있는 〈대화)의 필요성 따위를 그다지 심각하게 느끼지 못하게끔 만들었다. 총칼을 앞세운 그들의 무차별적인 침입에 동양은 속수무책 안방까지 내주고 당하는 수밖에 없었던 것이다.

이런 가운데서 당장 급했던 것은 그러한 서양의 압도적인 힘의 근원을 파악하는 일이었다. 오래 고민할 필요도 없이 결론은 선명하게 드러났다. 서양적 근대를 서둘러 도입하는 길만이 그 해결책이었던 것. 위기 의식에 휩싸인 동양 각국은 거의 전 분야에 걸쳐 서구 사회를 움직이는 〈근대적인 요소〉들을 파악하고 그것을 도입하기 위해 전력을 다한다. 물론 이 과정에서 크고 작은 내부적인 반발이 없을 수 없었다. 서구적 근대의 제반 질서와 규칙에 대해 철저하게 무지했던 동양인들에게 그것을 받아들이기란 마치 고문과도 같은 것이라 할 수 있었기 때문이다. 간단히 말해서 이들은 아무런 준비도 없는 상태에서 일방적으로 타자와의 〈대화〉의 장에 내몰린 셈이었던 것이다. 이런 사정 속에서, 내부 반발을 효과적으로 통제하면서 비교적 일찍 여타의 동양 제국들에 앞서 서구적 근대화 과정에 성공한 일본이 향후 동양 세계의 패권을 장악하게 된 것은 필연적인 결과라 할 수 있다.

논의의 범위를 여기서 지나치게 확대하지는 말기로 하자. 서구적 근대가 우리에게 있어 이전까지 상대해보지 못한 전혀 낯선 〈타자〉라는 점을 인정할 때, 그 〈타자〉가 지닌 가장 핵심적인 개념은 결국 〈모더니티〉라는 조건으로 좁혀진다. 이 때 〈모더니티〉란 근대 자체에 내재하는 핵심 개념이자 근원적 조건이라는 점에서 일종의 규칙으로서의 성격을 지닌다고 할 수 있다. 〈모더니티〉에 대한 체계적인 인식 없이는 서구적 의미에서의 근대에 대한 이해는 애초부터 불가능하다. 다시 말해서 우리가 근대라는 이질적인 실체를 제대로 이해하기 위해서는 먼저 그것의 핵심 개념이라 할 수 있는 그것의 조건,

즉 모더니티라는 규칙에 대해 보다 세밀하게 연구하지 않으면 안 된다.

그러나 이러한 이해가 생각만큼 순조로웠을 리 없다. 결정적으로 그것이 순조롭지 않았던 이유는 우리 역사의 불행과 맞물려 있는 것이기도 한데, 서구적인 근대, 그리고 그것을 재빨리 받아들이는 데 성공한 일본이 우리 민족의 주권을 강탈하고 국토 전체를 그들의 식민지화했던 데 있다. 당연히도 이 경우 우리에게 근대란 일차적으로 타도의 대상으로 각인되었던 셈이다. 그러나 다른 한편으로 본다면, 현실적으로 이를 타도하기 위해서는 또한 근대를 적극적으로 이해하고 받아들이는 길밖에는 없다는 점이 거대한 하나의 딜레마로 작용한다.

이와 같은 분열증적인 이중성 속에서, 이 땅에서 근대는 본격적인 〈대화〉의 대상으로 인식되기 시작했던 것이다. 따라서 어느 경우에 무게를 둔다 하더라도 예상될 수밖에 없는 〈대화〉의 어려움이 있기 마련이다. 위에서 지적해보았던 〈대화〉의 두 예외적인 국면들이 식민지 시대 전 기간에 걸쳐 이 땅의 신진 지식인들 사이에 널리 퍼져 있었던 사실이 이를 증명한다. 이들에게 있어 근대를 움직이는 힘, 즉 모더니티라는 이름의 규칙이란 〈배우는 쪽〉의 의사와는 상관없이 일방적으로 강요된 폭력이면서, 동시에 외견상 근사하면서도 매혹적인, 그리하여 옳고 그름을 따질 여유도 없이 서둘러 체득하지 않으면 안될 강렬한 유혹으로 비쳤던 것이다.

근대라는 타자와의 대화가 이처럼 파행을 면키 어렵다고 했을 때, 가장 문제가 되는 것은 대화 당사자들 간의 관계일 것이다. 바흐친 식의 논리는 이 지점에서 여지없이 수정될 처지에 놓이게 된다. 다시 말해 〈가르치는〉 입장이 열세에 몰리는 것이 아니라 〈배우는〉 쪽의 입장이 도리어 절대적인 열세에 내몰리게 되는 것이다. 이와 같은 비정상적인 이해 관계 속에서 성립된 타자와의 대화란 어느 경우에라도 규칙에 대한 심도 있는 이해를 훨씬 더디게 만들 수밖에 없었다. 모더니티에 대한 무관심(의도적이었건 비의도적이었건)과 왜곡된 반응이 우리 주변에서 상당 기간 동안 지속되지 않을 수 없었던 근본적인 이유가 바로 여기에 있다고 할 것이다.

3. 대화적 관점에서 본 이상 문학의 모더니티

1) 관념적 유희로서의 문학─새로운 규칙에 대한 흥미로움

이상 문학의 텍스트들을 접해본 사람이라면 누구나 그 난해함에 한동안 난감해했던 기억들을 가지고 있을 것이다. 이러한 난해함은 궁극적으로 기존의 창작 방법(즉 규칙)과는 다른, 이상 문학만의 독특한 발현 양상 때문에 빚어진 결과로 이해될 것인바, 이는 결국 텍스트와의 심도 있는 〈대화〉의 가능성을 가로막는 중요한 요인으로 지목될 수 있다. 한 마디로 이상 문학이란, 이제까지와는 판이하게 다른, 새로운 규칙을 앞세운 별종 가운데 하나이다. 바흐친 식으로 표현한다면 그것은 공통점을 찾을 수 없는 타자의 규칙에 소속되어 있는 것이기에 자연 난해할 수밖에 없고, 그러한 가운데 당대의 일반 독자들이 경험하게 되는 난감함이란 이 경우 조금도 이상할 것이 없는 자연스런 현상으로 이해되어야 할 것이다.

이상이 우리 문학사에 등장한 것이 1930년대라면, 당시 조선의 상황에서 근대라는 〈타자〉에 대한 일반의 이해 또한 제법 폭을 넓혀나갔을 시점이었다. 문학에 있어서도 이러한 사정은 크게 다르지 않아서, 이광수나 최남선 이하 출현한 근대 작가들의 활동이 이미 문단 내외에서 확고하게 뿌리를 내리고 있던 시기였다. 그럼에도 불구하고 유독 그의 문학이 내내 시비거리가 되지 않을 수 없었던 이유는 그가 내세운 규칙의 이질성, 즉 낯설음이 근본적으로 이들과는 차원이 달랐던 데 있다고 보아야 할 것이다. 그가 작품을 통해 내세운 모더니티의 조건이 곧바로 독자들과의 본격적인 〈대화〉 관계를 요구하였던 셈인데, 이 때 그와 독자들 사이에는 고진에 의해 지적되었던 소위 〈비대칭적 관계〉가 형성되었다고 할 수 있다.

이러한 〈비대칭적 관계〉는 사실상 이상 자신에 의해 의도적으로 조장된 것으로, 그로부터 빚어진 사태에 대한 책임 역시 이상 개인에게 돌려져야 할 것이다. 이상의 비극은 그가 이러한 사태에 대해 어느 정도까지는 인지하고 있었음에도 불구하고, 적어도 텍스트 창작과 관련하여서는 그것을 전혀 고려에 넣지 않으려 했던 데 있다. 그는 자신만의 세계에 칩거하여 문학 작품을 놀이 공간으로 한 폐쇄된 관념의 유희를 즐겼던 것이다. 그는 그 속에서 자기 혼자만을 위한 성채 쌓기에 골몰했다.

그 같은 유희는 처음부터 치기어린 것일 수밖에 없는데, 그의 한계는 끝내 그가 자신의 유치함에서 벗어나지 않으려 했다는 점이다. 그가 행한 유희의 규칙5)은 처음부터 독자에 대한 배려를 결여하고 있었

---

5) 유희, 즉 놀이에는 반드시 〈규칙〉이 전제되어야 한다는 점에서 본 논의에서 중심적인 문제틀로 삼고 있는 〈대화〉, 혹은 〈독백〉에 있어서의 〈규칙〉에 대한 이해와 상호 연결될 수 있는 여지를 지닌다.
"놀이의 질서와 긴장이라는 고유한 두 특징은 이제 우리를 놀이 규칙의 고찰로 이끌어 간다. 모든 놀이는 그 고유의 규칙을 가지고 있다. 그 규칙들은 놀이에 의해 분리된 일시적 세계 속에서 적용되고 통용될 것을 결정한다. 놀이의 규칙은 절대적인 구속력이 있으며 추호의 의혹도 허용하지 않는다."
J. 호이징하, 『호모 루덴스』, 김윤수 역 (까치, 1993), p. 24.
이러한 〈규칙〉이 결여된 〈유희〉란 단지 〈장난〉에 불과하다. 이상의 텍스트 곳곳에 등장하는 〈장난〉과 관련된 모티브들, 예컨대 〈돋보기 장난〉이나 〈거울 장난〉

다. 말하자면 〈대화〉를 가능케 하기 위해 필사적으로 독자에게 다가서야만 하는 〈가르치는〉 입장의 불리함에 대해서는 눈감아버렸던 것이다. 그는 반대로 독자와의 일정한 거리감을 유지하기 위해 골몰한 듯이 보이는데, 그것은 스스로 독자에 대해 우위에 서고자 하는 발상에 입각한 것으로, 이 경우 텍스트 속에서 자기 과시적인 풍모를 은연 중 풍기고 있다는 점이 특히 주목된다. 그리고 바로 그런 점에서, 이 때 보이는 유치함이랄까 장난스러움은 그의 데카당스적인 성향과 연결된 것이기도 하다.

당연한 말이 되겠지만, 위의 말은 그가 독자를 의식하지 않았다는 말과 혼동되어서는 안 될 것이다. 도리어 이와 같은 텍스트 내적 특성들은 독자를 보다 철저하게 의식하였기에 가능한 것이라고 할 수 있다.[6] 독자를 별개의 〈타자〉적 존재로 설정하는 한편, 그 타자를 가르치려는 어떤 수고스러움도 거부한 채 오로지 자신만의 유희를 돋보이게 하기 위한 구경꾼의 위치에 묶어두려 한 점이 그의 문학의 특징이다. 왜냐 하면 모더니티로 표상되는 새로운 규칙은 그러한 타자의 무지와 무능을 마음껏 조롱하기 위한, 그것을 일찌감치 알아차릴 수 있었던 자신의 천재적 재능을 과시하기 위한 그만의 전유물이어야만 했기 때문이다. 그런 점에서 기본적으로 유희적 조건을 폭넓게 허용하는 문학 양식이란, 그에게서 그러한 그의

같은 것들(『날개』)은 규칙에 대한 전망을 발견할 수 없는 세계 속에서의 막연한 소일거리이며, 그것은 또한 동시대의 삶의 질서와 〈규칙〉에 대한 반감으로부터 비롯된 역작용으로서의 〈심리적 퇴행〉(김윤식, 『이상 문학 텍스트 연구』(서울대학교 출판부, 1998), p. 283)과 동일시된다.

6) 이 점에 대해서는 다음과 같은 지적을 참고로 할 수 있을 것이다.
"사르트르 투로 말해 〈타인의 눈〉을 철저히 의식하는 행위 그것을 눈치 채지 못하도록 온갖 방식을 취하는 행위 그것이 이상 문학의 본질이다."
김윤식, 『한국 근대 문학 사상 비판』(일지사, 1984), p. 77.

유치한 목적을 십분 달성할 수 있게 해주는 유리한 공간이었던 셈이다.

2) 초기 일문시 : 근대 형이상학 너머의 세계에 대한 발견

위에서 필자는 1930년대라는 문단 내외적 상황 속에서 이상 문학을 바라보는 당대인들의 인식 상의 낯설음이라는 문제에 대해 거론하였다. 근대가 이미 상당 부분 도입, 소개된 마당에 그것의 낯설음이란 과연 어떤 의미를 띠는 것일까. 아마도 이런 종류의 의문에 대해 대부분의 논자들은 근대 예술 내부에서 파생된 어떤 혁명적이고 특이한 조류, 즉 초현실주의나 해체론적인 시각으로부터 그 해답을 찾으려 할지 모른다. 그와 같은 시각은 물론 이론적으로나 실제 상으로 타당한 근거를 지니고 있으며, 때문에 그 자체만으로는 비교적 온당하다고 할 수 있다. 그럼에도, 이상이 그의 텍스트 속에서 구현하려 했던 새로운 문학적 태도, 즉 유희 규칙의 본질을 일목요연하게 정리하고 설명하기에는 어딘지 부족한 감을 주는 것도 사실이다.

이때의 어려움은 특히 그가 초기에 발표했던 몇몇 일문(日文)시들[7]을 바라볼 때 더욱 크게 다가온다.

---

7) 이 때 초기 일문시에 해당되는 작품들로는 「이상한 가역 반응」(『朝鮮と建築』, 1931. 7), 「조감도」(『朝鮮と建築』, 1931. 8), 「삼차각 설계도」(『朝鮮と建築』, 1931. 10), 「건축무한육면각체」(『朝鮮と建築』, 1932. 7) 등을 들 수 있다.

	1	2	3	4	5	6	7	8	9	0
1	·	·	·	·	·	·	·	·	·	·
2	·	·	·	·	·	·	·	·	·	·
3	·	·	·	·	·	·	·	·	·	·
4	·	·	·	·	·	·	·	·	·	·
5	·	·	·	·	·	·	·	·	·	·
6	·	·	·	·	·	·	·	·	·	·
7	·	·	·	·	·	·	·	·	·	·
8	·	·	·	·	·	·	·	·	·	·
9	·	·	·	·	·	·	·	·	·	·
0	·	·	·	·	·	·	·	·	·	·

(우주(宇宙)는멱(冪)에依(의)하는멱(冪)에의(依)한다)

(사람은수자(數字)를버리라)

(고요하게나를전자(電子)의양자(陽子)로하라)

축(軸)X 축(軸)Y 축(軸)Z

속도(速度)etc의통제(統制)예(例)컨대광선(光線)은매(每)초당(秒當)300,000킬로미터달아나는것이확실(確實)하다면사람의발명(發明)은매(每)초당(秒當)600,000킬로미터달아날수없다는법(法)은물론(勿論)없다.그것을기천배(幾千倍)기백배(幾百倍)기천배(幾千倍)기만배(幾萬倍)기억배(幾億倍)기조배(幾兆倍)하면사람은수십년(數十年)수백년(數百年)수천년(數千年)수만년(數萬年)수억년(數億年)수조년(數兆年)의태고(太古)의사실(事實)이보여질것이아닌가,그것을또끊임없이붕괴(崩壊)하는것이라고하는가,원자(原子)는원자(原子)이고원자(原子)이고원자(原子)이다,생리작용(生理作用)은변이(變移)하는것인가,원자(原子)는원자(原子)가아니고원자(原子)가아니다,방사(放射)는붕괴(崩壊)인가,사람은영겁(永劫)인영겁(永劫)을살릴수있는것은생명(生命)은생(生)도아니고명(命)도아니고광선(光線)인것이라는것이다.

······ (하략) ······
　　　　　－「선(線)에관(關)한각서(覺書)·1」부분8)

1 + 3
3 + 1
3 + 1　　1 + 3
1 + 3　　3 + 1
1 + 3　　1 + 3
3 + 1　　3 + 1
3 + 1
1 + 3

선상(線上)의점(點) A
선상(線上)의점(點) B
선상(線上)의점(點) C

A + B + C = A
A + B + C = B
A + B + C = C

이선(二線)의교점(交點) A
삼선(三線)의교점(交點) B
수선(數線)의교점(交點) C

··· (중략) ···

(태양광선(太陽光線)은, 철(凸)렌즈때문에수렴광선(收斂光線)이되어일

---

8) 이상, 이승훈 편, 『이상 문학 전집·1』(문학사상사, 1991), pp. 147~148.
　이하 문학사상사 판 『이상 문학 전집』에서의 인용은 『전집』의 호수와 페이지만을
　명기하기로 함.

점(一點)에있어서혁혁(赫赫)히빛나고혁혁(赫赫)히불탔다태초(太初)의요행(僥倖)은무엇보다도대기(大氣)의층(層)과층(層)이이루는층(層)으로하여금철(凸)렌즈되게하지아니하였던것에있다는것을생각하니낙(樂)이된다,
기하학(幾何學)은철(凸)렌즈와같은불장난은아닐른지,유우크리트는사망(死亡)해버린오늘유우크리트의초점(焦點)은도처(到處)에있어서인문(人文)의뇌수(腦髓)를마른풀과같이소각(燒却)하는수렴작용(收斂作用)을나열(羅列)하는것에의하여최대(最大)의수렴작용(收斂作用)을재촉하는위험(危險)을재촉한다,사람은절망(絕望)하라,사람은탄생(誕生)하라,사람은탄생(誕生)하라,사람은절망(絕望)하라)

　　　　　　　　　－「선(線)에관(關)한각서(覺書)·2」부분9)

　위의 시들에서 우리가 이상의 창작 배경 및 그 의도를 명확하게 밝혀내어 개별 시어나 구절들의 텍스트 내적 의미를 확정짓기란 사실 어려운 일이다. 이 경우 텍스트의 난해함이란 곧장 해석상의 개방성으로 연결될 수밖에 없다. 대개가 연구자들은 이런 텍스트들 앞에서 각기 그 나름의 그럴듯한 근거에 입각한, 그러나 그 어느 것도 완전하다고는 이야기할 수 없는 자기 방식에서의 해석의 가능성들을 늘어놓곤 한다. 물론 그 가운데에는 상당한 논리적 근거에 입각해 있는 것들도 있을 수 있다. 그러나 정작 중요한 것은 무엇보다도 위의 텍스트들 속에 내재하는 작가 이상의 관심의 방향성을 파악하는 일이라고 할 수 있다.

　위의 시 「선에 관한 각서·1」에서의 관심사는 실수(實數) 체계로는 파악이 불가능한 우주적 시공간에 대한 인식이다. 기존의 시공간 개념에 대한 시야의 대폭 확대와 더불어, 이를 이해하기 위해서는 무한이라는 관념을 도입하여야 할 필요성에 대해 이론적으로 제시한 셈이

---

9) 『전집·1』, pp. 150～151.

라 할 수 있다. 그에 비해 바로 아래 보이는 「선에 관한 각서·2」와 같은 텍스트의 경우, 질서 정연한 수식의 정리와 유클리드 기하학의 세계에 대한 회의적 시각을 드러내고 있다는 점이 특징적이다. 이를 놓고 근대 자연 과학의 기초라 할 수 있는 수학적 진리에 대한 이론적 반성으로 이해하려는 태도는 상당히 근거 있다고 판단된다.

다시 말해서 위 두 편의 시를 통해 이상이 드러내고자 했던 관심은 근대 자연 과학 및 그것에 입각해서 성립된 근대 형이상학의 기초 지식들에 대한 근원적인 회의이다. 우리는 여기서 이상이 서구 근대 문명이 자연 과학의 토대 위에 성립된 것이며, 그것은 결국 경험 과학으로서의 수학과 물리학적 정리 및 공리에 대한 절대적인 믿음을 배경으로 한 것이라는 사실을 비교적 정확하게 인지하고 있었음을 알수 있다. 뿐만 아니라 그는 한 걸음 더 나아가 근대 서구 형이상학의 기반이 되고 있는 이른바 합리적 시공간에 대한 인식 일반을 회의적으로 바라보고 있음이 드러난다.

그런데 문제는 이와 같은 자신의 관점을 드러내기 위해서 채택한 양식이 왜 하필 문학이어야만 했느냐 하는 점에 있다. 이러한 자신의 관심사를 보다 효과적으로 정리하여 전달하기 위해서는 체계를 갖춘 논문 형태의 글이 단연 유리했을 터, 바로 이 점이 이 시기 이상의 한계랄까 치기를 적나라하게 드러내주는 대목일 것이다. 위 텍스트에서 선보인 그의 관심사들이란 고작해야 그가 식민지 고등공업학교의 교육 과정 이수를 통해 그 부산물로써 얻은 지식의 범위를 크게 넘어서지 못한다. 아무리 호의적으로 해석한다 하더라도 그것은 이 과정에서 그가 일부 곁눈질로 익힌, 일본 관련 학계에서 펴낸 개설 수준의 소개 논문의 테두리 내에 머물러 있다고 보아야 할 것이다. 겨우 그 정도의 소개 글을 읽고서, 그는 마치 자기 눈앞에 새로운 세계가 펼쳐진 것 같은 흥분 속에서, 그것을 파악할 능력을 갖춘 자신의 능력이 대단한 것인 양 자랑스러워하면서 자기 만족에 빠졌다.

물론 당대의 사정, 즉 1930년대 식민지 조선의 지적 풍토를 감안했을 때, 이 정도 지식을 얻은 것만으로도 어쩌면 대단하다고 볼 수 있을지 모른다. 앞서의 거론해보았던 〈대화〉적 관점에서 이러한 사태를 정리해본다면, 그는 근대 형이상학의 경계 너머에 존재하는 이질적인 〈타자〉의 존재를 남들보다 한발 앞서 인지하고, 그것의 규칙을 〈배우는〉 데 성공하였던 것이다. 그러한 〈타자와의 대화〉는 물론 그 〈타자〉의 가르침이 전제되어 있는 것이긴 하지만, 〈배우는〉 쪽의 적극성이 보다 중요한 변인으로 작용한다는 점에서 그것에 다가서기 위해 투입된 이상의 노력은 일단 인정해줄만하다.

그럼에도 불구하고, 그는 그것을 다시 이론적인 소개의 글로 정리하여 그 이외의 다른 주변 사람들에게 전달하려 하지는 않았다. 이 점에 관한 한 그는 자신이 〈가르치는〉 입장이 되어 행해나가야 할 이차적인 〈대화〉의 책임을 스스로 거부해버렸던 셈인데, 그 대신 그가 취한 또 다른 〈대화〉의 방식이 바로 문학 작품으로서의 시 양식이었던 것이다.

이러한 선택에는 다음과 같은 두 가지 요소가 작용하였던 것으로 보인다. 첫째, 그가 이론적으로 정리한 글로는 세상에 신선한 충격을 주기 어렵다는 자각. 이미 일본 관련 학계에서 먼저 논의되었던 내용을 다시 한글로 정리하여 소개해보았댔자, 한글 소개문이라는 점을 빼고 나면 학문적으로는 크게 의미가 없는 일이라는 것을 깨달았던 탓이다. 그것은 남이 먼저 발견한 성과를 뒤에서 주워섬기는 꼴이기 때문이다. 둘째, 사실상 이 점이 더욱 중요한 것으로 보이는데, 위의 사실을 깨달음과 동시에 그의 타고난 예술가적인 기질이 발동하였기 때문이다. 잘 알다시피 이상은 한때 미술에도 상당한 취미를 가지고 있었다.[10] 그러한 개인적 취향은 나중에 그가 관심을 가지게 된 문학 창작에 대한 관심의 경우에도 별 무리 없이 대입될 수 있을 것으로 보인다. 그는 처음부터 자신의 활로를 예술 분야에서 찾으려 했던 바, 고등공업학교로의 진학도 따지고 보면 그것의 현실적인 대안으로서 가능한 것이었다는 지적이 있다.[11]

이렇게 보았을 때, 그가 문학 활동 초기에 『朝鮮と建築』을 매체로 발표했던 일문시들은 애초부터 〈타자〉로서의 독자들에 대한 배려 따위는 안중에도 없는, 일종의 자기 만족을 위한 산물로 이해될 수 있을 것이다. 또한 그것은 그러한 목적 위에서 작성된 것이기에, 지면이나 표현 매체(언어) 등 여타의 조건들은 별다른 고려의 대상이 될 수 없었다. 굳이 한글로 쓰여져야 할 이유 역시 없었던 것이다. 한 걸음 나아가 그는 그러한 최신의 서구 이론들을 파악할 능력을 갖춘 자신의 비범함을 은연 중 과시할 조건을 찾았다. 자신의 지적인 우월감을 과시하기 위해서는 일반인들이 쉽게 눈치 채지 못할 정도의 현란함이 반드시 요구되는 법이다. 때문에 이 시기 그의 시가 각종 암호화된

---

10) 이 부분에 대한 상세한 설명은 김윤식, 「이상과 구본웅」, 『이상 소설 연구』(문학과비평사, 1988), pp. 211~237 참조.

11) 이 점에 대해서는 이상의 고등 공업 시절의 일본인 동기 오오스미 야지로(大隅彌次郞)의 다음과 같은 내용의 대화 내용을 참조해볼 필요가 있다.
"오오스미 : 김해경이 경성고공을 지망한 건 오로지 그림을 그리기 위해서였습니다. 이건 나중에 그 학교 건축과 미술부에 함께 소속되면서 그가 나한테 그렇게 언명한 확실한 사실이지요.
유(사회자인 유정(시인) – 인용자 주) : 회화를 지망한다면 그 방면의 전문학교로 갔으면 좋았을 텐데.
오오스미 : 그렇죠. 하지만 경제 사정으로 그러지는 못하고, 한국 내엔 그런 학교도 없었지요. 당시 한국에서 그나마 미술을 할 수 있는 곳은 경성고공 뿐이었거든요."
원용석 외, 「이상의 학창 시절」, 김유중·김주현 편, 『그리운 그 이름, 이상』(지식산업사, 2004), p. 368.

경향을 드러내고 있는 것은, 또한 관념적 유희의 면모를 강하게 띠는 것은 당연한 결과일지 모른다.

3) 「오감도」 : 자기 과시욕의 대중적 표출

그러나 그와 같은 초기 단계에서의 자기 만족적 상황이 별로 오래 지속되지 못하리라는 것은 능히 짐작되는 터이다. 혼자서 벌이는 유희란 언제든 쉽사리 싫증을 느끼게 되기 때문이다. 이 즈음에 이르러 그는 건강 상의 이유로 총독부 기사직을 사직하고 다방을 개업하는 한편, 당대 우리 문단의 모더니즘 작가들인 이태준, 박태원, 김기림 등과 교유를 가지기 시작한다. 그리고 그런 인연으로 해서 이들의 모임인 구인회의 회원으로 정식 가입하게 된다. 말하자면 어느 정도 지적인 의사 소통이 가능한 주위 친구들을 얻게 되었던 것이다.

이러한 상황의 변화가 그의 문학 활동에도 몇 가지 중대한 변화를 가져다주었을 것임은 물론이다. 독자를 상대로 한 〈대화〉의 필요성에 대한 인식이 그 중 하나였을 수도 있다. 구인회 동료들의 격려와 권유에 힘입어, 그는 드디어 자신이 틈틈이 써 모은 시들 가운데 일부를 추려 일간지상에 발표할 기회를 갖게 된다. 그것이 바로 저 유명한 한글로 된 「오감도」 연작의 세계이다.

> 13인(人)의아해(兒孩)가도로(道路)로질주(疾走)하오.
> (길은막다른골목이적당(適當)하오.)
>
> 제(第)1의아해(兒孩)가무섭다고그리오.
> 제(第)2의아해(兒孩)도무섭다고그리오.
> 제(第)3의아해(兒孩)도무섭다고그리오.

‥‥‥‥ (중략) ‥‥‥‥
제(第)13의아해(兒孩)도무섭다고그리오.

13인(人)의아해(兒孩)는무서운아해(兒孩)와무서워하는아해(兒孩)와그
렇게뿐이모였소.
(다른사정(事情)은없는것이차라리나았소)

그중(中)에1인(人)의아해(兒孩)가무서운아해(兒孩)라도좋소.
그중(中)에2인(人)의아해(兒孩)가무서운아해(兒孩)라도좋소.
그중(中)에2인(人)의아해(兒孩)가무서워하는아해(兒孩)라도좋소.
그중(中)에1인(人)의아해(兒孩)가무서워하는아해(兒孩)라도좋소.

(길은뚫린골목이라도적당(適當)하오.)
13인(人)의아해(兒孩)가도로(道路)로질주(疾走)하지아니하여도좋소.
— 「오감도(烏瞰圖) 시제일호(詩第一號)」 부분12)

모후좌우(某後左右)를제(除)하는유일(唯一)의흔적(痕跡)에있어서
익은불서(翼殷不逝) 목불대도(目不大覩)
반왜소형(胖矮小形)의신(神)의안전(眼前)에아전(我前)낙상(落傷)한고사
(故事)를유(有)함.

장부(臟腑)타는것은침수(浸水)된축사(畜舍)와구별(區別)될수있을는가.
— 「오감도(烏瞰圖) 시제오호(詩第五號)」 전문13)

때묻은빨래조각이한뭉텅이공중(空中)으로날아떨어진다.그것은흰비

12) 『전집·1』, pp. 17~18.
13) 『전집·1』, p. 27.

둘기의떼다.이손바닥만한한조각하늘저편에전쟁(戰爭)이끝나고평화(平
和)가왔다는선전(宣傳)이다.한무더기비둘기의떼가깃에묻은때를씻는다.
이손바닥만한하늘이편에방망이로휜비둘기의떼를때려죽이는불결(不
潔)한전쟁(戰爭)이시작(始作)된다.공기(空氣)에숯검정이가지저분하게묻
으면휜비둘기의떼는또한번이손바닥만한하늘저편으로날아간다.
　　　　　　　 ─「오감도(烏瞰圖) 시제십이호(詩第十二號)」 전문[14]

　이 연작시의 주제나 의미 구도가 근대 문명의 위기에 대한 진단이
든, 자의식의 붕괴에 대한 불안과 공포의 반영이든, 또는 근대적 합리
성의 경계 너머의 세계에 대한 관심의 지속이든, 그런 것들은 개별
작품에 따라, 그리고 해석자의 주관에 따라 얼마든지 달리 해석될 여
지를 지니고 있다. 또한 바로 그런 점에서, 이전에는 물론이고 앞으로
도 지속적인 논란의 소지를 안고 있는 것처럼 보인다. 다만 여기서
분명한 것은 「오감도」란 제목 자체가 그렇듯이, 그는 처음부터 위에
서 내려다보는 입장에 서고자 하였다는 점이다. 한 마디로 자기 과시
욕이랄까 치기 따위가 그대로 드러난 대목이 아닐 수 없다. 이런 경
우, 발표 지면과 표현 매체(언어)만 바뀌었을 뿐, 일반 독자 즉 〈타자〉
와의 진지한 〈대화〉의 필요성이란 여전히 그의 직접적인 관심 영역이
아니었음을 알 수 있다.
　그에게 있어 독자란 단지 지적인 자기 과시의 대상으로서만 요구되
었기 때문이다. 다시 말해 독자란 어디까지나 수준이 한참 떨어지는
열등한 존재이며, 그런 점에서 그들은 그가 벌이는 지적인 관념의 유
희를 보다 즐겁고 유쾌하게 이끌어나가는 데 있어 필요한 배경적인
의미 외에는 별다른 의미를 부여할 수 없는 대상이었던 것이다. 〈대
화〉에 있어서 〈가르치는〉 쪽의 절박함이나 어려움 따위는 그에겐 관

────────────

14)『전집·1』, p. 45.

심 밖의 문제였기 때문이다.

이와 같은 사실상의 〈대화〉 단절 상황에서 벌어진 해괴한 퍼포먼스에 대해 독자들의 비난이 빗발치게 쏟아진 것은 어쩌면 당연한 결과일지 모른다. 그를 향해 '미쳤다'는 일반의 항의와 비난이 폭주하였고, 견디다 못한 신문사에서는 연작시 게재를 중단하기에 이른다. 이러한 사태를 접한 이상의 반응은 다음과 같은 것이었다.

> 왜들 미쳤다고 그러는지 대체 우리는 남보다 수년씩 떨어져도 마음 놓고 지낼 작정이냐. 모르는 것은 내 재주도 모자랐겠지만 게을러 빠지게 놀고만 지내던 일도 좀 뉘우쳐 보아야 아니하느냐. …… (중략) …… 깜빡 신문이라는 답답한 조건을 잊어버린 것도 실수지만 이태준, 박태원 두 형이 끔찍이도 편을 들어준 데는 절한다. 철(鐵)―이것은 내 새길의 암시요 앞으로 제 아무에게도 굴하지 않겠지만 호령하여도 에코―가 없는 무인지경이 딱하다. 다시는 이런―물론 다시는 무슨 다른 방도가 있는 것이고 위선 그만둔다. 한동안 조용하게 공부나 하고 따는 정신병이나 고치겠다.[15]

'깜빡 신문이라는 답답한 조건을 잊어버린 것도 실수지만……'이라는 말에서도 알 수 있듯이, 출발 단계에서부터 그는 일반 독자들을 향한 배려 같은 것은 거의 염두에 두지 않았다. 다만 그가 노렸던 것은 보란듯이 독자를 향해 '호령'하는 것이고, 그와 더불어 '에코―가 없는 무인지경'을 딱하게 여기는 것뿐이다. 위 인용문 자체가 〈가르치는〉 쪽의 답답함을 담은 것이라기보다는 은근한 자기 과시욕의 표출로 읽히는 것은 바로 이 때문이다.

여기서 우리는 한 가지 중요한 시사점을 얻게 된다. 그것은 〈대화〉

---

15) 『전집·3』, p. 353.

의 어떤 비정상적인 상태의 결과가 특정 공동체 내에서 확대 재생산 단계에 접어들려 할 때 야기되는 문제점과 관계가 있다. 이질적인 규칙에 대해, 자신이 속한 공동체 내에서 남들보다 이를 상대적으로 먼저 〈배운다〉는 것, 깨치고 터득한다는 것은 스스로의 명민함을 내외에 과시할 수 있는 더없이 좋은 기회가 되기도 한다. 이상의 경우가 바로 여기에 해당되거니와, 그가 한글 「오감도」를 중앙 일간지를 통해 연재하게 된 진짜 이유란 실제 주변 친구들의 권유에 의한 것보다도 이와 같은 자기 현시욕에서 비롯된 것으로 볼 수 있지는 않을까.

어설픈 가르침을 받은(혹은 스스로 가르침을 받은 것으로 착각하는) <대화>의 <타자>가 다음 단계에서 스스로를 <주체>의 입장에 놓고 자신이 속한 공동체 내에서 이를 과시하려 들 경우, 그에 대한 공동체 구성원들의 반응은 대체로 세 갈래 정도로 나타난다. ① 철저한 무관심 ② 어처구니 없다는 반응, 즉 조소 내지 냉소 ③ 미쳤다는 비난. 이 때 자기 과시를 하고자드는 측에서 본다면 ①이나 ②보다는 상대적으로 ③과 같은 형태의 격한 반응이 오히려 더 자신의 내적인 우월감이나 만족감을 한껏 충족시켜주는 것일 수밖에 없다. 「오감도」의 난해함과 현란함이란 결국 이러한 일반의 영예로운 비난을 얻어내기 위한, 철저하게 계산된 유희의 결과이다. 거기에는 이미 그 나름의 치밀한 비밀과 음모가 개입되어 있는 것이다.

이런 관점에서 본다면, 독자들의 격렬한 항의와 비난 끝에 빚어진 「오감도」 연재의 중단 사태란, 그 자체만을 놓고 볼 때에는 다소간의 아쉬움이 남을 수 있는 것이긴 하지만, 작가 내면에 잠재해 있는 유치한 과시욕을 충족시켜주기에는 더할 나위 없이 완벽한 결말이라 할 수 있다. 그러기에 이러한 결말에 대해 그는 더 이상의 미련이나 안타까움이 있을 리 없었고, 오히려 더욱 당당한 자세로 독자들을 향해

'한동안 조용하게 공부나 하고 따는 정신병이나 고치겠다.'라는 식의
큰소리를 칠 수 있었던 것이다.

4) 이상 문학이 나아간 곳

일반인들을 상대로 한 진지한 〈대화〉에의 노력이 궁극적인 관심
사나 목적이 아니라고 했을 때, 이후 그가 나아갈 길은 어디겠는가.
「오감도」 연재 중단 사태를 거치면서 역설적으로나마 그의 존재를
세인들에게 각인시키는 데 성공한 이상으로서는 이 이후의 행로를
어떻게 잡을 것인가가 또 하나의 과제였다. 이 지점에서 그가 행한
작업이란 다음과 같은 세 가지 갈래의 방향성으로 제각기 분리되어
나갔던 것으로 생각된다.

첫째, 언어의 기능적 양식 실험에로 나아가기.

일반 독자(타자)와의 〈대화〉가 무의미하다고 느낀 그로서는 이와는
무관하게 자신만이 할 수 있다고 생각되는 어떤 가치로운 것을 도출
해내고자 시도했을 수도 있다. 아마도 그는 여기서 그가 〈정통하다〉
고 믿었던 서양적 근대, 그리고 그것의 기초라 할 수 있는 모더니티
라는 타자의 규칙을 통해 배운 몇몇 원리들을 본격적으로 우리의 조
건 속에서 대입하여 실험해보고 싶은 충동을 느꼈을 것이다. 그 한
형태로 발현된 것이 바로 우리말의 구성과 조직에 대한 기능적 관점
에서의 양식 실험이다. 이 유형의 글은 주로 그의 시 작품들에서 잘
드러난다. 「역단(易斷)」과 「가외가전(街外街傳)」을 거쳐 「위독(危篤)」에까
지 이르는 이러한 실험적 경향은 우리말 어휘가 지닌 개념이나 의미
맥락에 대한 기존의 이해를 무시한 채, 기능적 조작을 통해 전혀 색
다른 텍스트 구성을 선보이는 것이 목적이다.

그이는백지(白紙)우에다연필(鉛筆)로한사람의운명(運命)을흐릿하게초(草)를잡아놓았다.이렇게홀홀한가.돈과과거(過去)를거기다가놓아두고잡답(雜踏)속으로몸을기입(記入)하야본다.그러나거기는타인(他人)과약속(約束)된악수(握手)가있을뿐,다행(多幸)히공란(空欄)을입어보면장광(長廣)도맞지않고않드린다.어떤뷘터전을찾어가서실컨잠갓고있어본다.배가압하들어온다.고(苦)로운발음(發音)을다생켜버린까닭이다.간사(奸邪)한문서(文書)를때려주고또멱살을잡고끌고와보면그이도돈도업어지고피곤(疲困)한과거(過去)가멀건이앉어있다.여기다좌석(座席)을두어서는않된다고그사람은이로위치(位置)를파헤쳐놋는다.비켜스는악취(惡臭)에허망(虛妄)과복수(複數)를느낀다.그이는앉은자리에서그사람이평생(平生)을살아보는것을보고는살작달아나버렸다.

　　　　　　　　　　　　　　　　　　－「역단(易斷)」전문16)

　내두통(頭痛)우에신부(新婦)의장갑이정초(定礎)되면서나려안는다.써늘한무게때문에내두통(頭痛)이비켜슬기력(氣力)도업다.나는견디면서여왕봉(女王蜂)처럼수동적(受動的)인맵씨를꾸며보인다.나는기왕(己往)이주추돌미테서평생(平生)이원한(怨恨)이거니와신부(新婦)의생애(生涯)를침식(浸蝕)하는내음삼(陰森)한손찌거미를불개아미와함께이저버리는안는다.그래서신부(新婦)는그날그날까므라치거나웅봉(雄蜂)처럼죽고죽고한다.두통(頭痛)은영원(永遠)히비켜스는수가업다.

　　　　　　　　　　　　　　　－「위독(危篤)－생애(生涯)」전문17)

　　자연 언어와 인공어의 구분이란 이런 상태에서는 무의미하다. 언어는 어디까지나 인간이 만들어낸 인공의 산물이며, 언어가 인공의 것인 한 그에 대한 인위적 조작 역시 얼마든지 가능할 수 있다는 것이 이상의 생각이었던 듯하다.

　　　　　　　　　　　　　　　　　　　　　　　　　　　　　　　

16)『전집·1』, p. 61.
17)『전집·1』, p. 89.

언어란 여기서 그러한 기능적 조작을 가능케 하기 위한 구성 단위에 불과하다. 그 구성 단위들을 이리저리 짜 맞추며 언어 실험을 한다는 것은, 비유컨대, 시제품 제작 단계에서의 작업과 일치한다. 시제품의 제작을 위해서는 제작물의 전체적인 틀과 형태에 여러 가지 변형을 가하고 개별 부품들을 갈아 끼워보는 등, 실패를 두려워하지 않는 실험 정신에 입각, 충분한 만큼의 공정 과정들이 시도될 필요가 있다. 이러한 과정을 그대로 옮겨와서 그는 기능어로서의 한국어의 한 가능성을 저울질하였던 것인데, 당연히도 이 때 그가 서있는 관점이란 문학 작품 곧 제품의 관점이다. 문학 작품이 기능화된 공정 과정을 거친 제품과 동일시된다고 했을 때, 당장 작가에게 필요한 것은 그의 앞에 놓인 것이 조합에 필요한 부품에 합당한 것인지 아닌지 부터 가려내는 일, 즉 언어의 기능성 여부를 확인하는 작업이라 할 수 있다. 이 과정에서 작품이 지닌 주제적 의미란 다만 부수적인 의미밖에는 없다.

우리말이 그러한 조작에 과연 얼마나 적합한지를 검증하는 것이 그의 목적이라면 그것은 또 다른 형태의 변형된 유희라 할 것이다. 단이 때의 유희는 〈대화〉의 상대방을 설정하지 않은 상태에서 이루어진 것이라는 점에서, 이 문제에 관한 한 연구실에서 벌어지는 진공 상태의 실험과 동일시된다.

둘째, 가상의 상대를 텍스트 내로 끌어들여 즐기기.

흔히 「날개」를 비롯한 이상의 소설들을 사소설의 변형된 형태로 이해하는 경우가 많다. 거기에는 작가 자신의 자의식의 진행 과정이 갖가지 형태로 펼쳐져 있기 때문이다. 그러나 여기서 우리가 정작 놓치지 말아야 할 부분은 이상 소설에서 작중 화자인 나(혹은 이상)의 상대방으로 등장하는 여인이 지닌 텍스트 내적 역할이다.

이제껏 우리는 이상이 시를 통해 자신의 우월감을 과시하는 데 성공하였다는 점을 강조하였다. 이상이 보기에 일반 독자들은 자신의 시작 원리, 즉 앞선 시대의 조류를 담은 새로운 규칙을 도저히 이해할 능력이 없는 존재이며, 그러한 사실은 역으로 그에겐 상당히 만족스러운 결과로 읽혀졌을 가능성이 있다는 점에 대해 살펴본 것이다. 그러나 한편으로 이러한 사실의 확인은 더 이상의 진전된 유희의 가능성마저 봉쇄해버리는 것이라는 점에서 그에게 또 다른 문제 의식을 던져주었다. 유희의 상대방이 부재한다는 것, 그것은 지적인 언어 조작을 유희의 핵심으로 삼은 이상에게 있어서는 참을 길 없는 지루함의 사태가 아닐 수 없었다. 유희란 자신에 필적할만한 만만치 않은 대상을 앞에 두고 벌일 때 더욱 흥이 나는 법이기 때문이다.

상대방과의 시합, 즉 게임의 논리가 이 지점에서 요구되었던 것. 현실 속에서는 부재하는 그러한 적수를 게임의 공간으로 끌어들이기 위해 그가 할 수 있는 단 하나의 방법은 바로 그가 직접 가공의 인물을 창조하는 길 뿐이다. 이상 소설에 등장하는 여인들이란 이런 시각에서 볼 때 그 진실된 의미가 드러난다. 지적인 대결이 가능한 존재, 그리하여 서로 간에 물고 물리는, 그들에 대적하기 위해서는 한 치의 방심도 허용될 수 없는 존재, 이런 가공 인물의 창조야말로 경기 규칙조차 제대로 알지 못하는 〈타자〉와의 〈대화〉보다도 훨씬 재미있는 일이 아니었겠는가.

그것은 흡사 흑백의 돌을 번갈아 집어가며 혼자서 두는 바둑[18]과 같은 것이어서 게임의 흐름을 언제든지 자신이 원하는 방향으로 조절하며 이끌어나갈 수 있다는 점이 가장 큰 매력이다. 뿐만 아니라 모든 것을 혼자 좌지우지하는 만큼, 세부적인 규칙조차도 게임을 풀어

18) 가라타니 고진, op. cit., p. 196.

나가는 과정에서 얼마든지 바뀔 수 있으며, 또 그것이 상황에 따라 변경 가능할 때 더욱 흥미를 더해가는 법이다. 따라서 이 과정에서 일반적인 의미에서의 정석이란 별 의미가 없다. 갖가지 변칙적인 스타일들이 폭넓게 허용되는 바, 자신의 그런 밑그림을 그는 가상의 대상, 여인들과의 관계를 통해 투영하고자 했던 것이다.

> 머리를 자를 때의 소녀(少女)의 마음이 필시 제 마음 가운데 제 손으로 제 애인을 하나 만들어놓고 그 애인으로 하여금 저에게 머리를 자르도록 명령하게 한, 말하자면 소녀(少女)의 끝없는 고독이 소녀(少女)에게 일인(一人)이역(二役)을 시킨 것에 틀림없었다.
> 소녀(少女)의 고독(孤獨)!
> 혹은 이 시합은 승부없이 언제까지라도 계속되려나—이렇게도 생각이 들었고—그것보다도 머리를 싹둑자르고 난 소녀(少女)의 얼굴—몸 전체에서 오는 인상은 어떠할까 하는 것이 차라리 더 그에게는 흥미깊은 우선 유혹(誘惑)이었다.
>
> — 「단발(短髮)」 부분[19]

> 모든 것이 끝났다. 어젯밤에 정희(貞姫)는—
> 그 낯으로 오늘 정희(貞姫)는 내게 이상(李箱)선생(先生)님께 드리는 속달(速達)을 띄우고 그 낯으로 또 나를 만났다. 공포(恐怖)에 가까운 번신술(翻身術)이다. 이 황홀(恍惚)한 전율(戰慄)을 즐기기 위하여 정희(貞姫)는 무고(無辜)의 이상(李箱)을 징발(徵發)했다. 나는 속고 또 속고 또 또 속고 또 또 또 속았다.
>
> — 「종생기(終生記)」 부분[20]

위에서 여인과의 속고 속이는, 물고 물리는 관계란 결국 꼬리에 꼬

19) 『전집·2』, p. 253.
20) 『전집·2』, p. 396.

리를 물고 전개되는 자의식 대 자의식의 치열한 가상 대결인 것이다. 그의 소설 속에 등장하는 여인이란 엄밀히 말한다면 그 자신의 내면의 그림자요, 그런 점에서 그것은 자의식의 또 다른 한 쪽 면임을 알 수 있다. 그것이 내면의 고백인 동시에 은폐요, 은폐인 동시에 고백으로 받아들여지는 것은 바로 이런 이유에서이다. 그 여인들의 이미지가 '공포에 가까운 변신술'21)을 지닌 자, '야옹(시치미떼기-인용자 주)의 천재'22) 등으로 제시되고 있는 것은 이 경우 적잖은 시사점을 제공해주는 것이지 않을 수 없다.

셋째, 유희적 태도를 잠시 유보한 채 내면적 진실의 기록 남기기.

이 경우 가장 문제가 되는 것은 홀로 됨, 즉 고독에 대한 인식일 것이다. 주변 사람들과의 의사 소통 불능 상태에서 빚어진 일련의 과정들은 그에게 있어 내적인 자기 만족감과 우월감을 충족시켜주는 계기로 작용하였던 것은 틀림이 없으나, 그에 대한 반대 급부로서, 홀로 된다는 것에 대한 막연한 불안이나 두려움 같은 감정을 불러일으켰던 것도 사실이다. 이 방면의 고민과 이에 따른 내면 심경 고백이 비교적 솔직하게 담겨져 있는 자료로는 에세이 형태로 되어 있는 「성천 기행」류의 일부 글들과 주변 인물들에게 보낸 일련의 편지들을 들 수 있을 것이다. 물론 이런 글들에서조차 그가 자신의 내면을 숨김없이 적나라하게 드러내었다고 믿는 것은 지나치게 순진한 태도이다. 상대적인 의미에서 그 자신의 내면을 순순히, 비교적 정리된 형태로 드러내고 있다는 뜻이며, 그런 과정에서 유희적 충동이 상당 부분 억제되었다는 정도로 이해하여야 한다.

이런 사실을 감안해볼 때, 그가 에세이라는 양식 자체를 어떻게 이

---

21) 「종생기」, 『전집·2』, p. 396.
22) 「실화」, 『전집·2』, p. 368.

해하고 있었나가 궁금해진다. 물론 이들 에세이 역시 대부분이 생전에 공식적인 지면을 통해 발표된 것들이며, 또 어떤 것들은 갈래 상 굳이 에세이로 구분하기도 애매한 점이 있어서 다소 조심스러워지는 것은 사실이지만, 적어도 그가 다른 형태의 글을 적을 때와는 달리 에세이 형태의 글에 있어서는 작가라는 자의식으로부터 비교적 자유로운 입장에서 적어나갔으리라는 짐작이 가능하다. 이런 자세는 또한 그가 마음속에서 에세이를 창작의 테두리 내에 포함시키지 않았을 수도 있다는 사실을 시사해주는 것이기도 하다. 만일 이와 같은 추측이 보다 진실에 가까운 것이라면, 그것은 작가로서의 이상이 아닌, 인간 김해경의 본 모습을 이 에세이 형태의 글에서 일부나마 엿볼 수 있다는 강력한 근거가 된다.

이 때 우리가 엿보게 되는 인간 김해경의 실제 모습이란 과연 어떤 것인가.

> 나는 소화(消化)를 촉진(促進)시키느라고 길을 왔다갔다 한다. 돌칠 적마다 멍석 위에 누운 사람의 수(數)가 늘어간다.
> 이것이 시체(屍體)와 무엇이 다를까? 먹고 잘 줄 아는 시체(屍體)─ 나는 이런 실례(失禮)로운 생각을 정지(停止)해야만 되겠다. 그리고 나도 가서 자야겠다.
> 방(房)에 돌아와 나는 나를 살펴본다. 모든 것에서 절연(絶緣)된 지금의 내 생활─자살(自殺)의 단서(端緒)조차를 찾을 길이 없는 지금의 내 생활(生活)은 과연(果然) 권태(倦怠)의 극권태(極倦怠) 그것이다.
> ─「권태(倦怠)」부분23)

비밀(秘密)

---

23) 『전집·3』, p. 152.

비밀(秘密)이 없다는 것은 재산(財産)이 없는 것처럼 가난할 뿐만 아니라 더 불쌍하다. 정치(情痴)세계의 비밀(秘密)—내가 남에게 간음한 비밀(秘密), 남을 내게 간음시킨 비밀(秘密), 즉 불의(不義)의 양면(兩面)—이것을 나는 만금(萬金)과 오히려 바꾸리라. 주머니에 푼전(錢)이 없을망정 나는 천하(天下)를 놀려먹을 수 있는 실력(實力)을 가진 큰 부자(富者)일 수 있다.

―「십구세기식(十九世紀式)」 부분[24]

위 글에서 우리는 자신이 남들과는 다르다는, 만일 다르지 않다면 의식적으로라도 무언가 다르게 만들어야만 한다는 강박 관념에 빠져 살았던 한 인간의 내면 고백을 엿듣게 된다. 그에게 중요한 것은 자신이 남과 다르다는 사실이며, 또 그것을 올바로 인지할 능력을 갖추었다는 사실 자체가 내밀한 우월감의 발판이자 즐거움의 원천이었다. 그것은 어쩌면 그의 문학을 이해하는 데 기본적인 단서를 제공해줄 수 있는 주요 코드들, 예컨대 '권태'와 '비밀'과, 나아가서는 '음모', '유희'까지도 포괄하는 가장 직접적인 서술이 아닐 수 없다.

그러나 현실에 있어서 드러난 양상은 초라하기 짝이 없는 것이었다. 한 인간으로서, 그의 그런 태도는 곧 생활의 포기라는 값비싼 대가를 요구하였으며, 그것은 또한 내면 깊숙한 곳에 자리 잡은 고독을 더욱 극단으로 몰고 가는 결과를 초래하였다.

과거(過去)를 돌아보니 회한(悔恨) 뿐입니다. 저는 제 자신(自身)을 속여 왔나 봅니다. 정직(正直)하게 살아왔거니 하던 제 생활(生活)이 지금 와보니 비겁(卑怯)한 회피(回避)의 생활(生活)이었나 봅니다.
정직(正直)하게 살겠읍니다. 고독(孤獨)과 싸우면서 오직 그것만을 생각하며 있읍니다. 오늘은 음력(陰曆)으로 제야(除夜)입니다. 빈자떡,

---

24) 『전집·3』, p. 182.

수정과, 약주, 너비아니, 이 모든 기갈(飢渴)의 향수(鄕愁)가 저를 못살게 굽니다. 생리적(生理的)입니다. 이길 수가 없습니다.

－「사신·9」부분25)

남들과는 다르며, 또 마땅히 달라야한다는 생각. 그 생각은 실상 그의 내면을 피폐하게 만들었던 한 직접적인 원인이었다. 공동체적 일상으로부터 유리된 채 자신을 기꺼이 그 반대편에 위치하는 〈타자〉의 자리에 놓고, 일상과의 진지한 〈대화〉의 노력조차 단절해버린 그의 실제 모습은 이처럼 나약한 것이었다. 그 나약함이란 인간이 지닌 원초적이며 생리적인 차원의 욕구를 스스로 거부한 데서 빚어진 문제라는 점에서 더욱 비극적인 의미를 내포한다. 그리고 이것이 바로 끝까지 '박제가 되어버린 천재'26)로 남고자 했던 작가 이상, 아니 인간 김해경의 감추고 싶었던, 그러나 결코 감출 수 없었던 진실이라 할 것이다.

4. 이상 문학이 남긴 과제

1) 동경행과 좌절－그의 죽음에 담긴 의미

지금껏 필자는 주로 바흐친이 말한 〈대화〉적 관점에서 이상 문학의 전개 과정과 그 문제점들에 대해 살펴보았다. 실제로 우리가 어떤 의

---

25) 『전집·3』, p. 242.
　이 사신의 수신자로 되어 있는 H형이라는 인물에 대해서는 안회남이라는 설이 유력하다.
　이에 대한 자세한 설명은 김윤식, 「도쿄 행 이후의 글쓰기에 대한 주석」, 『이상 문학 텍스트 연구』(서울대학교 출판부, 1998), pp. 210~215 참조.
26) 「날개」, 『전집·2』, p. 318.

미에서든 이상을 모더니스트로 인정한다면, 그의 문학이 동시대인들을 향한 진지한 〈대화〉 노력에 관심을 기울이지 않았다는 사실 자체는 그다지 중요한 문제가 아닐는지 모른다. 그 속성상 모더니즘이란 본래부터 엘리트주의적인 성향을 지니고 있는 것이기 때문이다. 데카당스 역시 모더니즘의 한 부류라는 점에서, 이와 같은 성향의 굴절된 양상 가운데 하나로 이해될 뿐이다.

문제는 그가 모더니티라는, 서양적 근대에 연원을 둔 〈타자〉의 규칙을 어설프게 주워듣고서, 그것의 원리를 제대로 자기 것으로 소화하기도 전에 서둘러 자기 과시의 수단으로 삼고자 했던 데 있다. 그는 그 속에서 자기 나름의 유희를 발견하였으나, 실은 그 유희란 고작 말장난, 즉 기교의 수준을 멀리 벗어나지 못하였다.

> 어느 시대(時代)에도 그 현대인(現代人)은 절망(絶望)한다. 절망(絶望)
> 이 기교(技巧)를 낳고 기교(技巧) 때문에 또 절망(絶望)한다.[27]

이와 같은 아포리즘 속에서 우리는 어렴풋이나마 그의 모더니티 인식 수준을 가늠해볼 수 있다. 냉정하게 말한다면, 이 때 그가 말하는 절망이란 진실된 의미에서의 모더니스트의 고뇌를 반영한 것이라고 보기는 어렵다. 기껏 해봤자 그것은 기교에 의해 좌지우지되는 개념인 까닭이다. 기교 수준에서 모더니티의 원리를 돌파하려 했을 때 그 시도가 벽에 부딪치는 것은 당연한 결과라 할 수 있다. 그의 문학이 현란함과 유치함의 틀을 크게 못 벗어나고 있는 것도 이런 이유에서이다.

이 즈음에서 우리는 이상의 동경 행에 담긴 개인 정신사적 의미에

---

27) 『전집·3』, p. 360.

대해 주목해볼 필요가 있을 것이다. 동경 행을 전후로 한 저간의 사정에 대해서는 그가 김기림에게 띄웠던 7통의 편지를 통해 알 수 있거니와, 그 편지 속에서 우리는 자신이 파악한 모더니티의 결여 부분이 무엇인지를 놓고 한때 이상이 심각하게 고민하였다는 사실을 확인하게 된다. 말하자면 동경행이란 그 결여 부분에 대한 해답을 얻기 위해 감행된 일종의 도박이었던 셈이다. 그러나, 다 알다시피, 이때의 결과는 어처구니없는 실패로 드러났다.

> 기림형(起林兄)
> 기어(期於)코 동경(東京) 왔오. 와 보니 실망(失望)이오. 실(實)로 동경(東京)이라는 데는 치사스런 데로구려!
>
> ―「사신·6」 부분[28]

> 동경(東京)이란 참으로 치사스런 도(都)십디다. 예다 대면 경성(京城)이란 얼마나 인심(人心) 좋고 살기 좋은 '한적(閑寂)한 농촌(農村)'인지 모르겠읍니다.
> 어디를 가도 구미(口味)가 당기는 것이 없오그려! キザナ(아니꼬운―인용자 주) 표피적(表皮的)인 서구적(西歐的) 악취(惡臭)의 말하자면 그나마도 그저 분자식(分子式)이 겨우 여기 수입(輸入)이 되어서 ホンモノ(진짜―인용자 주) 행(行)세를 하는 꼴이란 참 구역질이 날 일이오.
> 나는 참 동경(東京)이 이따위 비속(卑俗) 그것과 같은 シナモノ(물건―인용자 주)인줄은 그래도 몰랐오. 그래도 뭐이 있겠거니 했드니 과연(果然) 속빈 강정 그것이오.
>
> ―「사신·7」 부분[29]

다소간의 표현법 상의 과장을 감안한다 하더라도, 동경은 확실히

---

28) 『전집·3』, p. 233.
29) 『전집·3』, p. 234.

그가 마음속으로 발견해보고자 원했던 해답을 찾을 수 있는 장소가 아니었다는 점만큼은 분명한 것 같다. 원인이 무엇이든 간에, 동경에서의 환멸은 그가 현실에서 벗어날만한 그 어떤 전망도 가능하지 않음을 단적으로 보여주는 사건이었다.

문학적 차원에서 본다면 이는 그의 문학이 끝내 기교, 즉 말장난 차원을 벗어날 길을 발견하지 못하고 말았다는 것을 의미한다. 더 이상 탈출구가 보이지 않는 상황에서 그가 문학을 통해 할 수 있는 유일한 일이란 그런 자신의 운명에 줄기차게 저항하는 것뿐이었다. 그것을 그는 호기롭게도 '우리들의 행복을 신에게 과시해줄 … 해괴망측한 소설'[30) 운운해가며 이야기하고는 있지만, 이는 물론 자신의 약한 모습을 감추고자 하는 자존심에서 나온 말일 뿐이다. 이 때 그가 구상하는 소설이란 원래가 처음부터 혼자서 두는 바둑이었던 까닭이다. 상대방의 의도를 알아차릴 수 없는 수란 거기서는 있을 수 없으며, 그런 이상 소설 내에서 일어나는 몇 차례 굴곡이나 상대방과의 공방, 심지어는 주인공의 패배까지도 교묘한 방식으로 포장된 문학적 기교, 곧 지적인 유희 이상의 의미를 부여하기는 힘들다.

모든 가능성이 봉쇄된 상황 속에서 죽음, 즉 자살은 그가 자발적으로 다가설 수 있는 최후의 유희 방식이었다.[31) 그것이 그가 이제까지 문학을 통해 벌여왔던 유희들과는 다른 결정적인 이유는 단순한 기교

---

30) 『전집 · 3』, p. 226.
31) 흔히 이상의 죽음을 자살과 동일시하는 것은 여러 정황 상 충분한 설득력이 있는 것으로 보인다. 평소 그가 '나는 혹시 병사같이 자살할지도 (않는다해도 그렇게 될지도) 모르겠다'라는 말을 남겼던 일본 작가 아쿠타가와 류노스케 (芥川龍之介)를 깊이 사숙했던 점, 또한 특히 그와 밀접한 교우 관계를 유지하였던 박태원의 다음과 같은 진술 등은 그 결정적인 근거로 받아들여지고 있다.
  "이상의 이번 죽음은 이름을 병사(病死)에서 빌렸을 뿐이지 그 본질에 있어서는 일종의 자살이 아니었든가 - 그런 의혹이 농후하여진다."
  박태원, 「이상의 편모」, 김유중 · 김주현 편, op. cit., p. 25.

의 차원을 넘어서는 일이라는 점이다. 그것은 비록 생산적인 것과는 거리가 머나, 자신의 전 존재를 걸고 벌이는 사건이라는 점에서, 뿐만 아니라 논리적 근거를 전혀 찾아볼 수 없다는 점에서 〈목숨을 건 도약〉이라 할만하다. 「종생기」(사실상 그의 마지막 문학 작품이라 할 수 있는)에 나타난 〈종생〉의 의미는 이런 각도에서 보았을 때 비로소 새로운 의미를 부여받을 수 있을 것이다.

2) 〈발명〉이라는 전제 조건

이로써 이상이 그의 문학을 통해 보여준 유희란 엄밀히 따져 기교의 문제, 즉 방법론 상의 문제에 한정되는 것임이 드러난다. 그나마 그에게서 우리가 조금이나마 진지한 면을 발견하였다고 한다면 그것은 근대 서구 사회를 지배해온 모더니티의 한계에 대해 그가 진작부터 눈을 떴다는 점일 것이다. 그리하여 그 속에서 행해지는 일상적 삶의 조건들에 대해 그가 피로감을 느끼게 된 것은 이미 정해진 수순이었는지 모른다. 후에 이 사정을 간파한 김기림이 이 때 그의 상황을 다음과 같이 표현한 것은 아마도 적절한 것이 아니었을까.

> 아모리 따려보아야 스트라빈스키의, 어느 졸작보다도
> 이뿌지 못한 도, 레, 미, 파 … 인생의 일주일
> 은단과 조개 껍질과 금화와 아가씨와
> 불란서 인형과 몇 개 부스러진 꿈조각과 …
> 쥬피타의 노름감은 하나도 자미가 없다.
> ― 「쥬피타 추방」 부분[32]

---

32) 김기림, 「쥬피타 추방」, 『김기림 전집·1』 (심설당, 1988), p. 208.

근대를 규정짓는 제반 규칙으로서의 모더니티의 조건에 대해 이상이 벌써 피로감을 느꼈다는 것, 더 이상 그것은 이상에게 있어 지적 탐구의 대상이 될 수 없었다는 것 등이 위 구절에 뚜렷이 암시되어 있거니와, 김기림의 날카로움은 그가 그러한 이상의 피로감 내부에 깊숙이 스며들어 있었던 유희 충동을 적절하게 묘파하고 있다는 점이다('쥬피타의 노름감은 하나도 자미가 없다').

이처럼 그의 문학이 더 이상의 탈출구를 발견하지 못한 근본적인 이유는 〈대화〉의 부재에 있었다. 서양 근대라는 타자의 발견은 그에게는 커다란 충격이자 즐거움이었다. 그리고 그런 〈타자〉와의 〈대화〉에서 얻은 결과를 자신만의 전유물로 삼기 위해, 문학이라는 폐쇄된 놀이 공간 속에서 갖가지 현란하고 비밀스런 유희들을 즐겼다. 그는 마치 자신이 그 공간의 진짜 주인인 양 착각에 빠졌다. 스스로를 〈주체〉의 자리에 올려놓고, 독자라는 〈타자〉를 〈가르치기〉보다는 저만치 구경꾼으로 들러리세우고 혼자 즐기기, 그런 가운데서 자기 만족감을 유지하기. 이것이 바로 그의 문학 속에 나타난 유희의 본질이다. 이러한 은밀한 유희가 드디어 한계점에 도달했을 때, 그는 그것을 상쇄해줄 더욱 강력한 〈타자〉의 존재를 좇아 동경 행을 감행했다.

이상이 찾고자 했던, 모더니티의 결여 부분을 상쇄해줄 수 있는 보다 강력한 규칙. 그것은 근대 형이상학의 경계 너머에 존재하는 또 다른 원리에 의해 지배되는 세계를 향한 그리움이라 할 수 있다. 이 지점에서 그의 관심은 모더니즘으로 표상되는 서양적 근대의 한계에 대한 인식이자 그것의 초극임이 드러난다.33) 광속과 상대성이론, 비유

---

33) "가장 우수한 최후의 모더니스트 이상은 모더니즘의 초극이라는 이 심각한 운명을 한몸에 구현한 비극의 담당자였다."
김기림, 「모더니즘의 역사적 위치」, 『김기림 전집·2』(심설당, 1988), p. 58.

클리드 기하학 등을 통해, 한때 그가 어설프게나마 탐닉했던 세계도 물론 거기에 포함된다. 그러나 그것을 좀더 완벽하게, 보다 철저하게 넘어서는 길은 없겠는가. 그러한 것들을 발견하기 위해서 그는 병들고 지친 몸을 이끌고 동경에까지 달려가지 않았을까. 그러나 불행히도 동경에서 실제 그가 마주친 것은 고작해야 표피적인 서구적 악취가 그대로 풍겨 나오는 수입된 〈분자식〉에 불과한 것이었다.

이상의 노력은 더 이상 나아가지 못하고 여기서 정지되고 만다. 죽음이 그의 앞길을 가로막아버렸기 때문이다. 그러나 다른 한편에서 본다면 그러한 노력은 그 자체가 이미 〈죽음에 이르는 병〉이었을 수도 있다. 왜냐하면 모더니티를 넘어선 어떤 강력한 것. 그것은 어쩌면 현실에서는 부재하는 것이었는지 모르기 때문이다.

그렇다면, 이 같은 이상의 비극은 우리에게 무엇을 시사해주고 있는 것인가. 다음과 같은 진술 속에서 우리는 그에 대한 한 가지 해답을 얻을 수 있지는 않을까.

> 바둑에는 정석이라는 것이 있다. …… (중략) …… 흥미 있는 것은 이 정석에도 때때로 혁명적인 변화가 있다는 점이다. 이러한 변화 이전과 이후 바둑의 형식은 완전히 바뀐다. 그러한 경우 새로운 정석은 '발견'되는 것이 아니라 '발명'된 것이다. 전문가는 한편에서는 승패를 다투지만 다른 한편에서는 끊임없는 발명가인 셈이다.
> 비트겐슈타인이 '규칙'이라고 부르는 것은 오히려 이러한 '정석'에 가깝다고 봐도 무방하다.[34]

위 인용문에서 일본 학자 가라타니 고진은 비트겐슈타인이 말했던 '규칙'을 바둑의 '정석'에 비유한다. 그에 따르면 바둑에 있어서의 정

---

34) 가라타니 고진, op. cit., p. 146.

석이란 어디까지나 '발견'되는 것이 아니라 '발명'되는 것일 뿐이다. 근대 자본주의 시민 사회의 규칙이라 할 수 있는 모더니티, 이 모더니티를 넘어설 수 있는 보다 강력하고 획기적인 규칙, 그것은 현실에서는 존재하지 않는다. 왜냐하면 그것은 애초부터 '발견'되는 것이 아니라 '발명'되어야 할 어떤 것인 까닭이다.

이렇게 본다면 우리가 진짜 슬퍼해야할 이상의 비극은 수입된 지성 속에 스스로가 갇혀버렸다는 사실을 끝내 깨닫지 못했던 점에 있지는 않을까. 그는 서양적 근대라는 〈타자〉에게서 어설프게 배운 〈규칙〉들을 바탕으로, 문학이라는 폐쇄된 관념 공간 위에 펼쳐진 혼자만의 지적인 유희를 즐기고자 하였다. 불행하게도 거기에는 처음부터 위에서 말하는 〈발명〉이란 전제되어 있지 않았다. 그리고 이러한 사실이야말로, 그가 자살이라는 최후의 유희에로 나아가지 않을 수 없었던 직접적이고도 필연적인 이유라 할 것이다.

「조감도(鳥瞰圖)─이인(二人)·1 / 2」[1]의 해석

1. 서론 : 해석에 앞서

이상의 시는 전반적으로 난해하다. 때로는 그 난해함의 정도가 지나쳐 일반인들 뿐 아니라 전문가들조차도 해독이 거의 불가능할 지경으로 생각되기도 한다. 이 같은 난점은 필연적으로 그 다음 단계에서, 수많은 그럴듯한 근거에 입각한 해석들의 범람, 즉 해석상의 개방성으로 연결될 수밖에 없는데, 이전은 물론이고 앞으로도 이러한 현상은 끊임없이 반복, 지속되리라는 것이 필자의 생각이다.

그런데 어떤 경우는 이상 시에 나타난 이러한 난해함에 대한 인식이 일종의 강박 관념으로 작용하여, 해석자들의 해석 자체를 더욱 꼬이게 만드는 경우를 볼 수 있다. 다시 말해서 비교적 쉽게 이해가 가

---

1) 지금까지 발간된 세 차례의 전집을 비롯하여, 한동안 우리 주변에서 이 텍스트의 제목은 「오감도」로 알려져 있었으나, 『朝鮮と建築』에 실린 일본어 원문에는 분명 「조감도(鳥瞰圖)」로 기재되어 있음을 확인할 수 있다. 이는 그 뒤에 발표된 한글 「오감도」의 제목과 혼동한 데서 비롯된 결과로 보인다. 이러한 잘못은 이미 최혜실 (1992)과 김주현 (1999) 등에 의해 거듭 지적된 바 있다.

능한 텍스트의 경우에도, 작가가 이상이라는 편견에 사로잡혀 쉬운 해석 대신 어렵고 난해한 해석 모델을 찾아 일부러 기웃거리는 예들을 목격하게 된다. 최근 이와 같은 태도에 대한 반성적 차원에서의 모색과 시도들이 일부에서 제기된 적이 있으나2), 아직까지는 공식적으로 큰 반향을 불러 모으고 있지는 못한 것으로 보인다.

이 글에서 다루고자 하는 「조감도-이인」 제1편과 2편 역시 이제까지 줄곧 어렵게만 인식되어왔던 텍스트 군에 속한다. 전문가들조차 상당한 주변 자료의 도움과 우회적인 접근을 통해서야만 겨우 그 숨은 의미를 파악할 수 있을 정도로 난해한 텍스트로 알려졌던 것이다. 더군다나 표기 자체가 일어로 되어 있고, 작품 활동의 초기에 발표된 점 등으로 인해 그간의 논의 과정에서 다소간 소홀하게 취급되어온 경향마저 있다.

필자 역시 이 텍스트에 담긴 의미나 내용을 무작정 단순하다고만 보지는 않는다. 그러나 필자는 이 텍스트를 지금까지의 방식대로 그렇게 난해하게만 들여다볼 필요는 없다는 관점에서, 새로운 해석의 가능성을 제시하고자 한다. 뿐만 아니라 그러한 해석을 바탕으로 하여, 이 작품이 이상의 문학 활동 전체에서 차지하는 위치와 비중에 대해 생각해보고자 한다.

한 작가의 작품이 지닌 내적인 의미를 고정된 이해의 틀 속에서만 바라볼 이유는 물론 없다. 특히 이상과 같이 평소 자신의 텍스트 속에서 갖가지 현란한 유희적 양상들을 노출시켰던 작가의 작품을 대할 때는 더욱 그렇다. 그러나 이 경우 우선적으로 고려되어야 할 사항은

---

2) 황현산, 「「오감도」 평범하게 읽기」, 『창작과비평』 제101호 (창작과비평사, 1998 · 가을), pp. 338~354.
  이남호, 「이상-「거울」」, 『교과서에 실린 문학 작품을 어떻게 가르칠 것인가』 (현대문학사, 2001), pp. 15~23.

하나의 텍스트가 그의 전체 작품 활동에서 차지하는 위치이며, 이 때 상호 텍스트성이라는 문제는 통시적으로나 공시적으로 좀더 폭넓은 검토의 대상이 되어야 한다는 것이 필자의 견해이다.

2. 기존 해석의 검토

지금까지 이 텍스트에 대해 본격적인 언급을 가한 예로는 김윤식, 이경훈 양 교수의 선행 연구 작업을 들 수 있을 것이다.

먼저 김윤식 교수는 이 텍스트의 의미 구조를 백부의 집에 양자로 들어가야 했던 이상의 복잡한 가족 관계 및 거기서 빚어진 내면의 심리적 갈등과 결부시키고 있다.[3] 이 경우 '기독'이란 자기 인생을 차압하려드는 육친이며, 육친이란 백부와 친부를 동시에 상기시키는 개념이다. 백부에 대한 증오와 친부에 대한 애증의 복합 속에서 그는 무서워하면서도 연민에 가득 찬 표정으로 기독을 바라본다. 때문에 그에게 있어 남루한 행색의 기독이란 추악한 조직 폭력의 우두머리인 알 카포네('아아르 · 카아보네'), 즉 '모조 기독'의 의미와 동일시된다. 자신의 인생 전체를 차압하려드는 이 모조 기독으로부터 어떻든 필사적으로 벗어나지 않으면 안 된다는 위기 의식, 공포감이 일문으로 작성된 이 「조감도—이인」의 숨은 의미이며[4], 이런 의미 구도 속에서 바라볼 때 한글 「오감도」에 나타난 '13인의 아해'가 느끼는 공포의 의미 또한 제대로 그 모습을 드러낸다는 것이 그의 해석이다.

이러한 그의 해석은 다음과 같은 몇 가지 논리적 근거에 입각한 것

---

3) 김윤식, 『이상 연구』 (문학사상사, 1987), pp. 57~59 / 114~118.
4) Ibid., p. 59.

이다.

첫째, 이상이 평소 일본 작가 芥川龍之介의 문학과 인생을 깊히 흠모한 바 있으며 그의 자살의 미학을 은근히 추종하고자 하였던 점. 이 점에 있어 양자 간의 연결 가능성은 충분한 것으로 보인다. 또한 무엇보다도 이들 양자가 처한 가족 상황이나 개인적인 이력들이 놀라울 만큼 유사하다는 점이 주목된다. 芥川龍之介가 이상모양 백부 집안에 양자로 들어갔던 사실이며, 그런 이력으로 인해 친부모와의 관계를 어떻게 정립해야할지를 놓고 항상 심리적으로 갈등하였다는 사실이 그 하나. 그리고 芥川龍之介의 글에 이와 같은 가족 관계를 그대로 반영한듯한 기독과 관련된 언급이 수차 반복되고 있다는 사실이 또 다른 하나이다.[5]

둘째, 위에 나타난 기독이라는 단어는 이후 이상의 텍스트에서 두 차례 더 등장하는데, 그 때 그 의미는 앞서 지적되었다시피 정확히 육친의 의미와 대응된다는 점. 기독, 혹은 크리스트라는 단어가 다시 등장한 것은 연작시 「위독」의 〈육친〉 편과 수필 「실락원」 중의 「육친의 장」 편에서이다. 거기서 이상은 '나는이육중한크리스트의별신을암살하지않고는내문벌과내음모를약탈당할까참걱정이다.'[6] '나는 이 모조기독을 암살하지 아니하면 안 된다. 그렇지 아니하면 내 일생을 압수하려는 기색이 바야흐로 농후하다.'[7]와 같이 서술하며, 기독의 의미를 드러내고 있는 것을 볼 수 있다.

다음 이경훈 교수의 경우는 이 텍스트를 보다 특별한 의미로, 즉

---

5) Ibid., p. 116.
6) 이상, 이승훈 편, 『이상 문학 전집·1』(문학사상사, 1991), p. 92
   이하 문학사상사 판『이상 문학 전집』에서의 인용은 『전집』의 호수와 페이지만을 명기하기로 함.
7) 『전집·3』(문학사상사, 1993), p. 190.

이상만의 감추고 싶은 비밀을 암시하고 있는 것으로 해석한다. 여기서 이상이 감추고자 했던 비밀이란 유곽에서의 매춘 체험을 말하는 것이다.[8] 이러한 해석에 따르면 여기서의 기독은 이상을 의미하며, 알 카포네는 그의 막역한 친구였던 문종혁, 혹은 유곽의 매춘부를(두가지 해석의 가능성을 동시에 제시한다) 지칭하는 것으로 볼 수 있다. 또한 이 때 '네온싸인'이 빛나는 '교회'는 홍등가의 유곽으로, 거기에 들어가기 위해 사야만 되는 '입장권'은 매춘부에게 지불하여야 할 화대로, '프록·코오트'는 성병을 예방하기 위한 콘돔으로 읽힐 수 있다는 것이 이 논의의 요지이다.

이와 같은 해석은 다음과 같은 두 가지 점에서 일단 설득력을 지니고 있다고 생각된다.

첫째, 「조감도」라는 명칭 아래 연작 형태로 작성된 일문시들이 대체적으로 성적인 모티브, 혹은 남녀 간의 성행위를 암시하는 내용들로 구성되어 있다는 점. 실제로 이 「이인」 외에 동일한 큰 제목 아래 발표된 「신경질적으로 비만한 삼각형」, 「LE URINE」, 「광녀의 고백」, 「홍행물 천사」 등이 성행위, 혹은 매춘 행위를 연상케 하는 내용들로 채워져 있으며, 이런 관점에서 보았을 때 「조감도」 연작이란 사실상 이상이 자신의 비밀스런 매춘 체험을 바탕으로 하여, 이를 우회적으로 암시, 또는 묘사하고 있는 텍스트라는 해석이 가능하다.

둘째, 텍스트의 문면에 나오는 '1930년 이후의 일'이라는 구절이 의미하는 바와 관련된 것으로, 1930년이라는 시기는 각종 기록과 그의 다른 텍스트들[9]을 토대로 추측해봤을 때 이상이 오랜 친구인 문종혁

---

8) 이경훈, 『이상, 철천의 수사학』 (소명출판, 2000), pp. 195~217.
9) 여기서 구체적으로 거론되고 있는 자료는 문종혁의 증언 (문종혁, 「심심산천에 묻어주오」, 『여원』, 여원사, 1969. 4)과 이상 자신의 시 「1931년」 및 소설 「불행한 계승」, 수필 「혈서삼태」, 「황의 기」 등에 담긴 내용을 말한다.

등과 더불어 유곽을 찾아 돌아다니며 매춘부들과 어울리기 시작한 시기와 일치한다는 판단. 다시 말해 1930년 이후라고 텍스트에서 그가 표 나게 강조한 것은 어쩌면 성병에까지 이르게 만든 자신의 부끄러운 매춘 체험을 간접화된 방식으로 전달하기 위한 또 하나의 우회적인 전략일지 모른다는 추정이 가능해진다.

이상 두 교수의 해석은 각기 그 나름의 객관적인 자료와 논리적 근거에 입각한 것으로, 논리 전개 자체만을 놓고 따질 때에는 어느 한쪽만이 옳고 나머지 한쪽을 일방적으로 틀렸다고 할 수 없을 만큼 정교하고 치밀하다고 할 수 있다. 이상이 한 때 그의 문학과 삶에 있어 芥川龍之介를 하나의 이상화된 모델로 상정하고 추종하였던 것도 사실이고, 또한 그가 문종혁 등 친구들과 어울려 유곽을 전전하며 매춘부들을 찾은 것도 명백한 사실인 이상, 이 두 의견 사이에서 시시비비를 따진다는 것은 결코 쉬운 일로 보이지 않기 때문이다.

그러나 여기서 한 걸음만 잠시 물러나, 이들 두 견해가 지닌 난점이랄까 문제점들에 대해서도 한 번쯤 돌려 생각해보는 일도 나쁘지는 않아 보인다. 이는 무엇보다도 두 견해가 작가인 이상의 개인사적인 이력에 지나치게 집착하여, 보다 포괄적이고 일반화된 해석의 가능성을 미리부터 봉쇄해버린 것은 아닌지 하는 점에 대한 우려와 관계가 있다. 더군다나 이 연작시의 제목이 「조감도」라고 했을 때, 그것은 분명 그 속에 전체를 조망한다는 의미를 담고 있으며, 그런 만큼 그것은 이후 발표된 한글 「오감도」 연작에서 보듯이 근대 문명 자체에 대한 작가 자신의 내면적 위기감과 어떤 방식으로든 연계되어 있으리라는 추정이 가능하기 때문이다. 또한 이런 관점에서 본다면, 위의 두 교수의 견해는 표면상 탄탄한 근거와 정교한 추론 방식을 갖추었음에도 불구하고, 그 탄탄함이나 정교함이 도리어 억지로 무리하게 짜 맞춘듯한 느낌을 주는 것도 사실이다.[10)]

이 글은 기존 논의에서 발견되는 이러한 문제점에 대한 인식을 바탕으로, 이 텍스트를 가능한 한 평범하게 이해하는 데서 출발하고자 하는 하나의 시도가 될 것이다.

3. 텍스트 해석의 실제 : 근대 기독교 문명의 왜곡상에 대한 고발

1) 기독교에 대한 관심

논의의 편의를 위해 먼저 텍스트 전문을 한글로 번역하여 인용해보도록 한다.[11)]

> 기독(基督)은남루(襤褸)한행색(行色)으로설교(說敎)를시작했다.
> 아아르·카아보네는감람산(橄欖山)을산채로납촬(拉撮)해갔다.
>
> 1930년(一九三〇年)이후(以後)의일—
> 네온싸인으로장식(裝飾)된어느교회(敎會)입구(入口)에서는뚱뚱보카

---

10) 대표적인 예로, '기독'을 아무런 중간 과정의 논의 없이 곧바로 '모조 기독' 혹은 '크리스트의 별신' 등과 동일 의미로 이해한 일 (김윤식)과 '프록·코오트'를 매춘부와의 관계 시에 사용하는 콘돔으로 해석한 것 (이경훈) 등을 들 수 있다.

11) 여기 제시된 한글 번역은 『전집·1』, pp. 118~120 수록 내용을 전재함. 단 「조감도(鳥瞰圖)-이인(二人)·2」에 보이는 '기독(基督)의화폐(貨幣)는기숭할지경으로빈약(貧弱)하고해서'로 번역되어 있는 부분은 일본어 원문('キリストの貨幣は見られめ程貧弱で何しろ')의 내용을 참고해볼 때, '기독(基督)의화폐(貨幣)는보기숭할지경으로빈약(貧弱)하고해서'로 정정되어야 할 것인 바, 해당 부분을 바로 잡아 인용토록 한다.

아보네가볼의상흔을신축(伸縮)시켜가면서입장권(入場券)을팔고있었다.
— 「조감도(鳥瞰圖)—이인(二人)·1」

　아아르·카아보네의화폐(貨幣)는참으로광(光)이나고메달로하여도좋
을만하나기독(基督)의화폐(貨幣)는보기승할지경으로빈약(貧弱)하고해서
아뭏든돈이라는자격(資格)에서는일보(一步)도벗어나지못하고있다.

　카아보네가프렛상으로보내어준프록·코오트를기독(基督)은최후(最
後)까지도거절(拒絶)하고말았다는것은유명(有名)한이야기이거니와의당
(의당(宜當))한일이아니겠는가.
— 「조감도(鳥瞰圖)—이인(二人)·2」

　일체의 선입견을 배제하고 문면 자체에만 의지하여 그 의미를 따라
가 본다면, 위 텍스트의 내용은 그리스도와 알 카포네로 대변되는 성
인과 악당, 종교와 세속, 선과 악의 대비라 할 것이다.[12] 그런데 문제
는 그렇게 이해했을 경우 알 카포네가 감람산을, 즉 그리스도의 기도
처(기독교 정신의 본거지)[13]를 산 채로 납찰해갔다는 의미가 무엇인
지, 네온 싸인으로 장식된 교회 입구에서 카포네가 입장권을 판다는
의미가 무엇인지, 카포네의 화폐와 기독의 화폐를 대비시킨 이유는
무엇인지, 카포네가 선물('프렛상')으로 준 프록·코오트를 기독이 끝
까지 거부했다는 것은 또 무슨 의미를 담고 있는지 등이 명확하게 정
리, 설명되지 않는다는 점에 있다.

---

12) 이 텍스트들에 대해 이승훈 교수는 전집 해설에서 '이 시는 기독과 카포네로 표상
　　되는 정의와 불법, 선과 악의 대립을 노래하며, 현대에는 기독의 정의마저 사라짐
　　을 풍자하고 있다.'(제1편 해설) '이 시 역시 기독과 카포네로 표상되는 정의와 불
　　법, 선과 악의 대립을 노래하지만 「이인(二人)…1…」과는 다르게 불법이나 악을 거
　　부하는 기독 정신이 나타남.' (제2편 해설)으로 간략하게 정리하고 있다. Loc. cit.
13) 감람산은 예루살렘 동쪽에 있는 산으로 예수가 자주 기도를 올린 산이다.

이상이 평소 기독교에 대해 관심을 가지고 있었다는 사실에 대해서는 텍스트 곳곳에 나타나는 기독교와 관련된 어휘 및 내용들이나 주변 인물들의 증언들을 참고로 해볼 때 충분히 짐작 가능한 일이거니와, 여기서 우리가 보다 유의해서 살펴보아야 할 사실은, 그렇다면 왜 그가 기독교에 대해 관심을 가지게 되었느냐 하는 점일 것이다.

이 문제와 관련하여서는 일단 이 시기 이상의 주된 관심사가 무엇이었느냐부터 염두에 둘 필요가 있다. 초기 일문시들[14]의 내용을 훑어볼 때, 이상은 이미 1930년 초반 무렵부터 근대 형이상학의 한계 내지 모순에 대한 인식을 어느 정도 구체화하고 있었던 것으로 드러난다. 그러한 인식은 그의 텍스트들에서 근대적 합리성의 체계에 대한 불신으로 제시되어 있는 것을 볼 수 있는데, 이 경우 합리주의적 인식의 기초라 할 수 있는 자연 과학적 지식, 즉 유클리트 기하학이나 뉴턴 물리학의 공리와 기초 원리들이 전면적인 회의의 대상으로 거론되고 있다는 점이 특징적이다.[15]

다시 말해, 이 때 이미 이상은 근대 서구 문명의 한계에 대한 예감 같은 것을 어렴풋이나마 지니고 있었던 셈이다. 비록 선명하다고는 할 수 없겠지만, 이상 문학에 나타난 모더니티란 그러한 근대 문명의 한계에 대한 인식 위에 놓인 것으로서, 그 한계 너머의 세계를 엿보고자 하는 은밀한 욕망을 담은 것으로 해석할 수 있다. 그 욕망을 현실화하기 위해서는 무엇보다도 합리성으로 포장된 현실 논리의 이면을 철저하게 파헤쳐 비판하는 작업이 선행되어야 할 터, 근대와의 불

---

14) 여기서 초기 일문시라 함은 활동 초기에 총독부 기관지인 『朝鮮と建築』에 일어로 발표되었던 「이상한 가역 반응」(1931 · 7), 「조감도」(1931 · 8), 「삼차각 설계도」(1931 · 10), 「건축무한육면각체」(1932 · 7) 등을 말한다.

15) 이 문제와 관련하여서는 김윤식, 「유클리드 기하학과 광속의 변주」, 『이상 문학 텍스트 연구』(서울대학교 출판부, 1998) 참조.

화는 이런 각도에서 볼 때 필연적인 사태의 진전이 아닐 수 없다.

서구적 의미에서의 근대란 정신사적인 맥락에서 보았을 때 일반적으로 탈신비화, 탈미신화에 근거한 합리적 주체성의 정립 및 확산과 동일시된다. 그것을 뒷받침해주는 한쪽 축이 근대 자연 과학의 기본 원리에 입각한 형이상학적 진리 개념이라고 한다면, 다른 한쪽 축은 자본제 생산 양식과 민족 단위의 국가 수립으로 대변되는 물적 토대라고 할 것이다. 이러한 변혁의 와중에서, 사회 전체의 고유한 일체감, 동질성을 유지하는 데 측면에서 결정적인 기여를 했던 것이 바로 기독교 사상이라고 할 수 있다. 그런 점에서 그것은 근대의 산물은 아니나, 근대로의 이행 단계에서 성공적인 자기 변신 과정을 거침으로써, 신 중심의 중세적 세계관이 몰락한 이후로도 서구인들의 정신과 질서에 지속적인 영향력을 행사해왔다고 할 수 있다. 다시 말해서 근대에 들어서도 기독교는 여전히 위에 거론된 몇 가지 조건들과 더불어 사회 전체를 지탱해주는 강력한 지주 역할을 수행해왔던 것이다.

이러한 근대란, 그리고 그것의 작동 원리라 할 수 있는 모더니티란 서구에서 도입된 전혀 색다른 존재이며, 그런 관점에서 보았을 때 이는 결국 우리와는 다른 세계에 속하는 타자의 원리를 지칭하는 개념인 셈이다. 따라서 근대에 대해 지나치리만치 예민한 반응을 보였던 이상이 그것의 한 중심 줄기를 형성하는 기독교에 관심을 가지게 된 경위는 자연스럽게 드러나는 것 같기도 하다.

2) 텍스트의 내적 의미

위에서 필자는 기독교가 근대 이후로도 서구인들의 정신 세계에 지속적인 영향력을 행사하였다는 점을 강조하였다. 이는 현재의 서구 사회를 떠올려보더라도 쉽게 이해가 가능한 일일 것이다. 그러나 여기서 지속적이라고 했을 때, 이 말은 전과 완전히 동일하게라는 의미로 이해되어서는 곤란하다. 근대라는 조건은 기독교를 대하는 사람들의 태도에 미세하지만 중대한 변화를 가져 왔기 때문이다. 이미 자연과학적 지식에 기초한 합리주의 체계로 무장한 근대인들에게 기독교의 의미는 전과는 조금 다르게 다가올 수밖에 없었다. 그 다름의 차원이 만들어낸 문제점이 근대 세계를 회의론적인 불신의 시각으로 바라보았던 이상에게 있어, 「조감도－이인」을 쓰도록 만든 한 직접적인 동인이었을 수 있다는 것이 이 글의 기본 관점이다.

텍스트의 제1편은 기독(예수 그리스도)과 미국의 유명한 갱단 두목 알 카포네와의 관계에 대한 내용이 제시되어 있다. 문면에 나타난대로 곧이곧대로 해석하자면, 알 카포네로 상징되는 근대 자본주의의 폭력성과 사악함이 기독으로 표상되는 신성함과 정의로움 위에 군림하면서 그것을 자기 나름의 방식으로 악용한다는 의미로 이해된다. 분명 이러한 해석은 근대적 상황 속에 내재하는 사회 전반의 여러 복합적인 문제 의식들을 상징화된 문맥에서 적확하게 짚어내고 있는 것인 양 생각될 수도 있다.

그러나 한편으로 생각할 때, 이러한 해석은 기독과 알 카포네의 관계를 지나치게 단선적인 대립 구도 속에서 파악하고 만 것은 아닌가 하는 의구심을 불러일으킨다. 그럴 때 이 시의 내용은 시대도 배경도 뒤죽박죽인 채로 억지로 끌어 붙인 듯한, 한갓 희화화된 단순 풍자 수준에 머무르는 것이 되는 까닭이다. 여기서 필자는 근대 이후인 1930년대에도 여전히 살아 활동하는 기독이란 대체 어떤 의미를 지니는가 하는 점에 주목할 필요가 있다고 본다.

남루한 행색으로 나타나 1930년 이후에도 예전과 다름없이 사람들을 향해 설교를 계속하고 있는 기독의 의미. 이 의미를 제대로 파악하기 위해서는 이상의 근대 세계에 대한 불만과 회의가 겨냥하는 의식의 목표 지점을 기독교적인 관점 위에 올려놓고 살펴 볼 필요가 있다. 그러나 미리부터 지나치게 서둘러 앞질러가지는 말기로 하자. 이와 같은 사항을 본격적으로 실행에 옮기기 전에, 좀더 신중한 자세로 되돌아가 잠시 한 종교철학자가 남긴 다음 구절부터 참조해볼 필요가 있으리라.

　　　어떤 한 인간이 하나님이라고 하는 사실을 증명하려고 하는 것(이 경우에 그것을 역사로부터 증명하려고 하든, 아니면 그 밖의 세계 속의 어떤 것으로부터 하려고 하든 간에, 그것은 문제가 아니다) 이상으로 어리석은 모순을 애당초 생각할 수 있을까. 어떤 한 인간이 하나님이라는 사실, 즉 자신이 하나님이라고 말한다는 것, 이것은 바로 실족(失足) 자체다.16)

　키에르케고르에 따르면 일반인들이 그리스도를 그리스도로 파악하는 것은 절대적으로 불가능한 일이다. 왜냐하면 그는 우리가 이해할 수 있는 존재가 아니기 때문이다. 그리스도가 그리스도이기 위해서는 신(하나님)인 동시에 인간이지 않으면 안 된다. 그런 존재란 인간으로서는 이해도 파악도 불가능할 뿐이다. 만일 일반인들의 눈으로 한 번에 그가 그리스도임을 알아볼 수 있다면, 그는 이미 그리스도가 아니다. 요컨대 그는 우리와는 전혀 다른 세계에 속해 있는 존재, 절대적인 타자이기 때문이다. 이러한 어려움은 그리스도에게 있어서도 마찬가지인데, 그는 그가 그리스도라는 사실을 도저히 사람들에게 납득시

――――――――――――――

16) 키에르케고르, 『그리스도교의 훈련』, 임춘갑 역 (평화출판사, 1978), pp. 33~34.

킬 수가 없다. 따라서 사람들이 이성적으로 그를 이해하고 파악한다
는 것은 불가능하다. 그러기에 그를 저버리는 것은 단지 그의 제자나
바리새인들에게만 국한되는 일이 아니라, 기독교 세계의 어떤 독실한
신자라 할지라도 그를 알아볼 수 없는 이상은 항상 저버릴 가능성을
지닌다고 할 수 있다.

이 점에 대해 키에르케고르는 다음과 같이 말한다.

> 그러나 한편으로 〈그리스도〉께서는 자신이 하나님이라고 친히 말
> 씀하시지 않으셨던가. 설혹 신과 인간은 그다지도 유사하고, 그다지
> 도 친근성을 지니고, 따라서 그 내적 본질에 있어서 동일하다고 하더
> 라도, 〈그러므로 그 분은 신이었다〉는 추론은 역시 속임수다. 왜냐하
> 면 만약에 신이라는 존재가 위와 같은 사태 바로 그것이라면, 신은
> 전연 존재하지 않기 때문이다. 그러나 신이 신으로서 존재한다면, 또
> 그러므로 인간임(인간 존재)과는 무한한 질적 차이로써 떨어져 있다
> 면 나로서는, 또 그 어느 누구도, 그 분은 인간이었다는 상정에서 출
> 발하여, 그러므로 그 분은 신이었다고 추론하는 일은 영원히 불가능
> 하다. 지극히 약간이라도 변증법적 발전을 거친 사람이라면 틀림없이
> 다음과 같은 점을 쉽사리 간파할 것이다. 결과를 문제로 삼는 태도는
> 모두가, 그 분이 신이었는가 아닌가를 결단하는 태도와는 차원을 달
> 리하는 것이라는 사실과, 그리고 이 결단은 인간에 대하여 전적으로
> 별개의 방식으로 다가온다는 사실을, 즉 그 분이 스스로 하나님이시
> 라고 하시는 말씀을 믿느냐 혹은 믿지 않느냐라는 물음으로써 다가
> 온다는 사실을.[17]

만일 그리스도가 신이라면, 그는 보통 인간들과는 절대적으로 다른,
즉 키에르케고르 식으로 표현한다면 일반인들과는 '무한한 질적 차이'

---

17) Ibid., pp. 37~38.

를 지닌 존재일 수밖에 없다. 그를 알아본다는 것은 불가능하다. 그것은 어디까지나 인간적 추론의 영역 밖에 놓여 있는 존재이기 때문이다. 이 경우 일반인들로서는, 그가 누구인지를 알아볼 수 없는 이상, 그를 믿고 따른다는 것도 쉽지는 않다. 그것은 어쩌면 인간적인 결단과는 다른, 종교적인 결단에 속하는 사항일 것이다.

이와 같은 상황적 어려움은 역으로 한없이 그리스도를 초라하고 왜소하게 만든다. 그리스도는 언제든 초라하고 왜소한 존재, 즉 〈남루한〉 존재[18]로 사람들에게 나타나지 않으면 안 된다. 그는 남루한 행색으로 나타나 사람들 사이에서 자신이 신이라는 것을 어떻게든 전달하려 할 테지만, 그러한 전달은 적어도 직접적으로는 불가능하다.

「조감도-이인」 제1편에 보이는 '기독(基督)은남루(襤褸)한행색(行色)으로설교(說敎)를시작했다.'라는 구절은 바로 위의 내용과 관련이 있다고 생각된다. 기독의 남루함은 인간과는 다른 세계에 속하는 기독의 절대적인 타자성에서 비롯된 결과이다. 그것은 바로 그가 자신이 진짜 기독(신)이라는 사실을 도저히 인간들에게 납득시킬 수가 없다는 사실에 기인한다. 그런데, 그런 그를 더욱 왜소하고 초라한 존재로 만드는 것은, 그럼에도 불구하고 그는 어떻든지 그들을 향해 자신의 종교와 자기 자신의 신임을 설교를 통해 주장하지 않으면 안 된다는 사실일 것이다.

그렇다면 이 텍스트의 이어지는 다음 구절, '아아르·카아보네는감람산(橄欖山)을산채로납촬(拉撮)해갔다.'라는 구절이 지닌 의미는 무엇일까? 왜 1920, 30년대 미국의 암흑가를 주름잡았던 전설적인 마피아 두

---

18) '그 분은 스스로를 낮추시고 누더기로 몸을 감싸셨다. …… (중략) …… 이리하여 그 분은, **지금도 여전히 비천한 모습으로 현존해 계신다.**' (강조-인용자)
　　Ibid., p. 41.

목 알 카포네가 기독과 더불어 등장하고 있는가? 이러한 의문점들을 해결하기 위해서는 무엇보다도 근대 세계에서 기독교가 처한 상황에 대해 점검해볼 필요가 있다.

앞서도 서술했듯이, 중세 이후의 신 중심적인 세계관이 붕괴된 이후에도 기독교는 서구 사회의 정신적인 지주 역할을 그대로 계승한다. 오히려 어떤 점에서는 당대 자본주의 문명의 번영과 더불어 더욱 융성하는 모습을 보이고 있다. 많은 사람들이 교회를 찾아 다투어 헌금을 하고, 현세와 내세를 가로질러 신의 영원한 축복을 받기 위해 애쓰는 것이다. 키에르케고르는 여기서 한 가지 근대 서구 사회의 놀라운 모순점을 발견한다. 사람들이 그리스도를 제대로 알아볼 수 없음에도 불구하고, 그에 대한 믿음은 충만하고 드디어는 흘러넘쳐서 서구 사회 전체가 기독교화되어버렸다는 사실이다. 이 모순점은 동시에 우리들에게, 그렇다면 이와 같은 기독교의 융성이 과연 올바른 결과인가에 대한 근본적인 의문을 제기하도록 만든다.

이 문제와 관련하여 키에르케고르는 '그리스도교 세계는 자신도 모르는 사이에 그리스도교를 말살하고 말았다.'[19]라는 충격적인 발언을 한다. 그리스도교 세계에서 그리스도교가 말살되었다는 말의 의미는 과연 무엇인가. 위의 의문과 연관해서, 그 의미에 대해 좀더 세부적으로 풀어나가 보도록 하자.

> 그러나 근대인은 〈그리스도〉를 말살해버렸다. 즉 그 분을 완전히 버리고, 그 분의 가르침만을 취하거나, 혹은 그 분을 공상화하여 그 분이 직접적인 전달을 하였다고 공상적으로 억지를 부리거나 함으로써 〈그리스도〉를 말살하는 것이다.[20]

---

19) Ibid., p. 50.
20) Ibid., p. 187.

그리스도교 세계 안에서 그리스도교의 상태를 돌아볼 기회를 갖게 되면, 사람들은 울고 싶은 심정을 금할 수가 없을 것이다. 목사들은 온갖 재주를 다 부려가며, 제 딴에는 무슨 결정적으로 사람을 승복시키는 진리를 설파할 양으로 설교를 되풀이한다. …… (중략) …… 아아, 이런 목사들은 자기네들이 말하고 있는 것이 어떤 것인지를 전연 모르고 있는 것이다. 그네들이 그리스도교를 말살하고 있다는 사실이, 그네들의 눈에는 은폐되어 있는 것이다.21)

〈그리스도의 말살〉. 이 의미를 제대로 이해하기 위해서는 그리스도가 사람들에게 자기 자신이 신이라는 사실을 납득시킬 수 없었다는 사실, 그리하여 사람들은 어떤 경우라도 그가 진정한 그리스도라는 것을 알아차릴 수 없다는 사실로부터 출발하지 않으면 안 된다. 그럼에도 불구하고, 기독교 세계의 목사들은 자신의 해박한 지식과 권위를 과시라도 하듯이 '온갖 재주를 다 부려가며' 그리스도의 신적 자질을, 이성적인 추론을 통해 증명 가능한 일처럼 설교한다. 그럼으로써 마치 자신의 설교가 진정한 하나님의 진리의 세계에 도달할 수 있는 올바른 길인 것처럼 확신에 찬 주장을 늘어놓는다. 키에르케고르가 보기에 이러한 현실은 전혀 가당치 않은 일일 뿐더러, 종교적 차원에서 볼 때 그것은 결국 그리스도를 이 세계에서 추방하고 말살하는 행위에 지나지 않는다.

이와 같은 내용을 참고로 한다면, 앞서 살펴본 두 번째 구절의 의미는 여기서 지적한 근대 세계에 있어서의 그리스도의 말살이라는 장면과 연결지어 생각해볼 수 있지 않을까. 사람들이 그리스도라는 실체를 파악하기란 현실적으로 불가능하다. 그럼에도 기독교 사회의 많

---

21) Ibid., pp. 198~199.

은 목사들과 성직자들은 마치 이성적이고 합리적인 추론 과정을 거쳐 그것의 파악이 가능한 일인 양 설교를 통해, 또한 그들이 저술한 두터운 연구 서적들을 통해 증명하려 한다. 그것은 결국 그리스도(기독)를 배제한 채 그리스도교(감람산)라는 허울뿐인 현세의 종교를 자기 식대로 멋대로 왜곡하는 일과 동일하다.

이성이라는 무기를 앞세운 이러한 근대의 폭력적 과정에 대해 이상이 〈납촬〉이라는 어휘를 사용하여 그 부당함을 지적하고자 한 것은 적절한 표현인 것으로 보인다. 또한 그 폭력성을 극대화하여 드러내기 위해서는, 〈알 카포네〉라는 당대의 널리 알려진 갱단 두목의 이름을 끌어올 필요가 있었을 것이다. 이는 결국 기독교라는 허울에 불과한 현세의 종교에 의지하여 자신의 권위와 능력을 인정받고자 하는 목사와 성직자들을 지칭하는 단어인 셈이다.

그렇다면 다음에 보이는 '네온싸인으로장식(裝飾)된어느교회(敎會)입구(入口)에서는뚱뚱보카아보네가볼의상흔을신축(伸縮)시켜가면서입장권(入場券)을팔고있었다.'라는 구절의 의미 역시 자연스럽게 드러난다. 교회에는 이미 그리스도란 존재하지 않는다. 오직 '네온싸인'과 같이 번지르르한 겉치레와 현란한 수사로 하나님의 말씀을 대신하려는 거만한 목사나 성직자('뚱뚱보카아보네')가 있을 뿐이다. 그들은 자신들의 권위를 유지하기 위해 최대한의 노력을 기울이며('볼의상흔을신축시켜가며'), 동시에 그런 자신들의 설교야말로 마치 진리에 도달하는 유일하고도 올바른 길인 양 유세를 떨고 있다('입장권을팔고있었다').

제2편의 의미 역시 이러한 해석의 연장선상에서 이해가 가능할 것으로 보인다. 첫 문장에 보이는 '화폐'의 의미가 무엇인지가 조금 아리송하기도 하다. 여기서 일단 우리가 고려에 넣어야 할 사항은 화폐란 적어도 근대 자본주의 물질 문명 내에서 모든 것을 좌지우지하는

무소불위의 가치 기준으로 통한다는 점이다. 심지어는 정신적인 것마 저도 이러한 가치 기준으로 환산되어 측량되는 일이 비일비재하다. 한 마디로 그것은 근대 세계의 제반 질서를 결정짓는 절대적인 기준 이자, 힘과 권위의 상징이다.

이런 각도에서 본다면 알 카포네의 화폐와 기독의 화폐가 지닌 의 미는 각각 근대적 이성(합리성)과 신성성(일반인들로서는 도저히 식별 불가능한 절대적 조건으로서의)에 대응된다. 그 둘 사이의 경계는 분 명하다. 이 때 이들 양자가 처해 있는 상황이 근대적 조건, 즉 1930년 이후라는 점을 감안한다면, 이 둘 가운데 어느 것이 더 큰 현실적인 영향력을 발휘할 것인지는 금세 드러난다. '아아르ㆍ카아보네의화폐(貨 幣)는참으로광(光)이나고메달로하여도좋을만하나기독(基督)의화폐(貨幣)는 보기숭할지경으로빈약(貧弱)하고'라는 문장의 의미는 이러한 양자의 차 이에 따른 것으로 이해된다. 그럼에도, 이들은 어쨌든 두 세계를 가름 하는 본질적인 속성이며 가치 기준(돈)이라는 점에서는 정확히 일치한 다.[22]

마지막 문장 '카아보네가프렛상으로보내어준프록ㆍ코오트를기독(基 督)은최후(最後)까지도거절(拒絶)하고말았다는것은유명(有名)한이야기이거 니와의당(宜當)한일이아니겠는가.'의 의미를 이해하기 위해서는 약간의 부연 설명이 필요할 것으로 보인다. 카포네가 기독에게 프렛상(선물) 으로 '프록ㆍ코오트'를 주었다는 것은 무엇인가. 그리고 기독이 그 코 오트를 끝까지 거절하고 말았다는 것은 무슨 의미인가.

이 문제에 다가서기에 앞서, 우선 키에르케고르가 말했던 다음 구

---

22) 그런 점에서 〈화폐〉는 〈언어〉, 〈수〉와 더불어 체계의 〈규칙〉에 대한 인식을 새 롭게 바라보게 하는 대표적인 가치 기준 가운데 하나로 이해될 수 있을 것이다. 이 문제를 다룬 대표적인 저서로는 가라타니 고진, 『은유로서의 건축 – 언어, 수, 화 폐』, 김재희 역 (한나래, 1998) 참조.

절들의 내용부터 검토해보도록 하자.

　　그 분은 스스로를 낮추시고 누더기로 몸을 감싸셨다. 그 분은 영
광 중에 다시 오실 것이다, 그러나 저 찬란한 여러 성과란, 다시 한
번 자세히 관찰하면, 너무나도 보잘 것 없는 영광이고, 여하튼 신앙
이 그 분의 영광에 관해서 말할 때의 그것과는 전적으로 질이 다른
것이다. 이리하여 그 분은 여전히 비천한 모습으로 현존해 계신다.
그 분이―이것은 믿어야 한다―영광 중에 다시 오실 그 때까지는.
…… (중략) …… 그러나 역사가 주제넘게, 오로지 아버지의 손에 유
보되어 있을 뿐인 일을 스스로 시도하는 일이 있어서는 안 되겠다.
즉, 마치 재림이 찾아온 듯이, **온갖 성과의 찬란한 치장으로 「그리스
도」에게 영광의 옷을 입히려는 따위의 일을 해서는 안된다.**[23] (강조
―인용자)

　　식별을 불가능하게 하는 것은 무엇인가. 그것은 예컨대 사복을 입
은 경찰관의 경우와 같이, 그 사람의 본질이 겉에 나타난 성격과는
별개의 것인 상태다. 그러므로 하나님이시면서도 동시에 하나의 인간
이라고 하는 것은 식별을 불가능하게 한다. 그렇다. 절대적으로 불가
능하게 한다. 하나님이 특정한 하나의 인간, 혹은 임의의 하나의 인
간(그것이 고귀한 사람이건 비천한 사람이건 간에, 어떤 의미에서는
꼭 같다)이라는 사실은, 하나님이라는 사실에 대해서는 최대한의, 즉
무한한 질적인 거리를 둔 상태이고, 그렇기 때문에 **가장 심오한 미행**
(微行 ; incognito)이다.[24] (강조―인용자)

　기독교 세계의 신앙인들에게 예수 그리스도를 찬양하는 일은 일상
화되어 있으며, 그러한 찬양과 찬송을 통해 그들은 그리스도를 화려

---

23) Ibid., p. 41.
24) Ibid., p. 187.

하고 영광된 자리에 올려놓을 수 있다고 굳게 믿는다. 더군다나 목회자들은 다투어 그리스도의 영광을 부르짖으며 설교를 통해 그 세계에 도달하는 길이 실제 열리는 양 주장한다.

그러나 키에르케고르가 보기에 이러한 현실은 사실상 실제와는 동떨어진 것이며, 진실을 전적으로 왜곡시키는 결과를 가져올 뿐이다. 그가 보기에 그리스도는 사람들이 알아 볼 수 있는 형태로 나타나지 않는다. 그는 우리와는 질적으로 다른 세계에 속하는 존재이기 때문이다. 진실을 말하자면, 그는 어디까지나 사람들 사이에서 비천하고 남루한 행색으로 '미행(= 미복 잠행, 微服潛行)'을 할 뿐이다. 그러므로 목회자들이 그들의 설교를 통해 갖가지 논리와 최상급의 수사를 총동원하여 영광된 자리에 그리스도를 올려놓으려고 하는 것은 터무니없는 일에 불과하다.

지금까지의 내용을 참고로 한다면 제2편의 마지막 문장의 의미도 이미 드러났으리라 믿는다. 이를 전체적으로 다시 정리해본다면 다음과 같다. 기독(그리스도)은 근대의 목회자(알 카포네)들로부터 영광된 자리에 걸맞는 화려한 옷('프록·코오트')을 권유받는다는 것. 그러나 그것은 원래가 비천하고 남루한 차림으로 돌아다녀야 할 자신의 본질과는 동떨어진 것이기에 그는 거절할 수밖에 없었고, 그러한 거절이야말로 '유명'한 것이자 '의당'(당연)한 것이 아니겠느냐는 것.

종합적으로 정리해본다면, 「조감도-이인」1, 2편의 내용은 단순한 선과 악, 정의와 불의 사이의 대립이라기보다는 근대 세계에서 기독교가 처한 상황과 그 상황 속에 가로놓인 왜곡된 양상에 대한 것이라고 할 수 있다. 그것은 서구 기독교 문명의 타락상에 대한 날카로운 비판이며, 그러한 비판의 저변에는 근대 문명의 한계에 대한 이상 특유의 통찰력이 가로 놓여 있는 것으로 판단된다. 그러한 한계에 대한 인식이 그의 가시권 내에 들어온 시기가 바로 1930년 이후이며, 이 점에 관한 한 이상은 당대의 어느 누구보다도 예리한 눈을 지니고 있었다고 할 수 있을 것이다. 나아가 이 텍스트에는 문명 자체의 회복과 구원을 위해서, 우리가 취해야할 바람직한 태도에 대한 인식까지가 제시되어 있다고 볼 수 있다. 물론 아직까지는 그러한 인식의 내밀화가 예술적 의장을 갖춘 세련된 형태로 제시된 것은 아니나, 방향성만큼은 분명히 드러나 있는 것으로 생각된다. 이 과정에서 텍스트 해석을 통해 들여다본 그의 의식 세계는 현저히 키에르케고르적인 양상을 보이고 있다.

4. 결론 : 「조감도－이인」이 놓인 자리

만일 이와 같은 해석이 진실과 부합되는 것이라고 한다면, 이제 문제의 초점은 분명 다음과 같은 곳에 놓이지 않을 수 없을 것이다. 그렇다면 당시 이상은 키에르케고르에 대해 알고 있었다는 말인가.

이 질문에 대해 답을 내리기는 상당히 애매하다. 분명 그는 읽었을 수 있다. 이미 그 당시에도 키에르케고르의 대부분의 저작들이 일본 철학계에 소개되었을 뿐 아니라 그것들에 대한 일어 번역본도 마음만 먹는다면 쉽사리 구해볼 수 있을 정도였으니까. 이 문제와 관련하여 일부 학자들이 이상 문학에 미친 키에르케고르의 영향 가능성을 언급한 것[25]도 이번 논의에 간접적으로나마 도움을 주는 듯하다. 그러나

---

25) 이상 문학에 대한 키에르케고르의 영향 가능성을 제일 먼저 언급한 이는 임종국이다. 그는 「이상 연구」(『이상전집』 제3권, 태성사, 1956)를 통해 사상적으로 이상이 플라톤과 키에르케고르의 영향을 받았음을 지적한 바 있다. 이러한 이해는 그 후 고석규(「시인의 역설 - 반어에 대하여」, 『문학예술』, 1957. pp. 4~7)에 의해 좀더 세부적으로 거론되는 것을 볼 수 있는데, 고석규는 이상의 문학에서 중요하게 나타

이 경우 아무래도 걸리는 문제는 이상이 한번도 그의 글에서 키에르케고르에 대해 직접 거론한 적이 없다는 점일 것이다. 실제 그의 텍스트를 검토해보면 도스토예프스키나 톨스토이, 위고, 콕토를 위시하여 일본 작가 芥川龍之介나 牧野信一 등 여러 작가들의 이름이 광범위하게 거론되고 있고, 그 영향 여부도 뚜렷이 드러난다. 그러나 그런 그도 키에르케고르에 대해서만은 한 차례도 언급한 적이 없다.

만일 그가 키에르케고르에 대해 직접 관심을 가진 적이 없다고 가정한다면, 그의 텍스트에 나타난 그와 같은 유사성의 근거를 어디서 찾아야 하는가. 이러한 문제점에 대해서도 우리는 충분히 고려하지 않으면 안 될 것이다. 여기서 우리가 새삼 유의해서 보아야 할 사실은 이상이 위 텍스트에서 근대 자본주의 사회에서의 기독교 신앙의 문제점을 지적함과 동시에, 그것을 통해 근대적 합리성의 정신에 대해 회의적인 태도를 드러내고 있다는 사실이다. 그리고 이러한 이해는 이후 이상 문학의 전개 양상과 관련하여 대단히 중요한 시사점을 우리에게 던져주는 것이기도 하다.

근대적 합리성이란 근대 초기의 자연 과학적 진리 개념에 기초한 논리적 추론과 인과 관계를 중시한 개념으로 자체 체계 내에서의 논리적 완결성과 무모순성을 믿음으로 삼는다. 유클리드 기하학과 뉴턴 물리학, 그리고 그것에 기반을 둔 데카르트 이후의 형이상학적 진리 개념은 그러한 믿음을 보증해주는 가장 유력한 지식 체계가 될 것이다. 그러나 비유클리드 기하학과 양자 역학의 등장은 이러한 믿음이 한낱 체계 내에서의 자기 합리화의 결과에 불과하다는 사실을 백일하

나고 있는 반어적 인식이 키에르케고르의 영향을 받은 직접적인 증거로 이해하였다. 참고로 키에르케고르의 학위 논문 제목은 「반어의 개념에 관하여 – 특히 소크라테스와 관련해서」임을 기억할 필요가 있다.

에 드러내고 만다. 합리성으로 모든 것을 이해하고 해결할 수 있다는 믿음은 이 순간 여지없이 수정되지 않으면 안 될 처지에 내몰리고 말았는데, 그러한 상황의 변화는 당대인들의 종교적인 신념에까지도 심각한 영향을 던져주었던 것으로 파악된다.

이 문제와 관련하여, 일본 학자 가라타니 고진은 다음과 같은 견해를 피력한다.

> 예를 들어 평행선이 무한 원점(遠点)에서 교차한다고 생각할 때 비유클리드 기하학이 생겨났는데 평행(교차하지 않는 것)과 교차는 말 그대로 모순적이다. 그러나 유클리드적 세계에서는 평행 / 교차라는 대립이 의미를 잃어버린다. 또한 무한 원점에서 교차한다는 것은 무한(한계가 없는 것) / 유한의 대립이 더 이상 통용되지 않는다는 것을 의미한다.
>
> 그리스도가 출현한 것 혹은 그리스도가 용인되는 것은 이를테면 세계가 유클리드적 시공간으로부터 비유클리드적 시공간으로 변모하는 것과 유사하다. 이러한 유추는 나만의 생각이 아니다. 다음장에서 말하겠지만 로바체프스키의 비유클리드 기하학에 감동을 받은 도스토예프스키는 평행선이 교차한다는 무한 원점을 그리스도교적인 '종말'에 대비시키는 것이 아니라 예수라는 타자에게서 발견하려고 한다(『까라마조프의 형제』). 또한 그는 『악령』의 키릴로프에게 '인신(人神)'의 사상을 말하게 하고 인신에 의해 세계는 물리적으로 변모한다고 말하게 한다. 그것이 바로 '신인(神人)'의 전복이다. …… (중략) …… 그리스도를 역사상의 인물로 보는 한 그것은 과거의 이야기일 뿐이다. 즉 유클리드 시공간에서 그리스도는 단지 '위대한 인간'에 지나지 않는다. 그러나 바로 그리스도의 실재에 의해 이 세계가 이를테면 비유클리드적인 것이 된다면 그리스도(무한 원점)을 유클리드적인 시공간(역사)에서 생각할 수는 없을 것이다.[26]

---

26) 가라타니 고진, 『탐구·1』, 송태욱 역 (새물결, 1998), pp. 164~165.

위 인용문은 비유클리드적 시공간 개념의 도입이 기독교 사상 체계 전반에 어떠한 충격을 던져주었던가 하는 점이 상술되어 있거니와, 이러한 변화의 심각성을 일찌감치 인지한 인물로 그가 근대 러시아의 작가 도스토예프스키에 주목한 점은 특기할 만한 일이다.

문제는 여기서도 알 수 있듯이 도스토예프스키가 이미 '예수라는 타자'에 대한 관념을 그의 사상 속에 확보하고 있었다는 점이다. 이러한 〈타자〉에 대한 관념이 근대 문명의 본질적인 측면에까지 확장될 때 그의 사상과 문학이 과연 어느 방향으로 향하게 될 것인지는 충분히 짐작이 가고도 남는 일이다. 그는 이미 이 시기에 근대적 합리성이라는 도구만으로는 도저히 이해될 수도 설명될 수도 없는 세계가 엄존함을 말하고자 했던 것이다. 요컨대 이러한 태도는 종교와 철학 분야에서 키에르케고르가 경고했던 내용을 예술 분야에서 다시 한번 복창한 것과 마찬가지인 셈이다. 고진이 이 글의 뒤를 이어 서술해나간 내용이 바로 키에르케고르 사상과의 대비인 바[27], 도스토예프스키와 키에르케고르간의 접점은 이로써 뚜렷이 그 모습을 드러낸다고 할 수 있다.

이상이 도스토예프스키의 영향을 받은 것이 엄연한 사실이고 보면[28], 그는 결국 키에르케고르와의 간접적인 만남을 경험했던 것으로 이해될 수 있다. 그리고 이 사실은 그의 초기 일문시들의 의미를 해독하는 데 있어 대단히 중요하다. 다시 말해서 이상이 이 시기 일문으로 쓰여진 그의 시들, 「이상한 가역 반응」(1931 · 7), 「삼차각 설계

---

27) Ibid., pp. 165~166.
28) 이 문제와 관련하여, 이상과 도스토예프스키와의 자세한 비교 및 해설은 김윤식, 「「회색의 인」과 「2×2=5」」, 『이상 소설 연구』(문학과비평사, 1988) 참조.

도」(1931·10),「건축무한육면각체」(1932·7) 등에서 근대적 형이상학의 체계를 뒷받침해주는 유클리드 기하학과 뉴턴 물리학의 공리와 기초 원리들에 대한 회의와 불신을 드러내었다고 한다면,「조감도─이인」(1931·8)에서 그가 근대 기독교 사상의 문제점을 적시했던 것은 그것의 연장선상에서 행한, 대단히 의미 있는 작업으로 이해될 수 있기 때문이다.[29]

이로 볼 때 결국 이상 문학의 근원적인 화두는 근대에 대한 부정 정신임을 알 수 있다. 그에게 그러한 부정의 정신은 사실상 전면적인 것이었으며, 그런 만큼 텍스트 속에서 드러난 그것의 양상 또한 다양한 각도에서 포착될 수 있다. 비록 그와 같은 정신이 당대의 현실과는 잘 부합되지 않는 측면이 있기도 하지만[30], 지성사의 맥락에서 결코 함부로 흘려버릴 수 없는 위치에 놓여 있다는 사실만큼은 분명히 인지될 필요가 있을 것이다.

---

[29] 또한 이러한 해석은 향후 이상의 다른 텍스트들을 이해하는 데에도 일정 부분 방향성을 제공해줄 수 있으리라 생각된다. 지금까지 이상의 일부 텍스트들은 주로 정신분석학적인 측면에서, 지나치리만치 작가 개인의 내면 심리 형성 과정상의 특징적인 국면에만 초점이 맞추어져 왔던 것이 사실이다. 그 한 예가 이상의 처녀작인「십이월 십이일」의 해석으로, 이 작품의 구도는 그간 백부와 친부 사이에서 갈등하는 이상의 양자 체험을 중심으로 논의되어왔던 측면이 강하다. 물론 그러한 체험으로부터 파생된 정신적 외상이 이 소설의 주요한 구도를 형성하는 것임은 여러 경로를 통해 확인되나, 그것 못지않게 이 텍스트에서 우리가 유의해 보아야 할 사항은 이상 자신의 운명관 및 그것과 연계된 신앙적 갈등의 문제라고 생각된다.

[30] 김윤식 교수는 이 문제에 대해 '진정한 구축도 아직 없는 마당에서 그것의 탈구축을 엿보고자 한 데에서 이상의 비극성이 있는지도 모를 일이다.'라는 의견을 제시한다.
김윤식,『이상 문학 텍스트 연구』(서울대학교 출판부, 1998), p. 84.

제2부
모더니즘 문학과 전후 문학의 비평론

T. E. Hulme의 예술 철학

1. 휴머니즘 비판과 불연속적 세계관

흄 T. E. Hulme의 사상은 근대 철학의 기본 성격에 대한 근본적인 의문으로부터 출발한다. 그가 특히 관심을 가졌던 것은 각 시대별로 고유한 형태로 발전되어온 듯이 보이는 철학 일반을 관통하는 체계, 혹은 원리에 대한 거시적 차원의 이해와 연관되어 있다. 일반적으로 르네상스 이후의 철학은 외견상 다양하며, 그런 만큼 어떠한 통일된 양상도 지니고 있지 않은 것처럼 보인다. 그러나 그러한 다양함에도 불구하고 그들 사이에는 일종의 가족적 유사성 *family likeness*이라 할 수 있는 공통점 같은 것이 내재함을 발견하게 되는데, 이는 곧 인간의 본질에 대한 동일한 이해에 기초한 것으로, 크게 보면 르네상스 이래 지속되어온 휴머니즘의 전통 속에 전부 포괄될 수 있는 것이기도 하다. 바로 이 점에 주목함으로써, 흄은 철학이 안고 있는 근원적인 문제에 접근해 들어가려 시도한다.

흄은 철학을 순수 학문이라기보다는 혼합 학문에 가까운 것으로 본다. 그의 견해에 따른다면 철학은 보다 과학적인 부분과, 결코 과학으로 인정할 수 없는 부분 간의 은밀한 결합에 의해 이루어져 있다. 이 두 부분은 그것이 지닌 성격상 엄격히 구분, 이해되었어야 옳다. 그러나 현실에 있어서 이들은 곧잘 혼동되고 있는 형편이다. 문제는 바로 여기에서 발생한다.

흄이 정의했듯이 철학이란 실재에 대한 하나의 참을성 있는 탐구이다.[1] 이 때 실재가 비록 추상적인 것이라 하더라도, 이는 물리적 과학의 그것과 똑같이 비인격적, 객관적 방식으로 탐구되어질 수 있다. 뒤집어 말한다면 철학자들은 과학적 방법을 동원하여 세계의 구조를 분석하고 해체하지만, 결국 그들이 제시하는 것은 그들 나름대로 재구성한 추상적인 세계상—흄은 이것을 〈궁극적인 세계상〉이라고 불렀다.—에 불과하다. 르네상스 이래의 철학에서 발견되는 유사성은 이 추상적인 세계상의 동일함에서 비롯된 것으로 볼 수 있다. 그들은 모두가 인간과 세계와의 관계에 대한 모종의 개념, 즉 전적으로 무비판적인 휴머니즘의 결과라 할 수 있는 하나의 통일된 세계관 *Weltanschauung*에 〈만족〉하고 있다.

그러나 흄이 보기에 근대 철학의 이 같은 양상은 심히 유감스러운 것이다. 철학이 제시하는 세계상은 그것이 과연 올바른 것인지 마땅히 의문시될 필요가 있다. 그런 과정을 통해서 철학은 보다 진정한 세계상을 발견하기 위해 노력해야 할 것이다. 이것이 바로 흄이 주장하는 〈만족의 비판 *critique of satisfaction*〉의 요지이다.

그렇다면 르네상스 이후 지속되어온 이런 인식 태도를 극복하기 위해서는 어떠한 태도가 요구되는가. 이것을 발견해내기 위해서는 우선 〈르네상스 이후 우리 인간을 만족시켜온 것이 과연 무엇이었는가〉에

---

1) T. E. Hulme, *Speculations*, p. 18.

대한 구체적인 천착이 필요하다. 휴머니즘적인 태도에 따르면 생은 모든 가치의 근원이자 척도이며, 또 인간은 근본적으로 선하다고 설명된다. 동시에 인간에게 있어 진보는 가능한 일이며, 질서란 다만 소극적인 개념에 지나지 않는다. 흄은 이와 같은 휴머니즘의 세계 인식을 잘못된 것으로 이해한다. 여기서의 근본적인 오류는 결코 인간에게는 해당될 수 없는 완전성을 인간성 속에 정립시켰다는 것과, 그 결과 인격이라는 하나의 혼혈아적인 개념을 만들어냈다는 점이다. 이 점에 대해 흄은 다음과 같이 말한다.

> 인간이 때로 완전성을 띤 행위를 할 수 있다고 하더라도 그 자신은 결코 완전한 존재가 될 수 없다. 사회 내에서 이루어지는 일반인들의 활동과 관련된 어떤 부수적인 결과들은 바로 이런 데서 비롯된 것이다. 인간은 본질적으로 악하다. 그는 다만 수련―윤리적 및 정치적인―에 의해서 무언가 가치 있는 일을 성취할 수 있을 뿐이다. 질서는 이처럼 단지 소극적인 것이 아니라 창조적이며 해방적인 것이기도 하다. 제도란 필수 불가결한 요소이다.[2]

이와 같은 흄의 비판은 휴머니즘적 태도에 대한 본질적인 문제 제기라 생각된다. 휴머니즘적인 태도가 인간들을 만족시켰던 중요한 요인 가운데 하나는 그것이 인간의 내부에 신적인 것을 위조하였다는 데서 찾을 수 있다. 진보의 개념 역시 이런 맥락에서 충분한 비판의 소지를 지니고 있다. 한 마디로, 그와 같은 모든 것들은 휴머니즘적 태도가 낳은 종교의 근대적 대용물인 셈이다.[3]

---

2) Ibid., p. 47.
3) 이러한 논의와 관련하여, 우리는 흄이 그의 논문을 통해 지적한 지동설의 아이러니를 되새겨 음미해볼 필요가 있다. 코페르니쿠스는 당시 교회로부터 전폭적인 지지를 받았던 천동설을 부인하고, 지동설을 주장하게 된다. 이러한 주장을 그대로

이 지점에서 흄의 시선은 보다 넓은 곳을 향하게 된다. 그는 역사적으로 인간이 그 자신과 세계를 바라보는 방식에는 두 가지 상반된 태도가 존재함을 지적한다. 그 하나가 르네상스 이래 지속되어온 〈휴머니즘적 태도〉라고 한다면, 다른 하나는 아우구스티누스 시대로부터 르네상스 이전까지를 지배했던 〈종교적 태도〉이다. 이 두 태도는 각기 그 시대의 구성원들에게 지극히 자연스러운 것으로 받아들여졌던 만큼 실제로는 거의 의식되지 않았다. 그리하여 우리는 그것을 직접적으로 보거나 느끼지 못한다. 왜냐하면 우리는 그것을 통해서 모든 것을 보기 때문이다. 그러나 실제에 있어서 한 시대를 특징짓는 가장 중요한 요소는 그 시대의 구성원들의 의식 속에 숨겨진 이와 같은 태도이다. 이러한 사실을 올바로 인식하는 것은 매우 중요하다.

휴머니즘적 태도의 오류를 지적한 흄이 관심을 가졌던 것은 당연히도 종교적 태도일 수밖에 없다. 휴머니즘적 태도가 상대적 가치관 위에 서 있는 데 비해 이것은 인간이 결코 도달할 수 없는 절대적인 가치, 즉 도그마를 인정한다. 신은 생명이나 진보라는 개념으로 정의될 수 있는 것이 아니다. 인간은 만물의 척도일 수가 없으며, 신과 인간 사이에는 근본적으로 건너 뜰 수 없는 간극이 놓여 있다. 19세기의 사상계를 지배한 것은 연속의 원리였다. 그것은 자연에 있어서의 불연속과 간극을 인정하지 않는다. 그러나 흄은 자연 속에 놓인 실재를 객관적으로 이해하기 위해서는 연속과 불연속의 양 범주를 다 같이

따를 경우, 인간은 중심으로부터 그 지위를 박탈당한 것이 된다. 그러나 이 논리가 인간의 의식 속에 작용한 결과는 그가 발견한 사실과는 정반대의 것이 되어버렸다. 즉, 코페르니쿠스 이전까지 인간은 세계의 중심이 아니었다. 그 자리는 엄연히 신을 위한 것이었기 때문이다. 그러나 그 이후에 인간은 드디어 세계의 중심이 되었다.

Ibid., p. 80. 관련 부분 참조.

사용하여야 할 필요가 있음을 지적한다. 그에 따르면 어떤 실재의 영역들은 상대적으로가 아니라 절대적으로 다르다. 그리하여 그들 사이에는 사실상의 불연속이 존재한다고 밖에 볼 수 없다.

19세기에 유행하였던 연속의 원리와는 명백히 구별되는 이와 같은 논리를 그는 그 나름의 방식으로 체계화한다. 그 결과 도출된 이론이 바로 후대의 철학사가들에 의해 〈불연속성의 원리 *principle of discontinuity*〉에 바탕을 둔 것으로 이해된 〈불연속적인 세계관〉이다. 이 원리에 의하면 실재 세계는 ① 수학적, 물리학적 과학의 무기적 세계 ② 생물학, 심리학, 역사학에 의해 취급되는 유기적 세계 ③ 윤리적, 종교적 가치의 세계와 같이 세 부분으로 나누어진다. 이들 각각의 세계는 전연 별개의 성질을 띠고 있다. 따라서 우리는 그것을 두 개의 동심원에 의해 구획되어진 세 구역이라고 이해하여도 좋을 것이다.[4] 이 가운데 안쪽 ③과 바깥쪽 ①은 절대적인 성격을 지닌다는 점에서 동일하며, 반면에 중간 부분 ②는 상대적인 속성을 유지하고 있는 것으로 판단된다. 만일 이 세 부분들 간에 혼란이 벌어진다면 이는 치명적인 결과를 낳고 말 것이다 그것은 바로 이들 사이에 존재하는 절대적인 간극을 무시하는 행위이기 때문이다.

휴머니즘적 태도는 ②와 ③의 영역을 혼동하는 우를 범하고 말았다. 이러한 혼동의 결과 발생한 우리 주변의 제 양상으로는 문학에서의 낭만주의, 윤리학에서의 상대주의, 철학에서의 관념론, 그리고 종

---

[4]

③윤리적, 종교적 세계 (윤리, 종교, 철학)

②유기적 세계 (생물학, 심리학, 역사학)

①무기적 세계 (수학, 물리학)

교에서의 모더니즘 등을 들 수 있을 것이다.5) 흄은 당시 벌어졌던 이와 같은 혼란의 양상들을 하루 빨리 불식시키기 위해 노력할 것을 주장한다. 한 걸음 나아가서 그는 휴머니즘의 붕괴와 새로운 시대의 도래를, 그 역사적 필연성을 예언하며, 그와 같은 논리를 그 자신의 예술론의 출발점으로 삼는다.

2. 생명적 예술과 기하학적 예술

흄에 따르면 예술은 인간의 세계에 대한 태도와 밀접한 연관을 맺고 있다. 그는 예술의 존재 방식을 〈생명적 예술〉과 〈기하학적 예술〉이라는 대립된 한 쌍의 틀로써 설명해 보려 한다. 이 두 예술의 차이는 흄에게 있어 결코 정도의 차이가 아니라 종류 상의 차이로 생각된다. 즉, 양자는 동일한 예술의 변형태라기보다는 근본적으로 다른 목적과 정신의 상이한 필요를 충족시키기 위해 처음부터 다른 방향으로 창조되고 발전되어온 것들이다.

먼저 르네상스 이후 발달한 근대 예술의 경우를 살펴보도록 하자. 이러한 형태의 예술은 기본적으로 인간적이며 자연적인 형태의 재생으로부터 만족을 얻고 있다. 때문에 여기서 사용된 선은 부드럽고, 또한 생명력을 간직하고 있다. 이 시기 사람들은 인간의 육체에 깊은 관심을 보이면서, 한편으로는 자연에 자신의 감정을 이입하여 표현하기를 좋아하였다. 이런 종류의 예술을 흄은 생명적 예술 *vital art*이라 부른다.

그러나 우리가 고대 이집트나 인도, 그리고 비잔틴의 예술들로부터

---

5) Ibid., p. 10.

받게 되는 느낌은 이와는 전혀 다른 종류의 것이다. 거기서는 생명적인 요소라곤 찾아볼 수가 없다. 그 대신 자연이나 인간에게서 찾을 수 없는 엄숙성, 완전성, 경직성이 추구되고 있음을 감지하게 된다. 인간의 형태를 재현하는 경우라 할지라도 르네상스 예술에서 볼 수 있는 것과 같은 자연스러운 재생에로 나아가는 법은 결코 없으며, 강한 종교적 감동을 전해줄 수 있는, 보다 추상적인 형태로 변형되어 표현되고 있다.6) 생명적 예술과 뚜렷이 구분되는 이런 종류의 예술을 흄은 기하학적 예술 *geometrical art*이라고 명명한다.

이 두 예술의 차이는 무엇을 암시하는가. 우리는 그것을 단순한 능력 상의 차이, 즉 예술가가 인체의 더 자연스러운 모습을 그려내는데 필요한 기술적인 능력의 차이라고만 이해할 수 있을 것인가. 흄은 그 당시 사람들 사이에 널리 퍼져 있던 이와 같은 관념들을 마땅히 폐기되어야만 할 것이라고 규정짓는다. 그에 따르면 기하학적 예술에서 볼 수 있는 경직성은 적어도 그것을 창조한 사람의 무능력을 반영하는 것으로는 결코 풀이되지 않는다. 왜냐하면 그들의 작업은 극히 의식적인 테두리 내에서 이루어진 것으로 생각되기 때문이다. 이 경우 알아두어야 할 것은, 모든 예술은 특별한 욕망을 만족케 하기 위하여 창조된다는 사실이다. 이 욕망이 만족되는 때에 우리는 그 작품이 아름답다고 말하지만, 그렇지 않을 경우, 다시 말해서 우리의 것과는 다른

---

6) 이러한 설명에 있어 한 가지 짚고 넘어가야 할 것이 있다면, 그것은 르네상스 시대에 활발히 창작되었던 소위 〈종교화(宗敎畵)〉를 어떻게 이해하여야 할 것인가 하는 문제이다. 이점에 대한 흄의 설명은 다음과 같다.

"르네상스 시대에는 종교적 주제를 가진 회화가 많았으나, 고유한 의미에서의 종교 예술이란 결코 존재하지 않았었다. 그 때 표현된 정서는 모두가 완전히 인간적인 것에 불과하다. 종교적 정서란 휴머니즘적 이데올로기의 범주 속에 속하는 정서 가운데 최고의 형태에 해당되는 것이라고 생각하는 이들은 그것을 종교 예술이라고 부르는지 모르겠으나, 그들의 생각은 전적으로 잘못된 것이다."

T. E. Hulme, op. cit., p. 9.

욕구를 충족시키기 위해 창조된 것일 경우 우리는 필시 그것을 기괴하고 무의미한, 이해하기 곤란한 것으로 받아들이기 마련이다. 그러므로 우리는 다음과 같은 최종 결론에 도달할 수 있을 것이다.—'한 민족의 예술은 그 민족의 철학과 일반적인 세계관과 병행할 것이다.'[7]

기하학적 예술에서 발견되는 특징적인 양상들을 효과적으로 설명해 내기 위해, 흄은 주로 독일의 미술사가인 보링거 W. Worringer의 이론에 기대고 있다. 보링거는 기하학적 예술에서 흔히 볼 수 있는 경직된 선과 각, 그리고 딱딱하고 생명력이 없는 형태를 인간의 외부 자연에 대한 분리의 감정으로부터 비롯된 것으로 이해하였다. 원시 민족이나 이집트인들은 그들을 둘러싼 자연의 여러 형태에서 어떤 기쁨이나 친밀감을 느끼기보다는, 끊임없는 공포와 위압감을 느꼈으리라고 생각된다. 이러한 태도는 비잔틴 사람들이 느꼈던 외부 세계에 대한 공포(혹은 경멸)의 감정과 흡사한 것이다. 이들에게서 공통적으로 추출되는 이와 같은 요소를 보링거는 〈공간 외피 space-shyness〉라는 개념으로 설명하려 한다. 자연과의 사이에서 인간이 부조화 내지는 분리의 감정을 느끼게 될 때, 그 속에서 창조되는 예술은 필연적으로 〈추상에의 경향〉을 띠게 마련이다. 그것은 인간이 자연으로부터 친밀감으로 느낄 때 흔히 발생하는 〈감정 이입의 경향〉과 좋은 대조가 되는 것이다. 기하학적 예술은 바로 이런 공간 외피에 의한 추상에의 경향의 결과인 것이다.[8]

---

7) Ibid., p. 88.
8) 보링거는 추상이란 덧없는 현상적인 세계에 대한 강한 불만에 근거한 것이라고 주장한다. 이러한 불만은 현상적인 세계로부터 확고부동한 초월적인 질서에는 탈출하고자하는 시도로 이어진다. 그리고 이처럼 초월적인 세계에로 탈출하려는 기획은 예술에 있어서는 이상적인 환경의 구축으로 인식되고 있다. 달리 말하면, 감정이입이 유한한 시간적 존재로서의 인간이라는 사실을 행복한 마음으로 인정하는데 반해, 추상은 시간을 공간으로 변형시킴으로써 시간의 흐름을 정지시켜 놓으려

보링거의 이론과 관련하여, 흄은 자신이 비잔틴 모자이크를 보았을 때 받았던 감명에 대해 이야기한다. 그것은 그의 내부에 어떤 이국적인 신기함 이상의 그 무엇을 일깨워주었던 것이다. 그는 거기서 느꼈던 정신적인 영감이, 몇 해 전 미국의 조각가 엡스타인 J. Epstein의 작품을 보았을 때 받았던 것과 상통하는 것이라는 점을 강조한다. 그리고 다시 그는 세잔느[9] P. Cezanne의 그림에 표현되어 있는 추상성, 기하학적인 구도들에 대해 관심을 가지게 된다. 바로 이런 예들을 통해 그는 현대 예술에 있어서 기하학적인 성격이 재등장하게 되었음을 선언한다. 그에게서 이러한 경향은 감수성의 변화를 암시하는 중요한 단서가 되는 것으로, 근대의 휴머니즘적 전통이 서서히 붕괴되고 있다는 하나의 상징적인 징후로 해석된다.

그렇다면 현대에 재등장하고 있는 기하학적 예술은 과거의 것과 비교하여 어떤 새로운 특징을 지니는 것일까. 이 점에 대해 일단 흄은 현대 예술에 나타나는 이와 같은 예술적 경향이 과거 르네상스 이전의 시대에 존재하였던 유사한 경향들과 상당 부분 공통적인 요소를 공유하고 있음을 부인하지 않는다. 그러나 현대 예술에서 발견되는 〈추상을 향한 새로운 경향〉이 그 이전의 것들과 분화되는 결정적인 분기점으로 그는 〈기계와의 연결성〉을 들고 있다. 피카소 P. R. Picasso 나 윈담 루이스 Wyndham Lewis의 그림에서 볼 수 있는 기하학적인 구

는 욕망에 근거한 것이다. 그런 만큼 추상은 생성계로부터 탈출하고자하는 노력 속에서 초월적인 것을 추구하는 것이라고 말할 수 있다.

W. Worringer, *Abstraktion und Einfühlung* (1908 ; 개정판, 1959) 관련 부분 참조. (K. 해리스, 『현대 미술 - 그 철학적 의미』 (1991, 서광사), 오병남 · 최연희 역, pp. 114~168에서 재인용)

9) 세잔느의 그림에서 보이는 추상적인 경향이 의도적인 것이었음은 다음과 같은 그의 말을 통해서도 확연히 드러난다. 즉, 그는 '자연의 모든 형태는 원추와 원통과 구형으로 환원시킬 수 있다'고 말하였던 것이다.

조에 대해 흄은, '비록 거기에 어떤 딱지가 붙는다 할지라도 그 밑바닥에는 특수한 종류의 기계에 대한 연구가 내재해 있다'[10]고 말한다. 이와 같이 현대 미술이 기계의 구조에 관심을 가지게 되고, 그 결과 그 조직이 기계의 그것과 유사하게 되었다는 점은 매우 흥미로운 사실이다.[11]

3. 낭만주의와 고전주의

생명적 예술과 기하학적 예술이라는 구분법은 언어를 매개로 하여 성립되는 예술인 문학의 경우에 있어서도 예외 없이 적용된다. 흄은 그것을 각각 〈낭만주의〉와 〈고전주의〉라는 말로 대신한다. 여기서 사용된 낭만주의나 고전주의라는 말은 문예 사조 상 특정 시대에 발달한 양식적인 특질을 지칭하는 용어라기보다는, 문학 일반의 원리와 연관된 보다 폭넓은 개념으로 이해하여야 할 것이다.

양자의 차이는 무엇보다도 인간의 본질에 대한 관점의 차이로부터 비롯된다고 볼 수 있다. 한 쪽은 인간의 본질을 마치 〈샘〉과 같이 무한한 것으로 보는 데 반해, 다른 쪽에서는 〈물통〉처럼 고정된 것으로 여기고 있는 것이다. 구체적으로, 낭만주의자들은 인간의 무한한 가능성에 대한 믿음을 지니고 있다. 그들은 루소 J. J. Rousseau의 가르침에

---

10) T. E. Hulme, op. cit., p. 105.
11) 흄은, 새로운 예술에 있어서의 기계적인 선의 사용이 결코 주변의 기계적 환경의 반영만은 아니라는 점은 명백히 한다. 그는 소재가 양식을 좌우한다는 생각으로부터 멀리 벗어나 있다. 다시 말해, 예술 양식은 그 양식을 요구하는 감정이 앞서는 것이지, 예술적 환경에 절대적인 지배를 받는 것은 아니라고 생각했던 것이다. 따라서 현대 예술의 경향을 그는 감수성의 변화, 즉 세계에 대한 태도의 변화의 결과로 이해하였다.
Ibid., pp. 104~109.

따라 인간은 원래 선한 것이며, 다만 그릇된 법률과 습관이 인간을 지금까지 억압해 왔다고 여긴다. 인간은 여러 가능성의 무한한 저수지이며, 동시에 진보의 개념 또는 정당한 것으로 받아들이고 있다.12) 그러나 고전주의자들의 견해는 이와는 근본적으로 다르다. 이들에 따르면 인간이란 원래가 고정되고 한정된 동물로, 이러한 본질은 절대적으로 항구적인 것이다. 인간은 다만 전통과 조직에 의해서만 겨우 품위 있는 행위를 할 수 있을 뿐이다.

이러한 태도로부터 낭만주의 문학과 고전주의 문학이 발생하게 된 것이다. 이 두 조류는 결국 인간과 세계에 대한 관점의 차이에서 출발하여, 인류사의 흐름과 더불어 면면히 이어져 내려온 커다란 두 줄기 정신의 기둥이라 할 수 있다. 문학에서의 낭만적 태도의 경우, 무엇보다도 〈비상〉이 중요시된다. 그것은 곧잘 영원의 기체 속으로 날아가 버리려는 충동을 가지고 있다. 그러나 고전적 태도라 한다면, 이와는 전혀 다른 양상을 보이게 될 것이다. 고전주의자들은 가장 상상적인 비약을 하면서도 언제나 억제적인 것, 머뭇거리는 것이 있음을 잊지 않는다.

흄은 '낭만주의가 백 년을 이어진 후에, 드디어 이제 우리는 고전

---

12) 흄이 보기에 낭만적 태도는 당시 영국과 불란서에 있어 다 같이 어떤 정치적인 견해와 맞물려 있다. 1789년에 벌어졌던 역사적인 사건(즉, 불란서 대혁명)의 다른 모든 원리의 배후에 있었던 근본 원리를 흄은 낭만주의적 관념이라고 규정짓는다. 이러한 그의 해석은 그가 불란서 대혁명을 촉발케 했던 여타의 물질적 조건을 고려하기에 앞서, 혁명 그 자체를 하나의 관념으로써 이해하려한 데서 빚어진 결과로 풀이된다. 그는 그것의 내부에 잠재된 종교적 열광을 인식한다. 신을 믿지 않게 되면서부터 인간은 그 자신을 신이라고 믿기 시작한다. 천국을 믿지 않게 되면서부터 인간은 지상에 천국이 있다고 믿기 시작한다. 이것은 참으로 어처구니없는 착각인 것이다. 그런 의미에서 흄이 보기에 낭만주의란 이미 '엎질러진 종교 *spilt religion*'이다.
Ibid., pp. 115~118 관련 부분 참조.

부흥의 시기를 맞이하게 되었다'[13]고 선언한다. 이러한 선언은 낭만주의가 고갈의 시점에 왔다는 진단에 따른 것이다. 그는 예술적 인습이나 전통이 유기적 생명 현상과 엄밀한 유사성을 지닌 것이어서, 일정 기간의 생명이 끝나면 늙고 쇠하여 사멸하지 않을 수 없다고 여겼다. 그는 이미 엘리자베스 시대에 낭만주의 문학의 절정을 보았다. 그러나 그것은 절정이자, 동시에 쇠망의 길목인 것이다. 낭만주의는 이러한 고갈의 시점에 다다랐기 때문에 새로운 기교, 새로운 인습이 서기 전까지는 시의 새로운 개화란 기대하기 어렵다는 것이 흄의 생각이다. 그와 같은 새로움의 출현을 상대적으로 더욱 어렵게 만드는 요소로, 그는 우리의 문학적 판단이 주로 구 시대의 그것에 얽매이지 않을 수 없다는 사실을 지적한다. 다시 말해, 낭만주의는 이미 죽었는데도 그와 상응하는 비평적 태도는 아직 존속하고 있다는 점이 문제가 된다. 그는 당시 고전적 시에 대한 기존의 편견이 일반인들의 이와 같은 태도에 기인한 결과라고 해석한 것이다.[14]

그러나 여기서 분명히 해두어야 할 것은, 고전 부흥이라 해서 과거 존재했던 고전주의적인 상태나 태도에로 곧장 되돌아가는 것을 의미하지는 않는다는 사실이다. 그것이 비록 고전적인 양상을 보인다고 할지라도, 낭만주의 시대를 통과한 이상, 이전의 것과는 상당히 달라진 것이 되지 않을 수 없기 때문이다. 그런 까닭에 막상 우리 앞에

---

13) Ibid., p. 113.
14) 이 점에 대해 흄은 다음과 같이 부연한다.
    "낭만주의는 우리를 타락시켰다. 그들은 일정 형식의 모호성이 없으면 최고의 것이라도 거부하고 만다. 고전주의적 관점에 있어서 그것은 늘 우리가 보아왔던 빛이며, 결코 땅에서도 바다에서도 찾아볼 수 없는 빛은 아니다. 그것은 언제나 완전히 인간적인 것으로, 결코 과장된 바가 없다. 인간은 어디까지나 인간이며 신이 될 수는 없는 것이다. 그러나 낭만주의의 두려운 결과는, 이 이상한 빛에 일단 익숙해지면 그것 없이는 살 수 없게 된다는 데 있다."
    Ibid., p. 127.

그러한 양상이 도래한다 하여도 그것을 고전적인 것으로 인식하는 경우는 매우 드물 것이다. 다만 여기서 문제될 것은 종래의 낭만주의적 미의식, 즉 인간의 무한함만이 미(美)라는 그릇된 인식으로부터 벗어날 필요가 있다는 점이다. 이 점과 관련하여 흄은 새로운 시대에 합당한 시의 미란 정확하고 적확한 묘사에 있다고 보았다. 그것은 결코 무한성이나 신비성, 정서 등과는 하등의 관련을 가지지 않는다. 그리하여 그는 건조하고(dry) 견고한(hard) 고전적인 시의 시대가 다가오고 있다고 예언한다.15)

그가 고전적 정서의 무기로 공상을 지목한 이론적 근거는 다음과 같다. 즉, 시는 산문과 같은 표지의 언어가 아니고 시각적, 구체적인 언어로 이루어져 있다. 때문에 비록 정확한 표현이 요구된다 하더라도 산문과는 다른 방식으로 그 목적에 도달할 수밖에 없다. 여기서 주목되는 것이 시에서 이미지가 갖는 역할이다. 흄은 이미지가 시에 있어 하나의 장식에 불과한 것이 아니라, 직관적 언어의 본질 그 자체라고 이해하였다. 시적 언어에서는 지성보다 직관이 더욱 중요시된다. 시적 언어에 있어서 이미지는 이와 같은 직관을 통해 보다 정확한 표현을 전달할 수 있기 때문이다. 시에서 평면적인 언어란 본질적으로 부정확한 것이 되게 마련이다. 그러나 이 경우 공상은, 흄에 따르면, 평면적인 언어에 가해진 장식 이상의 것이다. 그러므로 시에서 무엇보다도 중요하게 취급되어져야 할 것은, 인간의 의식 속에 이와 같이 정확한 이미지를 떠오르게 하는 참신한 비유, 즉 〈공상〉의 역할이다.16)

---

15) Ibid., p. 133.
16) 〈공상〉을 〈상상〉에서 처음 구분하여 사용하기 시작한 것은 18세기 독일의 미학자들이었으나, 그러한 구분은 흄 당시만 하더라도 곧잘 혼동되곤 했던 것들이다. 〈상상〉은 생명의 세계와 무생명의 세계를 능동적으로 융합하는 구실을 한다. 그

4. 흄의 시론 : 베르그송 철학의 이해와 관련하여

마지막으로 마땅히 짚고 넘어가야 할 것은, 흄의 인간관, 세계관, 예술관의 근저에 가로놓여 있는 그의 철학적 기반이다. 그의 사상에 심대한 영향을 준 이로는 베르그송 H. Bergson을 들 수 있다.

베르그송은 애초에 실재의 본질에 대한 인식의 문제로부터 자신의 이론적 틀을 확장해 나간다. 그에 따르면 실재에 대한 인식에 있어 현재 우리가 끌려가고 있는 이론은, 세계를 하나의 거대한 기계로 생각하고, 과학적 지성에 의해 이와 같은 복잡다기한 기계적 현상을 해명해보려는 노력과 직, 간접적으로 관련을 맺고 있다. 그러한 모든 이론들은 지성이 사실을 다루는 유일한 방법인 분석의 방법에 의존하게 된다. 여기서 지성에 의한 분석이란 결국 인간 정신의 공간적인 사고에 근거한 것인 만큼,[17] 실재 속에 존재하는 외연적 다양성만을 그 대상으로 한다.

이런 인식 방법이 일면적인 것임은 누구나가 인정하는 바이다. 이 문제를 효율적으로 해결해나가기 위해, 베르그송은 실재에 대한 인식

러나 흄이 강조하는 〈공상〉은 그러한 신(神)·인(人) 동일시의 무제한의 능력이 아니라, 머리속에서 축적된 인상을 연결하는 데 있어 연결의 법칙에 좌우되는 수동적인 태세이다. 〈상상〉과 같은 무제한의 능력이 아니라, 우리의 표현이 대상에 의해 구속받게 되는 것이다. 이러한 〈공상〉에 의해서만 시는 산문의 위치에 이를 수 있다고 흄은 말한다.
    이창배, 『20세기 영미시의 형성』 (1987, 민음사), p. 18 참조.
17) "우리는 공간을 통해 사고한다. 어떤 철학적인 문제에 의해 제기된 극복하기 어려운 일들은, 공간을 점유하고 있지 않는 현상을 공간 속에서 분할하려는 사실로부터 비롯된 것이다."
    T. E. Hulme, op. cit., p. 178.
    베르그송의 지성론에 있어 공간 *espace*의 문제에 대한 보다 자세한 설명은 김진성, 『베르그송 연구』 (1987, 문학과지성사), pp. 81~86 관련 부분 참조.

원리로서 지성의 불완전성에 초점을 맞춘다. 그는 지성이란 물질을 다룰 수 있지만, 결코 생명을 파악할 수는 없는 것이라고 진단한다. 만일 지성이 생명적인 현상과 마주치게 되면, 그것은 주어진 대상을 복잡한 외연적인 것으로 대치하기 위해 우회적인 방법으로 노력할 것이며, 그럼으로써 어떤 방식으로든 실재를 왜곡하고 말 것이다. 그러므로 우리가 실재의 본질을 올바로 인식하기 위해서는, 이와는 다른 방법, 즉 제2의 방법이 필요하다. 요는 생명적 현상과 같은, 양적 다양성이 아닌 질적 다양성을 문제 삼고자 할 때, 과연 어떤 방법으로 그 본질에 육박해 들어갈 것인가 하는 점이 문제다. 여기서 베르그송은 지성으로 파악할 수 없는 것을 파악하게 되는 지식의 한 방법으로 〈직관〉의 중요성을 강조한다.

직관이란 인간 정신의 〈근원적 자아 fundamental self〉에 닿아 있는 것으로, 일상적인 지식과 다른 성격의 것일 뿐 지극히 정상적인 현상이다. 그것은 정신의 어떤 긴장된 순간에만 도달할 수 있는 것이다. 그리하여 그것은 지성의 그물에 빠져나온 실재의 본질을 꿰뚫을 수 있는 유일한 방법이다. 직관이 다루는 대상과 관련하여, 흄은 베르그송의 철학을 〈내포적 다양성 intensive manifolds〉의 철학이라고 소개한다.

베르그송의 예술론은 이와 같은 그의 철학 사상과 맞물려 있다. 그는 예술이란, 특수 속에서 보편적인 것을 찾고자 하는 노력이라고 단정한다. 예술적 표현의 다양성은 예술의 바로 이런 성격, 즉 대상을 오직 한 방향에서만, 한 감각에서만 돌파해 나가려는 성격으로부터 비롯된 것이다. 그러나 그러한 태도가 부분적인 것이라고 우리는 말할 수 없다. 왜냐하면 그러한 태도를 통해 우리는 대상이 지닌 내포적 다양성을 직접적으로 지각할 수 있기 때문이다. 따라서 베르그송에 있어서 예술적 창조의 과정은 대상에 대한 〈발견〉과 〈해명〉의 과정이다. 여기서는 창조보다 발견이라는 말이 더욱 중요시된다.[18]

이런 관점에서 본다면, 일상 생활에서 인간이 사용하는 언어란 불완전하기 짝이 없는 것이다. 언어는 우리들이 느끼는 감동에 대해 항상 객관적이고 비개성적인 면만을 결정지을 수 있게 한다. 그러므로 언어는 우리들이 정작 전하고자 하는 보다 구체적인 현상들을 빠뜨린다. 언어를 사용하여 표현할 경우, 인간의 지각은 어떤 형식으로든 결정화된 틀을 벗어나지 못한다. 실재와 현실적인 접촉을 유지하기 위해서는 마땅히 언어의 장벽을 뛰어넘을 필요가 있다. 그러한 필요에 의해, 이미지의 중요성이 대두된다. 이미지에서 중요한 것은 그것이 시각적으로 구상화된 표현이라는 표면적인 사실 때문이 아니다. 그 중요성은 오히려 이미지가 지니고 있는 실제적인 효능, 즉 실재와의 현실적인 접촉 과정을, 이미지를 통해 다른 사람들에게 직접적으로 전달할 수 있다는 장점에 있다. 그렇다면 이와 같은 이미지는 과연 어떠한 과정을 거쳐서 포착되는 것일까. 이 점에 대해 베르그송은 이미지란 〈정신의 어떤 집중 상태〉, 즉 〈직관〉을 통해서만 도달할 수 있는 것이라고 말한다.

베르그송의 철학론을 받아들임으로써 흄은 그의 문학론, 특히 시론에 중요한 이론적 거점을 확보하게 된다. 흄의 느끼기에 낭만주의 시대의 시는 절대적인 완전성을 추구하였으며, 그 결과 필연적으로 광범위한 주제와 스케일을 지니게 되었다. 서사시는 바로 그런 낭만주의 시대의 유물이다. 흄의 의도대로라면 앞으로 다가올 현대시는 이와는 다른 양상을 보여야 할 것이다. 현대시에서는 더 이상 영웅적인 행동이 관심이

---

18) 이 점에 대한 흄의 설명은 다음과 같다.
  "그러므로 예술이란 정확성에 대한 정열적인 욕망이요, 본질적으로 심리적인 정서란 직접적인 커뮤니케이션으로부터 발생하는 자극이라고 정의할 수 있을 것이다."
  T. E. Hulme, op. cit., p. 163.

되어서는 안 된다. 그보다는 오히려 시인의 마음속에 떠오르는 어떤 순간적인 국면의 개성적인 표현과 전달이 중요하게 취급되어야 한다. 이러한 인식을 가졌던 까닭에, 흄은 그의 시론에서 〈직관〉과 〈이미지〉의 역할을 강조한다.

> 새로운 시는 음악보다는 조각과 닮은 것이다. 그것은 청각보다 시각에 호소한다. 그것은 일종의 정신의 진흙(clay)이라 할 수 있는 이미지를 사용하여, 일정한 형태를 빚어내야 한다. 그것은 조형적인 (plastic) 이미지를 만들어 독자들에게 전달한다. 반면에 구 예술은 운율의 최면 효과로 독자들에게 물리적으로 영향을 주려한다.19)

흄은 새로운 시에서 무엇보다도 강조되어야 할 것이 이미지라고 보았다. 그런 까닭에 그는 그 후 전개된 이미지즘 시운동의 주요한 일원처럼 생각된다. 그리고 이러한 그의 논리는 그 후 파운드 E. Pound 와 엘리어트 T. S. Eliot 등으로 이어져 내려오면서 하나의 뚜렷한 문예사조로 자리 잡게 된다.

그러나 더욱 중요한 것이 있다면, 그것은 바로 흄으로 인하여 현대의 영미 모더니즘 문학 운동들이 뚜렷한 이론적 기반을 획득하게 되었다는 사실이다. 그의 불연속성 *Discontinuity*에 대한 이론은 그 후 스피어즈 M. K. Spears 등에 의해 계승되어 논리적인 보강 작업을 거치는 동안, 모더니즘 문학 운동의 정신사적 기반을 해명해줄 수 있는 주요한 개념으로 자리 잡게 된다.20)

---

19) T. E. Hulme, *Further Speculation*, p. 75.
20) M. K. Spears는 흄의 불연속적 세계관을 자신의 문학론에 원용하여, 이로부터 현대 문학에 출현한 불연속의 4가지 기본 형태(① 형이상학적 불연속, ② 미학적 불연속, ③ 수사학적 불연속, ④ 시대적 불연속)에 대한 논의로까지 발전시키고 있는 것을 볼 수 있다.
　　M. K. Spears, *Dionysus and the City*, pp. 23~28 관련 부분 참조.

모더니즘 문학 연구의 방향에 대하여

1. 들어가며 : 〈모더니즘〉이라는 시비거리

문예상의 모더니즘을 논하기란 지난한 작업에 속한다. 논의의 초점이나 요구 조건에 따라 얼마든지 다양한 시각에서의 내용 전개가 가능하기 때문이다. 이러한 난점은 사실상 모더니즘이라는 용어에 내포되어 있는 개념 상의 혼란 내지는 이율배반적 속성을 그대로 반영한 것이어서, 쉽사리 극복될 수 있는 것이 아니라는 데 그 근본 원인이 있다. 어쩌면 이 말처럼 문학이나 예술 주변에서 자주 언급되고 있으면서, 또 이 말처럼 여전히 많은 다양한 오해의 소지를 그대로 안은 채 통용되는 용어도 흔치는 않다. 이미 모더니즘과 관련된 다수의 문학 이론서와 연구서들이 나와 있음에도, 아직까지도 그 본질이나 용어의 쓰임을 놓고 만족할만한 합의에 이르지 못한 것은 사태의 심각성을 잘 말해주고 있는 듯하다.

혹자는 모더니즘이란 결국 문학 예술이 근대 자본주의 사회 성립

이후 벌어진 끊임없는 변화에의 욕구에 스스로를 내맡기는 것이어서[1], 고정되고 완결된 개념의 도출 자체가 불가능하다는 식으로 이러한 상황적 어려움을 모면하려 들기도 한다. 이러한 설명은 대체로 무난한 것이기는 하나, 실제 적용 면에서는 더 많은 논란과 문제점들을 불러들이게 마련이므로, 썩 바람직한 정리 방식으로 볼 수는 없다. 그럼에도 현실적으로 그것을 엄격하게 개념 규정한다는 것 역시 어려운 일인 만큼, 미흡하나마 암묵적으로 동의되고 있는 형편이다.

만일 이러한 원론적인 차원에서의 엄격한 이해를 일정 부분 양보하기로 한다면, 다음 단계에서 우리가 신경 써야 할 대목은 과거의 문학사적 정리와 앞으로의 보다 나은 문학적 지평 확보를 위해 모더니즘은 과연 무엇이었으며, 또한 무엇이어야만 하는가라는 물음이 자연스럽게 대두되지 않을 수 없다. 지금까지 이 땅의 문학도들에 의해 이루어진 모더니즘 논의의 대부분은 바로 이러한 틀 속에서 포착될 수 있는 것으로, 그것의 저변에는 이전의 문학적 태도와는 확연히 구분되는 모더니즘 특유의 관점과 이해에 대한 관심이 작용하고 있는 것으로 판단된다. 이를테면 모더니즘이 우리에게 가져다준 것은 문학이라는 대상을 바라보는 새로운 틀, 새로운 기준이었으며, 그것을 우리 문학에 대입할 경우, 기존 시각의 전면적인 수정이 불가피하다는 점이 주목될 필요가 있었던 것이다.

지금까지 우리 주변에서 거론되어온 모더니즘을 둘러싼 수다한 논의들은 실질적으로 이 문제에서 비롯된 파생 담론의 성격을 띤 것이라고 할 수 있다. 다시 말해서 과거의 문학적 전통과는 뚜렷이 구분

---

1) 일례로, 예술로서의 모더니즘을 '근대성의 영구 혁명의 경험에 대한 미적 반응' 양식으로 바라보았던 알렉스 캘리니코스의 경우를 지적할 수 있을 것이다.
알렉스 캘리니코스, 『포스트모더니즘 비판』, 임상훈·이동연 역 (성림, 1994), p. 54 참조.

되는, 새로운 문학 모델을 염두에 둔다고 했을 때, 이전까지 문학이라는 범주와는 거리가 먼 것으로 간주되었던 갖가지 잡다한 요소들이 문학의 영역 내부로 침투해 들어오는 것을 막을 도리가 없다. 모더니즘 문학에 대한 논의가 문학이라는 폐쇄된 울타리를 넘어, 결과적으로 제 영역으로 확산되는 현상²⁾은 이런 이유와 관계가 있다.

따라서 보통은 각자의 관심 방향에 따라 이 가운데 한, 둘만을 선택적으로 가려내어 집중 논의하는 방식으로 접근해 들어가기 마련이다. 분명 모더니즘은 그 특성상 광범위하고 불안정하며, 시대적으로 다양한 편차를 지닌 개념임에 틀림없다. 그러나 그러한 잡다함이나 다양함이 결국 그 사회의 문화 배경이나 시대사적 관심사를 직, 간접적으로 반영한 것임을 승인한다면, 모더니즘의 이러한 이른바 유행 심리를 무조건적으로 탓하기만도 어려운 일이다. 모더니즘 문학과 관련된 이제까지의 논의 역시 적지 않은 굴곡과 변화가 있어 왔던 것이 사실이다. 초기의 소박한 사조론이나 수용론적인 이해로부터 모더니티의 본질과 연관된 최근의 다각적인 논의에 이르기까지, 모더니즘은 참으로 다채로운 시각과 그에 수반되는 시비거리들을 끊이지 않고 우리 앞에 펼쳐 놓았다.

그런 점에서 모더니즘은 언제나 현재형이었으며, 그에 대한 논의가 지속되는 한, 앞으로도 항상 현재형이지 않으면 안 된다. 우리는 모더니즘에 관한 논의를 통해 비로소 우리 자신의 현재 위치를 재확인하며, 나아가 그것을 보다 나은 방향으로 갱신하기 위해 힘을 기울일 것이기 때문이다. 이런 인식에 기초하여, 이 글은 주로 1990년대 중후반 이후, 학계와 평단을 중심으로 전개된 모더니즘 논의의 기반 위에,

---

2) 최근의 논의만 하더라도, 모더니즘 문학 작품에 나타난 〈성(性)〉이라든가 〈화폐〉, 〈풍속〉 등의 주제에 천착한 글들이 자주 등장하는 것을 볼 수 있다.

이들 논의가 가지고 있는 특징적인 면과 장단점들을 훑어보는 한편, 앞으로의 모더니즘 문학 연구가 나아가야 할 방향성에 대해 필자 나름의 관점과 의견을 제시해보는 방식으로 기술된 것이다.

2. 최근의 모더니즘 논의 경향에 대한 개략적인 고찰

1) 논의의 기본 전제

본격적인 논의에 들어가기 앞서, 먼저 분명히 해두어야 할 것 가운데 하나가 모더니즘의 기본 성격을 어떤 각도에서 바라볼 것이냐 하는 점이다. 이 경우 모더니즘을 서구 문예로부터 수입된 사조적인 흐름의 일종으로 이해하느냐, 아니면 모더니티의 인식과 연계된 미적 발현 과정으로 이해하느냐에 따라 논의의 향방은 근본적으로 뒤바뀔 수밖에 없다. 논의 초기에는 전자의 관점이 주류를 이루었으나, 이후 모더니즘에 대한 인식이 심화, 확대되면서 자연스럽게 관심의 초점이 후자 쪽으로 이월된 감이 있다. 최근의 논의들은 거의 대부분이 후자 쪽의 경향에 속하는 것으로서, 순수하게 전자의 입장이 강조되는 경우는 문학사적인 정리 작업 등 몇몇 정해진 범위 내에서의 논의에 국한된 느낌이 없지 않다.3)

이러한 관심의 변화는 단순히 논점의 이동만을 뜻하는 것은 물론 아니다. 그것은 7, 80년대 이후, 서구의 모더니즘 및 포스트모더니즘 문예 이론이 우리 문학계에 본격 수입, 소개되기 시작한 이래, 모더니즘의 본질을 둘러싼 다양한 이해와 그것에 대한 자율적, 비판적 인식

---

3) 물론 이러한 관점의 이동이 전자의 관점을 일방적으로 폐기한다는 것을 의미하지는 않는다. 이 점에 대해서는 다음 장에서 자세하게 언급될 것이다.

의 폭이 관련 학계를 중심으로 대폭 확대되었던 저간의 사정과 밀접한 관련이 있다. 다시 말해서 이 즈음 우리 문학계의 모더니즘 논의는 이들 문예 이론의 수입과 더불어 비로소 본 궤도에 오른 셈이다. 이제 모더니즘은 단지 문학사의 어느 시기에 등장했다 사라진 문예 사조상의 특정 조류를 지칭하는 명칭이 아닌, 현재의 문학 활동에까지 지속적으로 영향력을 행사하는 살아 있는 개념으로 탈바꿈하게 되었다.

모더니즘에 관한 논의가 (포스트모더니즘까지를 포함한) 이 계통의 문예 이론의 수입과 더불어 본격화하게 된 데에는 결정적으로 그 핵심 요소라 할 수 있는 모더니티의 이론적 중요성에 대한 발견이 한몫을 하고 있다. 모더니티의 다면성과 다가치성, 가변성 등에 대한 체계적인 인식이야말로 문예상의 모더니즘 논의를 더욱 풍요롭게 활성화시킨 직접 계기가 된 것이다. 특이하게도, 학계에서 이러한 모더니티의 주요 특성들은 주로 포스트모더니즘 문예 이론이 반성적으로 사유되는 과정에서 재발견된 것[4]이라는 점에서, 우리 사회에 한때의 바람을 몰고 왔던 학문적 유행 심리에 얼마간 빚지고 있다고 할 수 있다.

오늘날 모더니즘 문학에 대한 논의는 이러한 모더니티에 대한 깊이 있는 이해를 전제로 하지 않고서는 거의 불가능한 지경으로 받아들여지고 있는 형편이다. 당연한 결과로, 모더니티의 본질과, 문학 일반에서의 모더니티 성립 과정에 대한 연구[5] 역시 과거 어느 때보다도 활

---

4) 이 문제는 그간 여러 차례 학계에서 지적되어온 내용이다. 대표적인 예로 김욱동, 『모더니즘과 포스트모더니즘』(현암사, 1992)을 들 수 있다.
5) 여기서의 모더니즘 논의와는 일정 정도 거리가 있는 듯하지만, 순수하게 모더니티의 관점에서 이와 관련된 사항을 언급한 최근의 대표적인 사례들로는 김동식, 「한국에서 근대적 문학 개념의 형성과정 연구」(서울대대학원 박사논문, 1999·8)과 권보드래, 「한국 근대의 '소설' 범주 형성에 관한 연구」(서울대대학원 박사논문, 2000·2)의 글을 지적할 수 있다.

성화된 느낌이다. 이 글 역시 모더니즘 논의에 앞서, 먼저 모더니티에 대한 심도 있는 이해가 중요하다는 판단 아래, 그것을 특정 시기 잠시 반짝했다 사라진 문예 사조라는 시각에 한정하여 바라보기보다는, 모더니티라는 자본주의 이후의 보편화된 담론 위에 성립된 문예학적 일반 개념으로 이해하고자 한다.

2) 1990년대 중반 이후의 모더니즘 논의들

포스트모더니즘의 광풍이 우리 사회를 한바탕 휩쓸고 지나갈 무렵, 학계 일각에서는 이러한 담론들이 궁극적으로 서구 중심의 지적 유행에 불과하다는 비판이 제기된 바 있다. 다시 말해서, 서구 나름의 상황 배경과 인식론적 토대 위에 배양된 이들 이론이 과연 우리의 현실에 얼마만큼 무리 없이 착근 가능할지를 놓고 회의적인 의견들이 흘러나왔던 것이다. 이와 같은 비판적, 반성적 인식의 토대 위에 본격적으로 논의되기 시작한 것이 바로 모더니티의 문제였다.

모더니티의 문제가 해결되지 않는 한, 포스트모더니티의 문제를 논한다는 것은 어차피 사상누각에 불과하다는 인식이 확대되면서, 포스트모더니즘을 제대로 알기 위해서라도 모더니즘과 그것의 기반이 되는 모더니티에 대한 깊이 있는 이해가 필수적이라는 데 자연스럽게 의견이 모아졌다. 이와 관련된 논의들은 대략적으로 두 가지 중심 기조를 유지하며 전개되어왔는데, 서구 모더니티의 본질에 해당되는 것이 과연 무엇이냐는 의문이 그 하나이며, 서구적인 의미에서의 모더니티에 상응하는 우리 내부의 대안적인 개념은 없겠느냐는 모색이 다른 하나이다. 말하자면 근대의 보편성 문제를 염두에 둘 때, 서구적인 개념에서의 모더니티를 보다 철저하게 해부함으로써 그 목적을 달성하자는 측이 있는가 하면, 그러한 이해를 서구 추수적인 태도로 맹렬히 비판하면서 우리 나름대로의 새로운 모더니티 개념을 내부로부터 도출해보자는 측이 있었던 것이다.6) 문화적인 측면에 시선을 고정시켜 놓고 살필 경우, 이들 각각의 견해는 결국 이식문화론과 내재적 발전론의 연장선상에서 이해될 수 있을 것이다.

문제는 이런 견해들이 각자의 논리적 구체성을 충분히 확보하고 있지 못하다는 점에서, 자신의 정당성을 주장하는 경우에는 일면 그럴 듯해 보이지만, 상대편의 공세에 맞대응해나가는 데에는 일정 부분 취약점을 드러낼 수밖에 없다는 사실에 있다. 미시적인 부분의 설명에 주력하다보면 거시적인 안목에 있어 허점을 노출하기 일쑤이며, 원론적인 차원에서 논의를 이끌어나가다 보면 어김없이 구체적인 현실 조건과는 잘 들어맞지 않는 구석들이 발생할 것이기 때문이다. 이들 논의 사이에 논란과 시비가 주기적으로 반복되는 것처럼 비치는 것은 바로 이런 이유에 기인한다.

이와 같은 문제점들을 감싸 안으면서, 그럼에도 불구하고 우리 학계와 평단이 어려우나마 내부적으로 한국 모더니즘에 대한 한 차원 진전된 논의를 기획한 시기가 바로 1990년대 중반이 아닐까 한다.7)

---

6) 이 시기 이루어진 모더니즘론의 구체적인 사례들을 일일이 열거한다는 것은 관련 분야 전공자들의 수준을 고려할 때 과도한 친절로 생각된다. 다만 이 문제와 관련하여, 필자의 독서 범위 내에서 모더니즘 논의의 진상을 비교적 짜임새 있게 정리해놓은 글로 최혜실과 최원식, 강상희의 것을 꼽을 수 있다는 점 정도만을 명기하고자 한다.
최혜실, 「1930년대 한국 모더니즘 소설 연구」 (서울대대학원 박사논문, 1992 · 2) ; 최원식, 「한국 문학의 근대성을 다시 생각한다」, 『창작과비평』 (창작과비평사, 1994 · 겨울) ; 강상희, 「1930년대 한국 모더니즘 소설의 내면성 연구」 (서울대대학원 박사논문, 1998 · 2) 참조.
7) 여기서 필자가 1990년대 중반 이후의 우리 학계와 문단에서 이루어진 모더니즘 논의에 주목한 직접적인 이유는 다음과 같다. 첫째, 모더니즘에 대한 논의가 본격적으로 학계와 평단에서 주요 쟁점으로 부각된 시기는 1990년대 초반 이후의 일이다.

때문에 이 시기의 논의는 선행 논의들에서 충분히 극복되지 못한 논리의 빈틈을 곁눈질로 의식해가면서, 다른 한편으로는 새롭게 제기된 문제 의식들을 효율적으로 넘어서야 한다는 본연의 의무감 속에서 출발하게 된다.

이 시기 우리 문학에서의 모더니즘 논의는 다음과 같은 두 갈래의 전혀 다른 방향으로부터 시작된 것으로 보인다.

첫째, 이 시기를 기점으로 기존의 형이상학적 인식틀을 넘어선, 소위 감성적 주체에 대한 관심이 문학 분야에도 본격적으로 밀려들기 시작한다는 점이다. 이런 경향이 두드러지게 된 데에는 주로 철학이나 미학 분야, 그 가운데서도 현대 프랑스 철학 이론에 대한 관심이 문학 연구자들 사이에서 급속도로 증폭되기 시작한 그간의 사정과 무관치 않다. 포스트모더니즘을 단순히 탈근대(혹은 탈현대)를 표방하는 실험적이고 전위적인 사조로 바라보는 관점에서 물러나, 서구 모더니

물론 그 이전에도 간헐적으로 논의가 없었던 것은 아니지만, 흔히 이념의 시대로 분류되는 1980년대 문학 연구의 중심추는 아무래도 현저하게 프로 문학을 중심으로 한 리얼리즘 쪽에 기운 것으로 판단되기 때문이다. 이러한 리얼리즘에의 열기가 어느 정도 일단락될 무렵이 1980년대 말이며, 거의 비슷한 시기에 모더니즘 문학에 대한 관심이 그 뒤를 이어 고조되었다고 할 수 있기 때문이다. 둘째, 이렇게 상승하기 시작한 모더니즘 문학에의 관심은 이론적인 뒷받침 없이는 적당한 진로를 찾기 힘든 것이었다. 1980년대만 하더라도 서구의 모더니즘 관련 이론들이 일정한 체계나 질서 없이 잡다하게 소개되었을 뿐이나, 이를 우리의 관점이나 시각에서 정리 흡수하고, 이를 재차 문학 작품에 적용하여 이에 걸맞는 새로운 연구 결과를 도출해내기 시작한 것은 역시 1990년대 들어서의 일이라 할 수 있다. 다시 말해서 1990년대 들어 비약적으로 심화, 확대되기 시작한 모더니즘 문학 논의는 서구의 세련된 문예 이론의 수입과 소개라는 외적 지원이 없이는 이루어지기 힘들었던 것이 사실이다.

이와 같이 순조롭게 진행되던 모더니즘 논의는 1990년대 중반을 기점으로 또 한 차례 고비를 맞게 된 것으로 보이는데, 그것은 주로 기존의 문예상의 제한된 테두리 내에서의 논의만으로는 모더니즘의 깊이 있는 이해에 도달하기 어렵다는 지적과 함께, 우리 문학의 내적 발전을 위해서 모더니즘이 과연 어떤 역할을 할 수 있을 것인가와 관련된 의문에 대한 답변 형식을 띠고 등장한 것으로 생각된다.

티의 핵심이라 할 계몽적 이성의 뿌리 깊은 우월 의식을 넘어설 수 있는 고도로 전략적인 사유 방식의 일종으로 이해한다는 데 그 특징이 있다. 그러한 와중에서, 이제까지 별로 주목받지 못하던 육체를 매개로 한 감각적 인식 주체의 개념이 새로 부각되었거니와, 무의식과 타자, 욕망, 성 등에 대한 안팎의 관심은 이때를 기화로 폭발적으로 증가하였다. 니체 및 프로이트와, 그들의 계보를 이은 일군의 현대 프랑스 철학자들[8]의 이론에 대한 소개와 인용이 잦아진 것은 이런 요인이 작용한 결과로 해석된다.

　나아가 감성적 주체에 대한 재발견은 문학 작품의 연구, 분석에 있어서도 일정한 전환점을 가져온 것으로 보이는데, 구체적으로는 모더니즘 문제 작가 군에 속하는 이상과 김수영 등에 대한 논의가 부쩍 증가하였던 사실을 지적할 수 있을 것이다. 물론 이들의 문학 세계에 대한 조명은 모더니즘 문학에 대한 지속적인 관심과 더불어 그 이전에도 꾸준히 이루어져 왔던 것이나, 정신 분석이나 구조주의적 방법론 등을 제외한다면 성과 면에서 그다지 뚜렷한 결과를 산출해내지 못한 것도 사실이다.[9] 그러므로, 이러한 기왕의 연구 성과를 토대로 하여, 한 단계 진전된 논의를 이끌어내고자 하는 연구자들의 열망은 이제까지 별 주목을 받지 못하였던, 이상과 김수영의 문학 세계에 나타난 감각적 인식 세계에 관심을 가지게 만들었고, 나아가 이러한 이

---

8) 구체적으로 푸코, 라캉, 들뢰즈, 크리스테바, 데리다, 레비나스, 바타이유, 리오타르 등의 경우를 여기에 해당되는 대표 사례들로 거론할 수 있을 것이다.
9) 물론 김수영의 경우는 단순히 모더니즘 시인으로만 분류될 수 없는 특수성이 있다. 즉 그의 후기 시작 활동은 대개가 사회 참여나 풍자, 고발, 소시민적인 비애 등의 관점에서 논의되었던 것으로, 이런 주제들은 흔히 리얼리즘적인 특성들도 함께 지닌 것으로 볼 수 있기 때문이다. 이 글에서 김수영 문학과 관련하여 방법론적인 측면을 거론할 경우에는 순수하게 모더니즘과 연관된 부분에 한정해서만 언급하기로 한다.

들의 문학적 경향은 자연스럽게 이 시기 붐을 이룬 현대 프랑스 철학 이론의 설명 내용과 합치되는 듯이 보였던 것이다.

육체와 그 연장선상에 놓인 감성적 주체 인식에 바탕을 둔 논의들은 이들 두 모더니즘 문제 작가에 대한 언급 이외에도 우리 문학의 저변에로 차츰 확산되기 시작한다.10) 이와 더불어, 종래에는 문학 작품에 있어 단지 주변적이거나 표피적인 것으로 치부되던 국면들에 대한 조명도 활발하게 이루어지는 것을 볼 수 있는데11), 이러한 인식의 변화에는 물론 감성적 주체의 재발견에 따른 연구 방법론 상의 패러다임 변화가 일정 부분 역할을 한 것으로 생각된다.

둘째, 이 시기는 또한 한국 문단 내부에서 민족 문학의 활로를 모색하기 위한 현실적 타개책으로서, 모더니즘의 수용 가능성이 진지하게 거론되기 시작한 시기이기도 하다. 1970, 80년대 민족 문학론의 주류가 단연코 리얼리즘 진영을 주축으로 하여 이루어졌던 점을 감안한다면, 이러한 발상의 전환은 리얼리즘이나 모더니즘 양 측 모두에게 충격이 아닐 수 없다. 이와 유사한 논의는 물론 이전에도 단편적으로 몇 건 있긴 하였다.12) 그러나 문단적인 차원에서 세인들의 이목을 불러 모은 것은 아무래도 진정석의 글13)로부터 촉발되었다고 보는 것이

---

10) 여러 가지 예들을 들 수 있겠으나, 특히 이 방면에 지속적인 관심을 두고 꾸준히 연구를 진행해나간 이재복의 작업을 대표적인 사례로 거론할 수 있을 것이다.
이재복, 「몸과 생명의 언어 : 김지하론」, 『현대시학』(1999 · 8) ; ———, 「몸과 욕망의 언어 : 김언희론」, 『현대시학』(1999 · 11) ; ———, 「몸과 프렉탈의 언어 : 김혜순론」, 『현대시학』(2000 · 1) ; ———, 「몸의 소리를 들어라 : 생태주의 담론의 전망과 모색」, 『문학과창작』(2000 · 1) ; ———, 「타자화된 창부의 몸과 근대성의 메타포」, 『타자비평』 제1호 (2001 · 9) ; ———, 『몸』(하늘연못, 2002 · 9) 등.
11) 예컨대 문학 작품에 나타난 당대의 문화 현상들에 대한 계보학적인 관심이나, 탈식민주의적 시각에서의 문학 논의 등을 들 수 있다.
12) 백낙청, 「문학과 예술에서의 근대성 문제」, 『창작과비평』(1993 · 겨울) ; 최원식, 「한국 문학의 근대성을 다시 생각한다」, 『창작과비평』(1994 · 겨울) ; 황종연, 「근대성을 둘러싼 모험」, 『창작과비평』(1996 · 가을) 등.

옳을 듯하다.

그의 글에서 진정석은, 민족 문학의 위기설이 대두되고 있는 당시의 상황을, 민족 문학론 자체가 실제 창작 현장과 유리된 채 리얼리즘적인 당위론만을 소모적으로 되풀이해온 데 따른 필연적인 결과로 못박는다. 여기서 그가 제출한 대안은 과거 민족 문학론자들이 일삼았던 근대 문학 = 민족 문학 = 리얼리즘이라는 도식적인 인식으로부터 벗어나, 리얼리즘 대 모더니즘이라는 이분법의 틀을 깨고 이 둘을 광의의 모더니즘이라는 새로운 개념틀 속에 포섭함으로써, 앞날의 보다 개방되고 진전된 민족 문학 건설을 위한 생산적 모색의 발판으로 삼자는 것이다. 이러한 그의 수정론적 견해는 문단 내부에서 적지 않은 반발과 논란을 불러 일으켰다.[14]

그러나 그러한 논란은 결국 뚜렷한 합의를 이끌어내지 못한 채 수면 아래로 가라앉음으로써, 현 단계에서는 잠정적인 소강 상태를 유지하고 있는 것처럼 보인다. 이렇게 논의 자체가 지지부진하게 된 근본 원인은, 민족 문학의 현 위기 상황을 돌파해보려는 현실적인 목적에서 시작되었던 이 논의가 그 진행 과정에서 원래의 의도와는 무관하게 추상적이고 관념적인 노선 갈등의 대결장으로 변질되어버렸기 때문이다.

---

13) 진정석, 「민족 문학과 모더니즘」, 민족문학작가회의 – 민족문학사연구소 공동 심포지움 발제문, (1996 · 11)
14) 윤지관, 「문제는 모더니즘의 수용이 아니다」, 『사회평론 길』(1997 · 1) ; 김명환, 「민족 문학 갱신의 노력」, 『작가』(1997 · 1 / 2) ; 김외곤, 「문제는 리얼리즘에 대한 집착이다」, 『한국문학』(1997 · 봄) ; 김이구, 「비평의 몽상을 넘어서」, 『작가』(1997 · 3 / 4) ; 진정석, 「모더니즘의 재인식」, 『창작과비평』(1997 · 여름) ; 윤지관, 「민족 문학에 떠도는 모더니즘의 유령」, 『창작과비평』(1997 · 가을) ; 김명환, 「달을 가리키는 손가락보다 달을」, 『작가』(1997 · 9 / 10) ; 방민호, 「리얼리즘의 비판적 재인식」, 『창작과비평』(1997 · 겨울) ; 김명인, 「리얼리즘 · 모더니즘 · 민족 문학 · 민족 문학론」, 『창작과비평』(1998 · 가을) 등의 논의를 꼽을 수 있을 것이다.

3. 모더니즘 논의에 따른 유의 사항 : 진전된 논의를 위해 고려하여야 할 요소들

1) 비판적 검토

1990년대 중반 이후, 우리 문단과 학계에서 다루어졌던 모더니즘 담론들은 각기 ① 서구의 최신 이론 원용을 통한 모더니즘 문학관의 재정립과 ② 민족 문학의 위기 탈출을 위한 대안적 모색 시도라는 상반된 양상을 띠고 전개되어 나갔다. 특히 이와 같은 논의들이 주목되는 이유 가운데 하나는 현 문단의 창작 태도에 대한 해설 및 평가와 밀접한 연관성을 지닐 수 있다는 점이다. 물론 당장의 가시적인 성과 면에서 본다면 전자 쪽의 논의가 좀더 뚜렷한 결실을 얻은 것처럼 보이긴 하지만, 모더니즘이라는 테두리를 넘어서, 한국 문학 전체의 진로와 건강성 확보 문제를 놓고 볼 때 과연 그것이 바람직하기만 한가라는 지적에 대해서는 다소간 의문의 여지가 남는 것도 사실이다.[15]

그러나 결국에는 이들 논의가 우리 문학 작품과 문학 연구를 위한 새로운 국면 개척이라는 대 목표에 수렴될 수 있는 것으로, 그 폐해에 대한 부분적인 지적과 얼마간의 의혹의 소지에도 불구하고, 전대 모더니즘론의 심화라는 점에서 일정 정도 긍정적인 역할과 기능을 담당했던 점 등은 정당하게 평가될 필요가 있다. 그렇다면 남는 것은

---

15) 표피적인 감각과 내용 없는 이미지들의 범람, 난삽하고 자극적인 구성과 수다에 가까운 주절거림 등은 각각 1990년대 이후 우리 문단이 떠안게 된 노골적 병폐 가운데 하나라는 비판이 평론가들에 의해 자주 제기되고 있다는 점만을 지적하고 넘어가고자 한다.

기왕의 이와 같은 논의들에서 드러난 공과를 있는 그대로 가감 없이 인정하는 한편, 국문학 전공자의 입장에서, 앞으로의 모더니즘 문학 연구가 나아가야 할 길은 과연 어디인가를 진지하게 사유해보는 자세를 갖추는 것일 터이다.

사실 이러한 태도는 그 자체로 또 다른 오해와 논란을 불러일으킬 가능성을 내포한 것이므로, 논자의 입장에서는 조심스러울 수밖에 없다. 그럼에도 모더니즘이 우리 시대에 여전히 살아 숨 쉬는 현재형의 원리라는 점을 인정한다면, 이러한 논의를 더 이상 미루기는 어려운 일이다.

여기서 필자가 주목하는 것은 모더니즘 문학이 애초 도입되었을 당시부터 지금에 이르기까지 끊임없이 논란이 되어왔던 서구추수주의에 대한 일부 연구진들의 비판적 견해와, 그럼에도 불구하고 이미 현실 속에서는 보편화되어버린 모더니티 자체의 서구적인 기원을 인정하지 않을 수 없다는 사실 수리론 사이의 분열증적인 이중성과 관련된 것이다. 시야를 조금 넓힌다면, 이는 국문학계가 그토록 넘고 싶어 하였으나 아직도 완전히 극복하지 못한 채로 남아 있는 저 악명 높은 이식문학론의 논리와도 일부 맞닿아 있는 것처럼 보인다. 문예상의 모더니즘이란 분명한 서구로부터의 수입이며, 그러한 수입을 통해 근대 문학사의 신 국면이 타개된 것 또한 사실이지만[16], 이와 같은 일련의 수입 과정에서 우리 문학의 주체적인 인식과 감각은 과연 전혀 작동

---

16) 이 점에서 한국 문학에 있어서의 모더니즘 논의는 모더니티의 일반 개념과 연결되어 있으면서도 또한 차별화되는 이중성을 보인다. 다시 말해서 문예상의 모더니즘이란 어디까지나 서구적 연원의 것으로 고정되지만, 모더니티의 기원이나 형성을 따지는 논의는 반드시 그렇지만은 않다. 앞서 살폈다시피, 여기에는 이른바 내재적 발전론으로 통칭되는 여러 다양한 시각들도 제 목소리를 내고 있다고 볼 수 있기 때문이다.

하지 않았다고 말할 수 있는가, 만일 그것이 작동하였다고 한다면 어떤 방식으로 어느 정도까지 작동하였다고 말할 수 있는가라는 의문이 이 지점에서 떠오르게 된다.

앞서 필자는 1990년대 중반 이후 우리 문학 내부에서 거론된 모더니즘 담론들이 극히 상반된 두 가지 시각으로부터 출발된 것임을 유의 깊게 지적한 바 있는데, 한 가지 특징적인 사실은 이들 두 논의 사이에 교류나 의견 교환의 흔적을 거의 찾아보기 어렵다는 점이다. 전자의 경우 이론적인 관심으로부터 출발하여 이후 작품에의 적용 분석도 활발하게 진행되었으나, 지나치게 서구 이론에만 의존한 나머지 우리의 문학 작품을 분석의 도구로 전락시켜버린 감이 있고, 후자의 경우에는 민족 문학의 활로 모색이라는 현실적인 목적에서 비롯되었지만 논의의 진행 과정에서 작품 현장과는 유리된 채 관념적인 논의들만 반복되는 결함이 눈에 띤다. 어쩌면 이러한 어긋남은 비슷한 시기 벌어졌던 양자 사이에 충분한 대화와 협력의 장이 마련되었더라면 능히 피해갈 수도 있는 것이 아니었을까라는 추측을 낳게 한다. 이미 논의된 바와 같이, 이들이 모두 동일하게 우리 문학 작품과 문학 연구를 위해 새로운 국면을 마련하기 위한 시도라는 인식을 공유하고 있다고 한다면, 상호간의 이 같은 대화의 단절 현상은 생각해볼 문제가 아닐 수 없겠기 때문이다.

한 가지 간과하지 말아야 할 사실은, 서구 모더니즘에 대한 비판론 역시도 따지고 본다면 넓은 의미에서의 모더니즘론으로 볼 수 있는 만큼, 비판의 논조를 띤다고 해서 무조건적으로 모더니즘을 배척하자는 논의와 혼동해서는 안 될 것이라는 점이다. 문제는 모더니즘을 바라보는 시각들 간의 차이이며, 이 때 차이란 대상에 대한 무시나 배척과는 다른 의미를 내포하는 것이다. 다시 말한다면 모더니즘을 매개고리로 하여 우리 문학 내부에서 논란이 벌어진다는 자체는 이미 모더니즘이 우리 문학(이를 민족 문학으로 규정하든 아니든)에 어떤 방식으로든 깊숙이 작용하고 있음을 인지하고 있으며, 인정한다는 증거이다. 그것이 내부적으로 변증법적인 합의에 도달할 수도, 아니면 끝내 반발할 수도 있겠지만, 이는 물론 차후 진행 과정 상의 문제일 뿐이다.

서구적인 모더니즘의 논리를, 나아가 그것의 기반이 되는 모더니티를, 그리고 더 나아가 아예 근대 자체를, 제도적 장치의 관점에서 이해하든 아니면 제도화된 권력의 일종으로 이해하든 그것은 연구자의 관점 여하에 따라 얼마든지 다른 해석 결과가 나올 수 있을 것이다. 근대의 보편성과 가치중립성에 대한 믿음이란 그 판단의 옳고 그름을 떠나 어차피 서구적 근대화의 결과일 것이며, 근대 이면에 감추어진 폭력성과 음험한 음모에 대한 경계심이야말로 근대화의 초기 단계에서 우리가 흔히 간과하고 넘어가기 쉬운 장면들에 대한 이의 제기적 성격을 강하게 띤 것이기 때문이다. 근대의 성격을 둘러싼 이러한 논의는 모더니즘의 경우에도 예외 없이 동일하게 적용될 수 있다. 요컨대, 근대의 양면성이란 결국 모더니즘의 양면성과 일치하는 까닭이다.

2) 방향성 모색을 위한 참조

이렇듯 양면성을 지닌 모더니즘을 어설프게 다룬다는 것은 차라리 다루지 않는 것보다 훨씬 위험할지 모른다. 이 지점에서 필자는 한층 신중한 자세로 돌아갈 필요성을 느낀다. 짐작했을 테지만 필자가 모더니즘이 늘 현재형이지 않으면 안 된다라고 말했을 때, 이 말은 과거의 모더니즘 활동 내용을 전부 부정한다는 의미가 아니다. 그것은 모더니즘이 서구로부터 도입될 당시부터 오늘날에 이르기까지, 시대에 따라 각기 다른 형태로 부단히 우리의 사고와 행동에 충격을 가해 왔음을 지적하기 위함이다. 그것은 분명 서구적 근원의 이질적인 요소이자 개념이었다. 그 충격은 때론 매혹적인 모습으로, 때론 적대적이고 악마적인 모습으로 우리에게 다가왔다. 이 과정에서 그에 대한 적극적인 수용의 열기와 경멸적이거나 냉소적인 분위기는 언제나 공존했다. 이 공존 상태에서 벌어지는 미묘한 움직임들을 좀더 치밀하게 내부와 외부에서 동시에 파고들며 주목해보자는 것이 필자가 제안하는 바의 요지이다.

이 과정에서 기존 연구자들이 과거 제시했던 몇 가지 인식론적인 틀을 참조해볼 수도 있을 것이다.

나병철의 경우, 〈세력 관계〉라는 말로 이러한 움직임들의 역학적 질서를 파악하고자 시도한다.[17] 이러한 용어 속에는 이미 근대 = 권력이라는 등식이 공식화되어 있는 것으로 이해된다. 이 논리를 따라가다 보면, 근대 지향의 상반된 두 힘(내발적 동기를 앞세운 세력과 외부의 힘에 의존한 세력)간의 경쟁에서 어느 한 편의 논리는 사실상 패배자(이 경우는 내발적 동기를 앞세운 세력으로 판정됨)의 모습으로 역사 속에 등장할 수밖에 없다는 결론에 도달하게 된다. 그러면서도 그는 또한 한편으로 근대 초기의 이들 두 대립적인 힘들의 이접(離接)

---

17) 나병철, 「한국적 근대성 논의의 성과와 전망」, 『모더니즘과 포스트모더니즘을 넘어서』(소명출판, 2001), p. 412.
한 가지 덧붙여두어야 할 사항은 여기서 나병철이 다룬 주제는 좁은 의미에서의 모더니즘에만 한정된 것은 아니라는 점이다. 그는 근대성과 근대 문화(학) 전체를 이러한 틀 속에서 파악하고자 시도했다. 그러나 그의 이런 논리는 모더니즘으로 시야의 폭을 축소한다고 해도 근본적으로 달라질 것은 없다. 이 점은 또한, 이하 전개되는 가라타니 고진이나 고모리 요이치 등의 논의에 있어서도 동일하게 적용될 수 있다.

현상과 한국에서의 모더니티 기원의 복수성에 대해 긍정적으로 평가함으로써, 그들간의 세력 관계가 단지 한 번의 승패로 결판나는 관계가 아니라, 역사를 통해 누차에 걸쳐 끊임없이 긴장과 중첩, 그리고 갈등, 병존, 접합의 과정을 되풀이하며 궁극적으로는 '분리된 접합'[18]의 상태로 나아가는 그런 관계임을 주장한다.

이런 그의 주장에는 무언가 한 가지 중요한 요소가 결여되어 있다는 인상을 지워버릴 수가 없는데, 그것은 이런 이질적인 힘들이 당초부터 상이한 기원에서 발원하였다고 한다면, 그들 사이에 이접을 통한 교접은 과연 어떤 경로로 가능하게 되었는가 하는 점이다. 즉 완전히 이질적인 상태에서, 상대방을 단지 〈이해하지 못할 타자〉로만 바라보았다고 한다면, 그런 상태에서의 교접이란 결코 가능하지 못했을 것이라는 회의적 인식이 자연스럽게 고개를 드는 것이다.

이 지점에서 아마도 많은 이들은 바흐친이 강조한 〈대화〉의 개념과, 이를 서구 형이상학의 역사 속에서 심도 있게 파헤쳐 들어감으로써, 일본 근대 문학의 기원을 탐색하는 데 하나의 준거틀로 원용코자 했던 가라타니 고진의 작업[19]을 떠올리게 될 것이다. 고진이 주장했던 것은 결국 타자와의 〈대화〉에서 불리한 쪽은 가르치려고 드는 쪽이며, 이러한 불리함을 끝끝내 감수하고서라도 상대방에게 자신에 속하는 무언가를 전달하고자 하는 열정과 의지가 없다면, 진실된 의미에서의 〈대화〉란 성립할 수 없다는 것이다. 양자 사이의 〈대화〉가 가

---

18) Ibid., p. 432.
19) 이 논의를 진행하는 과정에서, 필자는 고진의 여러 저작물들 가운데 특히 『일본 근대 문학의 기원』(1980)과 『탐구 1 / 2』(1986, 1989)의 내용을 주로 참고했음을 밝힌다.
우리말 번역본은 가라타니 고진, 『일본 근대 문학의 기원』, 박유하 역 (민음사, 1997) ; 가라타니 고진, 『탐구 1 / 2』, 송태욱·권기돈 역 (새물결, 1998) 참조.

능해지려면, 이들 사이를 연결해줄 수 있는 시스템의 구축, 즉 대화의 규칙으로서의 제도화된 질서의 완성이 필수적인데, 여기서 강조하는 제도의 성격은 앞서 언급했던 권력 작용의 틀만으로는 온전히 설명되기 어렵다는 것이 필자가 강조하고자 하는 바이다.

서구 모더니티의 특징적인 성격을 주변인(타자)의 입장에서 재발견하고, 그것을 자신의 처지에 맞게 제도화함으로써 근대 문학의 질서를 하나하나 완성시켜나가는 작업. 이 작업이야말로 초창기 문명 개화파의 대열에 합류하고자 했던 일본의 근대 문학자들이 온 힘을 기울여 이루어내고자 한 작업일 것이다. 이 과정이 순탄치만은 않았으리라는 것은 능히 짐작할 수 있다. 무엇보다도 서구적인 의미에서의 제도화된 근대 문학이 지닌 여러 국면들을 〈권력〉 작용의 연장선상에서 바라보려 한 세력들이 있었을 것이기 때문이다. 그럼에도 불구하고 이들과의 〈대화〉가 가능했던 것은, 이와 같은 제도화된 질서가 단지 서구화된 권력 작용의 결과만을 의미한 것이 아니라, 전통 문학과의 대화에 있어, 양자 사이를 연결해주는 매개 규칙으로서의 역할을 아울러 담당하였다는 점이다.

바로 이 점이야말로 고진 논의의 핵심이며, 그가 바라본 일본 근대 문학 담당자들의 지울 수 없는 공적이 아닐 수 없다. 그들은 상황의 불리함을 인식하는 가운데서도, 자신의 목적을 무리 없이 관철해내기 위해서 전통이라는 내부의 타자와의 조심스런 대화를 시도하는 가운데, 마침내 그들만의 독자적인 규칙을 완성하였던 것이다.

만일 이러한 고진 식의 이해가 타당한 것이라면, 여기서 그가 말한 근대 문학이라는 제도란 전통과의 치열한 경쟁 끝에 승리한 새로운 〈권력〉인 동시에, 전통과의 대화 과정에서 파생된 독자적인 〈장치〉라는 이중성을 지니게 된다. 그리고 여기서의 〈장치〉란 서구적인 의미에서의 근대 문학이 일본 고유의 문학 전통이라는 이질적인 타자와 조우하는 과정에서 형성된 일종의 등가적 교환 규칙의 성격을 지닌다. 대화의 상대방을 자신과 동등한 지위에 있는 타자로 인정하면서, 그 타자의 눈높이에 맞춰 허리를 숙이고, 다음 단계에서 어떻게든 자신의 의사를 전달하기 위해 이질적인 타자와의 대화의 규칙을 만들어내려고 애써 부단히 시도한 결과가 바로 오늘날의 일본 근대 문학이라는 제도인 때문이다.

3) 별도의 고려 사항

물론 이러한 제도화와, 그것의 사회적 보편화가 반드시 위와 같은 방식으로만 이루어지는 것은 아니다. 경우에 따라서는 훨씬 세련되지 못하고 천박한 양상으로 변질되어 진행되기도 하였는데, 종합적으로 사태를 이해, 판단하기 위해서는 이 점에 대해서도 응당 주의를 기울여야만 할 것이다. 특히 한국 근대 문학에 관한 한, 이러한 종합적인 이해와 판단은 더욱 중요시될 필요가 있다.

그것은 한국의 근대화 자체가 과거 식민 지배의 편의를 위해 일제에 의해 무차별적으로 강제되었던 근대사의 아픈 기억과 관련이 있기 때문이다. 바흐친이 말하는 대화란 정상적인 경우에는 항상 가르치려는 사람이 배우는 사람에 비해 불리한 여건에 놓여 있어야 하는 것이 원칙이지만, 우리의 경우에는 이러한 원칙이 반드시 일률적으로 적용된다고 할 수만은 없는 입장이었기 때문이다. 여기에는 두 가지 유형의 비정상적인 대화 방식이 개입할 여지가 상존한다.[20]

---

20) 이 점에 있어서는 각기 사정은 틀리지만, 같은 동양 국가인 중국이나 일본의 경우도 마찬가지라고 할 수 있다. 다만 우리의 경우 식민 지배라는 특수한 사정으로 인해, 이러한 비정상적인 관계가 갖는 의미가 더욱 증폭될 수밖에 없다.

첫째, 가르치는 쪽이 배우는 쪽에 대해 자신의 관점을 무차별적으로 강요하는 경우를 가정해볼 수 있다. 지배와 피지배의 관계에서 흔히 발생할 수 있는 상황으로, 이 경우 가르치는 입장은 지배자의 규칙을 강제적으로라도 상대방에게 강요함으로써 피지배자를 억압하고 순치하려 들기 마련이다. 배우는 입장에서 보면 몹시 당혹스럽고 난감한 경우이겠으나, 내키지는 않지만 생존을 위해서라도 규칙을 익히지 않고서는 배겨낼 재간이 없으므로, 반발심 속에서도 어떻든 배움에 임하게 된다. 그러나 이 경우는 지배-피지배의 관계에 조금이라도 틈이 보일 경우에는 언제든지 상황 자체가 돌변할 수 있다는 점에서 결코 정상적인 대화라 볼 수는 없을 것이다.

둘째, 가르치려는 쪽은 별 관심이 없을 수도 있지만, 반대로 배우고자 하는 쪽에서 필요 이상으로 적극적으로 나오는 경우도 생각해볼 수 있다. 맹목적인 추종이라고 해도 좋을 이러한 상황은 배우는 쪽이 상대방의 외면적 화려함에 현혹되어 성급하게 서둘러 모방하려 드는 경우에 발생한다. 가르치는 쪽의 세계에 한시 바삐 편입되기를 바라는 배우는 쪽의 성급함이 상황 발생의 직접적인 원인이 될 터인데, 이 역시 정상적인 대화 관계와는 거리가 멀다. 이러한 성급함은 모방의 대상이 표피적인 것에 주로 머물게 되는 예가 많으므로, 오히려 그만큼 규칙에 대한 심도 있는 이해를 더욱 더디게 만들 가능성이 있다.[21]

서구적인 의미에서의 근대와의 대화가 일부에 있어서는 이처럼 파행을 면키 어렵다고 했을 때, 이 경우 가장 문제가 되는 것은 대화 당사자들 간의 관계일 것이다. 비트겐슈타인과, 그의 이론을 이어받아

---

21) 이와 같은 비정상적인 대화 방식에 대한 추가적인 설명은 이 책 제1부 「〈대화〉적 관점에서 본 이상 문학의 모더니티」 관련 부분 참조.

자신의 논리적 거점으로 삼았던 고진 류의 사고 방식은 이 지점에서 부분적으로나마 약간은 수정되지 않으면 안 될 처지에 내몰리게 된다. 한국 모더니즘 논의에 있어서, 이러한 비정상적인 대화 방식을 의식한 학계의 불신감은 상당 기간 동안 모더니즘 문학의 객관적 이해에 알게 모르게 부정적인 영향을 미쳐왔던 것이 사실이다.[22] 특히 후자의 관점은 모더니즘 문학의 도입과 관련된 이른바 모던 보이들의 경박성, 천박함에 대한 직접적인 질타의 근거로 제시되기도 하였다.[23]

4. 나오며 : 앞으로의 모더니즘 논의를 위한 간략한 제언

이상에서 본 바와 같이, 근대화 과정에서의 고려하여야 할 여러 요소들은 한국 모더니즘 문학의 정확한 이해를 위해서도 무리 없이 적용될 수 있는 것들로 생각된다. 반복한다면, 한국 모더니즘의 정당한 평가와 이해를 위해서는 앞서 제시되었던 나병철이나 고진 식의 관점 이외에도, 이러한 한국 모더니즘의 특수성에 대한 인식까지가 고려 대상에 넣어져야 하리라고 본다.

모더니즘이란 어차피 연원 상 타자의 문법이며, 이러한 사실의 인식은 모더니즘이 보편화된 삶의 양식으로 굳어진 현재에도 여전히 유

---

22) 대표적인 경우로는 그 스스로도 비슷한 천박함을 못 벗어나 있으면서, 김기림과 정지용의 모더니즘 문학 활동을 부정적으로 평가하며 가치 절하한 송욱의 사례를 들 수 있을 것이다.
   송욱, 『시학 평전』 (일조각, 1963) 참조.

23) 이를 고모리 요이치 식으로 이해한다면, 경박스럽기 짝이 없는 한국의 〈모던 보이〉들은 자신을 어설프게 가르치는 자(우월한 존재)로, 그리고 식민지 조선이라는 공동체를 저급한 타자(열등한 존재)로 재배치함으로써, 〈식민지적 무의식〉과 〈식민주의적 의식〉을 그들 스스로 내면화한 속된 존재들로 간주할 수 있을 것이다.
   고모리 요이치, 『포스트콜로니얼』, 송태욱 역 (삼인, 2002) 참조.

효하다. 이 지점에서 보다 강조되어야 할 사실은, 모더니즘 논의에 있어 더욱 중요한 것은 단순한 기원이나 형성의 문제를 중심으로 한 고고학적 발굴 작업에 그치는 것이 아니라는 점이다. 부단한 대화의 과정에서 모더니즘 자체가 어떻게 우리 실정에 맞게 변용되었으며, 우리 문학의 바람직한 방향 설정을 위해 어떤 역할을 담당하여 왔는가, 그리고 앞으로 어떤 역할을 담당할 수 있을 것으로 기대되는가 하는 것에 대한 집중적이고 다각적인 논의가 문단과 학계를 중심으로 이루어져야 할 것이다.

1990년대 중반 이후, 우리 내부에서 이루어진 모더니즘 담론들의 구체적인 양상들을 훑어보는 자리에서 느껴졌던 아쉬움은 이 과정에서 해소될 수 있으며, 또 마땅히 해소되어야만 하리라고 생각된다. 근대라는 조건이 변하지 않는 이상, 모더니즘은 언제까지나 현재형으로 지속되어야 할 필요가 있을 것이므로, 이런 당위론적인 인식은 필수적이다. 그것은 무엇보다도, 이제까지 살핀 바와 같이 모더니즘이란 제도이며, 이 때 제도가 가지는 의미란 〈권력〉인 동시에 〈장치〉로서의 이중성을 함께 담고 있는 것이기 때문이다.

그러므로 필자는, 이제부터 우리가 할 일은 이러한 모더니즘의 특성을 바탕으로 하여, 모더니즘 그 자체를 현실에 있어 보다 바람직한 한국 문학의 앞날을 위해 모색해나가는 디딤돌로 삼아야 한다는 점을 강조하고자 한다. 문학 작품 속에서, 이론 속에서, 모더니즘은 이와 같은 그 자신의 이중성을 발전적으로 지양 극복할 수 있어야 한다. 그리하여 이러한 작업이 문학자들에 의해 현장에서 보다 구체화되고 철저화되었을 때, 비로소 모더니즘은 한국 문학의 테두리 내에서 정당하게 인정받고 대접받을 수 있는 존재로 떠오르게 될 것이다.

순수와 참여 논쟁

1. 서론

〈순수〉와 〈참여〉를 둘러싼 시비는 비단 어제 오늘의 일이 아니다. 아마도 이 문제는 문학에 관한 이론들이 최초로 생성되기 시작할 무렵부터 제기되어온 것으로 생각되는 바, 서구의 경우에도 「시학」과 「공화국」이래 문학가들을 끊임없이 괴롭혀온 과제 가운데 하나였다. 원론적인 측면에서 볼 때, 이들 양자는 문학이 기본적으로 공유하는 두 기능, 즉 문학의 상상적 기능과 인식적 기능 중 어느 곳에 더 비중을 두는가 하는 데서 출발한다. 따라서 이런 측면에서의 접근이라면 그 논의 자체가 심하게 관념적으로 변질되어 겉돌기 쉬우며, 때론 공허하게 느껴지기조차 한다. 문학사상 이 문제를 둘러싼 수많은 논의들이 결국은 뚜렷한 결론을 얻지 못한 채 슬그머니 시들고 말았다는 사실이 바로 그 단적인 증거일 수 있다.

그러나 따지고 보면 이 문제는 문학을 바라보는 기본적인 관점의 차이이기에 앞서 미학 상의 차이이며, 좀더 넓게 보아서는 세계관, 인생관의 차이라 할 수 있다. 그러기에 이 같은 문제를 구체적인 상황과의 연계성 속에서 이해하려고 할 때 그 이해 방식에는 커다란 변화가 뒤따른다. 이 점은 원론만으로는 더 이상 이 문제의 핵심에 도달하기 어려움을 암시하는 것이다.

여기서 우리가 문제 삼고자 하는 것은 1960년대라는 특정한 시기를 배경으로 전개된 우리 문단에서의 〈순수 참여 논쟁〉이다. 되풀이하여 강조하지 않더라도 순수·참여의 문제는 1960년대라는 특정 시기에만 국한될 수 없는, 우리 문학사에서 수없이 벌어져 왔던 논쟁들의 근간을 이루는 것이다. 그러나 4·19를 전후로 시작된 이 논의는 범 문단적인 차원에서, 전 문단인들의 관심이 집중된 가운데, 양 측이 단 한 치의 양보도 없이 설전을 주고받았다는 점에서 진작부터 우리의 이목을 끌어왔다.

2. 논쟁의 시대적 배경

1960년대가 4·19와 더불어 시작되었다는 사실은 이후 한 시대의 사회 분위기를 이해하는 데 중요한 시사점을 던져주는 것으로 생각된다. 여기서 4·19란 그 이전까지 제대로 경험해볼 수 없었던 새로운 〈현장성〉과 〈상황성〉을 의미하는 대명사일 터이다. 그러나 좀더 심층적인 부분까지 파고든다면 그것을 전후로 파생된 정신사적, 의식사적 변동까지를 고려에 넣을 필요가 있다. 그러한 고려는 물론 6·25, 4·19, 5·16을 잇는 파란만장한 격동기를 숨 가쁘게 달려온 한국 현대사의 연장선상에서 행해져야 할 것이다.

1960년대가 앞선 연대와는 구분되는 여러 조짐을 드러내게 된 데에는 그 나름의 필연성이 존재한다. 먼저 이 시기는 문화 전반에 걸쳐 그 이전까지 주도적 역할을 담당해왔던 엘리트 문화와 구별되는, 양적·질적으로 성장한 대중 문화가 무시 못할 세력으로 등장한 시기이다. 이는, 해방과 더불어 더 이상 반(班)·상(常)의 구별이 크게 문제되지 않는 사회 상황, 초등 의무 교육의 실시와 전통적인 교육열이 빚어낸 지식의 대중화 현상,24) 해방 이후 미국식 실용주의 교육을 받고 성장한 세대들의 새로운 감각과 사고 등이 복합적으로 작용한 결과라고 해석될 수 있겠다. 아울러 이러한 분위기에 편승하여, 새로운 세대들은 구세대의 질서와는 다른 새로운 질서 속에 스스로를 위치시키길 원하였고, 그러한 인식의 전환은 더 나아가 새로운 신세대 지성의 도출을 가능케 하였다. 이어령의 「「에비」가 지배하는 문화」는 그러한 신세대의, 구 질서에 대한 문제 제기의 대표적인 경우라고 볼 수 있다.

이와 같은 사회의 전반적인 의식 변화는 당시의 문단에도 상당한 영향을 미치게 된다. 해방 이후 그때까지 문단의 실세로 우리 문학의 거대한 흐름을 주도하여 왔던 세력은 김동리, 서정주, 조연현 등과 청록파 시인들이 주축을 이룬 〈전조선문필가협회〉 산하 〈청년문학가협회〉 소속 회원들이었다. 소위 〈문협(文協) 정통파〉라 불렸던 이들의 정신적인 기반은 발족 당시 공포되었던 그들의 강령에 선명하게 제시되어 있다.

---

24) 정부 수립 당시 공포된 헌법 제16조에 의하면 "모든 국민은 균등하게 교육받을 권리가 있다. 적어도 초등 교육은 의무적이며 무상으로 한다."고 규정되어 있다. 참고로 1948년도의 정부 예산 가운데 8.9%가 의무 교육비로 쓰였으며, 1960년도에 이르면 그 비율은 15.2%로 증가한다. 이 기간 중 대학교는 19개교에서 63개교로 3.3배, 대학생 수는 7,819명에서 97,819명으로 12배 이상 증가한 것으로 되어 있다. 강만길, 『한국현대사』(창작과비평사, 1984), pp. 265~267.

강　령

1. 자주·독립 촉성에 문화적 헌신을 기함
2. 민족 문학의 세계사적 사명의 완수를 기함
3. 일체의 공식적 노예적 경향을 배격하고 진정한 문학 정신을 옹
   호함[25]

　이들 강령을 통해서도 알 수 있듯이 문학의 기본 노선은 탈 정치적
인, 탈 이념적인 순수 지향의 특색을 지니고 있다. 이와 같은 이들의
문학적 태도는 한국 전쟁 이후 분단 질서가 고착화되어가는 과정에서
정치권과 별다른 마찰 없이 우리 문단에 그 뿌리를 내리게 된다. 당
시로 보아 문학이 문학다운 모습으로 살아남기 위해서는 부득이한 선
택이었다고 이해될 수도 있겠다. 그러나 새로운 세대의 눈에는 이러
한 이들의 태도가 현실에 대한 무관심 내지는 공허한 관념의 놀음으
로 비쳤던 것이다. 더욱이 이후 일부 문협 임원들의 보수화 경향이
가시화되자 이들에 대한 부정적인 시각이 젊은 층을 중심으로 점차
확산된다.

　또 하나 이 시기 문단의 새로운 경향을 지적한다면 강단 비평의 성
장을 들 수 있겠다. 강단 비평이란 작품에 대한 단순한 해설이나 감
상과는 차원이 다른, 문예 지식의 체계화와 밀접한 관련을 맺는 작업
이다. 이러한 양상은 대학에서 서구의 문학 이론을 공부한 새로운 세
대들이 속속 평단에 진출하면서, 그에 상응하는 성과들이 나오게 되
면서부터 주목을 끌기 시작한다. 그 이전까지 한국 평단을 주도해 왔
던 문협 출신 비평가들의 입장에서 볼 때, 서구의 세련된 문예 이론

---

25) 권영민, 『해방 직후의 민족 문학 운동 연구』(서울대학교 출판부, 1986), p. 25.

으로 무장한 이들의 등장은 자못 껄끄러운 국면이 아닐 수 없다. 이 시기에 벌어졌던 조연현과 정명환 간의 대결에서 당시 문단의 대부 격이던 조연현이 여지없이 수세에 몰리고 만 사실은 젊은 세대의 체계화된 문학 지식이 그 진가를 발휘한 예에 해당하는 일일 것이다.[26] 물론 한국 문학 작품에 대한 서구 문예 이론의 무분별한 적용이 반드시 바람직한 현상이라고 보기는 어렵다. 그러나 그러한 약점에도 불구하고 이 시기에 등장한 강단 비평이 한국 문학의 연구 수준을 한 단계 끌어올렸다는 것만은 틀림없는 사실이다.

　마지막으로 짚고 넘어가야 할 사항은 불란서 계통의 실존주의 철학 사상이 1960년대 한국 문학과 비평계에 끼친 영향과 관련된 것이다. 주지하다시피 1950년대 한국 문학계를 휩쓸었던 서구 실존주의 사상은 그 후 전개된 참여 문학에 이론적인 바탕을 제공해주는 구실을 한다. 6·25전쟁 이후 한국에도 전후 서구의 실존주의 사조가 대량으로 유입된다. 인간의 실존이 새삼스럽게 문제시된 데에는 물론, 전쟁에 대한 체험이 결정적인 방향타 구실을 한 셈이다. 그리고 그러한 문제 의식은 한국 문단에 적지 않은 여파를 가져온다. 전후의 혼란스런 현실 속에서 인간의 삶과 존재 방식에 대한 회의와 저항이 교차되면서, 이와 같은 상황에 과연 문학이 어떻게 대처해야 할 것인가라는 문제가 자연스럽게 떠오르게 된다. 특히 참여론자의 입장에서 보면 이는 논의의 핵심을 차지하게 된다. 카뮈 중심의 시지프스적 실존 사상과 사르트르 중심의 프로메테우스적 실존사상의 충돌은 이후 전개된 순수·참여 간의 본격적인 논쟁기에

---

26) 당시의 논전으로 주목할만한 것은 아래와 같다.
　　정명환, 「평론가는 이방인인가」, 『사상계』(1962·11 증간호)
　　조연현, 「문학은 암호 이상의 것이다」, 『현대문학』(1963·1)
　　정명환, 「비평 이전의 이야기」, 『사상계』(1963·2).

도 계속되는 양상을 보인다.[27]

3. 논쟁의 전개 양상

1) 〈사회 참여〉를 위한 문제제기

아마도 해방 후 한국 문단에서 〈순수 문학〉이라는 용어가 최초로 사용된 예는 1960년 『현대문학』지에 실린 평론가 김양수의 글 「문학의 자율적 참여」[28]에서가 아닌가 한다. 그 후 이 용어는 빠른 속도로 문단 전체에 퍼져, 결과적으로는 그 이전부터 문단의 주류로 행세하던 순수 문학과 함께, 한 시대의 특징을 가장 첨예하게 드러내는 것으로 자리 잡게 되었다.[29] 이는 전대의 문학적 경향과 비교해 볼 때, 상당한 정도의 파격적인 의의를 지니는 것이다. 그것은 무엇보다도

---

27) 실존주의를 사상사적으로 해명해줄만한 것으로는 세 가지 신화가 존재한다. 먼저 하이데거가 제시한 〈쿠라〉적 신화는 인간 실존의 근거를 〈우수〉에서 찾으려 한 것으로 가장 관념론적인 형태에 해당한다. 이 계열의 문학은 가장 비사회적으로 반역사적인 미학 형식을 취하고 있다. 두 번째로 카뮈의 〈시지프스〉의 신화는 그의 부조리 철학의 근거를 이루는 것으로 현대인의 무한한 반항 의지를 설명해줄 수 있는 장점을 지닌다. 그러나 이 경우 〈반항〉이란 형이상학적인 것으로 〈현실 초극〉의 형태로 나타난다. 세 번째로 야스퍼스가 제기한 〈프로메테우스〉적 신화를 들 수 있는데, 〈현실 개혁〉의 의지가 강한 사상가들, 대표적으로는 사르트르 같은 인물이 이 유형에 속한다.
쿠라적 실존 사상은 이후 순수 문학을 보다 관념적인 미학으로 나아가도록 심화시켰으며, 시지프스적 실존 사상과 프로메테우스적 실존 사상은 일시적인 기복을 거쳐 각기 다른 방식으로 참여 문학과 연계되는 특색을 보인다.
조가경, 『실존 철학』(박영사, 1980), pp. 202~212.
임헌영, 『한국현대문학사상사』(한길사, 1988), pp. 69~100 참조.
28) 김양수, 「문학의 자율적 참여」, 『현대문학』(1960 · 1).
29) 엄밀히 말하면 김양수의 경우 이 용어는 그 후 참여론자들이 사용하던 의미와는 약간의 차이가 있다. 이와 달리 이어령의 경우는 〈저항〉이라는 용어를, 유종호의 경우에는 〈비순수〉라는 용어를 각기 사용한 바 있다.

〈참여〉라는 용어 자체에 내재해 있는, 현실에의 적극적인 관심과 수용이라는 의미가 갖는 대담성에 기인한다. 다음과 같은 김윤식 교수의 지적은 이와 관련된 전후 사정을 짐작케 해주는 예이다.

> 한국 근대 비평에는 두 개의 이데올로기가 두 개의 수레바퀴처럼 의식을 지배해 왔으며 단지 때에 따라 그것이 내재화 상태로 들어가는가 또는 돌출 상태로 나타나는가에서만 차이를 보이는 것이었다. 오직 6·25후의 전후 비평만이 영도의 좌표이어서 탈이데올로기 상태에 놓였지만 그것은 극히 예외적인 현상이라 할 것이다. 60년대 비평은 50년대 전후 비평이 빠져 들어갔던 영도의 좌표를 뛰어 넘어, 정상적인 상태를 회복하게 된 것으로 그 특징을 삼을 수 있다. 순수·참여 논의가 그것이다.[30]

1960년대 초의 시점에서 참여란, 위의 관점에서 볼 때, 당연히도 기성 문단에 대한 일종의 반역을 의미하는 것일 수밖에 없다. 이와 유사한 조짐은 일찍이 50년대 말부터 문단의 일각에서 논의된 바 있다.

대학에서 국문학을 전공한 젊은 비평가 이어령은 이미 이 시기에, 특유의 날카로운 필봉으로 작가들이 우리 사회의 현실에 대해 좀더 적극적인 관심을 기울일 것을 주장하였다. 가령 그는, '멸망을 향해 묵묵히 추락하는 인간의 역사와 사회의 운명을 언어에 의한 호소 그 고발로써 막을 수 있다.'[31]고 적고 있는데 이는 물론 당대의 현실과 어느 정도 상관 관계를 유지하는 발언이라 생각된다. 그 뒤를 이어 김우종 또한 강도 높은 어조로 참여 문학의 정당성을 주장하는 글을 잇달아 발표한다.[32] 당대의 문학에 대해 그는 신랄한 어조로 '문학 예

---

30) 김윤식, 『한국현대문학사』(일지사, 1988), pp. 274~275.
31) 이어령, 「현대 작가의 책임」, 『저항의 문학』(예문관, 1959 / 1965 증보판), p. 78.
32) 김우종, 「문학의 순수성과 이데올로기」, 『한국일보』(1960·2·7).

술로서의 순수성은 지니고 있어도 위대성은 극히 부족'[33]하다고 비판한다. 영문학도인 유종호도 이 대열에 합류한다. 그 성향으로 보아 위의 두 사람에 비해 비교적 온건한 편에 속하였던 그는, 그럼에도 불구하고 순수 비판이라는 점에서는 전적으로 이들과 논리를 같이 하였던 것으로 판단된다. 그는 송욱의 풍자시 「하여지향(何如之鄕)」에 대한 평문을 통해, 이 시의 방법적 미숙에도 불구하고, 이러한 시도가 우리 문학에 필요한 것임을 지적한다.[34]

이와 같은 분위기 아래서 문학 작품의 현실 참여에 대한 관심을 더한층 가열시킨 사건은 최인훈의 소설 「광장」을 둘러싸고 벌어진 백철과 신동한 사이의 논쟁이다.[35] 이들의 논쟁은 원래 「광장」이라는 한 전후 소설 문학 작품에 나타난 여러 인물 유형들의 성격 해석 문제와 관련된 시각 차이에서 비롯된 것인 바, 엄밀히 말하면 순수·참여 두 노선 사이의 직접적인 충돌이라고 보기는 어렵다. 또한 논쟁이 진행되는 과정에서 끝내 서로 간의 감정 대립으로까지 번지게 되어, 결과적으로 논의의 핵심에서 다소 멀어진듯한 점은, 이 논쟁이 안고 있는 근본적인 한계라고 할 수 있다. 그러나 아무튼 틀림없는 사실은 이들의 논쟁으로 인하여 문학의 참여적 성향에 대한 관심이 현저하게 증가하게 되었다는 점이다. 그 한 예로 신동한의 다음과 같은 발언은

_____, 「도피와 참여의 도착」, 『현대문학』 (1961 · 6).
33) 김우종, 「문학의 순수성과 이데올로기」, 『한국일보』 (1960 · 2 · 7).
34) 유종호, 「비순수의 선언 - 「하여지향」론」, 『사상계』 (1960 · 3).
35) 백철, 「하나의 돌이 던져지다. - 최인훈 작 「광장」의 파문」, 『서울신문』 (1960 · 11 · 27).
신동한, 「확대 해석에의 이의 - 백철 씨의 「광장」평을 박함」, 『서울신문』 (1960 · 12 · 14).
백철, 「작품 의미의 콤플렉스 - 신동한 군이 제기한 이의에 답함」, 『서울신문』 (1960 · 12 · 18).
신동한, 「문학의 지도성 - 백철 옹에게 드리는 글」, 『서울신문』 (1960 · 12 · 28).

다분히 감정적인 측면에 기대고 있는 것이긴 하지만, 다가올 본격적인 논쟁의 개막을 알리는 서곡에 해당하는 것이라고 볼 수 있다.

> 4·19에서 절실히 겪어온 일이지만 한국의 현대 문학은 정치나 사회를 이끌고 나가는 것이 아니라 거꾸로 이끌려 가고 있다. 문학의 지도성의 완전한 상실, 이 치욕을 불식시키기 위해서는 무엇보다도 젊은 세대가 분기해야 한다.[36]

신동한의 논리는 이후 전개된 순수와 참여간의 본격적인 논쟁에 하나의 시사점을 제공해주는 것일 수 있다. 그것은 이 논쟁이 필연적으로 세대 간의 갈등으로 비화되리라는 암시와 관련된다.

2) 60년대 초반의 논쟁

드디어 순수 문학에 대한 직접적인 선전 포고가 신진 비평가 김우종으로부터 터져 나오게 된다. 그는 순수 문학을 '오늘날의 현실을 외면하여 미래의 영원에만 살자는 문학, 독자의 유무가 문제가 아니라는 문학, 자연히 읊조려지는 배설 행위만이 오직 예술이라고 고집하는 문학'이라고 규정하고, 우리 문단의 이러한 현상을 타개하기 위해서는 순수의 성벽을 무너뜨리고 〈민중의 광장〉, 〈현실의 광장〉으로 뛰쳐나와야 한다고 강조한다.[37] 이후 이런 그의 논조에 김병걸,[38] 김진만[39] 등이 동조하게 되고, 이에 맞서 순수 옹호론의 입장에서 이형기가 여기에 대한 반론을 제기한다. 이형기는 우선 순수냐 참여냐의

---

36) 신동한, 「문학의 지도성 – 백철 옹에게 드리는 글」, 『서울신문』 (1960·12·28).
37) 김우종, 「파산의 순수 문학」, 『동아일보』 (1963·8·7).
38) 김병걸, 「순수의 결별」, 『현대문학』 (1963·11).
39) 김진만, 「보다 실속 있는 비평을 위하여」, 『사상계』, (1963·12).

양자 택일적 사고의 위험성을 지적한 다음, 〈순수 문학〉과 〈현실 외면〉이 결코 등식으로 묶여질 수 없다는 입장을 취한다. 그리고 〈현실 참여〉의 목적에서라면 문학은 효과적인 방법이 못되며, 이에 관한 한 가장 효과적인 유형은 〈당의 문학〉일 뿐이라고 주장한다. 그러나 그러한 당의 문학에 항거하여 외쳐진 〈인간성 옹호의 문학〉이야말로 바람직한 형태의 문학이며, 동시에 문학 내에서 가능한 일종의 참여 행위라고 볼 수 있지 않겠느냐는 반문을 던진다.[40]

이러한 류의 문제 제기에 대해 자신 만만한 김우종이 가만히 있었을 리 없다. 그는 곧 「저 땅 위에 도표를 세우라」, 「순수의 자기 기만」 등과 같은 글들을 통해 즉각적인 반격을 시도한다. 여기서 그는 오늘날 자신이 주장하는 참여 문학은 1930년대와 같은 당의 문학이 결코 아니며, 이는 '절망적인 현실 인식에 대해 문제의 제시에만 그치지 말고 스스로 현실 문제에 적극적으로 참여하고 그 절망의 영토 위에 도표를 박아놓는 문학[41]이라고 규정한다. 나아가 그는, 순수론자들은 그들이 주장하는 인간성 옹호의 방법론부터 수립해야 할 것이라고 말한다. 그에 따르면 지금까지 순수론자들은 문제만을 제시할 뿐 그 해결은 항상 독자들에게로 미루어 왔다는 것이다. 이런 현상이 부당한 이유에 대해 그는 '해결이 불가능한 인생이라면 문제를 제시하는 것부터가 수상하지 않은가?'[42]라는 물음을 제기하는 것으로 대신한다.

현실 이해와 결부된 양 측의 대립은 이와 비슷한 시기에 벌어진 서정주, 홍사중 간의 논쟁에서도 엿볼 수 있다. 서정주는 문학의 현실 참여가 제기된 원인으로 ① 지식 청년들의 구미 문화에 대한 소화 부

---

40) 이형기, 「문학의 기능에 관한 반성」, 『현대문학』 (1963 · 11).
41) 김우종, 「저 땅 위에 도표를 세우라」, 『현대문학』 (1964 · 5).
42) 김우종, 「순수의 자기 기만」, 『한양』 (1965 · 7).

족과, ② 설바람난 동양 재래 전통의 무시를 꼽는다. 그러나 그의 논리의 초점은 아직 우리 주변의 여건이 참여 문학을 받아들일만한 포용력을 확보하지 못했다는 데 모아진다. 여기서 그가 마지막으로 제기하고 있는 것은 사관(史觀)의 문제이다.

> 사관만 확실하면 문인이라고 해서 사회 참여를 말란 이치는 없을 것이다. 그러나 요는 그가 능력있게 역사를 바라보고 있느냐 하는 문제다. 역사를 바로 못본 사람의 사회 참여는 자신과 역사에 해독을 끼칠 위험성이 많이 있는 것이다.[43]

이러한 견해에 정면으로 반발하고 나선 홍사중은 반드시 혁명과 전쟁과 같은 격동기에만 정치적 행동이 정당화될 수 있는 것인가를 묻고, 작가란 결국 〈시대의 증인〉이 되어야 하며, 더불어 순수 문학이 필연적으로 걷게 되는 현실로부터의 도피, 현실에 대한 무감각한 자세는 문학의 궁극적인 바탕이 되는 현실, 그 자체의 상실까지를 초래할 우려가 있다고 경고한다. 그리고는 글 마무리 부분에 다음과 같은 말을 첨가한다.

> 사회 참여를 꺼린다는 것은 지난날의 우리나라의 지성이 오늘에 이르도록 가시지 못하는 가장 큰 죄과의 하나, 곧 비겁하다하리만치 너무도 약삭빠른 처세술을 반영시키는 데 불과한 것이다. 한편으로 생각해볼 때 올바른 사관에 입각한 사회 참여에는 원칙적으로 찬성하면서도 이를 하지 못하고 있는 것은 올바른 사관을 세울만한 역사적 통찰력과 신념을 결핍하고 있다는 사실을 씨 스스로가 고백하고 있다는 데 다름없는 것이다.[44]

---

43) 서정주, 「사회 참여와 순수 개념」, 『세대』(1963 · 10).
44) 홍사중, 「작가와 현실」, 『한양』(1964 · 4).

위의 논쟁에서 우리가 특별히 눈여겨 볼 필요가 있는 것은 사관의 문제이다. 이들 양자는 극히 원칙론적인 입장에서 자신의 의견을 개진하고 있는 듯이 보이나, 자세히 살펴보면 알게 모르게 이들의 논리가 당시(1960년대 초)의 현실 이해와 관련된 것임을 느낄 수 있게 된다. 특히 이들 간의 논쟁이 주목을 끌었던 이유는 홍사중의 서정주 비판이 6·25 이후 그 때까지 우리 문단을 주도해왔던 문협 정통파의 순수 지향적 문학 경향에 대한 최초의 명백한 정면 도전에 해당한다는 점, 그리고 문학의 현실 참여를 둘러싼 신구 세대 간의 갈등을 표면화했다는 점 때문일 것이다.

3) 「작가와 사회」를 둘러싼 논쟁

1967년 10월 12일, 세계문화자유회의 한국본부 주최로 〈작가와 사회〉라는 주제의 원탁 토론이 개최된 바 있다. 이 토론회에서는 김붕구 교수가 발제를 담당하고 송기원, 홍사중, 임중빈 등이 토론자로 참가하게 된다. 이 자리에서 발표된 김붕구 교수의 발제 논문 「작가와 사회」에 대한 비평가들과 작가들의 찬반 의견이 엇갈리면서 한국 문단은 다시 한번 논쟁의 소용돌이에 휘말리게 된다.

김붕구 교수의 소론을 요약해 보도록 한다. 그는 우선 작가 개개인마다에는 〈사회적 자아〉와 〈창조적 자아〉의 양면이 존재하는데, 이들 양자의 상호 관계에 따라 다음과 같은 3가지 형태의 사회 참여 유형이 구분된다고 기술한다.

(1) 직접 행동의 체험을 가지고 있는 사회적 자아가, 거의 예술지상주의에 가까운 창조적 자아를 거쳐 작품 속에 체취처럼 스며드는

경우 (말로, 쌩텍쥐페리의 경우)

    (2) 사회적 자아와 창조적 자아를 명백히 구분하고 한 시민으로서 사회적 자아의 〈자연 발생적 참여〉만을 실천한 경우 (지드, 카뮈의 경우)

    (3) 치밀하게 계산된 사회적 자아의 조종에 의해 창조적 자아가 움직이는 경우 (사르트르의 경우)

여기서 그는 사르트르의 제3 유형의 참여 문학론을 비판하면서, 현실적으로 이는 창조적 자아의 수족을 묶는 행위라고 평가한다. 그리하여 그 구체적인 증거로 의식적인 사회 참여를 선언하고 난 후 사르트르의 문학은 초기작인 「구토」보다 현저하게 후퇴한 것임을 지적한다. 오히려 그는 지드나 카뮈 류의 자연 발생적인 참여의 경향에 호감을 가진 것이다. 덧붙여 우리 사회에서는 흔히 정치적인 사회 참여의 경향만이 강조되고 있다는 점을 들며 거기에 대한 우려와 불만을 표한다.45)

이와 같은 김붕구 교수의 의견에 대해 다분히 비판적인 입장을 취한 이는 상기 세미나에도 함께 참가한 바 있는 임중빈이었다. 그는 김붕구 교수가 격동기의 한국 사회와는 아무 관계가 없는 카뮈를 높이 평가했던 것을 현실에 대한 피상적인 이해에서 비롯되었다고 보고, 모순과 갈등에 가득 찬 우리의 상황을 변혁시키기 위해서는 그러한 유형의 참여는 별로 바람직스럽지 못하다고 결론을 맺는다. 그가 생각하는 바람직한 유형이란 '역사의 암담한 벽과 필연적인 씨름이며, 생존을 위한 구체적인 언어 활동'으로서, 〈민중적 자아〉와 〈우리로서

---

45) 김붕구, 「작가와 사회」(세계문화자유회의 한국본부 세미나 발제문), 이 논문은 『세대』지 1967년 11월호에, 다시 「작가와 사회 재론」으로 제목이 바뀌고 상당 부분 보완되어 『아세아』지 1969년 2월호에 실림.

의 나〉에 기반을 둔 것이다.[46]

한편 선우휘는 김붕구 교수의 글에 동조하는 듯한 입장에서 자신의 의견을 개진한다. 그는 '문학은 문학 이외에 다른 무엇에 써먹을 수 있는 것이 아니다.'라고 일침을 가한 다음, 참여에 앞서서 절대적인 중요성을 가지는 것은 작가가 어떻게 현실을 바라보느냐 하는 문제라고 서술한다. 맹목적인 사르트르 류의 앙가즈망에 대한 철저한 반대 의견인 셈이다.[47]

이호철은 그러나 이와는 약간 다른 각도에서 이 문제를 이해하려 한다. 그는 기본적으로는 김붕구 교수의 사르트르 비판론에 동조하면서도, 이론화된 앙가즈망론이나 참여 문학이 필연적으로 프롤레타리아 혁명의 이데올로기로 귀착된다는 견해에 대해서는 회의적이다. 그에 의하면 〈이론화된 앙가즈망〉이란 애초부터 성립될 수 없으며, 다만 '구체적인 조건 속에서 구체적으로 양성되는 작가 의식이 있을 뿐'이라는 것이다. 또 그러한 기반 위에서 볼 때 문학상 이데올로기에 있어 좌파뿐만 아니라 우파의 그것 또한 경계해야 할 것이라고 주장한다.[48]

걷잡을 수 없이 확대되어만 가는 이 문제에 대해 본질적인 문제점을 제기하고 나선 이가 김현이다. 그는 논의의 초점을 이데올로기가 이론적으로 무장할 때 반드시 좌경하느냐 하는 점에 있다고 보고, 그러한 논의는 서구에서나 깊게 논의될 가치가 있는 것일 뿐, 우리의 경우에는 이와는 좀 다른 차원의 논의가 필요하다고 주장한다. 그는 〈참여〉라는 말 대신에 '우리 시대의 혼란된 양상의 구조를 밝혀보려

---

46) 임중빈, 「반 사회 참여의 모순」, 『대한일보』 (1967 · 10 · 7).
47) 선우휘, 「문학은 써 먹는 것이 아니다」, 『조선일보』 (1967 · 10 · 19).
48) 이호철, 「작가의 현장과 세속적 현상」, 『동아일보』 (1967 · 10 · 21).

는 고고학적 노력'이 우선시되어야 한다고 생각했던 것이다.[49]

이와 관련된 내용을 담은 글들은 그 후로도 수차례 문단의 화제거리로 오르내리게 되는데, 그 가운데 대표적인 것으로는 정명환[50], 장백일[51], 원형갑[52], 김병걸[53] 등의 소론을 들 수 있겠다.

결론을 내린다면, 「작가와 사회」를 둘러싼 이 시기의 논쟁은 결국 사르트르의 이론화된, 의식적인, 목적론적인 참여 문학(앙가즈망)에 대한 찬반과 그에 부수하는 문단인들 나름대로의 의견 제시로 볼 수 있겠다. 당시 문단 내외의 상황을 돌이켜볼 때 사르트르에 대한 관심은 어쩌면 필연적이고 자연스런 결과였는지도 모른다. 그러나 그에 대한 찬성이든 반대든, 이 시기의 글들은 문학 외적인 논리에 치우쳐 사르트르의 앙가즈망론에 대한 초보적인 이해와 평가에 급급한듯한 인상을 준다. 더불어 이와 같은 논의가 과연 그 뒤 전개될 한국 문학의 질적 수준 향상을 위해 유용하고도 생산적인 논의였는지는 다시금 재검토해볼 필요가 있을 것이다. 무엇보다도 중요한 것은 당대 한국 문학의 현실이며, 이런 점에서 볼 때 서구이론, 그 가운데서도 불란서라는 특수한 지역의 이론에 대한 논의가 얼마만큼 그 후 우리 문학의 앞길에 도움이 되었는지는 여전히 의문이기 때문이다.

4) 불온시 논쟁

이어령과 김수영 간에 벌어진 이른바 〈불온시 논쟁〉은 지식인의 사

---

49) 김현, 「참여와 문학의 고고학」, 『동아일보』 (1967 · 11 · 9).
50) 정명환, 「문학과 사회 참여」, 홍사단 금요강좌 (1968 · 4 · 26).
51) 장백일, 「참여 문학의 현실적 의의」, 『월간문학』 (1970 · 11).
52) 원형갑, 「참여와 상상법」, 『현대문학』 (1968 · 6).
53) 김병걸, 「참여론 백서」, 『현대문학』 (1968 · 12).

회 참여 시, 그에 따라 파생되는 여러 가지 문제점들을 다루었다는 점에서, 그 당시 우리에게 또 다른 충격파를 던져주었던 사건으로 기록될 수 있을 것이다. 이 논쟁의 발단은 당시로 보아 무척이나 도전적인, 다시 말해 그 때까지의 우리의 일상적인 상식 수준을 뛰어넘는 이어령의 글로부터 시작된다.

이어령은 「『에비』가 지배하는 문화」라는 시론(時論)적 성격을 지닌 글을 통해, 한국 문화가 지닌 근원적인 모순점, 곧 반(反) 문화적인 성격을 다음과 같이 지적해낸다. 그는 우선 오늘날 한국 문화계는 역사와 창조적 기능으로서의 창조력이 극도로 위축된 시기를 맞고 있다고 진단한 다음, 그것의 구체적인 사회 현상으로 ①정치 권력이 문학의 독자적인 기능과 그 차원을 침해하는 경향, ②문화 스폰서의 노골적인 상업주의 경향, ③반문화적, 반지성적인 것을 오히려 문화적, 지성적이라 보는 대중들의 일종의 퇴행 현상 등을 든다. 그러나 실지로 이러한 여러 현상들에 앞서, 보다 심각하고 우려할 만한 사실을 문화인들 스스로가 위와 같은 현상에 대해 겁을 먹는 경향이 있다는 점이다. 모든 막연한 두려움 내지는 가상적인 금제의 힘을 그는, 〈에비〉라는 유아 언어로부터 도출하고자 한다. 올바른 한국 문화의 방향성을 정립하기 위해서 그는, 〈에비〉와 같은 유아적 반문화 의식으로부터 탈피하여야만 하며, 성인의 냉철한 언어로 예언의 소리를 전달하려는 노력이 뒤따라야 한다는 견해를 피력한다.[54]

또한 그는 그 후 다른 지면을 통해, 참된 문화의 위협은 구속보다도 자유를 누리는 순간에 증대된다는 역설적인 논리를 편다. 지금까지 한국 사회에서 전개되어 왔던 이른 바 문예 참여론자들의 〈참여〉란 다분히 대중의 환심을 사기 위한 행위였다는 혐의가 짙은데, 이는

---

54) 이어령, 「『에비』가 지배하는 문화」, 『조선일보』(1967 · 12 · 28).

그동안의 참여 문학이 더 이상 힘을 쓰지 못하게 된 권력의 뒤통수를 갈겨온 것에 불과한 양상을 보여 왔던 데서도 드러난다고 주장한다. 이 경우, 그에 따르면 '얻은 것은 자유였지만 잃은 것은 예술'이라는 반어적인 논리가 가능해진다.[55]

이와 같은 이어령의 문제 제기는 당시 상황에 비추어보아 결코 틀렸다고 할 수는 없는, 그러나 그 자체로 많은 문제점을 지닌 것이다. 그의 논리는 곧 김수영의 반론을 맞게 된다. 김수영은 '최고의 문화 정책은 내버려 두는 것'이라는 점과 '오늘날의 문화의 침묵은 문화인들의 소심증과 무능에서보다도 유, 무상의 정치 권력의 탄압에 더 큰 원인이 있다'는 점을 들어 위의 설명에 정면으로 대립하게 된다. 또한 그는 문학 작품의 〈예언의 소리〉가 반드시 냉철할 수만은 없으며, 오히려 문학 예술 자체의 속성 상 그것의 실질적인 극복을 위해서는 〈유아 언어〉이어야 할 때가 많다고 주장한다.[56]

이어령은 김수영의 이의에 대해 즉각 재반박의 글을 발표하는데, 이 글의 논리 역시 흥미로운 것이다. 그는 다시 한번 참여론자가 '동물원의 사냥꾼'이 되어서는 안 된다는 것을 강조한다. 그에 따르면 '불온시들을 거리낌 없이 발표할 수 있는 사회가 되어야만 현대 사회'라는 김수영의 논리는 전적으로 타당하다. 그러나 한편으로 볼 때 '발표가 허락되는 순간 그 가치를 상실해버리는 것이 바로 참여시의 운명'이라는 점을 기억해주기 바란다고 서술한다. 또한 그는, 원칙적으로 불온시와 같이 다른 목적을 위해 사용되는 시는 결코 좋은 시의 범주에 끼일 수 없는 것이라고 주장한다. 그리고는 문예 상 자유가 주어진 경우라면 더더욱 우리는 대중의 검열자에 편승하려는 참여론

55) 이어령, 「누가 그 조종(弔鐘)을 울리는가」, 『조선일보』 (1968 · 2 · 20).
56) 김수영, 「지식인의 사회 참여」, 『사상계』 (1968 · 1).

자의 횡포를 경계할 필요가 있다고 역설한다.57)

김수영은 이에 대해 실제 창작의 과정을 거친 시인 비평가의 입장에서 반론을 전개한다. 그는 이어령의 소론에 대해 현대의 정치적 자유와, 문화를 오도하는 일부 참여론자의 폐단을 동일한 비중에서 놓고 보는 것은 잘못이라고 꼬집고, 이 양자 사이의 공존에서 취해지는 밸런스를 그 출발점으로 인정해야 할 것이라고 주장한다. 그러나 이 경우 문제가 되는 것은 오늘날 우리 문학에서 능력 있는 진정한 대중의 검열자가 존재하는가 하는 점이다. 이 점에 관해서 김수영은 회의적인 입장에 있다.58)

이어령은 재차 김수영의 윗글에 대해 반박문을 게재한다. 사정이야 어떻든 간에 '불온하니까 그 작품을 나쁘다는 사람이나, 불온하니까 그 작품은 좋다는 사람은 그 주장과 판단만 다를 뿐 작품을 작품으로 이해하지 않으려는 태도에서는 일치'한다는 논리이다. 그는 김수영이 제도적 활동과 창조적 활동을 혼동하고 있다고 보고, 문학의 가치는 정치적 불온성의 유무로 판가름할 수 있는 것이 아니라고 주장한다.59) 이 즈음에 이르러 이어령은 1960년대 초 자신이 앞장서 주장하고 나선 저항적인 문학 태도에서 상당히 벗어난 느낌이다. 문학주의로의 방향 전환인 셈이다.

위의 날카로운 지적에 대해 답하는 김수영의 논리는 상대적인 궁색함을 면치 못하는 것이다. 그는 자신이 말하는 불온성이란 정치적인 불온성뿐만 아닌, 전위적인 불온성까지를 포함하는 개념이라고 함으로써 스스로 문제의 핵심을 흐리는 결과를 초래하고 만다.60)

---

57) 이어령, 「서랍 속에 든 불온시를 분석한다」, 『사상계』 (1968 · 3).
58) 김수영, 「실험적인 문학과 정치적 자유」, 『조선일보』, (1968 · 2 · 27).
59) 이어령, 「문학은 권력이나 정치 이념의 시녀가 아니다」, 『조선일보』 (1968 · 3 · 10).

이어령은 이에 대해 김수영에 있어 불온성은 명백히 정치적인 의미로 사용된 것으로, 전위성 운운은 허구라고 못 박는다. 그는 마지막으로 우리 문화계에서 비문화적인 분위기는 마땅히 제거되어야 하는 것으로, 그러한 비문화적인 분위기는 관에만 해당되는 것이 아니라 문화인 안에서도 있다는 사실을 경계할 필요가 있다는 점을 강조하면서 자신의 논리를 마감한다.[61]

이어령, 김수영 간의 〈불온시〉 논쟁은 사회·정치적 자유와 문학적 자유의 해석 문제를 둘러싼, 무척 진지하고도 무게 있는 주제를 다루었다는 점에서 우리의 주목을 끌만한 요건을 두루 갖추었다고 보겠다. 그러나 논의 진행 과정에서 김수영이 불온성 문제와 관련하여 이어령의 반격에 대해 조리 있는 반박을 가하지 못한 채, 다소 핵심에서 어긋난 태도를 보였고, 이어령 역시 어느덧 문학주의로의 변모된 모습을 보임으로써, 독자들의 기대에 제대로 부응하지 못한 것으로 평가된다. 그 후 이 문제는 김수영의 갑작스런 죽음과 더불어 더 이상 진전되지 못한다. 다만 그의 사후에 백낙청, 이철범 등이 부분적으로 이와 관련된 언급을 하고 있는 것을 찾아볼 수 있다.[62]

5) 60년대 이후의 논리

위에서 필자는 1960년대에 벌어진 문학의 순수·참여를 둘러싼 여러 논쟁 가운데 대표적인 것 몇 가지만을 가려 그 전개 양상을 살펴보았다. 이 같은 선별은 어디까지나 필자의 주관에 근거한 것임을 밝

---

60) 김수영, 「불온성에 대한 비과학적인 억측」, 『조선일보』 (1968·3·26).
61) 김수영, 「논리의 현장 검증 똑똑히 해보자」, 『조선일보』 (1968·3·26).
62) 백낙청, 「서정의 성장과 극복」, 『한국일보』 (1968·6·25).
　　이철범, 「68년 상반기의 평론」, 『조선일보』 (1968·6·9).

혀둔다. 따라서 보는 각도에 따라서는 미흡하다 생각되는 면도 있으리라고 생각된다. 이외에도 이 당시 문단의 주목을 끌었던 논쟁으로는 박경리의 소설 「시장과 전장」의 해석을 놓고 벌어진 논쟁[63], 다분히 세대론의 색체를 지녔던 소시민 문학 논쟁[64], 장일우·백철·김우종 등에 의해 거론된 바 있는 농민 문학론[65] 등을 들 수 있다.

한편 이와 같이 1960년대에 벌어졌던 순수·참여 논의는 그 후 1970, 80년대를 거치면서 더욱 세련된 형태로 변모되어 한국 문학의 질적 향상에 상당한 도움을 주게 된다. 이러한 논의들은 물론 전 시대 논쟁의 연장선상에서 상당 부분 이해될 수 있는 것으로, 이후 체계화된 서구 이론의 직접, 간접적인 도움을 받아 점차 한국적 풍토 속에 그 논리가 구체화되어가는 양상을 보여준다. 1970년대 초반을 장식했던 문학의 참여성과 자율성 시비, 1970년대 문학계를 떠들썩하게 만들었던 리얼리즘 문학 논쟁, 농민 문학론, 민족 문학론, 그리고 1980년대에 심도 있게 논의된 바 있는 민중 문학론이나 노동자 문학론 등을 그 대표적인 경우로 지목할 수 있을 것이다.

---

63) 1965년 『신동아』지를 중심으로 백낙청, 박경리, 유종호 등에 의해 거론됨.
64) 『아세아』지 창간호에 실린 김주연, 선우휘 등의 글을 필두로 벌어진 논쟁. 여기에 김현, 원형갑, 박태순, 서기원 등이 참가하여 신구 세대 상호간의 불신감을 노골적으로 표현한 바 있다.
65) 장일우, 「농촌과 문학」, 『한양』(1963·12).
　　백철, 「농민 소설과 계몽주의」, 『세대』(1964·9).
　　김우종, 「농촌과 문학」, 『한양』(1964·11).
　　이 논의는 1960년대에는 비록 단편적으로 언급되었으나, 이후 1970년대 『창작과비평』지가 농민 문학에 본격적인 관심을 갖게 된 시발점에 해당되는 것이다.

4. 결론

1960년대 한국 비평계를 화려하게 수놓았던 순수·참여 논쟁은 그후 계속적으로 이어지면서, 끊임없는 변모와 발전 과정을 거쳐, 오늘에 이르기까지 그 짙은 그림자를 드리우고 있는 것으로 평가받고 있다. 이러한 논의가 일어나게 된 원인을 한마디로 잘라 말하기는 어렵다. 그러나 분명한 것은, 사정이야 어찌되었던 간에 이러한 논의는 곧 낙후된 한국적 문화 풍토의 유산이며, 따라서 그것의 극복을 위해서라도 어차피 한번은 치러야 할 필연적인 통과 의례에 해당한다는 점을 인정하지 않을 수 없다는 사실이다. 그 결과 오늘날 한국문학은 놀랄 만한 다양함과 풍요로움 속에 스스로의 입지를 마련하고 있다.

순수·참여 논의와 관련하여 또 한 가지 짚고 넘어갈 것이 있다면 〈창비〉와 〈문지〉를 중심으로 수입, 소개되기 시작한 문학 사회학 이론을 꼽을 수 있다. 〈창비〉의 경우 주로 사르트르와 하우저 등의 이론 소개에 치중하였으며, 반면에 〈문지〉 그룹은 아도르노 중심의 프랑크푸르트 학파의 이론에 관심을 보였다. 이들 상호간의 경쟁적인 소개는 이 시기 극과 극을 달리던 순수·참여 논의에 한 가닥 탈출구를 제공해준 것으로도 볼 수 있다. 다시 말해 이들은 예술 사회학적인 중립화된 입장을 선보임으로써, 양 측의 첨예화된 대립에 어느 정도의 완충 역할을 하였던 것으로 풀이된다.

한편, 우리는 이러한 순수·참여 논의가 알게 모르게 분단 이데올로기의 극복 문제와 연관된 문단인들 나름대로의 입장 표명이라는 사실도 인정해야만 할 것이다. 그리하여 이러한 논의가 성공적으로 마무리될 때, 한국 문학은 또 한 차례 재도약의 기회를 맞게 될 것임을 필지의 사실이다.

크게 보면 이 논쟁은 보다 체계적인 비평관과 비평 방법을 찾기 위한 모색 과정에서 벌어진 예정된 방황이라고 해석될 수도 있다. 즉, 전대의 비평이 확보하지 못했던 보다 높은 수준의 비평 양식을 찾기 위한 모색의 결과라고 해석될 수도 있는 것이다. 그러나 적어도 우리가 1960년대라는 시대적 상황을 염두에 둔다면 이와 같은 사고가 단지 단선적인 이해임을 깨닫기는 그리 어려운 일이 아니다. 이 경우 우리 앞에는 문예 비평의 시대적 가치라는 새로운 문제가 놓이게 된다.

시대의 상황은 그 시대의 문학에 어떤 영향을 미치는가. 문학이 현실을 수용하고, 나아가 현실에 적극적으로 참여한다고 할 때 우리는 그것을 어떻게 평가해야 할 것인가. 물론 이러한 문제들은 여러 시대에 걸쳐 지속적으로 논의되어온 것이기는 하지만, 그와 같은 논의가 항상 생산적인 방향으로만 연결된 것은 아니었다. 그러나 이 경우 1960년대라는 상황 자체는 이러한 물음들을 충분히 문제적인 것으로 만들고 말았다. 이에 대한 해답은 수다한 논쟁에도 불구하고 여전히 논란의 여지를 남기고 있는 듯이 보인다. 그러나 그 해답을 성급히 요구할 필요는 없다고 생각된다. 문학, 특히 문학 비평의 풍요로움이란 어느 일방으로만 치우치지 않은 다양함 속에서 이루어질 수 있는 것이기 때문이다.

송욱(宋稶)의 시론

— 사상의 창조와 실험 정신[1]

1. 송욱 시론의 출발점에 대하여

1950, 60년대 한국 현대 문학의 정신사적 의미망을 문제 삼고자 할 때, 송욱의 존재는 우리가 필히 거쳐 가야 할 통과 지점 위에 위치한 듯이 보인다. 이러한 판단은 다음과 같은 두 가지 이유에서 특히 그러하다. 첫째, 그의 전공이 영문학이었고 영문학과 관련된 많은 업적을 남긴 것도 사실이긴 하지만, 송욱의 관심 영역은 비단 영문학에만 국한된 것이 아니라 한·중·일·영·미·불 등, 동서양 각국의 여러 다양한 문학 및 사상 배경에 대해 적극적이고도 성실한 자세를 견지하였다는 점이다. 그런데, 우리는 이러한 그의 작업에는 항상 한국 현

---

1) *이 글에서 자주 인용되는 송욱의 저작물들에 대해서는 불필요한 기록 상의 중복을 피하기 위해 다음과 같은 약호를 사용키로 한다.
  『하여지향』(일조각, 1961) → 『하여』
  『시학평전』(일조각, 1963) → 『시학』
  『문학평전』(일조각, 1969) → 『문학』
  『문물의 타작』(문학과지성사, 1978) → 『문물』

대 문학의 바람직한 진로 모색을 위한 자장이 강하게 형성되어 있음을 보게 된다.

그는 자신의 전공인 영문학 외에도 한국 문학에 도움이 될만한 여러 나라의 문학들에 대해 포괄적인 태도를 취하였으며, 그러면서도 그것들을 주로 비판적인 시각에서 이해, 수용함으로써, 자신의 논의가 우리 문학의 현 단계에 하나의 실천적인 가치를 지닐 수 있기를 기대하였던 것이다.[2] 둘째로, 그는 스스로의 관심을 시 뿐만 아니라 문학을 포함한 문화 전체의 차원으로까지 확대함으로써, 그들 사이의 유기적인 상관관계에 대해 주목한 자취를 드러낸다. 이러한 그의 태도는 시를 문화 현상의 일종으로 이해한 데서 촉발된 것으로, 그에 따르면 시란 '그 나라의 문화 전체가 짓는 표정'[3]으로 생각된다. 따라서 시를 평가한다는 것은 결국 그 나라의 문화 수준을 가늠할 수 있는 좋은 척도가 된다.

그는 한국의 현대시에서 훌륭한 작품이 적은 까닭을 문학적 전통과 사상의 빈약에서 그 원인을 찾는다. 마찬가지 이유로 해서 그는 한국 현대 시인들의 역사적 현실에 대한 무관심을 통렬하게 비판한다. 흥미로운 것은 이와 같은 그의 태도가 대상에 대한 전체적인 안목의 강조로, 이는 다시 지성인으로서 마땅히 갖추어야 할 현대적인 교양에 대한 강조로 이어지고 있다는 점이다. 사실 그의 여러 저작들에서 전

---

2) 이러한 태도는 그가 자신의 대표적인 저서인 『시학평전』 서문에서도 다음과 같이 나타난다.
  "이미 말한 바와 같이, 이 시론은 우리가 지금 다다르고 있는 시문학사의 단계와 우리의 상황을 항상 염두에 두면서, 실천적인 가치가 있어 활용되기를 기대하며 쓴 것이다. 이 때문에 나는 힘에 겨울 만큼 여러 부문에 걸친 크나큰 주제를 짧은 지면으로써 다룰 수밖에 없었다.……"
  『시학』, p. 7.
3) 「현대시의 세계」, 『문물』, p. 76.

개된 논의들 가운데 상당 부분이 이른바 교양 수준에서 형성된 견해임은 분명히 지적되어야 할 대목이라 할 수 있다.[4] 그렇긴 하나, 시 비평을 문화 비평의 차원으로까지 상승시켜보려 한 그의 노력만큼은 그에 상응하는 평가를 받을 권리를 지니고 있는 것 같다.

여기서 시도되는 논의는 송욱에 대한 이와 같은 기본 인식을 토대로 하여 이루어진 것임을 미리 밝혀둔다. 그리하여 이 글은, 송욱 시론의 몇몇 특징적인 국면과, 아울러 그것이 가지는 가능성 및 한계를 구체적으로 탐색해보는 것을 그 목적으로 한다. 이러한 목적에 효과적으로 도달하기 위해서 필자는 우선, 송욱이 왜 문학을, 그 가운데에서도 시를 전공하게 되었는지 살펴볼 필요가 있음을 느낀다.

송욱의 영문학 선택 배경을 묻는 일은 일견 무의미하게 생각되는지도 모른다. 그러나 그가 남긴 글들을 면밀하게 훑어볼 경우, 그 속에는 결코 만만히 여길 수 없는 그 나름의 의도가 개입되어 있음을 깨닫게 될 것이다. 여기서 가장 핵심적인 대목은 그가 어떤 입장에서 영문학 활동을 하였는가 하는 점이다. 이 점에 대해 송욱은 일단 '영문학 자체를 위해 영문학을 공부해보겠다는 생각은 전혀 없었고, 그 근본 목적은 한국말로 시를 쓰는 데 도움을 얻기 위한 것'[5]이라고 자신의 입장을 밝히고 있다. 그러나 그 후 또 다른 글을 통해 그는, 외국 문학이 한국 문학에 줄 수 있는 도움의 한계를 깨닫는 데는 30세면 족하다[6]고 하여, 위의 진술과는 다소 모순된 듯한 입장을 취하고

---

4) 일례로 철학적인 배경이 강조되고 있는 그의 글 「동서 생명관의 비교」(『문물』, pp. 139~183)의 경우만 보더라도 제반 요건 상 1 대 1 비교가 도저히 불가능하다고 생각되는 노자와 베르그송의 견해를 아무런 전제 작업 없이 직접 비교하고 있는 것을 볼 수 있는데, 이와 같은 예는 순전히 철학에 대한 그의 아마추어적인 접근 태도에서 그 원인을 찾을 수 있을 것이다.

5) 「외래 문학 수용상의 문제점」, 『문물』, p. 69.

6) 「서문」, 『시학』, p. 7.

있는 것을 발견할 수 있다. 이 같은 의식의 변화를 몰고 온 원인이 과연 무엇인가를 밝히기 위해서는 보다 면밀한 검토가 뒤따라야 할 것이다. 그러나 미루어 짐작컨대, 이러한 변화가 시인으로서의 송욱 자신의 창작 체험과 결코 무관하지는 않으리라는 점만은 분명한 사실인 것 같다.

그렇다면 이 당시 송욱에게 있어 시란 대체 어떤 의미를 지닌 것이었을까? 이 질문에 답하기 위해서는 다음과 같은 내용을 참고할 만하다.

> 내가 시를 쓰기 시작할 무렵, 시는 나에게 있어 정신적 죽음을 겪은 다음에 부활을 얻는 거의 외줄기 길이었으며, 그처럼 심각하고 중요한 것이었다.[7]

위의 설명에 기대면, 송욱에게 있어 시란 단순히 문학적 상상력의 표현물, 또는 매개물이라는 등식은 성립하지 않는다. 무엇보다도 그것은 송욱 자신의 실존적 고뇌의 무게를 내부적으로 간직한 채 발현된 치열한 작가 의식의 소산인 것이다. 이 글은 그와 같은 송욱의 시작 활동 출발 당시의 정신적 위상을 엿볼 수 있게 하는 한 단서이다. 위에서 언급된 정신적 죽음과 부활이란 송욱에게 어떤 의미를 지니는 것이며, 실제 그의 시 작품과 시론에서 이는 어떠한 모습으로 드러나 있는지, 우리의 논의는 응당 이 문제의 해결을 위한 노력으로부터 시작되어야 할 것이다.

---

7) 「시학 평전의 원 서문」, 『문물』, p. 52.

2. 사상적 공백기의 시적 대응 방식

시를 문화 현상의 일종으로 이해하려 할 경우, 사회·역사적인 여러 요인들이 그 속에서 포괄적으로 논의되어야 함은 물론이다. 이 문제와 관련하여 송욱은 당대의 한국 문학이 역사적 현실에 대해 시종일관 무관심으로 대응하고 있다는 점을 비판적으로 지적하며, 문학인들이 이 점에 대해 좀더 관심을 가지고 능동적인 자세로 대처해 줄 것을 주장한다. 그러나 이 같은 이해의 틀 위에 한국의 현대시를 놓고 볼 때 발생하는 문제점으로 송욱은 〈사상의 부재〉를 지적한다. 그에 따르면 한국에는 지금, 과거의 위대한 사상가를 계승할만한 새로운 사상가가 아무도 없다는 것이다. 다시 말해 그는, 지금이 곧 한국역사상 "사상의 전무후무한 공백기"8)라고 생각한 것이다. 과연 그러한 그의 판단이 객관적인 타당성을 지니고 있는 것인지에 대해서는 다소간 논란의 여지가 있을 수 있다. 그러나 시를 바라보는 그의 기본적인 관점이 바로 이런 생각으로부터 파생되었으리라는 추측은 충분히 가능하다. 즉, 이 경우 우리는 송욱 시론의 중심축이 사상적 공백기를 헤쳐 나가기 위한 대응 방식의 모색에 놓여 있다고 여겨도 무방할 것이다.

1) 전통과 역사 의식

그렇다면 송욱은 왜 자신이 속한 시대가 사상적 공백기라는 극단적인 결론을 내리게 되었는가. 위의 논의에 따른다면 송욱에게 있어 사

---

8) 「외래 문학 수용상의 문제점」, 『문물』, p. 73.

상이란 결국 한 사회 속에 내재한 문화적 양상의 총체와 등가이다. 그러므로 한국의 근대 문학이 제대로 발전하기 위해서는 당연히도 정치, 경제, 사회, 문화 등 사회적 제반 요건의 근대화가 선행되어야 한다. 그러나 송욱은 이 점에 관한 한 극히 회의적이다. 당시 이 나라에서 벌어지고 있던 근대화 양상에 대해, 그는 〈유사 근대〉9)라는 용어를 사용하며 공박한다.

여기서 논의되는 유사 근대란, 송욱에 따르면, 정치, 경제, 사회, 문화 등 제 분야에 〈구조〉가 없다는 의미이다.10) 이러한 허깨비와 같은 유사 근대에 살면서도 문학만큼은 올바른 근대 문학으로 빚어내어야만 한다는 것, 바로 이 점을 송욱은 당대 문학인들이 어쩔 수 없이 직면하여야 했던 일종의 넌센스와도 같은 과제로 이해하였던 것 같다. 하지만 이 문제에 대한 그의 입장은 비교적 분명하다. 그는 문학을 포함한 문화 전반에 대해 전체적인 전망을 가지고 그에 합당한 투철한 작가 정신과 역사 의식으로 무장한 후, 근대 문학의 건설에 임하여야 한다고 생각했던 것이다.

송욱에 의해 전개된 시론은 이러한 그 자신의 전통과 역사에 대한 인식과 밀접히 연관된 것으로 보인다. 위에서 살펴본 문제점들을 체계적으로 해결해나가기 위해서 그는 여러 방면에 관심을 가지고 모색을 거듭하게 되는데, 이 과정에서 특히 눈여겨 볼 필요가 있다고 생각되는 부분은 그가 엘리어트 T. S. Eliot와 오든 W. H. Auden의 견해

---

9) 「작가 정신과 역사 의식」, 『문물』, p. 63.
10) 이러한 진술 속에는 한국의 근대화 과정에서 벌어진 여러 가지 불균형 상태에 대한 그 나름의 비판이 담겨 있다. 한 예로 송욱은, 서울과 같은 대도시에서 부분적으로 근대화된 면모를 찾아볼 수는 있다고 인정한 다음, 그러나 우리 농촌이 처한 현실이 과연 근대화의 요건에 합당한지를 되묻고 있다.
   Ibid., pp. 62~63.

를 자신의 이론 전개의 논리적 근거로 삼았다는 사실이다.

먼저 T. S. 엘리어트의 유명한 논문 「전통과 개인의 재능」의 논조를 빌어, 송욱은 과거의 과거성 뿐만 아니라 과거의 현대성을 인식하여 우리의 사상사에 빛나는 사상가들의 사상 가운데 현대에도 살 수 있고 미래에도 살 수 있는 것을 섭취하여야 한다고 주장한다. 엘리어트의 이론 가운데 특히 송욱을 매혹하였던 부분은 과거와 현재의 「동시적 질서」에 대한 역사 의식이다.

> 여기서 우리가 잘 알 수 있는 것은, 영국 시인 엘리어트의 입장에서 보면, 호오머에서 시작하는 유럽 문학사 전체를 통한 영원한 가치를 지닌 시인들의 작품이, 동시적인 질서를 이루고 있다. 즉 그 작품이 현재에도 살아 있다는 것이다. 현재에도 살아 있으니까, 엘리어트는 그 불멸의 작품들을 의식하며, 자기 작품을 그 사이에 끼어 있는 것으로 생각하고 제작한다는 뜻이 된다. 이는 역사의 지속, 즉 문학사의 연속을 의식하는 태도라고 볼 수 있다. 그러나 그는 자신의 세대를 뼈저리게 느낀다고도 했으니까, 이것은 곧 자기 세대의 특수한 면을 느낀다는 것이며, 역사의 단절, 과거와의 어느 정도의 절연을 느낀다는 뜻도 되는 것이다. 전통에 기대고 있는 까닭에 지니는 문학사의 연속관과 자기 세대의 특수성을 느끼기 때문에 과거와의 단절의식, 이 분열에서 이 틈바구니를 뛰어넘는 활동이 곧 작품 제작이라는 행동이라고 설명할 수 있으리라. 또한 역사 의식이 시인에게 있어서, 심상치 않은 문제임을 여기서 우리는 새삼 깨닫기도 하는 것이다.[11]

위에서 송욱이 주목하였던 것은 역사 의식, 전통 의식을 가지고 문학 활동을 해나간다는 것은 자신의 시대에 대한 소속감과 시대로부터

---

11) 「동서 문학 배경의 비교」, 『시학』, p. 11.

의 초월감(즉, 문학사 혹은 문학 전통의 지속성에 대한 인식)을 동시에 느낄 수 있어야 한다는 논리이다. 그러나 그는 이러한 엘리어트의 이론을 우리 문학의 현실에 그대로 적용시키는 데에는 많은 어려움이 있음을 인정한다. 그가 보기에, 근대 문학 성립 이후 우리 문학의 전통은 명백히 단절되었기 때문이다.12)

여기서 다시 그는 우리 문학이 새로운 전통을 만들어 나갈 것을 주장하는 데, 그 구체적인 실천 방안으로서 세계 문학 전통의 동시적 질서, 나아가 인류 문학 전통의 동시적 질서에 대한 가정과 의식13)이라는 아이디어를 제시한다. 우리와는 문화적, 문학적 토양이 다른 외국 문학에 대한 연구의 필요성을, 송욱은 이와 같은 이론적 토대 위에서 제기하게 되는 것이다.

둘째로 송욱은 불란서의 구조주의 인류학자 레비 스트로스(C. Levi −Strauss)의 문화에 대한 견해에 관심을 표명한다. 레비 스트로스는 인간 문화를 꿰뚫고 있는 근본 조건으로 '이상적 유형에 대한 애착심'14)을 든다. 그렇다면 송욱과 같이 시를 일종의 문화 현상으로 이해한다고 할 때, 시에 있어서 이상적 유형이란 과연 어떤 형태를 말하는가. 이 문제는 결코 간단히 논위될 수 없는 중요성을 지니고 있다. 실제로 이는 문화권에 따라, 집단에 따라 여러 가지 이견이 있을 수 있는 문제이기 때문이다.

그러나 송욱은, 적어도 전통 사회에서 생산된 시들의 경우에는 이러한 질문에 답할 수 있을 만한 공통점 같은 것이 있다고 보았는데, 그것은 그 사회의 구성원들에 의해 신성하다고 공인된 것이

---

12) 송욱은 여기서 유일한 예외적인 존재로 한용운을 꼽는다. 한용운에 대한 송욱의 각별한 관심은 그러한 그의 믿음에서부터 비롯되었다고 볼 수 있다.
13) 「동서 사물관의 비교」, 『문물』, p. 186.
14) 「시 창작과 비평 의식」, 『시학』, p. 30.

라고 주장한다. 뒤집어 이야기한다면, 신성한 것은 이제까지의 시
에 있어서 중요한 원천인 셈이다. 그런데 송욱은 바로 이 점이 또
한, 당시 한국 시단이 겪고 있는 혼란의 직접적인 원인 가운데 하
나라고 판단하였던 것이다. 왜냐하면 그가 보기에 이미 개화기 이
후 한국에서는 신성한 것과 세속적인 것 사이이 구분이 모호해져
버렸기 때문이다.

> 우리는 과거에 거룩하였던 것은 이미 사라졌고, 새로운 것은 그
> 신성함이 아직 우리의 뼈에 사무치게 되지 못하고 있는 시대에 살고
> 있는 것이 아닐까 한다.[15]

송욱에 따르면 개화기 이전까지 한국에 있어서 시란 어디까지나 신
성한 것이며, 또한 오직 신성한 것만이 시의 본령이라고 인식되어 왔
다. 그러나 이후 서구의 문물이 대량으로 유입되기 시작하면서 신성
한 것과 세속적인 것의 구분 자체가 모호해져 버렸고, 그 결과 우리
의 시 역시 혼란스런 가운데 우수한 작품이 나오기 힘든 상황이 되어
버렸다고 설명한다. 이러한 현상은 일제 강점기와 6·25라는 현대사의
커다란 비극을 거치는 동안 더욱 가중되고 말았는데, 여기서 비롯된
전통의 단절은 과거 한국 사회에서 시가 차지해온 비중을 놓고 볼 때
심각한 양상으로까지 발전할 우려가 있다.

그렇다면 어떻게 할 것인가. 이 점에 대해 송욱은 현대시의 성격을
상상력 이론과 결부시켜 설명한 영국의 시인 W. H. 오든의 견해에
동조하는 듯한 인상이다. 오든은 코울리지(Coleridge)의 상상력설 가운
데 제1 상상력과 제2 상상력을 구분한 부분에 대해 주목하면서, 이 양

---

15) 「상상력의 이론과 실지 비평」, 『시학』, p. 62.

자의 기능적인 차이를 자신의 시론의 근거로 삼고 있다.16) 제2 상상력(Secondary Imagination)은 세속적인 가치 기준―미(美) / 추(醜) 따위―들을 함께 포괄한다는 점에서, 플라톤적인 의미에서의 신성한 것만을 지향하는 제1 상상력(Primary Imagination)과는 구분된다. 따라서 신이 아닌 인간의 입장에서 볼 때, 이는 분명 보다 능동적인 개념에 속하는 것이다. 이 점에 착안하여 사회 의식, 또는 역사 의식을 가지고 시를 쓴다는 것은 결국 제2 상상력에 의지하는 것이 된다고 설명한다.

그런데 여기서의 신성한 것과 세속적인 것 사이의 경계는 시대에 따라, 그리고 집단에 따라 다를 수밖에 없다. 그리고 시대나 집단이란 결국 사회 의식 내지 역사 의식을 앞세울 때 가능한 개념인 만큼 "역사 의식을 가지고 시를 쓴다는 것은 신성한 것과 세속적인 것 사이에 놓여 있는 경계선의 변화를 주로 테마로 삼는다는 뜻이 된다."17)(오든)는 논리의 도출이 가능케 된다. 송욱은 이와 같은 오든의 논리를 그대로 받아들여, 자신의 시론의 근거로 삼는다. 즉, 오늘날과 같은 경우, 예전과 같은 신성한 것과 세속적인 것 사이의 엄격한 구분이 무너져 버렸다면, 시인은 그와 같은 현실을 있는 그대로 인정하면서 시도 거기에 알맞게끔 대처토록 해야 한다는 것이다. 다시 말해

---

16) 오든에 의해 주장된 양자의 기능상의 차이점들을 요약해 보면 다음과 같다.

	제1 상상력	제2 상상력
관심 대상	신성한 것	아름다운 것, 보기 흉한 것
대상에 대한 태도	수동적	능동적
가치 기준	절대적	상대적(사회적)
결 론	형식에 관한 능력	존재에 대한 기능

이러한 기준에 따라 양자를 비교해볼 때 드러나는 특성으로 송욱은 동양의 정신 전통이 제1 상상력에 유달리 편중되어 있음을 지적한다.

17) 「상상력의 이론과 실지 비평」, 『시학』, p. 71.

그는 이 경우 신성한 것만을 지향하는 제1 상상력 대신, 종래의 신성한 것과 세속적인 것을 함께 포괄할 수 있는 제2 상상력에 보다 역점을 두고 시 창작에 임할 필요가 있다고 보았다.

2) 보편성과 특수성

> 인류가 지금까지 겪어 온 모든 사상과 체험은 나의 환경이며 배경
> 이 되도록 해야겠다는 과대망상을 가끔 가진다. 이에 대한 교정책은
> 분석과 종합과 통일의 작용을 할 수 있는 건축적인 기술밖에는 없는
> 것 같기도 하다.[18]

전통과 역사에 대한 의식을 지녀야 한다는 말은 한 사회의 구성원으로서 그 사회 내부의 보편성과 특수성이 가지는 미묘한 상관 관계에 대해 날카로운 균형 감각을 유지하여야 한다는 말과 밀접한 연관성을 지닌다. 위에서 송욱이 제시하고 있는 바도 결국 이러한 틀 속에서 이해될 수 있으리라 생각된다. 문학인의 한 사람으로서 그가 인류 문화 전통의 동시적인 질서를 염두에 둔다고 할 때, 이 말은 지금까지 인류가 이루어낸 모든 문화 유산에 대한 무조건적인 관심과 수용을 의미하는 것은 아니다. 여기에는 반드시 선별적인 비평관이 요구된다. 그러한 비평관이 올바로 정립되기 위해서는 각 개인이 스스로가 속한 시대와 사회 전체의 보편성과 특수성에 대해 정확한 인식과 이해를 아울러 갖추어야 함은 물론이다.

송욱은 당시의 현실에 대해, 여러 가지 〈해묵은〉 우리 전통과 〈아주 새로운〉 외래 사조가 야릇하게 혼합되어 있다고 결론을 내린다.

---

18) 「서언」, 『하여』, p. 1.

그는 이 같은 현실이 우리의 현대시, 혹은 시론에 있어서도 그대로 적용될 수 있는 것으로, 이 때 우리에게 필요한 자세는 외래 사조를 무조건 배척할 것이 아니라 주체적인 입장에서 과감하게 소화하여, 보다 나은 우리 문학 건설에 이바지할 수 있도록 만들어야 한다고 주장한다. 이런 관점에 의거하여 그는 공자와 아리스토텔레스의 시관을 비교하는 것보다는 공자와 발레리 P. Valéry의 시관을 비교, 연구하는 것이 훨씬 우리 시문학의 발전에 도움을 줄 수 있는 일이라 여겼다.[19]

요컨대 한국에서의 문화적 주체성의 확보란, 이 경우 외국어나 외래 사상을 무조건 배척하는 국수주의적 경향과, 그것을 덮어 놓고 신성시하는 경향을 동시에 경계할 때 가능한 것일 수 있다. 이 말은 즉, 한국 문화라는 넓은 테두리 안에서 우리 고유의 것과 외래적인 것은 서로를 적대시하지 않는 한편, 각각의 장점만을 취하여 보다 상승된 문화 가치를 창조해나가는 방향으로 융화되어야 함을 의미한다. 이와 같은 작업을 구체화해 나가기 위해, 송욱은 우선 분석과 대립이라는 측면에 관심을 기울인다. 이는 그가 분석이나 대립 자체를 강조하였다는 뜻이 아니라, 종합하기 전에 분석이, 조화를 이루기 전에 대립이 있을 수밖에 없다[20]는 믿음을 간직했다는 의미이다. 그러한 방식을 통해 드러난 결과를 토대로 그는 한국 문학이 처한 특수한 환경 속에서 보편적인 문화 가치를 창조할 수 있다고 여겼던 것이다.

그의 대표적인 성과물들이라 할 수 있는 「동서 사물관의 비교」나 「동서 생명관의 비교」, 「영미의 비평과 불란서의 비평」의 차이점에 대한 이해, 「동서 문학 배경의 비교」 등과 같은 글들은 위와 같은 구도 위에 전개된 것임을 알 수 있다. 송욱에게 있어 문화란 곧 사

---

19) 「서문」, 『시학』, p. 6.
20) 「시학 평전의 원 서문」, 『문물』, p. 54.

상이다.21) 따라서 새로운 문화 가치를 창조한다는 것은 새로운 사상을 창조한다는 말과 동일하다. 사상적 공백기를 헤쳐 나가기 위한 그의 노력은 이상에서와 같은 내재화된 규범의 틀 위에서 전개되었던 것이다.

3. 형태적 실험과 모색

송욱의 시론을 처음 대하는 이들은 흔히 그가 전개했던 논의들 간의 비체계적인 성격에 대해 의문을 가지기 쉽다. 그의 논의들은 대부분 어떤 일정한, 완성된 구도 아래 체계적으로 서술된 것이라기보다는, 필자 자신의 그때그때의 관심 사항에 대한 여러 이론과 견해들을 나름대로 수집, 요약, 정리해놓은 일종의 개인 연구 노트 같은 인상을 주기 때문이다. 이러한 집필 태도는 사실 독자들에게, 그의 글이 독자를 대상으로 한 것이라기보다는 필자 자신의 개인적인 필요에 의해 작성된 것이 아닌가 하는 추측을 불러일으키기에 충분한 것일 수 있다.22)

그러나 여기에 우리가 주의해야 할 점은 처음부터 송욱은 완성된 시론의 작성을 의식하지도, 희망하지도 않았다는 사실이다. 왜냐 하면 그의 글들은 앞서 논의되었던 사상적 공백기를 벗어나기 위한, 그리하여 올바른 근대 문학의 토대를 성립시키기 위한 다양한 모색의 결과물일 것이기 때문이다. 그는, 어떤 시대든 그 시대가 해결할 수 있

---

21) 송욱의 경우 「사상으로서의 문화」를 표 나게 강조하고 있는 것을 볼 수 있다. 「동서 사물관의 비교」, 『문물』, p. 186.
22) 이와 같은 입장에서 송욱의 글을 비판한 예로는 김종길, 「아카데미시즘과 나르씨시즘」, 『시에 대하여』(민음사, 1986) ; 이상섭, 「부끄러운 한국 문학과 경이로운 동양사상」, 『문학과지성』 제9권 4호 (1978) 등을 들 수 있다.

는 문제만을 문제로 삼고 해결해나가는 법[23]이라는 믿음 아래, 스스로가 행하는 작업이 역사적이며, 동시에 실천적인 의미를 지닐 수 있게 되기를 바랐을 뿐이다. 이와 같은 태도는 이후 그의 창작 과정에 있어서도 그대로 연결된다. 그의 시에서 우리는 다양한 형태의 언어적 실험의 요소들을 발견할 수 있는데, 이러한 실험이 나름대로의 꾸준한 모색에 의해 행하여진 것임은 물론이다.

양식적인 면에서 볼 때, 초기에 그가 깊이 관심을 가졌던 것 가운데 하나로 〈풍자〉의 수법을 지적할 수 있다. 오든은 사회 의식, 또는 역사 의식을 가지고 시를 쓴다는 것은 결국 제2 상상력에 의지하는 것이며, 그 가장 효과적인 방법은 풍자라고 주장한다. 뒤집어 말하면 시인은 풍자적인 수법을 사용할 때 가장 명확하게 그가 속한 역사 의식이나 사회 의식을 작품 속에 표출할 수 있다는 것이다.

중요한 것은 이 때 풍자란 일반적으로 받아들여지고 있는 것과 같이 현실의 일방적인 비판에만 그치는 개념이 아니라는 사실이다. 그것은 현실에 대한 공격적이고 파괴적인 속성과 더불어, 세계를 재구성하고 사물에 대한 인식을 새롭게 하는 창조적 역할까지를 염두에 둔 방식이다. 송욱 식으로 표현한다면 이는 〈파괴〉 이전에 〈창조〉를, 〈분석〉 이전에 〈종합〉을 꿈꾸는 작업이다. 그런 만큼 그 내면 깊숙한 곳에는 새로운 시대의 전망을 향한 작가의 뜨거운 열정이 숨 쉬고 있다고 볼 수 있다.

> 그러므로 우리는 풍자시가 훌륭한 경우에는 증오와 부정만을 노리는 것이 아니라, 오히려 주제에 대한 뜨거운 사랑이나 혹은 간곡한 관심이 그 바탕을 이룬다는 사실을 잊지 말아야 한다. 평면적이며 일

---

23) 「시학 평전의 원 서문」, 『문물』, p. 56.

방적인 부정과 냉소 만으로 훌륭한 예술품을 마련하기란 어려운 노릇이다! 우리는 풍자시에서도 표현이라는 표면 밑에 은밀히 숨어 있는 「깊이」를 알아차려야 한다.24)

그러나, 이러한 그의 의도가 실제 시 작품에서 그에 상응하는 효과를 거두었는지에 대해서는 여전히 미지수이다. 송욱의 시 작품 가운데 풍자적 양상이 그 절정에 다다른 것은 그의 대표작으로 꼽히는 「하여지향」을 들 수 있다. 그는 이 작품에서 각종 기법들을 동원하여 다양한 형태의 언어적 실험을 벌이고 있는 것을 확인할 수 있는데,25) 그와 같은 실험이 과연 성공적이었는가에 대해서는 다소 부정적인 시각이 우세한 것 같다. 단, 평론가 유종호의 말마따나 이 작품은 기존의 시들과는 전혀 다른 모습을 지닌, 한국 현대시를 비평하고 있는 〈비평적 시〉26)인 까닭에, 당시 문단 내외에 적지 않은 충격을 던져 주었으며, 나아가 이제까지 시의 본질에 대한 개념에 일대 전환을 몰고 왔던 것이다.

「하여지향」 연작을 관통하고 있는 문체적 흐름에 대해 한계전 교수는, 그들의 대표적인 특징을 ① 의미 체계의 전도 ② 어법의 전도 ③ 말투의 호응 ④ 폭력적인 언어의 결합 등으로 요약한 바 있다.27) 이러한 기법들이 앞서 살펴본 〈창조〉라는 대 원칙과 적절한 조화를 이

---

24) 「본질적 순수와 경험적 비순수」, 『시학』, p. 355.
　　이러한 논리를 1930년대 최재서 등에 의해 제기되었던 풍자 문학 논의와 관련지어 고찰해보는 것도 흥미로운 일이 될 수 있을 것이다.
25) 이에 대한 보다 자세한 논의는 전영태, 「비판적 지성과 풍자의 시」, 『한국 대표시 평설』(문학세계사, 1983) ; 한계전, 「사변적 문체와 사상 탐구의 형식」, 『한국 현대시 연구』(민음사, 1989) ; 김유중, 「부활에의 꿈」, 『현대문학』(1991·7) ; 한원균, 「송욱 문학 연구」(경희대대학원 석사논문, 1992) 관련 부분 참조.
26) 유종호, 「비순수의 선언」, 『비순수의 선언』(신구문화사, 1963), p. 46.
27) 한계전, op. cit., p. 111.

루고 있는가에 대해서는 별도의 논의가 필요할 것 같으나, 지금까지의 연구 결과들로 미루어 보아 당초 기대했던 만큼의 성과를 이끌어내지는 못했던 것으로 판단된다. 비판적인 시각에서 본다면 독자들에게 단순히 재치 놀음 이상의 인상을 심어주는 데 실패함으로써, 예상되었던 혼란에 빠져들고 말았다고도 평가될 수 있을 것이다.

이와 같은 한계를 인식했음인지, 송욱은 인간의 언어가 지닌 근원적인 특성에로 자신의 관심을 심화시켜 나가는데, 이 과정에서 그에게 커다란 영감을 던져준 이는 불란서의 시인 겸 시학자인 퐁쥬 F. Ponge였다. 그를 통해서 송욱은 언어와 사물 사이에 존재하는 원초적인 관계에 대해 주목하게 된다. 퐁쥬는 인간 중심의 관념론에서 유래한 사물에 대한 기존의 고정 관념 일체를 부정한다. 그리고는 사물의 편에 서서 그것의 고유한 본성과 의미를 되찾아 보겠다는 목표 아래, 말에 대한 탐구를 시도한다. '사물 자체가 곧 시학'이라는 신념을 지녔던 그는, 사물을 인간의 주관적인 관념으로부터 분리시키는 한편, 사물 자체가 가지고 있는 고유의 표현 방식을 언어로 옮기는 것을 자신의 시학의 목표로 삼는다. 그에게 있어 시인의 시선은 그것이 곧 행위인 동시에 결과이며, 요컨대 하나의 변형인 것이다.

새로운 사상의 창조를 염두에 두었던 송욱이 이런 퐁쥬의 시학에 관심을 가지게 된 것은 자연스런 결과일 수 있다. 말이란 현실을 재현하기 위한 수단만은 아니다. 그것은 실로 현실을 자유자재로 변형시킬 수 있는 힘을 지닌 존재인 것이다. 송욱은 그의 시에서 제도화된 말들의 의미 연쇄를 제거해 버린다. 이는 달리 생각했을 때, 현실적인 의미의 경계선을 무너뜨리고 말이 가지는 고유의 힘을 극대화하는 작업인 것이다. 이 작업에는 아무런 선입관 없는 순수한 집중력과 관찰력이 요구된다. 새로운 길은 기존의 관념에 의해, 즉 인간이 쌓아올린 기존의 문명에 의해 왜곡되지 않은, 말과 사물 간의 원초적인 관계에 대한 인식에서부터 출발한다고 본 것이다.[28]

그러나 이러한 선택 또한 근본적인 해결책이 될 수 없음은 거기서 파생되는 여러 문제점들을 통해 곧 드러나고 만다. 원래가 인간의 언어란 사회적인 약속에 의해 성립된 것인 만큼, 선입관이 배제된 순수한 사물과 언어와의 관계란 과연 존재할 수 있는가 하는 의문이 제기될 수 있다. 만일 그것이 가능하다 하더라도, 그것은 또 다른 의미에서 전통 의식, 역사 의식으로부터의 도피일 것이다. 이러한 문제점들을 증명이라도 하듯, 이 시기 그가 남긴 시들을 살펴보면 〈나〉 이외의 인간이 철저히 제거되어 있는 것을 볼 수 있다. 그는 처음 그가 생각했던 의도와는 달리, 스스로 외부로부터의 고립을 자초하는 상황에 직면하게 된 것이다. 시라는 장르가 가진 본질적인 측면을 도외시한 관념의 놀이가 얼마나 어처구니없는 결과를 초래하고 말았는지를, 우리는 이러한 예를 통해 발견하게 된다.

4. 가능성과 한계 : 송욱 시론 비판

1960년대 이 땅의 지적 풍토와 그 수준을 고려할 때, 송욱에 의해 진행된 작업은 상당한 문학사적인 의의를 지닌 것으로 평가될 수 있을 것이다. 특히 『시학평전』과 『문학평전』 두 권의 저술은 그 산만한 구성 방식에도 불구하고, 이후 상당 기간 동안 우리의 문학 연구자들에게는 없어서는 안 될 기본서의 위치를 점하였다. 외국 문예 이론의

---

28) 이런 경향을 담은 대표적인 작품들로는 「말」, 「아아 처음으로 마지막으로」, 「사물과 사랑」, 「사물의 언해」 등을 들 수 있을 것이다.

단순한 수입이나 소개의 차원을 한 단계 뛰어넘은, 부분적으로는 저자의 독자성이 강조되고 있다고 볼 수 있는 이러한 업적들은 그 이전에 진행된 바 있는 몇몇 중요한 연구 자료들, 예컨대 일제 강점기 카프 계열의 비평가 임화에 의해 이루어진 일련의 신문학사 방법론 연구나, 해방 이후 간행된 김기림의 『시의 이해』(1950), 최재서의 『문학원론』(1957) 등과 더불어, 한국 비평사에서 소중히 다루어져야 할 귀중한 자산인 것처럼 생각된다.

그러나 한편으로는 이와 같은 의의 못지않게, 그의 작업은 상대적으로 많은 문제점을 지니고 있는 것 또한 사실이다. 이미 여러 논자들에 의해 제기된 바 있는 부분적인 오역이나 개념의 그릇된 이해 등은 차치하고라도, 한국의 현대시나 문화를 바라보는 그의 기본 시각에는 상당한 위험 요소가 도사리고 있음을 지적하지 않을 수 없다. 즉, 그는 한국 사람으로서 외국의 문화나 문학을 언급할 경우에는 주체적인 시각이 필요하다는 것을 누차 강조하고 있으나, 어느 틈엔가 그 자신이 서구적인 모형의 발전 사관에 감염되었음을 깨닫지는 못했던 것이다. 이 점에 대한 인식의 결여는 그의 논의 속에서 때론 다음과 같이 심각한 논리적 파행을 빚기도 하였다.

> 선진이란 공업이 앞서고 있다는 뜻이다. 그런데 공업이 선진하고 있는 나라는 대개 문학이나 예술도 어느 정도는 발달하게 마련이다. 그러므로 한국 문학의 발전을 이룩하려면 한국의 산업의 발달이 그 바탕의 「하나」임은 두말할 것도 없다. 근대가 공업 만능의 시대라고 되풀이함은 이미 지루해졌다. 지게와 자동차와 텔레비젼과 한국 사람들이 대부분 살고 있는 초가집─우리 초가집을 아프리카 토인들의 오두막과 비교해보면 반만년의 찬란한 문화 민족의 역사가 지닌 뜻이 좀 달라지리라…….29)

한국의 문화 · 사상 · 예술 · 문학이 발전하려면 그것은 무엇보다도 일본 문화의 영향을 벗어나야 한다고 여러분에게 뚜렷이 강조하고 싶습니다. 일본 문화의 영향은 우리 문화의 발전을 저해하는 요인이 됩니다. …… (중략) …… 그렇다면 일본 문화의 영향을 벗어나는 것은 일본인보다 서양 문화를 더 잘 받아들이는 데 있다고 생각됩니다. 그런 의미에서 서양 철학 · 서양 문학은 한국에서 대단히 중요한 것입니다.30)

이들 논의를 살펴볼 때 우리는 위와 같은 판단을 내리게 된 근거가 무엇인지 새삼 의심스러워진다. 그가 당시 한국의 현실에 대해 유사 근대라고 결론지은 것이나, 여기서의 유사 근대란 결국 전체라는 전망의 부재와 관계된다는 식의 설명 역시 동일한 기준 위에서 성립된 것으로 풀이된다. 그가 말하는 전체란 명백히 서구적인 개념인 까닭이다. 그러므로, 우리는 이러한 주장들의 배후에는 예외 없이 〈근대성=서구화=보편성〉이라는 도식적인 이해가 자리 잡고 있음을 알 수 있다.

이렇게 본다면 새로운 사상의 창조라는 그의 시론의 근본 목표 또한 매우 위태로운 지경에 처하게 된다. 시를 문화 현상의 일종으로, 그리고 이것을 다시 그 사회가 담고 있는 사상의 차원으로 상승시켜 보려 한 그의 안목은 물론 탁월한 것일 수 있겠으나, 바로 그러한 안목 자체가 서구적인 보편성, 즉 서구적인 근대성의 개념을 바탕으로 형성된 것임을 그는 미처 생각지 못하였다. 송욱이 한국 근대 문학에 있어 전통의 단절을 표 나게 강조하고, 이의 극복을 위해 새로운 전

---

29) 「작가 의식과 역사 의식」, 『문물』, p. 62.
30) 「외래 문학 수용상의 문제점」, 『문물』, p. 71.

통을 만들어나갈 것을 주장한 이면에는 이처럼 알게 모르게 서구적인 가치관이 그 기준치로 작용하였던 것이다. 특히 같은 시기에 활동한 역량 있는 시인인 김춘수, 김수영 등에 대한 언급이 그의 저술 속에서 단 한 차례도 없었다는 점을 감안한다면 실제 한국 문학에 대한 그의 현장 감각이 어느 정도였는지를 짐작하기는 과히 어렵지 않다. 이런 경우 그가 애써 강조해온 역사 의식과 전통 의식조차가 뿌리째 흔들리는 비난을 면할 길이 없게 된다.[31]

그러므로 여기서 우리가 깨닫게 되는 것은, 이와 유사한 작업을 진행함에 있어 먼저 전제가 되어야 할 사항은 우리 나름의 관점에서 바라본 〈근대〉, 그리고 〈근대성〉에 대한 명확한 개념적, 실체적 접근이 필수적이라는 사실이다. 다행히도 최근 관련 학계를 중심으로 이 문제에 대한 논의들이 비로소 체계화, 정교화되고 있는 추세이다. 중요한 것은 이 문제가 논의 자체의 중요성과 더불어, 앞으로 우리 문학이 나아가야 할 바람직한 방향성을 가늠해보기 위해서도 반드시 짚고 넘어가야 할 과제라는 점이다.

---

31) 송욱 자신도 자신의 의도와 현실 사이에 가로 놓인 그와 같은 괴리감을 어느 정도 깨달았던 것 같다. 만년에 그가 남긴 작품들을 살펴보면 새로이 동양의 전통 사상, 그 가운데서도 특히 무(無)와 도(道)에 대한 관심이 부쩍 증가하고 있음을 알게 된다. 그리고서 그는 나중에 유고집 한 귀퉁이에 실린 다음과 같은 글을 통해서 그때까지 자신이 이루어놓은 작업들에 대한 회의의 감정을 막연하게나마 전하고 있다. "시는 지성이 참가하는, 그것도 고차원의 지성이 참가하는 불합리한 생명의 축전이다."
「일기 및 시작 노트」, 1974. 12. 14, 『시신의 주소』 (일조각, 1981) 중에서.

정태용(鄭泰榕)의 비평

1. 머리말

정태용(1919~1972)은 경남 진주에서 태어나, 1937년 시 「분노(憤怒)」를 조선일보에 발표한 이래 문단과 인연을 맺기 시작하였다. 그후 조연현과의 친분 관계를 유지하면서[1] 함께 동인지 『아(芽)』(1937)를 발간하였는가 하면, 이듬해에는 조연현, 유동준 등과 어울려 시 전문 동인지 『시림(詩林)』을 창간하기도 하였다. 혜화전문학교를 졸업

---

[1] 그의 비평 활동을 이해하기 위해서는 무엇보다도 절친한 문단 동료인 조연현과의 관계를 거론치 않을 수 없다. 해방 이전부터 줄곧 유지되었던 두 사람의 관계는 혜화전문학교에서의 동문 수학기를 거쳐, 조연현이 『현대문학』 주간으로 활동하는 동안에 적지 않은 지면을 정태용에게 할애하는 호의를 베풂으로써 꾸준히 이어진다. 한정된 발표 매체로 인해 대다수의 필진들이 지면 확보에 어려움을 겪었던 당시의 문단 사정을 감안한다면, 이와 같은 조연현의 호의는 실로 파격적이라 할 만하다. 더욱이 이 시기 『현대문학』지를 통해 등단한 상당수의 시인, 소설가들이 정태용의 심사와 추천으로 등단하였다는 사실, 그리고 이후 그가, 조연현이 교수로 재직하고 있던 동국대학교에 자리를 잡고 근무하게 된 점, 나아가 그의 사후 조연현이 유고 평론집 출간을 위해 사실상 실무 작업을 도맡다시피 한 점 등으로 미루어볼 때, 이들 두 사람의 관계는 통상적인 문단 교유의 차원을 넘어선 것으로 생각하지 않을 수 없다.

(1943년)한 후, 김용호 등과 함께『예술부락』동인으로 활동(1945년)한
바 있으며, 해방 이후인 1949년경 무렵부터는 본격적인 비평 활동을
전개하여 1950, 60년대 대표적인 전문직 비평가의 한 사람으로 인정받
았다. 생전에 한 권의 저서도 남기지 못하였으나, 그의 사후인 1976년,
몇몇 동료와 후배들의 노력에 의해 유고 평론집『한국 현대 시인 연
구·기타』가 상재되었다.

　그가 비평가의 한 사람으로서 활동하던 시기는 해방과 6·25를 전
후로 한 어수선한 사회적 분위기 속에서 문단인들 스스로도 아직 뚜
렷한 방향성을 설정하지 못하고 그때그때의 관심사에 따라 움직이던
때였다고 할 수 있다. 따라서 문단 내부적으로도 여러 가지 가능성을
탐구해보는 것에 중점을 두었던 시기였다. 전통 논의, 민족 문학 논의,
순수·참여 논쟁, 실존주의 문학론 등이 시대의 기류를 타고 논의선
상에 떠오를 수 있었던 것도 이와 같은 사정과 밀접한 상관성을 지닌
다. 정태용 또한 이들 논의에 직, 간접으로 관여하였으며, 그런 과정
에서 우리 문학의 바람직한 진로 설정을 위해 노력한 것으로 생각된
다. 그의 노력이 가시적인 성과를 얻었는가 하는 점과는 별개로, 이
점은 이후 전개될 논의 과정에서 중요하게 인식되어야 하리라고 본다.

　정태용 비평의 특징은 논리적인 문장과 꼼꼼한 작품 이해 속에서
자신의 주장을 차분하고 설득력 있게 전개해나간다는 점이다. 그의
평문은 센세이셔널한 문제 의식을 던진다거나, 서구 이론에 입각한
화려한 수사를 남발하는 따위와는 거리가 멀다. 당연히도 논쟁적인
입장에 설 까닭이 없었고[2] 그런 까닭에 동시대에 같이 활동했던 조

---

2) 예외적으로 백철, 유종호 등과 어울려 한국 문학의 전통 문제를 다룬 것이 있으나,
　이 경우 역시 논쟁의 차원이라기보다는 당시 문단의 관심사를 반영한 집단 논의의
　성격을 벗어나지 않은 것이다. 그의 전통 논의에 대해서는 3장에서 다시 상론하기
　로 한다.

연현이나, 이후 비평계에 뛰어든 김우종, 이어령, 유종호 등 신세대 평론가들에 비교해볼 때, 한결 날카로운 인상을 덜 주는 것이 사실이다. 이와 같이 지나치리만치 신중한 듯한 집필 태도가 단점이라면 단점일 수 있겠으나, 성실하고 치밀한 해설과 비평 정신은 일견 그의 글을 돋보이게 만드는 요인으로 지적될 수 있을 것이다.

본고는 정태용의 비평 활동을 ① 그의 비평관과 ② 실제 비평 활동, ③ 그리고 현대시사 기술을 위한 예비 단계로서, 신문학 초창기부터의 주요 시인들에 대한 비평적 체계화 작업의 성격을 지닌 「현대시인 연구」에 대한 이해로 나누어 고찰해보고자 한다. 지금까지 정태용의 비평 활동에 대한 본격적인 언급은 거의 이루어지지 않았다고 해도 좋을 것이다.3) 그런 만큼 이 글은 부득불 시론적인 성격을 지닌다.4)

2. 비평의 기본 관점과 태도

문학 비평에 대한 정태용의 기본 관점과 태도를 살펴보기 위해서는 필히 그가 남긴 두 편의 글 「비평의 기능」과 「비평의 본질과 그 기능」5)을 검토해야 할 것이다. 이 가운데 그의 비평관이 비교적 체계적으로 정리되어 나타난 것은 후자 쪽이라 할 수 있다.

---

3) 단편적인 언급을 제외한다면 필자가 조사한 바로는 김승룡, 「정태용의 비평 문학」 (동국대대학원 석사논문, 1984)이 유일한 것이다.
4) 논의의 목적상 이 글의 연구 범위는 정태용의 1950년대 비평 활동에 한정하는 것이 원칙일 터이나, 단 포괄적인 이해를 위해 필요하다고 인정되는 경우에 한해서, 발표년도에 관계없이 수용하였음을 밝힌다.
5) 정태용, 「비평의 기능」, 『현대문학』(1968·2).
정태용, 「비평의 본질과 그 기능 (상 / 하)」, 『현대문학』(1969·3), pp. 5~6.
이하 정태용의 글을 인용할 시에는 집필자명을 생략하기로 함.

먼저, 비평의 본질 문제와 관련하여 정태용은 작가와 비평가 간의 유사점과 차이점을 비교, 분석하여 논함으로써 이에 접근하려 한다. 그는 엘리어트 T. S. Eliot의 논지를 빌어 작가와 비평가가 행하는 작업은 본질적으로는 동일하다고 설명한다. 그것은 역량 있는 작가의 경우 실제 작업에 임할 때, 성격상 그 작업이 창조적인 동시에 비평적인 것이 되지 않을 수 없다고 생각되기 때문이다. 다시 말해 작가의 창조 작업에는 그 속에 이미 비평가적인 안목이 상당부분 작용한다. 그러나 다음과 같은 두 가지 점에서 그는 이들 양자의 작업이 차별화된 국면을 유지하게 된다고 말한다.

첫째, 〈소재〉의 문제, 즉 작가의 소재는 현실이며, 비평가의 소재는 작품이라는 점. 이 점은 나아가서 그 소재를 다루는 방법론에까지 연결되는데, 현실 속의 사실과 작품의 사실 사이의 차이점은 현실 속의 사실의 경우 우연과 필연이 서로 교차·혼융·착종되어 있어 그들 각자가 동등한 가치를 지니는 것임에 반해, 작품 속에서 재구성된 사실의 경우(정태용은 소설의 경우를 예로 들어 설명하고 있다.)는 우연을 가장한 필연만이 가치를 지닌다. 그것은 이때의 필연이란 작가에게 있어 발견이 아니라 창조의 결과이기 때문이다. 이런 사실을 제대로 지적하고 작가를 계도하는 데에 비평가의 임무가 주어진다.

둘째, 위의 문제와 관련하여, 작가는 형상으로써 가치를 창조하는 데 비해, 비평가는 논리로써 그의 작업을 수행한다. 좀더 부연한다면, 비평가는 작가가 만든 형상이 논리성, 필연성에 부합되는지를 점검하여야 한다. 여기서 문제 삼고 있는 논리란 작품에 발현된 미의식 외에 작가가 작품을 통해 전달하고자 하는 윤리 의식, 세계관 일체와 관련된 광범위한 개념이다. 비평가는 작품에 내재하는 이와 같은 측면들을 발견하여 이를 논리화함으로써 자신의 작업에서 가치를 창조한다.

다음으로 비평의 기능에 대해 정태용은 〈감상〉, 〈입법〉, 〈지도〉의 세 가지 측면이 있음을 지적한다.6) 여기서 그는 특히 비평이 가지는 〈지도〉적 기능을 중시하는 바, 이 문제를 설명하는 대목에서 그가 강조하는 대부분의 비평 논리가 여과 없이 드러나 있다고 보아도 틀림 없을 것이다. 비평의 지도적 기능이란 물론 비평가가 작가들의 문학적 방향과 방법론을 지도한다는 구상과 연결된다. 그는 이를 다시 ① 시대 방향의 설정, ② 진리의 인식, ③ 윤리의 확립이라는 세 가지 세부 항목으로 나누어 설명한다. 이러한 설명 방식을 통해 그는 비평의 지도적 기능이 시대적인 조건과 직, 간접으로 관련을 맺고 있음을 강조하고 있는 셈이다. 덧붙여 이 경우에 있어서도 시대 조건에 대한 수동적인 대응보다는 주체적인, 적극적이고 능동적인 입장에서의 논리화가 필요하다고 역설한다. 말하자면 외국 문학의 도입 문제나 전통의 계승 문제 등과 같이 당시 우리 문학계에서 논란을 불러 일으켰던 문제들에 대해, 그는 이 문제를 주체적인 시각에서 처리, 이해하여야 함을 강하게 주장한다. 이 문제와 관련된 보다 진전된 논의는 다음 장에서 다루어질 것이므로 더 이상의 상론을 피하거니와, 요컨대 정태용에 있어 주체성에 대한 강조는 그의 비평 활동 전 기간을 통해 일관되게 유지되고 있음을 주목할 필요가 있다.

---

6) 『세계 문예 강좌』(어문각, 1962)의 제1권 『문학개론』에 실린 「문예평론」이라는 항목에서 정태용은 비평의 기능을 〈해석〉, 〈감상〉, 〈판단〉이라는 세 가지 항목으로 정리한다. 그러나 그 후 「비평의 기능」(『현대문학』, 1968·2) 집필을 통해 그는 종래의 생각을 수정, 〈감상〉, 〈입법〉, 〈지도〉의 세 가지로 대체하게 되는데, 그 까닭은 비평의 기능을 위와 같이 해석, 감상, 판단으로 규정할 경우, 단순히 작품 비평에 머무는 단점이 있다고 판단한 때문이다.

3. 실제 비평 활동

1949년 『신천지』지에 「현금 창작단의 동향」을 발표하면서 시작된 그의 비평 활동은 6·25 동란의 와중에 잠시 동안 중단의 위기를 맞기도 하였으나,[7] 1955년 『예술집단』에 「김유정론」을 발표하면서 재개된다. 그의 비평은 대상의 성격과 주제에 따라 ① 현실 문제와 관련하여 자신의 비평적 입장과 주장을 밝힌 글, ② 당시 문단의 주류를 이루었던 실존주의 문학 이론을 소개, 비판한 글, ③ 시리즈 형태로 기획, 발표된 「현대 시인 연구」를 비롯한 각종 작가론 등으로 크게 구분해볼 수 있을 것이다.

1) 민족주체성의 강조와 사회성에의 관심

정태용은 그의 평문 곳곳에서 한국 문학이 제대로 뿌리를 내리고 발전하기 위해서는 주체성의 확보 문제가 절실함을 주장한다. 이러한 그의 주장은 전통과 주체적 정신에 대한 강조를 거쳐, 신세대 문학인들의 무분별한 서구 이론의 수입, 소개 활동에 대한 비판으로 연결된다. 이러한 문제들에 대한 그의 주장이 비교적 잘 드러나 있는 글로는 「한국적인 것과 문학」, 「전통과 주체적 정신」, 「주체성과 비평 정신」[8] 등을 들 수 있을 것이다. 그는 엘리어트의 유명한 에세이 「전통

---

7) 1949년 한 해 동안 그는 각종 신문과 잡지의 지면을 통해 적지 않은 수의 평문을 발표한다. 그러나 때마침 밀어닥친 전란의 여파로 그는 부득이 비평 활동을 중단하지 않을 수 없었다. 연보를 살펴보면 이 기간 동안 그는 피난지인 부산에서 신문 기자와 교사 생활을 하였던 것으로 기록되어 있다.
　기타 자세한 사항은 『한국 현대 시인 연구·기타』 뒷부분에 수록된 「정태용 연보」를 참조할 것.
8) 「한국적인 것과 문학」, 『현대문학』(1963·2).

과 개인의 재능」의 논지에 기대어 〈역사 의식〉, 〈세대 의식〉이 없는 전통의 계승은 무의미함을 역설한다. 그런 시각에서 백철과 조지훈, 문덕수 등의 전통 논의를 비판한 다음, 전통이란 결코 회귀나 답습의 차원이 아닌, 능동적인 창조의 과정을 거쳐 선택적으로 계승되는 것임을 천명한다.

> 전통이란 물론 현대의 것이 아니고 과거의 것이다. 그러나 과거의 것이 다 전통이 되는 것은 아니다. 자랑스러운 과거의 것만이 전통이다. 그것은 과거에 자랑스러운 것이기보다는 현재에 자랑스러운 과거의 것이라야 한다. 즉 전통이란 과거의 것에 대한 고고학적인 가치가 아니라 고현학적인 가치를 말한다.[9]

도식화된 느낌이 없지는 않지만, 당시 이루어졌던 전통 논의의 수준을 생각해볼 때 위의 내용은 비교적 명료하게 자신의 입장을 밝힌 부분이라고 생각된다. 특히 전통을 논의함에 있어 단순히 역사 의식의 차원을 넘어 세대 의식이 필수적임을 강조한 대목은 동시대 비평가들의 안목과 견주어 보았을 때 눈여겨볼 대목이라고 할만하다.[10] 전통에 대한 이와 같은 이해를 바탕으로 그는 한국 문학의 발전을 위해 시급히 요청되는 사안으로 ① 문체의 개혁, ② 소재의 개척, ③ 주체성의 확립이라는 세 가지를 들고 있다.

한편 그는 문학 작품이 지닌 심미적인 가치를 높이 평가하면서도[11]

「전통과 주체적 정신」, 『현대문학』 (1963 · 8).
「주체성과 비평 정신」, 『현대문학』 (1964 · 7).
9) 「한국적인 것과 문학」, 『현대문학』 (1963 · 2).
10) 이 시기 이루어졌던 전통 논의에 대한 개괄적인 이해는 김창원, 「전통 논의의 전개와 의의」, 『한국 현대 시사의 쟁점』 (시와시학사, 1991) 참조.
11) 「문학의 순수성 문제」, 『현대문학』 (1957 · 10).
후에 이 글은 유고 평론집에 「순수 문학론」이라는 제목으로 재수록 된다.

문학이 갖는 사회적인 성격을 결코 등한시하지 않는다. 물론 그는 「사이비 지성의 결산」이라는 글을 통해 상당히 심각한 어투로 이어령의 비평 활동을 질책한 바도 있지만, 이와 같은 태도는 구세대의 입장에서 신세대를 비판한 것이라기보다는 이어령 개인의 집필 태도에 대한 비판으로 이해하는 것이 보다 타당할 것이다. 오히려 그는 참여론자들의 주장을 긍정적으로 수용하는 한편, 순수·참여 양자의 논리를 발전적으로 지양, 극복하는 길을 모색하였음이 확인된다.

> 연전에 우리나라에는 문학의 참여론을 주장하여 순수론과 맞선 일이 있었다. 문학의 체계에 있어서는 이 경우에도 어느 일방을 제거하는 이론을 세우는 것은 잘못이다. 오히려 양쪽을 다 포용하는 이론을 세우고 두 주장의 존재 이유와 그 유용성의 한계를 밝히는 것이 옳다. 그러므로 어느 주장이 옳으냐 그르냐의 문제는 문학 원론적인 것이 아니라, 현재 우리 시점에서 타당성이 있느냐 없느냐로 따져야 할 것이다.12)

위의 내용을 참고할 때 그의 비평적 입장이 얼마나 신중하며, 또한 그 스스로가 얼마나 중도적인 입장을 유지하기 위해 애썼는지를 알 수 있다. 시를 통해 문단에 첫 발을 내디뎠고, 그런 만큼 순수 문학 진영과의 긴밀한 유대 관계 속에서 활동하였음에도 그가 문학 속에 내재하는 사회성, 현실 상황과의 관련성에 대한 관심을 잃지 않았다는 사실은 당시의 경직된 사회적인 여건을 고려할 때 흔치 않은 사례에 속한다 할 수 있을 것이다.

---

12) 「비평의 본질과 그 기능 (상 / 하)」, 『현대문학』 (1969 · 5 / 6).

2) 실존주의 문학비판

정태용 비평의 한 지주를 형성하는 것은 실존주의 이론이다. 전후 문학의 주조가 실존주의였던 점을 감안한다면 이는 자연스러운 현상이라고 볼 수도 있을 것이다.[13] 그러나 이 과정에서 그는 자기 나름의 기준에 따라 실존주의 이론의 수입과 소개에 있어서도 객관적이고 비판적인 거리를 확보하는 데 보다 주의를 기울였음이 드러난다. 「실존주의와 불안」, 「현대와 휴우머니즘」, 「문학자의 윤리적 책무」[14] 등의 글들을 통해 그는 실존주의를 현대 문학의 주류로 인정하면서도, 한편으로는 그것이 바탕으로 하고 있는 〈개인주의적 형이상학〉이 현실적인, 객관적인 조건과 유리된 것임을 지적하며, 비판적인 입장에 선다. 이러한 전후 사정은 다음과 같은 부분에서 실존주의에 대한 상당한 비판의 형태로 제시되어 나타나기도 한다.

> 이 세계가 부조리한 것이라고 생각한다면 실존주의도 부조리한 것이요, 따라서 실존주의는 부조리 속에서 부조리를 부조리하게 확대, 재생산하는 부조리의 사상에 불과한 것인데, 거기에 무슨 조리에 닿는 것이 생산될 것인가.[15]

---

13) 일제 시대 말기 일본 문단을 통해 단편적으로 흘러들어오던 서구 실존주의 사상에 대한 관심은 해방기를 거쳐 6·25라는 초유의 민족적 비극을 경험하는 동안 시대적 요청에 의해 자연스럽게 문단의 중심을 차지하게 되었다. 1948년 『신천지』지가 실존주의 특집을 통해 사르트르의 사상을 수입, 소개하면서부터 불붙기 시작한 이러한 관심은 그 후의 문학사에서 전후 문단을 일컬어 〈실존주의 시대〉라는 명칭을 부여할 정도로 널리 확산되었던 것이다.

14) 「실존주의와 불안」, 『현대문학』(1958·9).
　「현대와 휴우머니즘」, 『현대문학』(1961·5~8).
　「문학자의 윤리적 책무」, 『현대문학』(1963·3).

15) 「문학자의 윤리적 책무」, 『현대문학』(1963·3).

그의 이러한 비판 태도는 한국 문학의 앞날을 위해 실존주의가 결코 현실적인 면에서 바람직한 방향 모색에 큰 도움을 줄 수는 없으리라는 인식을 기반으로 한 것이다. 그러나 그는 그런 자신의 심정적인 거부감을 평문 속에서 직접적으로 노출하는 것을 피하는 대신, 실존주의 자체의 문제점을 내부 논리로부터 찾아내고 부각시켜 이를 극복의 대상으로 이해하고자한 것으로 보인다.

사실 그의 실존주의에 대한 이해는 주로 니체, 하이데거 류의 무신론적 실존주의에 경사되어 있는 듯이 보인다.[16) 실존주의에서 보이는 〈부조리〉와 〈불안〉, 〈대결〉, 〈저항〉 등에 대한 강조는 신과 과학에 대한 불신과 밀접한 관련을 지닌다는 논리가 그것을 증명한다. 그리고 그러한 관점의 연장선상에서 그는 실존주의가 현대 사회에서의 종교의 역할을 처음부터 부정하고 있다고 결론을 내린다.[17)

그는 사르트르에 대해서도 '지식인의 욕구 불만의 감정을 세계 원리에까지 덮어씌운 유아 독존적 나르시즘'이라 비판한다. 이와 같은 인식은 전후 문학계에 있어 실존주의가 철학적 바탕에 대한 체계적인 이해 없이 감수성의 일종으로, 문학적 방법론의 일종으로, 허무주의와 동격으로 잘못 받아들여진 탓이긴 하지만, 실존주의 전반에 대한 폭넓은 이해의 결여로 인해 논의 과정에서 성급함을 노출한 한 사례로 지적될 수 있을 것이다.

「현대와 휴우머니즘」에서 그는 휴머니즘이 우리 문학사에 있어서는 3번에 걸쳐 나타났으며, 가장 최근에 있어 그것은 바로 실존주의의 대두와 더불어 등장하게 되었다고 주장한다. 그에 따르면 이 시기 신

---

16) 더불어 이러한 무신론적 실존주의에 대한 이해는 주로 이들에 관한 일역판 번역서에 기초한 것임을 어렵지 않게 짐작할 수 있다. 이러한 사실은 이 당시 지식인, 문인 계층의 일반적인 양상이자 한계라 할 수 있다.
17) 「실존주의와 불안」, 『현대문학』(1958 · 9).

인들은 '시에는 모더니즘, 소설에는 실존주의, 그리고 비평에는 이 양자를 혼합한 정신으로 나타났다'는 것이다. 그러나 그는 다음 순간, 이러한 전후 세대의 실존주의적 휴머니즘의 정신이 작품 속에서, 비평 속에서 자신의 모습을 구체적으로 드러낸 바 없다고 꼬집고, 그 결과 그들이 주장하는 휴머니즘이란 과연 무엇에 기반하고 있는 것인지 그 성격이 모호해져 버렸음을 비판한다.

그러한 비판 위에 그는 서구 지성사에서 여러 세기에 걸쳐 나타났던 실존주의의 계보를 일별하고 각각의 특징을 요약, 정리하였지만, 정작 당시 문학계에 요구되는 실존주의적 휴머니즘의 정신이 어떤 것이어야 할 것인지에 대해서는 자신의 명확한 입장을 드러내지 못한 채 얼버무리고 있다. 그러나 그가 실존주의의 주요 테마로 이해하였던 현대인의 불안의식이나 삶의 부조리한 양상들은 개별 작가에 대한 비평에서 다양하게 원용되고 있는 것을 볼 수 있다. 이 가운데 특히 이상의 문학적 특징을 조명한 글인 「무능력자의 형이상학」[18]은 그 논리나 이론 적용 면에 있어 일부 참고할만한 내용을 담고 있는 글로 평가된다.

3) 작가론

앞서 소개하였듯이, 정태용은 원래 시로 등단하였으며, 후에 비평가로 활동하면서도 주로 시 비평 분야에 주력하였다. 그러나 그는 한편으로 사회에 대한 문학자들의 참여 의식에 대해서도 긍정적인 견해를 유지하였는데, 논의의 성격상 그는 이와 관련된 내용들을 주로 소설 비평[19] 쪽에서 다루고 있음을 확인할 수 있다. 평문들을 검토해보면

---

18) 「무능력자의 형이상학」, 『예술원보』 (1959).

그가 상당량의 개별 작가론을 집필하였음을 알 수 있으며, 연구 대상에 있어서도 육당과 춘원으로부터 신예 여류 작가라 할 수 있는 강신재에 이르기까지 다양하게 다루고 있다는 점이 발견된다.

그의 작가론에서 한 가지 특징적인 점이 있다면, 「현대 시인 연구」와 같은 기획 연재물에서 보듯, 그가 항상 문학사적인 흐름을 염두에 두고 작가론을 기술하였다는 점이다. 이 점은 개개의 작가론들을 구체적으로 검토해볼 경우 더욱 명백히 드러난다. 이러한 태도는 일차적으로, 당대에 만연하였던 인상 비평의 차원을 극복해보려는 의식적인 노력의 소산으로 이해된다. 감상적인 어휘에 의존하여 기술하기보다는 작품 자체를 논리적으로 해석하며 서술해나가려 애쓴 흔적을 엿볼 수 있는 것도 이런 이유 때문이다.

그러나 한 걸음 나아가 본다면, 아마도 그가 시대 의식, 역사 의식에 대한 종래의 강조 사항을 개별 작가론들을 통해 구체화해보려 한 것은 아닐까 하는 의문을 갖게 된다. 가령 이광수에 대해 언급한 다음 대목을 보면, 그 논의의 과장됨이나 경직성을 떠나 그가 얼마나 시대 의식이나 역사 의식에 민감하게 반응하였는지를 알 수 있다.

> 춘원은 그러나 르네상스의 인간, 즉 개인과 육체를 조금도 발견하지 않았다. …… (중략) …… 춘원이 발견한 것은 개인이기보다는 오히려 사회요, 육체적이기보다는 오히려 형이상학적 모랄이었다. 또 이 사회도 근대적 사회이기보다는 식민지로 있는 후진국 한국 사회였다.

이런 시각에서, 그는 한국 근대 소설의 개척자로 알려진 이광수에 대해 '춘원은 어떠한 소설에서도 윤리적·종교적·사회적 의제에서

---

19) 평문들을 조사해볼 때, 이광수, 김유정, 이상, 김동리, 강신재 등을 다룬 소설가론이 있음이 확인된다.

해방하려는 저 르네상스적·근대적 인간의 본질은 한 번도 보여주지 못했다'라고 단언한다. 그리고는 이광수가 창조한 소설의 주인공들에 대해 〈한국적 돈키호테〉라는 냉소적인 명칭을 부여함으로써 자신의 부정적인 입장을 보다 분명히 한다.[20] 춘원 문학의 이러한 한계 이유에 대해 그는 시대 현실을 과학적, 실증적으로 인식하기보다는 그 자신의 교양과 이상주의에 의해서만 준비된 선입관으로써 현실을 재단한 결과로 해석한다.

상대적으로 그는 이육사와 신석정의 시를 오히려 높이 평가한다. 특히 신석정의 시집 『슬픈 목가』를 두고 일제 말기의 암울한 현실을 배경으로 그러한 열악한 현실에 대한 극복 의지와 희망을 담고 있다고 해석한 부분에서, 우리는 그의 확장된 역사 의식의 일단을 엿볼 수 있게 된다.[21]

4. 체계화된 비평 작업의 일례 : 「현대 시인 연구」

정태용의 비평적 성과 가운데 가장 큰 비중을 차지하는 것은 신문학 성립기 이래 개별 시인들의 면모와 그 작품 내용들을 다룬 「현대 시인 연구」 연재물이라고 할 수 있다. 몇 차례의 휴지기에도 불구하고 『현대문학』지를 통해 꾸준히, 장기간에 걸쳐 연재된 이 비평문들은 그 체재나 내용으로 보아 한국 근현대 시문학사 집필을 위한 전초 작업의 일환으로 기획된 것임을 알 수 있다.[22] 육당과 춘원에 대한

---

20) 여기서 그가 예로 들고 있는 인물은 「흙」의 주인공인 '허숭'이다.
21) 그가 신석정의 시 「밤을 지니고」를 예로 들어 '일제에 대해서 저항한 대표적인 피의 기록'이라고 주장한 점을 들 수 있을 것이다.
「신석정론」, 『한국 현대 시인 연구·기타』(어문각, 1976), p. 171.
22) 한 가지 특징적인 점이 있다면, 이 연재물들이 1957, 1958년과 1967년, 그리고 1970

논의를 필두로, 주요한, 오상순, 한용운을 거쳐 신석초, 김현승에 이르기까지[23] 발표 순서를 시사적인 전개 과정과 가급적 일치시키려는 태도는 이러한 판단을 뒷받침해주는 것이다.

그와 더불어, 당시 국문학계의 입장에서는 아직 문학사의 줄기에 편입시키기 어려웠던 일부 전후 작가들의 작품까지 논의의 대상으로 삼음으로써, 이후 후속 논자들에 이 부분에 대한 한 방향성을 제공하였던 점은 주목할 만한 일이라 할 수 있다. 비록 그의 죽음으로 인해 이 작업은 더 이상 진척을 이루지 못하고 중간에서 중단되고 말았지만, 변변한 시사적인 감각조차 부재하였던 당시 국문학계의 연구 수준을 염두에 둘 때, 비평가 일 개인의 작업으로는 그 규모나 심도, 의욕 면에서 주목해볼 가치가 있는 작업임에 틀림없다. 다분히 비평가적인 기질이 발휘된 대목이 군데군데 드러나 보이기는 하나, 전체 시사의 흐름을 고려한 서술 태도나 가급적 객관화된 접근 방식을 유지하려 노력했던 점 등은 충분히 인정해줄만 하다. 주로 개별 작가론 위주로 편성되어 있긴 하지만, 1920년대 논의 부분에 있어서는 「20년대 데카당과 상징파 시인」, 「20년대 민요시인」, 「20년대의 감상시」 등의 항목을 별도로 설정함으로써 개인별 논의만으로는 불충분할 수밖에 없는 시사 상의 유파별 특성을 부각시키기도 하였다.

년 4개년 동안만 발표되었다는 점이다. 이러한 사실은 그의 작업이 단속적으로 이루어졌음을 의미하는 것이라기보다는, 비평 활동의 와중에서 다년 간의 준비 작업을 거쳐 집중적인 발표의 기회를 얻으려 하였음을 암시하는 것일 수 있다. 이는 그가 시사적인 흐름을 고려해가면서 작업을 추진하였음을 보여주는 것이기도 하다.

23) 여기에 그 대상을 나열하면 다음과 같다.
최남선, 이광수, 주요한, 오상순, 한용운, 이상화, 양주동, 이장희, 김동환, 백기만, 김형원, 김소월, 박종화, 김해강, 김동명, 김영랑, 박용철, 이육사, 김광섭, 신석정, 모윤숙, 노천명, 유치환, 신석초, 김광균, 조지훈, 박두진, 이설주, 김용호, 김현승.
이들과는 별도로 1920년대 논의와 관련하여서는 별도의 유파 개념을 도입한 것이 눈에 띈다.

엄격히 말한다면 이러한 작업이 시론(試論)적인 의미 이상을 지닌다고 할 수는 없을 것이다. 그러나 역으로 그것은 그만큼 당시 학계의 연구 여건과 수준이 전반적으로 미흡했음을 반증하는 것이기도 하다. 그럼에도 불구하고 그는 이 작업을 통해 하나의 새로운 가능성을 보여주려 한 것 같다. 해방 이후 본격적으로 시작 활동을 전개하였던 시인들까지를 논의의 대상으로 삼았던 점, 그리고 그들의 작품 속에 나타난 전통적인 측면을 자주 부각시키고자 애썼던 점 등은 이상과 같은 판단을 뒷받침해주는 요소라 하겠다. 한용운의 시를 논하면서 정철이나 황진이의 사례를 끌고 들어온 것이라든가,24) 신석정의 문학적 성향을 분석하기 위해 박용철, 정지용, 한용운 등과의 상관성을 비교 논한 대목25)은 그 직접적인 증거일 수 있다.

이에 덧붙여, 또 한 가지 지적할 수 있는 것은 부분적이나마 간략하게 일제 시대의 프로 시인들이나 김기림, 정지용과 같은 납, 월북 시인들의 이름을 직접 거론하며 그들 작품의 문학사적 의의를 논한 점이다. 당시 문단 내외의 기류가 이들 문인들의 이름을 입에 올리는 것조차 철저히 금기시하는 분위기였음을 생각해볼 때, 이러한 태도는 그냥 단순히 넘겨버리기 어려운 일로 생각된다. 이들의 위치가 한국 근, 현대 시사를 다루는 마당에서 꼭 필요하다고 판단하였었기에, 이와 같은 방식으로라도 논의선상에 올려놓을 필요가 있다고 생각했던 것으로 볼 수 있다.

---

24) 「한용운론」, 『한국 현대 시인 연구·기타』(어문각, 1976), pp. 41~42.
25) 「신석정론」, 『한국 현대 시인 연구·기타』(어문각, 1976), p. 166.

5. 맺음말

전체적으로 개괄해볼 때, 정태용의 비평 활동은 문학사의 흐름을 충실히 따르려고 노력하였던 것으로 판단된다. 이는 전후 비평계의 과제라 할 수 있는 한국 문학의 바람직한 발전 방향을 설정하는 문제와 관련하여, 그의 입장이 상당히 조심스러운 편에 속했다는 것을 의미한다. 그는 섣불리 자신의 입장을 단정적으로 드러내려 하지 않았으며, 또한 다른 이들의 주장에 대해서도 일방적으로 거부하거나 환영하는 태도를 배제하였다. 항상 한국 문학사의 맥을 이어간다는 자세로 중용을 유지하였으며, 개방적이지만 경우에 따라서는 비판적인 입장에서 모든 현상들을 발전적으로 이끌어나가려 애썼다. 열악한 조건 속에서, 저널리즘의 주목을 끌기 위해서는 때로 극단적인 발언도 서슴지 않았던 당시의 문단 사정을 염두에 둔다면, 이러한 그의 자세는 매우 모범적인 것이었다고 할 수 있다.

그러나 돌이켜 생각해보건대 그의 비평 활동에도 문제점이 없는 것은 아니었다. 대부분의 경우에 해당되는 문제이기는 하나, 일어 번역서를 통해 받아들인 교양 수준의 단편적인 지식과 서구 문학자들이 내뱉은 몇몇 구절들을 군데군데 장식 삼아 인용한 점은 분명히 짚고 넘어가야 할 것이다. 이러한 비평 태도는 한국 문학의 발전적인 진로 모색을 위해서도 별다른 도움이 되지 못하였던 바, 이는 결국 당대 식자층의 단순한 자기 과시욕과 무관하지 않은 것으로 판단되기 때문이다. 물론 이러한 태도가 단지 정태용 일 개인에만 국한된 것이라 보기는 어려울 것이다. 그러나 설령 그렇다 하더라도, 문단 내에서의 그의 위치를 고려해볼 때 좀더 사려 깊은 태도가 필요했다고 할 수 있을 것이다.

또한 한국 문학의 바람직한 진로를 설정하는 문제에 있어서도 그는 자신의 입장을 뚜렷이 밝히고 드러내기보다는 지나치리만치 진중한 태도로 일관하고 있는 것을 볼 수 있다. 신중함이라는 차원에서는 본받을 점이 없지 않으나, 비평가로서의 응당 갖추어야 할 독자적인 비평관이 결여되었다는 점은 역시 지적되어야 할 사항인 셈이다. 생전의 왕성한 비평 활동에 비해, 그간 학계의 평가가 무관심에 가까울 정도로 인색했던 것은 이 때문이라고 할 수 있다.

그러나 이러한 몇몇 문제점들조차 정태용 일개인으로서는 감당해내기 어려운 것이었음을 감안한다면 이에 대한 무조건적인 평가 절하는 온당치 못하다고 생각된다. 이 시기 평단의 흐름이나 동향은 다분히 그 당시 우리 문학의 전반적인 질적 수준과도 무관하지 않은 것으로 생각되기 때문이다.26) 그의 전체 비평 활동을 대상으로 한 후속 연구자들의 본격적인 작업을 기대해본다.

---

26) 이 점에 관한한 순수·참여 논쟁을 그 대표적인 예로 꼽을 수 있을 것이다.

장일우(張一宇) 문학 비평 연구

1. 서론 : 장일우를 찾아서

연구자들이 장일우와 그의 비평 활동에 대해 관심을 가지게 되는 계기는 대략 다음과 같은 두 가지 경로 가운데 하나를 거쳤을 때의 일일 것으로 짐작된다.

우선은 1960년대 한국 문단의 최대 쟁점 가운데 하나인 순수·참여 논쟁을 정리하기 위해, 참여론자들의 면면과 그들이 남긴 주장들을 검토하는 기회를 가졌을 경우를 가정할 수 있을 것이다. 이러한 과정을 통해 연구자들은 여타의 참여론자들과 더불어 장일우의 이름이 거명된 자료들을 접하게 되었을 것이고, 이를 바탕으로 하여 그의 비평 세계에 대해 보다 상세하게 조사해볼 필요성을 느꼈을 수 있다.

또 한 가지 가능성은 김수영의 문학에 대해 깊이 있게 연구하는 과정에서 우연히 그의 존재를 발견하고 새삼 흥미를 느끼게 되는 경우도 예측해볼 수 있다. 김수영은 자신의 글에서 도합 일곱, 여덟 차례나 그의 이름을 직접 언급하면서까지 강한 호감과 충격을 표한 바 있는데, 이러한 사실은 연구자들로 하여금 그와 그의 평문에 대한 궁금증을 유발시키기에 충분한 것으로 생각된다.

이와 같은 관심의 필요성과 계기에도 불구하고, 그간 장일우의 비평 활동에 대한 본격적인 거론이나 조명은 사실상 제대로 이루어지지 않았다 해도 과언이 아니다. 최근 들어서야 비로소 몇몇 연구자들을 중심으로, 그의 비평 활동이 지닌 중요성에 대해 거론하며 연구의 필요성을 제기한 예들을 찾아볼 수 있다. 그러나 그것들은 대체로 1960년대 문학의 전체적인 흐름 위에서, 혹은 특정 작가와의 관련 양상을 위주로 그의 비평 가운데 단지 일부만을 개괄적으로 소개해놓은 수준에 그친 것이라는 점에서 어쩔 수 없는 아쉬움을 남긴다. 이처럼 지금까지 그에 대한 연구가 지지부진하게 된 데에는 물론 그럴만한 합당한 이유가 있기 때문이기도 하다. 비록 국내에서 간행되는 문예지 등에 몇 차례 평문을 써서 발표한 적이 있긴 하지만, 그는 엄연히 바다 건너 일본에서 주로 활동하던 국외 거주자였으며, 이런 특수성은 그가 그간의 비평사에서 줄곧 소외된 존재로 남을 수밖에 없었던 근본 이유로 작용하였다고 할 수 있다. 더군다나 그가 주로 활동하던 지면이 불행히도 그 후 모종의 시국 사건에 휘말리게 되는 바람에[1], 이와 조금이라도 관련이 있는 사안들을 자유로이 거론하는 것조차가 한동안 금기시되는 뜻하지 않은 사태가 벌어졌던 데에도 그 한 원인을 찾을 수 있을 것이다.

뿐만 아니라 그와 그의 주변에 대한 기초적인 정보나 자료 역시 턱없이 부족한 것이 사실이다.[2] 필자 역시 이번 연구를 준비하고 진행해

---

1) 1974년 초반에 발생한 소위 〈문인 간첩단 사건〉을 말한다. 이 사건에 대해서는 다음 장에서 상세히 살피기로 한다.

2) 필자가 추적, 조사한 바에 따르면 장일우라는 이름은 본명이 아닌 필명이다. 그 이외의 사실에 대한 더 이상의 구체적인 내용에 대해서는 현재로서는 확인할 길이

나가는 과정에서 이러한 한계를 절감하지 않을 수 없었다. 그럼에도 불구하고, 한계는 불가피하게 한계로 남겨두고서라도 그에 대한 연구를 추진해야겠다고 결심하게 된 데는, 당대의 한국 문단이 그에게 진 빚을 솔직하게 인정하고, 이에 대해 비평사적으로 정당하게 자리매김하여야 할 때가 이제는 되지 않았나 하는 생각이 들었기 때문이다.

이런 시각에서 이 글은 일단 그가 남긴 비평문들의 전체적인 내용을 검토해본다는 목표 아래, 기본적인 자료 정리 및 사실 관계 확인에 초점이 맞추어져 있다. 이 과정을 통해 우리는 재일 비평가인 장일우의 당대 한국 문단에 대한 시각과 논점을 들여다볼 수 있을 것이며, 이와 함께 당시 교포 사회 지식인들의 의식 성향의 일단을 확인할 수 있을 것이다. 궁극적으로 이 작업은 그의 평문이 당대 한국 문단의 주된 관심사였던 순수·참여론의 전개에 어떤 방식으로 기여하였는지, 그것은 또한 여타의 방면에서 어떠한 파급 효과를 몰고 왔는지를 가늠해보기 위한 초석이 될 것으로 기대한다.

2. 1960년대 참여 문학론의 전개와 『한양』지의 위상

장일우 비평이 지닌 구체적인 특색들을 거론하기에 앞서, 그가 주로 활동하던 무대인 잡지 『한양(漢陽)』의 성격과 위상에 대해 먼저 간략하게나마 짚고 넘어가는 것이 순서일 것으로 생각된다.

『한양』은 1962년 3월 일본 동경에서 재일교포 출신의 지식인들에 의해 창간된 월간 종합 교양지이다. 편집 겸 발행인은 김인재(金仁在)[3]

없다.
3) 현재 일본 동경 거주. 해방 이후에 도일(渡日)한 것으로 알려져 있다.

이며, 잡지의 이름을 딴 한양사에서 간행한 것으로 되어 있다. 그간 일본 내에서의 재일 한국인(북한 국적의 조선인들까지를 포함하여)들의 공식적인 문필 활동이 주로 현지어인 일본어를 매개로 하여 이루어져 왔던 데 비해, 이 잡지는 처음부터 한글 인쇄를 고집하였다는 점에서 당시 이들의 민족관과 발간 의도의 일면을 엿볼 수 있다. 종합지의 성격을 지녔던 만큼, 잡지의 구성이나 체재는 폭넓은 것이 특징이다. 문학 분야의 글들 뿐만 아니라 당대 한국 사회의 정치 사회적 쟁점들에 대한 재일 한국인들의 시각을 담은 시론, 한일 관계 및 대일 협상 태도에 있어서의 민감한 사안들에 대한 논평, 이러한 주제들에 대한 만화의 형식을 빌린 시평, 한국의 역사와 풍속, 문화, 전설 등에 대한 소개에 이르기까지 다채로운 유형의 내용을 두루 포괄하고 있는 것이 확인된다.

일반적으로 알려진 바와 같이, 이 잡지는 재일교포 지식인들의 본국과의 정신적, 문화적 연대 및 교류의 필요성 등의 문제 의식을 바탕으로 하여 창간된 것으로 보인다. 그 위에, 당시 혼돈 속에서 전개되던 국내외의 급박한 정치 사회적 상황들에 대한 그들 나름의 관심 내지 우려가 작용한 것도 사실이다. 그 무렵 교포 사회 내부에서의 북한의 영향력이 점차 증대되는 상황에서 이미 조총련계 지원자들을 중심으로 한 북송 사업이 진행되고 있었고, 5·16 이후 집권한 남쪽의 군사 정권은 아직까지 민정 이양을 위한 어떠한 가시적인 조치도 공표하지 않은 상태였다. 한일 관계 협상과 관련하여서는, 배상 문제 해결에 앞서 독도 영유권 문제를 꺼내든 일본 정부의 태도에 격분한 한국 내의 전체적인 여론은 악화 일로를 치달리고 있었다. 이런 상황에서, 이들로서는 양국 간의 관계가 개선되어 본국과의 가시적인 교류가 조만간 활성화될 수 있기를 기대하기란 어려운 것이 현실이었다.

이렇듯 밀려드는 내외의 상황적 어려움에 직면한 교포 사회의 지식인들은 집단 내부의 결속을 강화하는 한편, 그들 자체의 구심점이 될만한 문화 매체를 가져야 한다는 데 뜻을 모았고, 그 결과 『한양』지를 창간하기에 이르렀던 것이다.[4]

애초 『한양』은 월간지의 형태로 기획, 간행되었으며, 이러한 간행 방식은 상당 기간 동안 지속되었다. 이후 1969년 8·9월호부터는 격월간 체제로 전환되어 간행되어 오다가 1984년 3·4월호(합본호, 통권 177호)를 끝으로 종간한 것으로 조사된다. 이 잡지의 주된 기고자들은 물론 김인재나 장일우, 김순남을 비롯한 재일교포 지식인들이었으나, 때에 따라서는 국내 거주 지식인들에게도 청탁, 이들의 글도 함께 수록함으로써[5] 본국과의 유대 강화를 위해서도 적지 않은 신경을 썼음을 알 수 있다.

잡지의 전반적인 성향은 당시 한국 내의 시사 문제에 대해 곧잘 민감한 관심을 표명하였던 데에서도 드러나듯이, 민족적인 동시에 현실

---

4) 『한양』지 창간에 관여한 이들이 주로 민단 계통의 인사들이었음은 이러한 사정을 반영하는 것이다. 당시 이 잡지의 「창간사」와 「편집 후기」에도 이와 같은 기왕의 발간 의도를 미루어 짐작케 하는 대목들을 찾아볼 수 있다.
"물론 우리 조국은 내환 외우의 진통을 겪고 있다. 그러나 그것이 조만간 출산의 환희로 바뀔 것은 틀림없는 일이다. 사람들은 후진의 낡은 옷을 벗어버릴 것이며, 자유의 노래는 울릴 것이며, 우리 수많은 해외교포들도 바로 조국의 품에 안주의 새터를 찾을 것이다. 우리의 뼈를 어찌 이국의 한줌 흙 속에 섞어 버리랴. 그처럼 그리던 조국이 우리를 포근히 안아줄 것이어늘. …… (중략) …… 조국의 운명에 우리의 운명을 더욱 굳게 더욱 깊이 연결시키자. 바로 이러한 뜻에서 이제 우리는 여기 뜻있는 교포 인사들과 힘을 모아 잡지 『한양』을 창간한다." (「창간사」)
"『한양』은 이 분들에게 모름지기 연구의 발표와 론단의 터전을 제공함과 아울러 교포 사회 및 조국과의 문화적인 유대를 더욱 공고화하는 데 기여하고져 하는 것이다." (「편집 후기」)
(이상 『한양』 창간호 (한양사, 1962·3) 참조).
5) 문학 비평 분야에서 이 잡지에 한번 이상 기고했던 국내 필진으로는 구중서, 김우종, 신동한, 장백일, 정태용, 임중빈, 임헌영, 홍사중 등의 면면이 확인된다.

참여적인 틀을 유지하려는 욕구가 강하였던 것으로 풀이된다. 편집인인 김인재가 스스로 수차례 지면을 통해 한국의 정치 상황에 대한 교포 사회의 시각을 담은 짤막한 시론을 써서 발표한 바가 있거니와, 문학 비평 분야에서 주로 활동하였던 장일우나 김순남의 글 역시 참여적인 성향이 농후한 논조를 띠고 있는 것을 볼 수 있다. 이러한 사실은 일본 내에서의 이들의 민족적 자각과 자기 정체성 확립을 위한 모색 또는 시도의 일환으로 해석될 수도 있겠지만, 그에 앞서 먼저 지적되어야 할 점은 그 속에는 다분히 정치 사회적으로 후진의 처지에 머물러 있던 당시의 한국 현실에 대한 비판적 이해와 남북 분단 체제의 고착화에 따른 문제 의식, 그리고 이를 바라보는 교포 지식인 사회의 안타까움 등이 한데 합쳐진 결과라고 보는 편이 옳을 것이다. 이들 논자들이 곳곳에서 4·19의 역사적 의의에 대해 강조하고 있는 것이나, 현실 직시 및 현실 비판적 태도의 당위성과 필요성에 대해 역설한 데에는 그와 같은 인식론적 배경이 배후에 깊숙이 자리잡고 있었던 때문으로 이해된다. 또한 이러한 사정은 비교적 근거리에서 국내 실정을 자주 접할 기회가 주어졌던 재일교포 사회의 지리적 여건과, 실생활 면에서나 이념 면에서 국내보다는 훨씬 자유로운 입장에 설 수 있었던 이들의 특수한 법적, 신분적 지위 조건과도 일정 부분 관계가 있는 것처럼 보인다.

그러나 이와 같은 과정에서 미처 예기치 못했던 사태가 벌어진 적도 있었는데, 1974년 초반 세상을 떠들썩하게 만들었던 세칭 〈문인 간첩단 사건〉6)이 그 대표적인 예일 것이다. 이 사건은 결과적으로 『한양』과 국

---

6) 1972년, 〈10월유신〉 선언으로 사실상의 독재의 길로 들어선 박정희 정권에 대한 전면적인 반발은 이듬해인 1973년 11월 5일, 지식인 15인의 〈시국선언〉, 12월 24일 함석헌, 장준하 주도 하의 〈개헌 청원 100만인 선언 운동〉 발기인 대회를 기점으로 하여 본격화되는 양상을 띠게 된다. 뒤를 이어 1974년 1월 7일, 서울 명동의

내 지성계와의 교류를 전면 차단하는 사태를 초래하였으며, 이후로는 이 잡지에 대한 한국 내 지식인들의 기고 활동이 금지된 것은 물론이고, 잡지의 국내 반입조차도 허용되지 않았다.[7] 이로써 『한양』은 국내에서 상당 기간 동안 철저하게 잊혀진 잡지로 남아 있을 수밖에 없는 운명에 처하게 되었던 것이다.

그러나 적어도 문학 분야, 특히 문예 비평 분야에서 교포 잡지인 『한양』이 쌓아올렸던 기왕의 성과는 결코 소홀히 취급될 수 없는 사적 의의를 지니는 것으로 분석된다. 최근 이 잡지의 성격과 역할에 주목한 몇몇 논자들의 연구 결과 역시 이러한 사실을 입증해주고 있다.[8] 여기서 연구자들이 공통적으로 지적하고 있는 대목은 1960년

코스모폴리탄 지하 다방에서 이희승, 이헌구, 김광섭, 안수길, 이호철, 백낙청을 위시한 문학인 61명이 〈문인 및 지식인 헌법 개헌 청원서〉를 발표하기에 이른다.

이에 정권은 지식인들의 이러한 집단적 반발을 조기에 차단하고 억누를 필요가 있다고 판단, 바로 다음 날인 1월 8일 유신 헌법에 반대하는 자는 무조건 체포, 투옥한다는 긴급조치 1, 2호를 발동한다. 또한 그로부터 일주일 뒤인 1월 14일에는 청원 주도자 가운데 한 사람인 이호철을 보안사로 연행하여 조사하는 과정에서, 그와 함께 당시 일본에서 발행되던 잡지 『한양』에 글을 실은 적이 있는 김우종, 정을병, 임헌영, 장백일 등 5인의 문인이 간첩 행위를 한 것으로 날조, 이를 구실로 이들 문인들을 연행하여 구금, 투옥하기에 이른다.

이 사건의 전말에 대한 자세한 내용은 임헌영, 「74년 문인 간첩단 사건의 실상」, 『역사비평』(역사비평사, 1990 · 겨울) ; 장백일, 「세칭 문인 간첩단 사건」, 한국문인협회 편, 『문단 유사』(월간문학사, 2002) 참조.

7) 서울대와 고려대 중앙도서관에 소장된 『한양』지의 목록을 살펴보면 1973년 하순 무렵을 전후하여 이 잡지의 국내 유입이 사실상 중단된 것을 알 수 있다.

8) 그간 『한양』지에 수록된 문학 분야의 글들, 특히 비평적 글들의 양상과 그 특성에 주목한 자료로는 다음과 같은 논의들을 들 수 있을 것이다.

허윤회, 「1960년대 참여 문학론의 도정 – 『비평작업』, 『청맥』, 『한양』을 중심으로」, 『상허학보』 제8호 (상허학회, 2002).

박수연, 「1960년대의 시적 리얼리티 논의 – 장일우의 『한양』지 시평과 한국 문단의 반응」, 『한국언어문학』 제50집 (한국언어문학회, 2003).

하상일, 「1960년대 문학 비평과 『한양』」, 『어문논집』 제50호 (민족어문학회, 2004).

하상일, 「1960년대 현실주의 문학 비평 연구」, (부산대대학원 박사논문, 2005).

대 한국 문단을 양분했던 순수 참여론의 전개 과정에서, 『한양』지가 참여 이론의 확산에 일정 부분 선구적인 역할을 담당하였으며, 여기서 축적된 성과를 매개로 하여 이후 한국 문단 내부에 참여, 혹은 민중 문학적인 인식이 뚜렷한 줄기로 확고하게 고착, 뿌리를 내리게 되는 기틀이 마련되었다는 것이다.[9] 그 실질적인 내용에 대해서는 후속적인 연구 작업들을 통해 좀더 보강하여야 할 것이나, 적어도 이 잡지가 당대 문단과 비평계에 뚜렷한 흔적을 남긴 사실만큼은 분명히 인지할 필요가 있을 것으로 보인다.

3. 장일우 문학 비평의 전개 양상과 그 특성

『한양』지의 문예 비평란을 실질적으로 이끌었던 것은 장일우와 김순남(金純南)이다. 이들 두 비평가는 이 잡지의 창간 무렵부터 필진으로 참가하여 상당 기간 동안 꾸준히 활동하면서[10], 당대 한국 문단을

---

9) 위 각주에서 소개한 허윤회와 하상일의 논의가 이런 류의 문제 의식을 기반으로 하여 작성된 것이라 할 수 있다. 이들의 견해에 따른다면, 1960년대 참여 문학론은 『한양』(1962년 창간)을 필두로 하여 『비평작업』(1963), 『청맥』(1964), 『창작과비평』(1966), 『상황』(1969) 등의 문예지의 등장과 더불어 점차적으로 그 저변을 확산하게 되는 것으로 이해된다. 이들 문예지는 1950년대 『사상계』 등에 의해 어렵게 명맥을 유지하던 현실 참여론의 맥을 이어받아, 이를 새로운 세대의 관점에서 창조적으로 계승, 발전시킴으로써, 이후 참여 문학론이 우리 문단 내부에 무시하지 못할 세력으로 성장해나가는 데 한몫 일조한 것으로 평가받는다.

10) 현재까지 입수된 자료를 분석해보면 동 지면을 통해 발표된 장일우의 평문이 약 20여 편, 그리고 김순남의 평문이 약 40여 편으로 나타난다. 장일우의 경우 잡지 창간 이래 1965년 무렵까지, 그리고 김순남의 경우에는 1970년대에 이르기까지 (1974년 이후로는 확인 불가) 비평적 성격의 글들을 연달아 발표했던 것을 알 수 있다. 이들 이외에도 재일교포 출신으로 짐작되는 하상두, 이인석, 윤동호, 이우종, 김성일 등의 평문을 확인할 수 있으나, 수록된 글들은 각기 한 두 편에 그치는 미미한 정도에 불과하다.

향해 애정어린 비판과 충고의 글들을 남긴 것으로 되어 있다. 원론적인 성격의 글들을 잠시 접어둔다고 하였을 때, 김순남의 경우가 주로 소설 비평 쪽에 치우치는 경향을 보여주었다고 한다면, 장일우의 경우는 시대와 장르를 넘나들면서 시와 소설, 그리고 고전 작품들에 이르기까지 폭넓은 대상들을 자신의 비평 영역으로 포괄하고 있음을 알 수 있다.

앞서 『한양』지의 일반적인 특성을 거론하면서 일차 지적한 바 있듯이, 그의 비평 태도는 현실 참여적인 인상을 짙게 풍기는 동시에, 민족 주체적인 시각에 유달리 강조점을 두고 있다는 점이 특징적이다. 때로는 이러한 강조가 지나친 감이 없지 않았는데, 그 때문에 그의 평문에서 간혹 이 문제와 관련하여 다소간의 편중된 시각이나 감정 섞인 어투가 노출된 예를 찾아볼 수 있는 것도 사실이다. 그러나 자기 주장을 좀더 강하게 전달하기 위한 방편의 일종으로 이해될 수 있는 이러한 서술 상의 일부 문제점을 제외하고는, 그의 평문은 대체로 명료하고 체계적인 논리 전개 방식을 취하고 있다는 생각을 갖게 만든다. 이 점은 특히 1960년대 초반, 한국 평단의 경우와 비교해볼 때 더욱 뚜렷한 인상으로 다가온다.

일례로 당시 평단의 이목을 집중시켰던 순수·참여론만 하더라도, 국내에서의 논쟁이 관념적이고 원론적인 수준에서의 논란만 거듭하며 논의 자체의 공소성을 면치 못했던 데 비해[11], 장일우의 관점은 이론과 실천, 그리고 전망에 이르기까지 비교적 정교하고 체계적이어서

---

11) 이 당시의 순수·참여론의 수준에 대한 전반적인 이해는 홍신선, 「60년대와 사회 참여 논쟁」, 『우리 문학의 논쟁사』(어문각, 1985) ; 김유중, 「순수와 참여 논쟁」, 『한국 현대 문학사의 쟁점』(시와시학사, 1991) ; 류양선, 「1960년대 순수─참여 논쟁」, 『한국 현대 문학과 시대 정신』(박이정, 1996) ; 전승주, 「1960년대 순수─참여 논쟁의 전개 과정과 그 문학사적 의미」, 『한국 현대 비평가 연구』(도서출판 강, 1996) 참조.

한결 정리된 감을 느낄 수 있게 해준다. 무엇보다도 그는 작품에 대한 실제 비평을 통해 자신의 주장의 근거와 정당성을 입증하기 위해 노력한 비평가였다. 당시(1960년대 초반)의 국내 평단에서의 참여론자들의 주장이 대체로 문학에 현실 참여적인 인식이 도입되어야 한다는 당위론적 주장만을 되풀이하고 있었을 뿐, 그에 따른 구체적인 실천 방안이나 적용례들을 뚜렷이 제시하지 못했던 점과 비교해본다면, 그의 비평적 안목과 자질은 탁월한 점이 있었다고 평가할 수 있을 것이다.

이와 같은 기본 관점을 토대로 하여, 이 글에서 필자는 그의 비평 세계를 좀더 세부적으로 분석해볼 필요성을 느낀다. 논의의 편의상 그의 평문에 나타난 여러 특성들을 유형 별로 ① 순수 비판과 현실 참여론 ② 난해시 비판과 전통론 ③ 실존주의 비판과 휴머니즘론 ④ 리얼리즘론, 신세대론 및 기타로 분류하여[12] 정리해나가는 방식을 취하기로 한다.

1) 순수 비판과 현실 참여론

장일우가 그의 평문을 통해 문학에서의 사회 참여의 정신을 집중 강조하게 된 배경에는 당시 한국 문단의 주류로 득세하고 있던 문협 정통파 출신 작가들의 활동에 대한 뿌리 깊은 불신과 불만이 가로 놓여 있다. 그가 주장하는 순수 문학 비판론의 성격은 「순수의 종언」[13]과 「동리 문학을 논함」[14]이라는 두 편의 글에 잘 집약되어 나

---

12) 이러한 분류법은 어디까지나 연구의 편의를 위한 것이다. 따라서 실제 평문의 내용을 살펴보면 유형들간에 겹치거나, 혹은 경우에 따라서 분류 자체가 애매하게 느껴지는 부분도 있는 것이 사실이다.

13) 장일우, 「순수의 종언」, 『한양』 (한양사, 1964·5), pp. 163~173.
  이하 동 잡지에 실린 장일우의 평문을 인용할 시에는 제목과 간행 연월, 페이지만

타난다.

그는 1960년대 한국 문학에서의 순수의 체질이 근본적으로 현실 도피에서 비롯된 것으로 본다. 그런데 한국의 순수 문학은 이러한 자신의 약점을 감추기 위해 휴머니즘, 또는 신화적 영원성(복고주의, 신라정신 등), 자연 친화적 낭만주의라는 그럴듯한 의장을 걸치고서 등장한다는 것이다. 이러한 그의 지적은 각기 김동리와 서정주, 그리고 박목월을 비롯한 청록파 시인들의 문학을 겨냥한 발언으로 이해할 수 있을 것이다. 그런데, 그에 따르면 제법 그럴싸하게 포장된 이와 같은 경향들은 결국 이들 문학자들이 현실을 외면한 채, 지금까지 지녀왔던 스스로의 권한과 권위를 지속적으로 유지하기 위한 고도의 기만술에 불과하다는 것이다. 그럼으로써 '그들은 현실을 기만함으로써 자기를 기만하고 자기를 기만함으로써 현실을 기만'하는 타락한 위조의 정신에 찌들어 있다는 것이 그의 생각이다.

그렇다면 그가 바라본 당대 한국 문학에서의 순수, 그 순수가 지닌 본질은 무엇인가. 이 점에 대해 그는 간략히 그것은 바로 〈에고이즘〉[15]이라고 답한다. 그리고 그것이 에고이즘인 한에서, 당대의 순수 문학은 곧 사이비 예술이며 위조의 예술로 규정된다. 아무리 그럴듯하게 포장했다 하더라도, 그들의 문학에는 이미 그들 내부의 '비겁과 아부와 고독과 불안'이 스며들어 있기 때문이다. 그러므로 그것은 문학인들의 자존심을 판 비양심 행위일 뿐이다. 한국의 순수를 정당한 의미에서의 문학적 순수 의식과 동일시할 수 없는 이유가 바로 여기에 있다고 그는 보았다.

명기하도록 함.

14) 「동리 문학을 논함」 (1964 · 11), pp. 160~170.

15) 「순수의 종언」 (1964 · 5), p. 165.

이와 같이 순수 문학에 대해 비판적인 입장을 견지했던 그는 앞으로 한국 문학이 추구해야할 바람직한 길로 현실 직시의 태도와 현실에 대한 적극적인 참여 의지를 강조한다. 그런데 그가 현실을 직시하고 그것에 적극적으로 참여하라고 말했을 때, 이 말을 단순히 현실 속에 머물러 있으라거나, 아니면 모순된 현실에 대해 저항하고 그것을 부정하라는 의미로만 해석해서는 곤란하다. 그가 기대하는 현실 참여의 올바른 방향은 '부정과 긍정의 상극을 종합적으로 보여주는 경우'16)를 의미한다. 그것은 무엇보다도 현대 그 자체가 이들 양자의 대립적인 구도 위에 놓여 있기 때문이다. 따라서 그는 이러한 방향성이 올곧게 유지될 때에만이 현실의 총체와 현대의 전모가 제대로 밝혀질 수 있다고 보았다.

그렇다면 구체적으로 이러한 현실 참여의 길은 작가들에게 어떤 마음가짐과 준비 자세를 요구하는가. 이 문제에 대해 장일우는 다음과 같이 자신의 입장을 정리, 소개한다.

> 작가의 역사적 자각은 시대의 중심 문제와 본질에 대한 자각이다. 시대의 본질에 대한 자각은 항상 현실의 상황 넘어에 있는 것이다. 현실의 무수한 조건들의 통로를 거쳐서 파악되는 시대의 지향이며 그것은 정신이다. …… (중략) …… 또 인간의 탐구가 어떤 인간형의 탐구라든가 또는 행동하는 인간의 탐구라든가 하는 문제에 있어서도 작가는 단순히 여기에 머물러서만 안 된다. 작가는 반드시 인간형의 창조를 통하여 시대의 정신을 체현하는 하나의 개성을 창조해야 하며 행동하는 인간의 목적 지향성이 있어야 한다.17)

그는 문학의 현실 참여를 위해서는 먼저 작가 자신의 시대의 본질

---

16) 「현실과 작가 - 작가의 현실 기피는 자기 소외이다」 (1962·6), p. 134.
17) Ibid., pp. 138~139.

에 대한 자각이 선행되어야 한다고 보았다. 시대의 본질에 대한 자각이란 위에서 보듯 외적인 현실 상황 너머를 꿰뚫어볼 수 있는 작가적 능력과 밀접한 관련을 가진다. 그것은 또한 그 시대를 살아가는 인간에 대한 탐구 없이는 이루어지지 않는다. 소설의 경우 작가의 개성은 주로 그에 의해 창조된 인간형을 통해서 드러나게 마련이며, 이때의 인간형이란 예리한 시대 정신으로 무장함과 동시에 뚜렷한 목적 지향성을 지닌 채 행동하는 인간형이어야 한다는 것이 그의 주장의 요지이다.

이런 관점에서 보았을 때, 당대 한국 문단이 처한 현실은 이와 같은 장일우의 기대에는 멀리 못 미치는 것이라고 할 수 있다. 그가 보기에 한국의 작가들, 시인들은 시대의 본질에 대한 자각은커녕 스스로를 사회적 존재로 정립시키기에도 턱없이 부족한 것처럼 느껴졌기 때문이다.[18] 그가 '불행히도 한국 문학은 지금까지 정황의 문학이며 정신의 문학이 아니었다. 그것은 사실의 문학이나 본질의 문학이 아니었다.'[19]라고 평한 이유도 바로 여기 있다.

이와 같은 상황을 구체적으로 어떤 방식으로 타개해나가야 할 것인지를 가늠해보기 위해서는 좀더 많은 고민과 모색의 시간이 뒤따랐을 것이거니와, 이 지점에서 연구자는 일단 그가 바라는 진정한 참여 문학이 과연 어떤 특성을 지닌 것이었는지를 명확히 해둘 필요성을 느낀다. 참여 문학이란 그에겐 일차적으로 '진실을 고발'[20]하는 문학이

---

18) "이런 의미에서 나는 한때 천상병 씨가 〈자유와 조국에의 관〉에서 쓴 것처럼 현대시의 질환이 「시인으로서의 자기를 사회적 존재로서 정립시키지 못한 데서 오는 비현실적 감각의 소산」이라고 보는 데 대해서 동감을 가진다."
　　「시의 가치」, (1962 · 8), p. 126.
19) 「시대와 작가」, (1962 · 6), p. 139.
20) 「참여 문학의 특성」 (1964 · 6), p. 160.

며, '대결과 반항의 정신'[21]을 간직한 문학을 의미한다. 얼핏 지극히 상식적인 차원의 논의인 것처럼 생각되는 이러한 진술 속에는, 그러나, 당대 한국이 처한 정치 사회적 현실에서는 쉽사리 접근될 수 없는 만만치 않은 문제 의식들이 가로놓여 있다는 점을 간과하지 말아야 할 것이다.

이러한 인식의 바탕 위에, 그는 참여 문학의 본질을 '현실에 밀착하면서도 현실에 밀착할 수 없는 대결의 자세와 반항의 정신'[22]으로 요약, 정리한다. 이런 작가 정신, 그리고 그 속에 내포된 시대적 인식이야말로 현실 상황 너머를 꿰뚫어 볼 줄 아는 작가적 능력일 것이며, 역사 속에서, 역사와 더불어, 그 역사가 던진 시대적 과제를 해결해나가려는 올바른 자세일 것이다.

그런 문학이 과연 우리에게 있었던 적이 있는가. 이 질문에 대한 답변은 어차피 부정적일 수밖에 없다. 그러나 그는 역사적으로 단 한 번, 그 가능성의 싹이 엿보인 시기가 있었음을 분명히 기억하고 있다. 극히 짧았을 뿐이지만, 그런 만큼 더욱 선명하게 기억되는 그 시기는 다름 아닌 4·19를 전후한 시기일 것이다. 여기서 우리는 그가 자신의 글 곳곳에서 4·19 정신의 역사적 의의를 강조하고, 이를 문학적으로 수용하는 데 힘을 기울여야 한다고 역설했던 사실에 대해 주의를 기울일 필요가 있을 것이다.

> 4·19 후 대두한 참여 문학은 현실과 작가의 피의 유대를 회복하고 천사가 아니라 지상의 인간들, 우주 인간이 아니라 구체적인 한국인을 묘사하며 세계적 존재로서의 인간 조건을 주체적 인간으로서의 생의 창조를 노래하며 공허한 자유가 아니라 참된 인간의 권리를 선

---

21) Ibid., p. 162.
22) Ibid., p. 161.

언한다. 이리하여 다름아닌 한국 사람들의 삶의 노정에 도표를 세우는 것이다.23)

　　그렇기 때문에 현대 시인은 현실의 허무적 부정과 현실의 노예적 긍정을 배격하고「현실 대결」이라는 현대적 윤리에 도달하였다. 4·19의 정신, 그것이 바로 현실 대결의 빛나는 실례가 아닌가 한다. 모든 것을 부정하고 모든 것을 긍정할 수 없는 한국적 상황은 현대 시인에게 이 정당하고 귀중한 관계, 즉 현실 대결을 낳게 하였다. 도피하지도 못하고 밀착할 수도 없는 현실에 대한 관계, 이것이 곧 현실 대결이라는 시인의 현대적인 태도이다.24)

　4·19란 이처럼 그에게는 1960년대 한국 문단에 새로운 문학 정신, 현실 참여의 정신을 불어 넣어준 역사적 사건으로 기억된다. 4·19 이후의 문학계가 이러한 역사의 과제를 원만하게 성공적으로 수행할 수 있었던 것은 아니지만, 어떻든 이 시기를 전후하여 그가 한국 참여 문학론의 한 가능성을 엿보았음은 틀림없는 사실이다.

　4·19는 장일우에게 우리 민족 모두를 향해 참된 자유와 권리의 소중함을 일깨워준 절대 경지로 비쳐졌다. 그 속에서 그는 민족 전체가 주체적 참여를 통해 하나됨의 상태로 뻗어나간 모습을 볼 수 있었던 것이다. 그가 4·19의 정신을 일컬어 '하나로 결합된 연대 의식'25)이라 칭한 것은 이런 맥락에서이다. 이 충격적인 경험의 소중함을 훼손하지 않은 채로 고이 간직하기 위해, 그는 계속 바다 건너 일본 땅에 머물면서 활동할 수밖에 없었다. 알다시피 5·16 이후 본국의 사정은 그가 자신의 이러한 꿈과 의지를 마음껏 펼쳐 보이기에는 너무나 척

---

23)「시대 정신과 한국 문학」(1965·4), p. 198.
24)「한국 현대시의 반성」(1963·9), p. 142.
25)「시대 정신과 한국 문학」(1965·4), p. 198.

박한 토양이었기 때문이다.

2) 난해시 비판과 전통론

장일우가 판단하기에 한국 문학의 바람직한 발전을 저해하는 것은 비단 정치 사회적으로 경직된 현실 여건이나, 현실 도피적 경향으로서의 순수 문학의 득세에만 국한되는 문제가 아니었다. 이러한 문제점들 못지않게 당대 한국 문단에 널리 폐해를 끼친 것이 바로 난해성의 문제였다. 이와 같은 난해의 문제는 특히 시 분야에서 두드러져 보이는데, 그는 한 마디로 이를 시인의 무능력의 징표로 간주한다. 그에 따르면 사람을 감동시키고 탄복시킬만한 시세계를 가지지 못한 시인만이 난해한 시로 스스로의 약점을 감추려 하기[26] 때문이다.

그가 이 문제에 대해 이렇게 강경하게 나온 데에는 물론 자기 나름의 명확한 근거가 있다. 흔히 현대시가 난해해지는 원인에 대해, 현대 문학 이론가들은 곧잘 그것은 무엇보다도 현대 그 자체가 그만큼 복잡해지고 애매해진 때문이라고 주장한다. 그러한 현실을 반영한 현대시는 따라서 필연적으로 난해해질 수밖에 없으며, 그런 만큼 난해성이란 현대시의 숙명이라고까지 말한다. 이러한 설명은 일견 타당한 면을 지니고 있는 듯 보인다. 그러나 이 설명에는 한 가지 커다란 결함이 내재하는데, 그것은 모든 원인을 외부적인 요인에로만 돌리려 한다는 점이다. 그가 보기에 보다 근본적인 원인은 내부적인 곳에서 찾아져야 한다. 직접적으로 이야기한다면, 그는 난해의 근본 원인은 시인의 태도 문제[27]에서 비롯된 것이라 생각한다.

---

26) 「현대시와 시인」 (1963 · 4), p. 160.
27) 「현대시의 음미 - 그 난해성에 대한 일 고찰」 (1962 · 4), p. 144.
　　이러한 견해는 원래 박철희 교수가 「현대시의 바벨탑」에서 주장한 것으로, 이에 대

여기서 그가 문제 삼고자 하는 현대 시인들의 태도 문제란 다음과 같은 두 가지 사항과 관련이 있다. 첫째, 시인들은 자주 그 자신의 사상의 빈곤을 난해성으로 포장하곤 한다. 왜냐 하면 진실을 발견해낼 수 있는 예리한 지성의 눈이 그들에게는 없기 때문이다. 둘째, 난해성은 예술을 평범한 대중이 이해할 수 없는 신비한 그 무엇으로 위장한다. 이러한 시인들은 예외 없이 대중들은 무지하고 우매하다는 그릇된 사고 방식에 사로잡혀 있다.[28]

난해성 문제를 둘러싼 이런 식의 사고는 자연스럽게 당대 시단에 상당한 영향력을 행사하고 있던 모더니즘(주지주의)에 대한 비판론으로 귀결된다. 이 점과 관련하여 그는 '한국 시단에는 시를 쓰는 시인보다 「주의」를 쓰는(!?) 시인이 훨씬 더 많은 데, 그들은 자신을 특수 예술인들로 고등 예술인들로 환상하고 세상 밖에서 몽유하며 혹은 자의식의 고독 속에서 제 「멋」대로 살아간다.'[29]라고 비판함으로써, 당대 시단에 유행하는 모더니즘 사조에 대한 강한 불만을 털어놓는다.

> 에고이즘과 독선, 불안과 절망, 때로는 정신 착란으로 습성화된 주지시와 추상시의 부대들, 그들은 뼈다귀만 앙상하게 남은 그 「지성」과 현실을 추방한 「추상」의 보따리를 등에 메고 지금도 지향없이 패스포오드 없는 정신적 방랑을 계속하고 있다.[30]

> 현대 시인들은 한국의 현대를 자각하지 않는다. 현대를 차용한다. ……(중략)…… 오늘 한국의 현대 시인들은 한국적·전근대적 생활

해 장일우는 전적으로 동감하는 입장에서 자신의 입장을 부연, 서술한다.
28) 장일우, 「한국 시단 점묘」, 『문학춘추』(문학춘추사, 1965·11), pp. 283~284.
29) Ibid., p. 286.
30) 「한국 현대시의 반성」(1963·9), p. 132.

양식 속에서 살면서 서구적·현대적 사고의 기성복을 입히는 것이다.[31]

그가 보기에 당대는 물론, 그 이전의 모더니즘 시인들 역시 대개가 '조국이 없는 코스모폴리탄'이며, 따라서 그들의 활동이란 죄다 '정신적 구걸' 행위에 지나지 않는 것으로 이해된다.[32] 그런 점에서 그는 당대의 모더니스트들과 더불어, 1930년대 모더니즘 시인인 김기림과 이상의 활동에 대해서도 사뭇 비판적인 입장을 취한다. 이들은 각기 시에 있어서 지성(김기림)과 기교(이상)를 현대성과 동일시했으며[33], 결국 그것에 취해 절망함으로써 오도된 길로 들어서고 말았다고 진단한다. 요컨대 이들의 시는 당대의 생활과 현실에 밀착하지 못하고, 남의 것의 모방에만 급급함으로써 현대시의 불행을 초래하게 되었다는 것이다.

한편, 난해성 문제로부터 촉발된 이 같은 모더니즘 비판론은 전통에 대한 관심으로 연결될 소지를 지니는 것으로 보인다. 이 점에 있어 그는 김소월 시의 의의와 가치를 높게 평가한다. 모더니즘과 비교해볼 때, 김소월의 시에는 우리 민족 고유의 생활 공동체적 감정이 고스란히 묻어 있기 때문이다.[34] 그런 관점의 연장선 상에서, 그는 전통을 낡은 것으로만 이해하고 이에 대립코자 하는 신세대 작가들의 단선적인 움직임이나, 한국 문학의 전통 단절론을 당연한 것으로 받아들이는 일부 논자들의 주장[35]에 대해 강도 높은 비판을 가한다.

---

31) Ibid., pp. 132~133.
32) 이런 그의 주장은 상당히 과격한 감이 있다. 이러한 과격함은 그에게서 많은 영감을 받았던 시인 김수영이 끝내 이 점에 대한 그의 주장 만큼은 동의하지 않았던 이유가 되기도 한다.
33) 「한국 현대시의 반성」 (1963·9), p. 135.
34) 「소월의 시와 자주 정신」 (1962·11), p. 143.

여기서 그가 생각하는 문학에서의 전통이란 서정주 류의 '낡고 부패한 토속'[36]의 세계와는 분명히 구분되는 것이다. 그는 창신(創新)이 없는 전통이란 더 이상 전통이 아니[37]라고 말한다. 그가 생각하는 전통은 단순한 이념 상의 문제라기보다는 실천 상의 문제이며, 동시에 그것은 아버지의 권리가 아닌, 아들의 권리에 속하는 것이다. 그런 이유에서 한국적인 모든 것들이 전통적인 것으로 간주되지는 않는다. 전통적인 것은 '다음 세대들에 의한 자각적인 계기에 의해서만 계승되는 역사적 산물'[38]이기 때문이다. 그가 전통을 하나의 진화적 개념으로 받아들이는 이유가 바로 여기 있다.

그러므로 장일우에게 있어 전통의 문제란 결국 민족적 주체 의식을 튼튼히 하는 것과 따로 떼어서 생각할 수 없는 문제이다. 나아가 한국 문학이 진정한 보편성과 세계성을 확보하기 위해서는 이러한 전통 관념, 민족 주체의 정신을 결코 소홀히 해서는 안 된다는 것이 그의 생각이다.

---

35) 이 점과 관련하여, 그가 가장 강도 높게 비판한 이는 이어령이다. 이어령은 당시, 한국 문학의 전통은 사실상 단절되었다고 볼 수 있으며, 우리 문학이 전근대적인 성격에서 벗어나기 위해서는 기법이나 감각 면에서의 혁신이 필수적임을 주장하였는데, 이에 대해 장일우는 〈문학사기꾼〉, 〈무지의 모험〉, 〈젊은 사대주의자의 철없는 외세 의존적 행각〉 등의 극단적인 언사를 총동원하여 그의 문학관에 대해 비난하고 있다.
이러한 사실에 대한 자세한 내용은 「반성과 전망」(1963・2), 「한국 현대시의 반성」(1963・9), 「무지의 모험 – 이어령 씨의 비평안」, (1964・1) 관련 부분 참조.

36) 「여류 신인의 시원」, (1962・9), p. 135.

37) 장일우, 「한국적인 것과 전통적인 것」, 『자유문학』 (자유문학사, 1963・6), p. 237. 국내 문예지에 발표한 이 글에서 그는 전통 문제와 관련된 당대 국내 이론가(백철, 유종호, 정태용)들의 주장에 대해 하나하나 논평하는 한편, 이 문제에 대한 자신의 견해를 정리하여 밝히는 기회를 갖게 된다.

38) Ibid., p. 241.

난해시를 벗어나기 위해서 한국의 시인들 앞에 나서는 또 하나의 중대한 문제는 시인이 주체적 입장에 튼튼히 서는 문제가 아닐까 한다. 한국인에게는 한국 고유의 문화가 있으며 한국인 고유의 구미에 맞는 생활 양식과 문화 양식이 있는 것이다. 그럼에도 불구하고 왜 양담배는 배척하면서도 엘리옷트나 릴케나 봐레리 보드레르는 굳이 찾아 다니는가. 왜 이규보나 김시습, 정다산이나 김소월, 이상화에게서는 배우려 하지 않고 객쩍게 인상파, 상징파, 추상파만 본드는가. 여기에 우리 현대시의 질상의 기본 원인의 하나가 있다.[39]

한국 문학의 세계성은 다른 어느 세계의 항구에 있는 것이 아니라 민족적인 것, 전통적인 것의 리얼한 전달에 있는 것이다. 다시 말하면 민족적인 것의 가장 보편적인 개화에 있는 것이다. 그러면 이 전통적인 것, 민족적인 것의 개발을 담당하는 것이 누구인가? 그것은 곧 현대의 우리 한국 작가들인 것이다. 오직 주체에서 살고 구체성에서 생명을 빛내고 있는 자, 자기 시대와 자기 현실의 본질을 천명할 수 있는 자, 그것만이 민족의 보편성 즉 세계성에 도달할 수 있는 것이다.[40]

한국 문학의 세계화는 서구 문예 이론과 사조의 무분별한 도입을 통해 다가설 일이 아니다. 이를 위해서는 한국의 시인과 작가들이 좀 더 주체적인 자각 위에, 전통적인 것과 민족적인 것에 대한 관심을 가지고 그것의 개발과 창신을 위해 노력하여야 한다는 것이 그의 생각이다. 그리고 이러한 노력이야말로 당대의 한국 문학이 사대주의를 극복하고 세계 문학의 흐름과 진정으로 어깨를 나란히 할 수 있는 올바른 길이기도 하다.

---

39) 「시의 가치 – 다시 현대시의 난해성에 대하여」 (1962 · 8), p. 127.
40) 「한국 문학의 새로운 전망」 (1963 · 3), p. 133.

3) 실존주의 비판과 휴머니즘론

난해성 비판이 주로 시를 중심으로 이루어진 논의에서 파생된 결과라고 한다면, 소설 분야에서 장일우가 특히 주목했던 것은 당대 지성계에 널리 퍼져 있던 소위 실존주의 사상의 영향과 관련된 내용이다.

주지하다시피 전후 한국 사회는 서구 실존주의를 수입, 모방하는 과정에서, 인간 실존의 문제를 거론하는 것이 마치 최고의 지성들만이 참여할 수 있는 특권인 양 여기는 분위기가 지배적이었다. 때문에 글줄깨나 읽었다는 식자층에서는 너도 나도 이러한 실존의 문제를 거론하는 것이 유행이었는데, 소설의 경우도 여기서 예외는 아니었다.

당시 한국에서 유행하던 실존주의 사조는 까뮈나 사르트르 등으로 대표되는 불란서 중심의 실존 사상이라고 할 수 있다. 이러한 불란서의 실존 사상은 2차 세계 대전 이후 서구 사회에서 새롭게 해석되고 부각되었으며, 그것은 다시 한국 전쟁 이후, 혼란과 폐허 속에 사상적 공백 상태에 놓여 있던 당시의 한국 지성계에 유입되어 커다란 반향을 불러일으키게 되었던 것이다. 당대 한국의 대표적인 문예지, 교양지들이라 할 수 있는 『현대문학』과 『자유문학』, 『문학예술』, 『사상계』 등이 모두 나서서 한 차례 이상 실존주의를 특집으로 다루며 이에 대해 집중 조명한 것은 이런 시대적 분위기를 반영한 결과로 이해된다.

그런데 이들 불란서 실존 사상의 특징은 문학 분야, 그 가운데서도 특히 소설 분야와 밀접한 관련을 맺고 있다는 점이다. 전술한 까뮈나 사르트르부터가 자신의 사상을 소설을 통해 전달하려 한 바 있거니와, 이와 같은 경향에 자극을 받은 당대 한국의 소설계에서는, 새롭게 문단에 등장한 신세대 작가들을 중심으로, 실존적 인식과 주제를 담은 소설들을 써서 발표하는 것이 마치 시대와 역사의 흐름에 부응하는 일인 것처럼 받아들여지기도 했다. 장용학, 이범선, 손창섭, 오상원 등 전후 신세대 작가들의 작품에서 실존주의 사상의 영향이 짙게 느껴지는 것은 이런 이유에서일 것이다.

그러나 여기서 장일우는 이 실존주의 사상의 유입이 사실상 당대의 한국 문단에 별다른 득이 될 것이 없다고 진단한다. 왜냐 하면 한국 내에서의 그것은 사르트르에게서 보듯 현실에 대한 치열한 저항 정신과 참여 의지로 무장한 생산적인 의미의 실존 정신에 의해 뒷받침된 것이 아니라, 생 자체에 대한 비극과 허무적 인식, 그리고 인간 운명의 부조리와 이로 인한 막연한 불안 의식만을 되풀이하는 소모적인 차원에 머물러 있는 것으로 이해되기 때문이다.

> 인간은 목적도 없고 이상도 없으며 과거도 없고 미래도 없는 오직 「죽음으로부터의 〈나〉의 부단한 탈주, 즉 〈나〉의 행동만이 있는 것」이라고 할 때 과연 이 실존주의가 〈생〉에 대한 비극과 허무를 가지고 있지는 않다고 말할 수 있겠는가. 실존주의가 「절망적이고 비극적인 여건을 극복」하고 「삶의 뜻」을 찾았다면 그것은 대체 무엇이었던가. 인간 실존의 〈무〉에 대한 자각, 그것 뿐일 것이다.
>
> ······ (중략) ······
>
> 장용학 씨를 비롯한 이 나라의 실존주의 문학은 〈현대〉와 〈현대인〉이라는 테에마 속에서 부조리한 현대에 대한 〈자아〉들의 동물적 반항을 보여주었고 사회에 대립되는 〈자아〉를 옹호하였으며 생활 상실자와 낙오자들의 패배감과 생으로부터의 탈주를 노래하였다. 그들은 「나만이 인간이다. 그렇기 때문에 나는 고독하다」라는 고독한 영웅들을 찬미하고 있고 상식과 과학에 도전하고 있다. 장용학 씨가 「요한 시집」 「현대의 야」 「원형의 전설」 등에서 땀을 흘리며 고안한 것은 가공적인 현실이며 모조 인간들이며 인간의 야성이다. 그의 소설 속에는 인간 유령은 있으나 구체적인 한국인과 그의 실존 내용은 없

는 것이다. 그의 소설에서 현실은 암담하게 먹칠되어 있고 인간은 시
체 속에서 벌레와 같이 행동하고 있다.[41]

그가 보기에 실존 문학은 인간 삶의 근본 조건을 탐구한다는 구실
로 출발하였으나, 결과적으로는 이처럼 인간 존재의 황폐화만을 가져
왔다. 좀더 자세하게 그것은 ① 당대 한국 소설에 현실이 제거된 공
허한 관념만을 가져왔고, ② 소설 내에서 인간의 종합적 묘사와 다
양한 성격 창조에 실패하고 말았으며, ③ 기법(형식)에만 매달려 사
상적 허무를 초래하고 말았다[42]는 점에서 하루 빨리 시정되고 극복
되어야 할 대상으로 분류된다. 그가 한국의 실존주의 소설을 '허무
와 죽음을 토해내는 독버섯'[43]에 비유한 것은 이런 관점에 입각한
것이다.

그렇다면, 실존주의 이후 한국 소설이 나아갈 방향은 무엇인가. 이
점에 대해 그는 시대의 고발과 현실 반항을 통한 휴머니즘의 정신을
그 대안으로 제시한다.[44] 고발과 반항, 그리고 휴머니즘은 장일우에게
는 별개의 것이 아니다. 이 과제를 올바로 수행하기 위해서는 우선
작가 자신의 시대적 자각과 현실에 대한 비판 능력이 뒷받침되어야
한다고 보았다.

---

41) 「한국 문학의 새로운 전망」 (1963・3), p. 127.
42) Ibid., p. 129.
43) 「시대와 신인 작가」 (1963・6), p. 152.
44) '실존주의는 휴머니즘이다'라는 사르트르의 발언에서도 볼 수 있듯이, 원래의 실존
주의가 휴머니즘과 대립하기만 하는 것은 아니다. 그러나 사르트르가 굳이 이러한
자신의 견해를 표명해야만 했던 것은 결국 그만큼 실존주의 자체가 휴머니즘과는
무관한, 때로는 휴머니즘과 대립되는 사상으로 오인되는 경우가 많았음을 반증하
는 일이 아닐 수 없다. 전후 한국 소설에서의 실존주의에 대한 이해 역시 이와 같
은 인식 수준에서 크게 벗어나지 못했던 것이 사실이다.

오늘 반항은 이 나라 사람들의 존재 형식입니다. 여기에 시대적 내용을 부여하는 것은 물론 휴머니즘입니다. 그러기 때문에 우리에게 있어서 반항과 휴머니즘, 그것은 둘로 갈라놓을 수 없는 하나의 전일체입니다. 그러기 때문에 우리에게 있어서 반항 없는 휴머니즘이나 휴머니즘이 없는 반항은 미사여구로 분식된 기만이거나 그렇지 않으면 공연한 소동에 불과합니다. 그리고 무엇 때문에 우리가 지금 살고 있으며 어떻게 살아야 하는가 하는 우리의 삶의 내용과 형식을 밝히는, 여기에 바로 새 문학의 원천이 있으며 주제가 있습니다.[45]

문학에 있어서의 휴머니즘이란 단순히 인간에 대한 신뢰와 애정으로만 성립되는 것은 아니다. 물론 인간에 대한 기본적인 신뢰와 애정은 휴머니즘 성립의 필수 요건 가운데 하나인 것만은 분명하다. 그러나 위 인용문에서 보듯, 그것은 시대적 자각과 현실에 대한 비판적 인식을 동반한 고발과 반항의 정신을 가질 때에만 온전하게 주어지는 것이다.

그런 관점에서 그는 김동리가 주장한 휴머니즘은 참다운 의미에서의 휴머니즘이 될 수 없다[46]고 판시한다. 요컨대 그의 문학 세계에는 현실 대결의 긴장감이 제거되어 있으며, 그 결과 창백하고 허망한 박제 인간의 순수한(?) 인간성만이 나타난다는 것이다. 한국의 순수 문학자들이 말하는 휴머니즘이란, 그러므로, 대중들을 향한 일종의 기만술에 불과하다는 것이 그의 생각이다.[47] 거기에는 기본적으로 인간 존재에 대한 신뢰와 애정의 여건이 마련되어 있지 못하다고 보았기 때문이다.

그러므로 휴머니즘이 고발과 반항의 정신을 통해 궁극적으로 추구

---

45) 「시대와 신인 작가」(1963 · 6), p. 153.
46) 「동리 문학을 논함」(1964 · 11), p. 170.
47) 「순수의 종언」(1964 · 5), p. 163.

해야 할 것은 주어진 상황 속에서 어떻게 하면 인간이 인간답게 살아 가는가에 대한 반성과 인간 자신의 명예 회복48)이라고 할 수 있다. 그것은 단순히 〈왜〉 사느냐에 국한된 문제가 아니라 〈어떻게〉 사느냐의 문제, 즉 인간은 무엇 때문에, 그리고 무엇을 위해서 사느냐의 문제일 것이다. 장일우는 이 점을 다음과 같이 이해한다.

> 그렇기 때문에 현대 소설은 「너는 뭐냐」 하는 인간의 자연적 존재를 질문하고 「나는 인간이다」,(「나는 짐승이 아니다」,)를 대답하는 것이 아니라 「너는 지금 인간으로서 어떻게 살고 있느냐」 하는 질문에 대한 대답을 준비하고 있지 않을 수 없다.49)

그러면 이제 그에게 남는 문제는 한 가지일 터이다. 바로 형상화의 문제이다. 실존주의를 대신할만한 사상으로 휴머니즘이 바람직하다는 그의 주장을 그대로 수용한다고 하더라도, 그것을 작품 내에서 구체적으로 어떤 방식으로 형상화해나갈 것인가라는 방법론 상의 문제는 여전히 남는다. 휴머니즘의 정신을 강조하고 있다고 해서 반드시 그 소설이 우수하다고 단정을 내릴 근거는 없기 때문이다. 그러나 이 점에 대해 그는 단호하게 지금 이 시점에서는 '이 땅에서 어떻게 노래를 부를까 하는 격식 이전에 이 어두운 현실 속에서 무슨 노래를 불러야 하는가가 문제'50)임을 천명한다. 현실에 밀착된 사상이나 주제가 없이는, 기법이나 형식 면의 어설픈 강조란 자칫 난해시나 실존주의 소설 작품에서와 같이, 공허한 관념의 놀음으로 빠질 우려가 다분하다고 보았기 때문이다.

---

48) 「한국 소설의 두 측면」 (1963 · 8), p. 133.
49) Ibid., p. 132.
50) 「시대와 신인 작가」 (1963 · 6), p. 158.

다만 그는 여기서 당대 한국 문단에서 휴머니즘의 궁극적인 목표가 고립적이고 폐쇄적인 인간 존재의 자기 확인에만 그치는 것이 아니라, 보다 넓은 〈우리〉라는 공동 운명체에 대한 자각을 바탕으로 하여 성립되는 자기 존재의 확인이 될 수 있기를 희망한다.[51]

4) 리얼리즘론, 신세대론 및 기타

위의 주제들 이외에도 장일우는 다 방면에 걸쳐 당대 한국 문단에 대한 자신의 관심사를 애정어린 충고의 형식으로 표현, 전달하고자 한 것을 볼 수 있다. 그 가운데 한번쯤 주목해볼 필요성이 있는 것으로는 리얼리즘론과 신세대론, 농민 문학론 등을 지적할 수 있을 것이다.

리얼리즘에 대한 그의 관심은 현실 참여론과 난해시 비판의 연장선에서 형성된 것이다. 이 문제와 관련하여, 그는 먼저 한국의 현대 작가들이 흔히 리얼리즘과 자연주의 문학을 혼동하고 있는 점은 잘못이라고 지적한다. 자연주의 문학은 단지 현실의 외피를 관찰, 묘사하는 데 그칠 뿐이다. 이에 반해 진정한 리얼리즘 문학은 현실의 본질을 추구하는 데서 출발한다는 것이다. 그가 염상섭 등의 작품 경향을 자연주의 사조의 산물로 이해하고, 이에 대해 비판적인 해석을 가한 것은 이런 관점에 의한 것이다. 그가 보기에 문학에 있어서의 자연주의란 한 마디로 신변 잡담 이상의 의미를 지니기 힘들다.[52]

그가 생각하는 리얼리즘 문학은 현실에 대한 정확한 인식뿐만 아니라, 작품 내에서의 인물의 성격 창조까지를 완벽하게 구현해내는 세

---

51) 「한국 소설의 두 측면」 (1963 · 8), p. 134.
52) 「한국 문학의 새로운 전망」 (1963 · 3), p. 125.

계관이자 창작 방법의 일종이다. 이와 같은 그의 이해는 원론적인 측면에서 볼 때 리얼리즘의 본질을 옳게 지적한 것이라는 점에서 그 정당성이 입증된다.

그런데 여기서 한 가지 특징적인 점은 그가 이러한 리얼리즘의 정신을 로맨티시즘과 상호 결합시키려 한 점이다.

> 오늘날의 시단에는 한국의 사회적 혼돈과 갈등을 관조하는 리얼리티도 없으며 앞날을 전망하는 로맨티도 없다.
> 한국의 오늘을 걱정하고 세속의 불의를 경계하며 장래를 희구하는 오늘의 리얼리스트 오늘의 로맨티스트도 나와야 할 것이 아닌가!53)

> 그렇기 때문에 나는 한국의 현대시가 로만티시즘을 헐값으로 팔아버릴 것이 아니라 이것을 리얼리즘과의 결합에서 그 가치를 재발견하는 것이 필요하다고 생각하며 박형의 시 속에서 나는 이같은 결합의 시원을 발견하고 저으기 기뻐하고 있읍니다.54)

그는 로맨티시즘에도 두 종류가 있다고 주장한다. 그 하나가 현실과 결합되지 않은 추상적 신비적 경향의 것이라고 한다면, 다른 하나는 현실과 단단히 결합된 구체적인 성질의 것이라고 할 수 있다. 그는 전자를 부정적인 로맨티시즘으로, 후자를 긍정적인 로맨티시즘으로55) 각기 구분하여 지칭한다. 그리고는 여기서, 후자인 긍정적인 로맨티시즘이야말로 당대의 한국 문학이 리얼리즘과의 결합 위에 소중히 가꾸어 나가야 할 귀중한 재산이라고 이해한다.

문단의 신세대에 대한 그의 태도는 다소간 이중적인 관점을 노출하

---

53) 「현대시의 음미 – 그 난해성에 대한 일 고찰」(1962 · 4), p. 147.
54) 「시인 박두진을 논함」(1964 · 3), p. 251.
55) Ibid., p. 252.

고 있는 것처럼 보인다. 앞서 살펴본 바와 마찬가지로, 그는 신세대들의 무분별한 서구 편향성, 즉 난해시에의 경도와 실존주의에 대한 열광 등의 현상에 관해서는 일관되게 비판적인 관점을 취한다. 그러나 한편으로는 이들 신세대 작가들의 대두와 그들의 활동에 대해 은근한 기대감을 표시하기도 한다. 이러한 그의 이중적인 인식은 어찌 되었건 이 시기 한국 문단이 처한 현 상황은 시급히 극복되고 타개되지 않으면 안 된다는 당위와, 불만족스럽기는 하지만 이러한 임무를 수행할 세력은 역시 이들 신세대 작가들 외에는 없다는 현실적 판단 등에 근거한 것처럼 보인다.

대체 누가 고민을 등에 진 현대와 한국적 현실을 투명하게 묘사하였는가? 전후에 등장한 신인들이 참신한 주제를 가지고 낡은 기성인의 윤리에 도전하여 나섰다. 가령 이범선, 오상원, 김광식, 추제 씨등과 같은 현대의 젊은 참피온들이 비교적 현실 직시의 태도와 한국적 현실 구조의 해부에 작가적 기백을 보여주었다.[56]

전후 한국 문학의 가장 뚜렷한 특징은 신구 세대의 일대 교체이다. 낡은 세대는 퇴각하고 새 세대는 대량 등장하였다. 이것은 전후 문학의 일반적 특징이다. …… (중략) …… 이때 이미 불안과 위기 속에서 돌파구를 찾아 몸부림하면서 현실 직시의 참여 문학과 상황의 문학을 추켜들고 산맥처럼 우뚝우뚝 솟아나는 저 새 문학의 챔피언들이 그들의 키보다 한 치쯤 더 높이 육박하고 있었다. 누구든 전후 한국 문학을 관찰할 수 있는 사람이라면 이같은 세대 교체라는 일반적 특징 속에서 전개되고 있는 문학의 내질적 변화를 쉽게 엿볼 수 있을 것이다.[57]

---

56) 「현실과 작가─작가의 현실 기피는 자기 소외이다」 (1962 · 6), p. 133.
57) 「순수의 종언」 (1964 · 5), pp. 169~170.

인용문에 보이는 이러한 그의 진술은 사실상 현실 참여적 성향을 지닌 일부 신세대 작가군에 대한 격려이며, 그들의 활동에 대한 내면적인 기대감의 표현으로 이해하는 편이 옳을 것이다.

여기서 한 가지 부기해둘 점은 앞선 세대에 속하는 작가나 시인들 가운데, 이 시기 전개된 박두진의 시작 활동에 대해서만큼은 예외적으로 고평하고 있다는 점이다. 이 당시 박두진의 시는 초창기의 청록파적인 의식 세계, 즉 자연 친화 경향으로부터 한 걸음 벗어나, 현실 문제에 대한 일정한 긴장력을 유지하고 있는 것으로 평가받고 있다.[58] 이런 박두진의 태도는 그의 문학적 취향이나 체질과도 일치하는 것이다. 그런 각도에서 그는 시인 박두진의 문학관과 그의 문학에 드러난 특징적인 양상을 독립적으로 거론한 글[59]을 써서 발표함으로써, 박두진 문학에 대한 자신의 호감을 표현하고 있다.

이외에도, 그는 농민 문학의 중요성을 언급한 글[60]을 통해 농촌 문제에 대한 작가들의 관심을 촉구한 바 있어 주목된다.[61]

4. 결론 및 제언

우리 문학사에는 채 정리되지 못한 채, 그늘 아래 묻혀 방치되어

---

58) 시 뿐만 아니라 실제 생활 면에 있어서도 박두진의 경우는 이 기간 중에 당대 현실에 대해 비판적 태도를 줄곧 견지하였다.

59) 「시인 박두진을 논함」(1964 · 3).

60) 「농촌과 문학」(1963 · 12).

61) 이 문제는 1960년대 평단에서는 비록 단편적인 언급에 그친 바 있지만, 이후 1970년대에 들어 『창작과비평』지에 의해 새롭게 부각됨으로써 활성화되는 양상을 보인다.

있는 작가나 작품들이 아직도 꽤 많이 남아 있다. 이 글에서 다루고 있는 비평가 장일우와 그가 남긴 평문들 역시 그런 사례에 속한다.

물론 이 글은 장일우 비평에 대한 본격적인 연구물이라고 하기에는 부족한 점이 많다. 개략적인 소개와 유형별 정리 작업에 치중한 감이 없지 않기 때문이다. 그러나 앞서 제시한 바 있듯이, 일단은 그의 비평 활동 전체를 대상으로 한 최초의 직접 조명이라는 점에 그 의의를 두고자 한다. 이를 토대로 하여, 좀더 다양한 관점에서 그의 비평 세계의 특성과 국내 문단과의 교류 및 그 영향 관계 등을 깊이 있게 다룬 후속적인 연구물들이 나올 수 있기를 기대한다.

그는 당시 국내에서 활동하던 비평가들이 이런저런 이유들로 인해 이야기할 수 없었던, 국내 문단의 동향과 관련된 많은 중요한 사실들을 그의 평문을 통해 솔직하게 지적하고 이에 대한 대책을 촉구한 바 있다. 그러나 당대의 한국 문단은 그가 평문에서 던진 이런 쓴 소리들에 대해 대체로 무관심에 가까운 반응으로 일관하여 왔던 것이 사실이다.62) 무엇보다도 그는 지리적으로 다소 떨어진 일본에 거주하고 있었으며, 이러한 사실은 그만큼 그의 국내에서의 활동 기반이 상대적으로 취약할 수밖에 없었음을 말해주는 것이다. 이 점은 또한 그의 평론이 국내 문단의 직접적인 반향을 불러일으키기에는 일정한 한계

---

62) 김수영의 글에 나오는 다음과 같은 내용은 흥미로운 것이 아닐 수 없다.
"일본과의 문화적 교류를 할 수 있다는 거리에서 오는 매력 이상으로 국내의 평론가들이 지연상으로 할 수 없는 솔직한 말을 많이 해준 매력에 대해서, 나는 그(장일우—인용자 주)의 숨은 공적을 높이 평가한다. 그의 〈숨은〉 공적이라고 말하는 것은 어찌된 일인지 여기에서는 내가 생각하고 있는 것만큼 그의 공적이 공적으로서 인정되고 있지 않다. …… (중략) …… 어떻게 보면 그의 메시지의 쇼크가 너무 컸기 때문에 생기는 비겁한 묵살같은 것이 그간에 가로놓여 있는 게 아닌가 하는 생각이 든다."
김수영, 「생활 현실과 시」, 김수명 편, 『김수영 전집·2 (산문)』 (민음사, 1991), p. 190.

가 있었음을 의미하는 것이기도 하다.

그러나 그런 전반적인 분위기 속에서도, 예외적으로 그와 같은 그의 문제 제기 방식이 지닌 가능성을 조용히 관심을 가지고 지켜보았던 일부 국내 필진들이 있었다. 그들은 장일우의 비평에 나타난 지적 사항들을 소중하게 이해하는 한편, 이를 바탕으로 자신의 문학 세계를 보다 넓혀 나가는 데, 그리고 나아가서는 우리 문학이 나아가야 할 바람직한 발전 방향을 모색하는 데 활용하기도 한다. 우리는 여기서 그 대표적인 경우로 김수영을 지목할 수 있을 것이다.63) 김수영 연구자들이 앞으로는 이러한 문제에 대해서도 좀더 의욕적이고 적극적인 자세를 유지할 필요가 있지 않나 생각한다.

---

63) 이런 관점에서 보았을 때, 김수영을 다룬 그 많은 글들 가운데, 이 둘의 관계에 주목한 그간의 논의가 거의 없다는 사실은 이례적인 일처럼 생각된다. 지금까지 연구자가 조사해본 범위 내에서는 앞서 한 차례 거론한 박수연의 글이 유일한 예외에 속하는 것이다.

장일우 비평 서지 목록

「그 작품과 나」, 『한양』 통권 제1호, 1962 · 3.
「현대시의 음미―그 난해성에 대한 일 고찰」, 『한양』 통권 제2호, 1962 · 4.
「현실과 작가―작가의 현실 기피는 자기 소외이다」, 『한양』 통권 제4호,
    1962 · 6.
「시의 가치―다시 현대시의 난해성에 대하여」, 『한양』 통권 제6호, 1962 · 8.
「여류 신인의 시원」, 『한양』 통권 제7호, 1962 · 9.
「소월의 시와 자주 정신」, 『한양』 통권 제9호, 1962 · 11.
「반성과 전망―1962년 한국 문단 소감」, 『한양』 통권 제12호, 1963 · 2.
「한국 문학의 새로운 전망」, 『한양』 통권 제13호, 1963 · 3.
「현대시와 시인」, 『한양』 통권 제14호, 1963 · 4.
「시대와 신인 작가」, 『한양』 통권 제16호, 1963 · 6.
「한국적인 것과 전통적인 것」, 『자유문학』 통권 제70호, 1963 · 6.
「한국 소설의 두 측면」, 『한양』 통권 제18호, 1963 · 8.
「한국 현대시의 반성」, 『한양』 통권 제19호, 1963 · 9.
「현실과 작품의 논리」, 『한양』 통권 제21호, 1963 · 11.
「농촌과 문학」, 『한양』 통권 제22호, 1963 · 12.
「무지의 모험―이어령의 비평안」, 『한양』 통권 제23호, 1964 · 1.
「시인 박두진을 논함」, 『한양』 통권 제25호, 1964 · 3. (박목월외, 『청록집
    기타』 (현암사, 1968)에 「박두진론」이라는 제목으로 재수록)
「순수의 종언」, 『한양』 통권 제27호, 1964 · 5.
「참여 문학의 특성」, 『한양』 통권 제28호, 1964 · 6.
「동리 문학을 논함」, 『한양』 통권 제33호, 1964 · 11.
「문학의 허상과 진실」, 『한양』 통권 제36호, 1965 · 2.
「시대 정신과 한국 문학」, 『한양』 통권 제38호, 1965 · 4. ·
「한국 시단 점묘」, 『문학춘추』 통권 제16호, 1965 · 11.

제3부
한국 문학의 내면 분석, 기타

윤동주(尹東柱) 시의 갈등 양상과 내면 의식

- 자아 분열의 위기 의식과 그 극복 의지를 중심으로

1. 문제의 제기

그동안 비평사에 보태졌던 수다한 논의들에도 불구하고, 시인 윤동주의 존재는 우리들에게 여전히 일말의 의문의 여지를 안고 다가오는 것 같다. 과연 그의 시가 진정한 의미에서의 저항시일 수 있는가 하는 해묵은 논쟁은 차치하고라도, 그러한 양분법이 지닌 한계를 지적하며 이를 새롭게 극복해보고자 시도했던 이후의 논의에서조차 그의 참모습은 뚜렷한 형태로 드러나 보이지 않는다. 이와 같은 현상의 이면에는 그 나름의 어려움이 개입되어 있는 것도 사실이다. 무엇보다도 그의 짧았던 생애와 한정된 수의 작품이 일차적인 걸림돌로 작용한다. 그 위에 그가 남긴 글 가운데 자신의 성장 환경이나 기타 활동 배경에 대한 자전적 기록이 전무하다는 점, 때문에 이 부분에 대해서는 부득불 그와 교분이 있었던 몇몇 인사들의 회고를 통해 간접적인, 그나마 단편적인 이해에 만족할 수밖에 없다는 점 역시 더 이상의 진전된 논의를 가로막는 또 다른 요인으로 지적될 수 있을 것이다.

어쩌면 바로 그와 같은 점들이 우리로 하여금 윤동주를 끊임없이 되돌아보게 만드는 더 큰 매력으로 작용하는 것인지도 모른다. 심지어 우리는 적지 않은 경우, 그의 삶과 문학에 대한 논의가 성급한 신화화의 오류에 빠져들고 있음을 보게 된다. 그러나 문제는 여기서 머물지 않는다. 그의 문학적 성과를 상황 논리에 입각하여 해석하려는 경향만큼이나 그것들 간의 무관함을 입증하려는 노력들 역시 문제적일 수 있기 때문이다.1) 아울러 그의 작품 속에 용해되어 있는 정신 구도를 밝히려는 제3의 입장조차 완전 무결한 것일 수는 없다.2) 시대 상황과 시인, 그리고 그가 남긴 시와의 상관 관계란 어느 경우에나 고도로 매개적인 특성을 지니게 마련이며, 그런 만큼 그 사이에 작용하는 제반 요소들의 움직임을 파악하는 문제는 우리에게 보다 미시적인, 동시에 거시적인 안목의 확보를 요구하는 것이기 때문이다. 이 점은 특히 윤동주와 같이 내면 세계의 깊이를 추구한 작가들을 다룰 경우에는 충분히 강조될 필요가 있다.

---

1) 윤동주에 대한 우리 주변의 논의는 크고 작은 것을 합쳐 400여 편을 상회하는 것으로 알려진다.(참고로 김영민 (1988) 조사본이 205 편, 김의수 (1990) 조사본이 302 편이다.)

이 가운데 항일 저항시인으로 그를 규정한 시론들은 이상비, 「윤동주론 – 시대와 시의 자세」, 『자유문학』 (1960 · 11) ; 김우종, 「암흑기 최후의 별」, 『문학사상』 (1976 · 4) ; 전규태, 「저항시인으로서의 윤동주론」, 『나라사랑』 (1976 · 6) ; 김용직, 「어두운 시대와 시인의 십자가」, 『문학사상』 (1986 · 4) 등을 들 수 있을 것이다.

반면에 저항시 논의에 관한 의문을 제기한 것으로는 오세영, 「윤동주의 시는 저항시인가」, 『문학사상』 (1976 · 4) ; 임헌영, 「순수한 고뇌의 절규」, 『문학사상』 (1976 · 4) ; 박삼균, 「윤동주의 저항성 재고」, 『설악』 제8집 (강원대학교, 1977)가 있다.

2) 이런 관점의 논의들로는 김열규, 「윤동주론」, 『국어국문학』 27집 (1964) ; 김우창, 「시대와 내면적 인간」, 『궁핍한 시대의 시인』 (민음사, 1977) ; 이남호, 「육사의 신념과 동주의 갈등」, 『세계의 문학』 (1984 · 여름) ; 최동호, 「윤동주 시의 의식 현상」, 『현대시의 정신사』 (열음사, 1985) ; 박태일, 「한국 근대시의 공간 현상학적 연구」, (부산대대학원 박사논문, 1991) 등이 해당된다.

본고는 그러므로 이상 열거한 기존의 연구 성과물을 토대로, 그들 논리의 빈 터를 메워보려는 소박한 의도에서 출발한다. 구체적으로 이 작업은 그의 시에 나타난 내면 의식의 구조를 단순히 펼쳐 보이는 데 머물지 않고, 그러한 의식의 함축을 결과토록 한 내적, 외적 원인들을 다각도로 추적해 들어가는 것을 목표로 삼는다. 이 과정에서 필자는 이제까지와는 조금 다른 입장에서, 자료의 보강과 함께 새로운 방법론의 도입이 필요함을 인식하게 된다. 그것은 윤동주와 같이 내면적인 인간의 의식 성향을 분석해내기 위해서는 기존의 인식론적 틀만으로는 일정 부분 한계에 부딪칠 수밖에 없다는 판단에 근거한 것이다.

윤동주의 시가 가지는 예술적 특성 가운데 하나는 그것이 독자들에게 끊임없이 재독(再讀)을 강요한다는 데 있다. 그 이유가 어디에 있건 간에 이와 같은 사실은 시인 윤동주의 문학적 행로가 그만큼 특이하며, 그만큼 진지하다는 하나의 정황 증거일 수 있을 것이다. 과연 그 무엇이 윤동주로 하여금 그토록 고독하게, 때로는 절실하게, 자신의 문학 속에 파묻히게 했는지 다시금 이에 대한 진지한 검토가 뒤따라야 할 것이다. 이 점이 무시될 때 그에 관한 우리의 논의는 필연적으로 겉돌 수밖에 없을 것이다. 결국 이 글의 의도는 그간의 논의들을 통해 만족스럽게 해명될 수 없었던 윤동주 문학의 특징적인 국면들을 새로운 시각에서 조명하고 해결해보려는 노력과 관계된다.

2. 자아 분열의 위기 의식과 그 상황적 요인

오늘날 널리 알려져 있는 윤동주의 인상은 고요하고 내면적인 인간의 그것에 가깝다. 다시 말해 그는 행동적이라기보다는 사색적이며, 그 자신의 의사 역시 직설적으로 표출하기보다는 곰곰이 안으로 다져 나가는 데 익숙한, 그런 인물로 떠오른다. 그와 같은 전반적인 인상을 그대로 반영이라도 하듯, 그의 시는 자의식의 강한 테두리 내에서 형성된 것으로 이해되고 있다. 따라서 그의 시를 분석하는 데 있어 시에 나타난 자아의 의식 세계에 대한 탐구는 필수적이며, 또 우리가 아는 한 이 점에 대한 연구 성과는 이미 상당한 정도로 축적되어 있는 것도 사실이다. 그러나 그간의 적지 않은 성과에도 불구하고 이 자아의 형성, 전개 과정이 계기적으로 일목 요연하게 체계화되었다고 보기에는 어려움이 있다.

산모퉁이 돌아 논가 외딴 우물을 홀로 찾아가선 가만히 들여다봅니다.
우물 속에는 달이 밝고 구름이 흐르고 하늘이 펼치고 파아란 바람이 불고 가을이 있습니다.

그리고 한 사나이가 있습니다.
어쩐지 그 사나이가 미워져 돌아갑니다.

돌아가다 생각하니 그 사나이가 가엾어집니다.
도로 가 들여다보니 사나이는 그대로 있습니다.

다시 그 사나이가 미워져 돌아갑니다.
돌아가다 생각하니 그 사나이가 그리워집니다.

우물 속에는 달이 밝고 구름이 흐르고 하늘이 펼치고 파아란 바람이 불고 가을이 있고 추억처럼 사나이가 있습니다.
— 「자화상」 전문[3]

윤동주의 시에 나타난 자아의 갈등 양상을 논할 때 빠짐없이 인용되곤 하는 이 작품에서 필자는 우선 논의의 근거를 마련코자 한다. 잘 알다시피 이 시의 제목은 「자화상」이다. 이런 사실을 감안한다면 이 시에 등장하는 두 사람, 즉 시적 화자와 한 사나이는 결국 시인의 자아가 간직한 두 얼굴임을 짐작하기 어렵지 않다. 우물 밖의 자아(화자)는 우물 안의 자아(한 사나이)를 내려다보며 시종 애증의 감정이 교차됨을 경험한다. 위에서 보듯 우물 속의 세계는 '달이 밝고 구름이 흐르고 하늘이 펼치고 파아란 바람이 불고 가을이 있는' 평화롭고 조화로운 세계이다. 마땅히 그 세계에 속한 사나이는 행복하여야만 할 것이다. 그럼에도 화자는 그 사나이를 그리워하며, 가엾어 하며, 때론 미워하기까지 한다.

왜 이런 현상이 발생하는가? 여기서 문제의 핵심은 우물이 지닌 상징성에 놓여 있다고 하겠다. 즉 우물은 문맥상 자아의 내면을 비추어 주는 거울을 의미하는 바, 유년기의 행복했던 시절의 〈추억〉을 되살리게 해주는 매개체인 것이다. 그리고 이 매개체를 통해 화자(우물 밖의 자아=현실 속의 나)는 유년기의 순수 동경의 세계에 몰입하려는 또 다른 자신(우물 안의 자아=이상 속의 나)을 발견하게 된다. 그러나 이 발견은 이제 자신의 내부에 심각한 갈등의 요소로 자리 잡게 된다. 그 갈등이 무엇으로부터 촉발되었는지 이에 대한 구체적인 이유는 아직 선명히 드러나 있지 않다. 다만 우리가 알 수 있는 것은 현실 속의 화자가 유년기의 행복했던 시절을 멀리할만한 이유가 분명히 있으리라는 것뿐이다.

---

3) 이후 인용되는 윤동주의 작품과 글은 시집 『하늘과 바람과 별과 시』(정음사, 1968)의 수록본을 기본 텍스트로 삼는다.

혹자는 이에 대해, 일제 강점기라는 궁핍한 시대를 배경으로, 그러한 현실을 날카롭게 인식하고 이에 대처해 나가려는 현실적 자아와, 현실은 접어둔 채 유년기의 순수 세계를 그리워하며 동경하는 본원적 자아 사이에 빚어진 긴장과 갈등의 기록이라고 이야기할 수도 있을 것이다. 그러한 이해는 물론 타당한 것일 수 있을 테지만, 사태의 핵심을 완벽하게 꿰뚫은 것이라고 생각되지는 않는다. 요컨대 문제는 그가 끊임없이 되돌아보려 한 유년기의 순수 동경의 세계란 과연 훼손되지 않은 절대적 공간인가 하는 점이다.

여기에 관한 논의를 진전시키기에 앞서, 잠시 다음의 내용을 훑어보도록 하자.

> 이 마을은 사방이 산으로 둘러싸여 있는 아늑한 큰 마을이다. 동북서로 완만한 호선형(弧線形) 구름이 병풍처럼 마을 뒤로 둘려 있고, 그 서북단에는 선바위란 삼형제 바위들이 창공에 우뚝 솟아 절경을 이루며 서북풍을 막아주고 있다. …… (중략) …… 봄이 오면 마을 야산에는 진달래·개살구꽃·산앵두꽃·함박꽃·나리꽃·할미꽃·방울꽃이 시새어 피고, 앞강가 우거진 버들숲 방천에는 버들 강아지가 만발하여 마을은 꽃과 향기 속에 파묻힌 무릉 도원이었다. 여름은 성싱한 전원의 푸름이 묻혀 있고, 가을은 원근 산야의 단풍과 무르익은 황금색 전답으로 황홀하였다.[4]

윤동주의 고향인 북간도 명동촌의 자연 환경에 대한, 극히 감상적인 어조의 글이다. 내용상 우리가 이 글을 여과 없이 수용할 바는 못되지만, 추측컨대, 어린 윤동주의 눈에는 그가 나서 자란 그 고장이 무척이나 평화롭고 아늑한 곳으로 비쳤을 것임을 미루어 짐작하기는

---

4) 김정우, 「윤동주의 소년 시절」, 『나라사랑』 (1976 · 6).

어렵지 않다. 적어도 그의 유아기적 의식은 고향에 대한 이러한 정서적 테두리 내에서 싹텄을 것으로 생각된다.

그러나 그가 고향을 떠나 식민지적 질곡이 직접 지배하는 조국의 현실에 접하게 되면서부터 이러한 사정은 커다란 변화를 겪게 된다. 그는 서서히 지금까지 자신이 고향이라고 믿어왔던 북간도의 지정학적 조건이 실상 '이국도 고국도 아닌 중간 지대 같은 것'[5]임을 인식하게 된 것이다. 당시의 상황으로 보아 그 곳은 일본인, 중국인, 만주국인 등 주류 세력들의 틈바구니 속에서 조선인들은 다만 〈소수 집단〉으로서만 그들의 삶을 영위해나갈 수밖에 없는 공간이었던 것이다.

> 이제 나는 곧 종시(終始)를 바꿔야 한다. 하나 내 차에도 신경행, 북경행, 남경행을 달고 싶다. 세계일주행이라고 달고 싶다. 아니 그보다도 진정한 내 고향이 있다면 고향행을 달겠다. 도착하여야 할 시대의 정거장이 있다면 더 좋다.
>
> — 「종시」 부분

진정한 고향이란 과연 무엇인가? 북간도를 떠난 윤동주가 우리 민족이 처한 역사적 상황을 실감하게 되면서부터(그리고 스스로를 되돌아보기 시작하면서부터) 이 질문은 그를 짓누르는 최초의 중압감으로 작용하였던 것이리라. 마치 유태인으로서 체코에서 독일어로 글을 써야 한다는 중압감이 카프카의 문학을 결정하였듯이, 반도 외 지역(북간도) 출신 조선인으로서 일제 치하 식민지 조선에서 조선어로 글을 써야 한다는 현실이 윤동주를 압박하기 시작한 것이다. 이 경우 이제껏 순수 동경의 세계로만 믿어왔던 그의 유년기는 더 이상 그 의미를

---

5) 김윤식, 「십자가와 별」, 『현대시학』 (1974 · 12).

유지하기 어렵게 된다. 그의 의식 속에서 북간도라는 지명으로 대변되는 〈가족 공동체적(외디푸스적) 삼각형〉[6]은 심한 굴절과 변화를 겪는다.

더 이상 통합된 원체험의 공간은 존재하지 않는다. 한반도의 현실이 그러하듯, 그가 나서 자란 북간도에도 역시 외디푸스적 삼각형을 포위하는(안에서, 또는 밑으로 작용하는) 무수한 다른 삼각형은 그 악마적 세력을 구축하고 있었던 것이다. 유년의 리비도는 처음부터 그것들에 포위되어 있었다.[7] 이러한 내적 인식이 어렴풋이나마 드러나 있는 대목이 바로 다음에 보이는 「별똥 떨어진 데」의 한 구절이다.

　　나는 이 어둠에서 잉태되고 이 어둠에서 생장하여서 아직도 이 어
　　둠 속에 그대로 생존하나 보다. 이제 내가 갈 곳이 어딘지 몰라 허위
　　적거리는 것이다. 하기는 나는 세기의 초점인 듯 초췌하다. 얼핏 생

---

6) 이는 프로이트 류의 〈외디푸스 콤플렉스〉를 효율적으로 해설, 비판하기 위한 들뢰즈와 가타리의 용어이다. 프로이트는 〈아버지－어머니－아이〉라는 삼각 관계(daddy－mommy－me triangle) 속에서 가족의 질서는 도전과 거세 불안, 권위와 복종이라는 절차를 통해 형성되고 유지된다고 믿었다. 그러나 이러한 논의의 최대 약점은 주체의 형성 과정을 신경증에 기대어, 가족이라는 한정된 표상(테두리) 속에서만 바라보고 이해하려 했다는 점이다. 따라서 우리는 이 가족의 질서가 어떻게 사회적 재영토화(social reterritorialization)로 발전하는지를 설명하여야 할 것이다. 이에 대해 들뢰즈와 가타리는 외디푸스적 삼각형의 안으로, 또는 밑으로 작용하는 무수한 삼각형(예를 들어 관료적 삼각형, 지정학적 삼각형 등)을 가정한다. 이 거대한 억압적 삼각형에 대한 아이의 갈등, 즉 〈거대 외디푸스〉라는 개념은 이런 인식의 바탕 위에 도출된 것이다.
G. 들뢰즈·F. 가타리, 『소수 집단의 문학을 위하여』(문학과지성사, 1992), pp. 21~30 참조.
7) 이 점에 대해 막스 브로트는 유아기적 갈등에 대한 외디푸스적 해석이 안고 있는 취약성을 환기시킨다. 리비도의 관점에서 볼 때, 이와 같은 외디푸스적 삼각형을 포위하는 억압적인 삼각형의 발견과 그것에 대한 반발 심리는 결코 아버지와의 대립적인 관계로부터 비롯된 갈등이 아니기 때문이다.
막스 브로트, 『프란츠 카프카』(갈리마르), p. 38. (G. 들뢰즈·F. 가타리, op. cit., p. 21에서 재인용).

각하기에는 내 바닥을 반듯이 받들어 주는 것도 없고 그렇다고 내 머리를 갑박이 내려누르는 아무것도 없는 듯하다마는 내막은 그렇지도 않다. 나는 도무지 자유스럽지 못하다.

— 「별똥 떨어진 데」 부분

　과거와 현재가 온통 〈어둠〉으로 뒤덮여 있다는 인식, 그 〈어둠〉 속에서 과거 그가 고향인 북간도에서 천진난만하게 올려다보았던 별은 이제 긴 꼬리를 물고 별똥이 되어 떨어지고 만다. 훼손되지 않은 공간이란 실재하지 않는다. 다만 그때까지 그는 진실을 발견하지 못한 것뿐이다. '오늘 밤에도 별이 바람에 스치운다'(「서시」)라는 시구는 그와 같은 치열한 인식 속에 경험한 한 인간의 내적 아픔의 기록으로 이해되어 마땅하다. 평화로운 가정의 원리가 지배하는 외디푸스적 삼각형 속에서 아버지의 것이라고만 여겼던 〈권위〉는 더 이상 아버지의 것일 수 없음이 드러났다. 실질적으로 아버지는 자신의 것이 아닌 다른 어떤 권력에 고개를 숙이고 복종하였을 뿐이다. 그 권력이란 다름 아닌 일본 군국주의라는 〈기계〉, 파쇼라는 〈기계〉, 근대라는 〈기계〉의 일부분인 것이다.[8]

---

8) 여기서 우리는 〈내재성〉과 〈욕망〉에 대한 들뢰즈와 가타리의 흥미로운 논리를 접하게 된다. 이들은 소위 〈법의 초월성〉을 부인한다. 법이 있다고 믿은 곳에 사실 있는 것이라곤 〈욕망〉뿐이며, 이 〈욕망〉이 곧 〈권력〉이다. 〈권력〉은 사법권과 같은 〈기계 장치〉들에 의해 그 실체를 확보하게 되는데, 이 때 각각의 〈기계 장치〉는 그들 나름의 고유한 〈분할 집단〉 속에 속하면서, 동시에 서로간의 연계를 통해(즉, 집단의 증식) 〈집단적 기계〉 〈사회적 기계〉를 구성한다. 따라서 각각의 분할 집단 속에 자리잡은 인간은 필연적으로 〈기계〉에 의해 규정된 〈욕망〉과 밀착하지 않을 수 없게 된다. 이것이 바로 〈욕망의 내재성〉의 문제이다.
　"초월자로서의 권력은 없다. 권력은 법이 믿게하는 피라미드 구조를 지니지 않는다. 권력은 분할적이며, 선조적이다. 법은 인접성에서 비롯될 뿐이지, 높은 곳에서 또는 먼 곳에서 비롯된 것은 아니다. …… (중략) …… 모든 분할 집단은 권력을 지닌다. 모든 분할 집단은 하나의 권력인 동시에, 하나의 욕망이다. 모든 분할 집단은 하나의 기계 또는 기계 부품이다."

윤동주의 친동생인 윤일주 교수의 회고에 따르면,[9] 아버지 윤영석
(尹永錫)은 젊어서 동경과 북경에서 공부한 적이 있는, 당시로서는 선구
적인 지식인 축에 속하는 인물이었다. 그는 평소 다소간 근엄한 면을
보이기도 하였으나, 가족들에 대해서만은 무척 다정다감한 인물로 기
록되고 있으며, 특히 장남인 동주에 대한 기대와 애정은 남달리 각별
하였던 것으로 전해진다. 이런 분위기 속에서 자란 윤동주가 부모에
대해 지극한 효심을 가지게 된 것은 어찌 보면 자연스러운 일이라 생
각될 수 있다.

그러나 북간도라는 특수한 공간 속에서, 조선인이라는 〈소수 집단〉
의 일원으로서 살아가야 하는 이들 가족의 생활이란 결코 순탄치만은
않은 것이었다. 고향 명동촌을 떠나 도시인 용정(龍井)으로 옮긴 후, 인
쇄소, 무역회사 등을 차례로 전전하던 그의 아버지는, 자신이 겪는 이
와 같은 어려움을 결코 자식 세대에까지 지우고 싶지는 않았다. 그러
기에 그는 어떻게든 장남인 동주가 사회적으로 성공을 거두어 집안을
이끌어주기를 바랐던 것이다. 때문에 그는 장남으로 하여금 의학을
전공하게 하여, 그러한 자신의 뜻을 이루리라 마음 먹었다. 그러나 믿
었던 장남이 문학의 길을 고집함으로써 그의 소원은 이루어지지 못한

Ibid., p. 107.
이상의 논의에 대한 자세한 내용은 G. Deleuze & F. Guattari, *Anti‑Oedipus*,
trans. by R. Hurley et al. (Univ. of Minnesota Press, 1990) 제1장 The Desiring
‑Machines 부분을 참조할 것.
(참고로 여기서 말하는 〈기계 장치〉라는 개념과 김윤식 교수의 〈제도적 장치〉라
는 개념의 유사점과 상이점에 대해 잠시 언급하도록 한다. 양자 공히 근대라는 이
데올로기적 양식을 뒷받침해주는 개념으로써, 각각은 그 장치를 구성하는 부품들
간의 결합과 해체의 권리를 인정한다는 점에서는 동질적이다. 그러나 전자가 〈욕
망하는 기계 *desiring machines*〉라는 용어에서 보듯 〈욕망〉과 밀접히 연결된 개
념이라고 한다면, 후자는 그것이 〈권력〉의 핵심 요소임을 인정함에도 불구하고
〈욕망〉으로부터 상당히 자율적인 측면을 허용하고 있다는 점이 특징적이다.)
9) 윤일주, 윤동주의 생애, 『나라사랑』 (1976 · 6).

다.10)

사실 이 때 윤동주가 자신의 고집을 꺾고 아버지의 뜻을 따라 의학을 전공하기만 하였어도, 그리고 연희전문에 유학하여 민족 의식의 고취를 경험하지만 않았더라도,11) 그의 자아는 가족적 삼각형의 포근함 속에서 아무런 심적 갈등을 겪지 않고 성장할 수 있었을지 모른다. 그의 의식이 깨어남에 따라, 그리하여 아버지가 왜 그토록 자신에게 의학 공부를 권할 수밖에 없었는지 그 실질적인 이유를 알게 됨에 따라, 그의 내부에는 그에 따른 갈등의 골 또한 깊어갔던 것이리라.

---

10) 이 당시의 사정을 알 수 있는 글로는 다음과 같은 내용들이 있다.
　"중학교 5학년 졸업반이 되자 그(윤동주 – 인용자 주)에게는 고민이 생겼다. 상급 학교 진학 문제로 문과반 · 이과반 중 어느 것을 택해야 할 계제에 이른 것이다. 아버지께서 의과를 택하라고 권하셨으나 그는 듣지 않았다. 몇 개월에 걸친 부자간의 대립은 대단한 것이어서 어린 우리들은 겁에 질릴 정도였다. 아버지는 그 무렵 무역회사 중역으로 계시었다. 젊어서 문학에 뜻을 두어 외유하시고, 명동에서 가장 선구적인 청년으로서 웅변, 휘호 등으로 날리시던 아버지도 생활상의 실패를 아들에게 물려주고 싶지 않으셨던 것이다."
　윤일주, Ibid.
　"동주의 아버지 영석 형은 필자의 종형인데 휘호도 잘하고 웅변도 잘해 한 때 이름을 날린 일도 있거니와, 일본 토오쿄오와 북경에서 공부한 일이 있어서 모든 사리를 잘 통찰하신 분으로 퍽이나 근엄한 편인데, 동주가 졸업한 뒤에 학업을 계속해야 하는 문제에 대하여 나와 여러 번 상의했다. 영석 형의 의견에 따르면 "이 어려운 시대에 의학을 해야만 무난히 살아갈 수 있지, 사상적인 운동에 가담해서는 안 된다. 의학을 한다면 공부를 시키고 싶으나 그렇지 않으면 공부를 시키고 싶지 않다."고 했다. 나중에 그의 조부와 김약연 선생의 권유에 따라 본인의 취미대로 나가야 할 것으로 결정하고 연희 전문 문과로 진학하기로 결정했다."
　윤영춘, 「명동촌에서 후쿠오카까지」, 『나라사랑』(1976 · 6).
11) 이 점에 대해 잘 설명해줄 수 있는 대표적인 일화 한 편을 소개한다.
　"그리고 누구보다도 동주를 울렸고 우리 모두를 울린 일이 있다. 그것은 손진태 교수다. 손 교수께서 역사 시간에 잡담으로 뀌리 부인 이야기를 하신 것이다. 뀌리 부인이 어렸을 때 제정 러시아 하에서 몰래 교실에서 폴란드 말을 공부하던 때 마침 시학관이 찾아와 교실을 도는 바람에 …… (중략) …… 손 선생은 이 이야기를 소개하시고 자신이 울며 손수건을 꺼내자 우리도 모두가 울음을 터뜨려 통곡하였다. 그 후 우리는 더욱 그분을 우러러보았고 더욱 가까이하게 되었다."
　유영, 「연희 전문 시절의 윤동주」, 『나라사랑』(1976 · 6).

이런 경우를 두고 우리는 곧잘 〈모르는 게 약이다〉라는 표현을 사용하곤 한다. 이렇듯 가족적 삼각형을 포위하고 지배해온 기계 장치들의 발견은 윤동주의 의식 세계 전반을 혼란과 갈등 속에 몰아넣었다. 고향이라는 가족적 삼각형의 포근한 공간은 이같은 인식의 획득과 더불어 허물어져 내린다. 그의 고향 북간도는 더 이상 고향으로서의 의미화 기능을 수행하지 못한다.[12] 자기가 나서 자란 곳이 마음 편히 기댈 수 있는 진정한 고향일 수 없다는 사실의 발견은 어느 경우에도 매우 비극적인 인식에 속한다.

이 대목에서 윤동주가 경험한 것은 일종의 공허감, 또는 상실감이라 할 것이다. 그는 이런 감정들을 극복하기 위해 애쓴다. '풀 한 포기 없는 이 길을 걷는 것은 / 담 저쪽에 내가 남아 있는 까닭이고, // 내가 사는 것은 다만, / 잃은 것을 찾는 까닭입니다.' (「길」)라는 진술 속에서 우리는 이성과 감성 사이의 복잡한 교차와 함께, 잃어버린 고향의 진정한 의미를 되찾아보려 매달리는 시인의 노력을 엿보게 된다. 현실적인 판단에서라면 그는 마땅히 고향을 부정하고 곧바로 새로운 세계의 개척을 향해 나아갔어야 한다. 그러나 심정적으로 고향을 등지기란 결코 용이한 일이 아니다. 설령 그것이 훼손된 것이었다 할지라도, 유년기의 추억 속에 가로놓인 고향의 의미를 그는 적어도 추억의 그 순간에서 만큼은 진실되다고 믿었고, 믿고 싶은 까닭이다.

그의 시 「또 다른 고향」에는 이러한 인식의 양 극단 사이를 오가며

---

12) 그간 윤동주 시에 나타난 〈고향〉의 의미에 주목한 글로는 한계전, 「윤동주 시에 있어서 〈고향〉의 의미」, 『세계의 문학』 (1987·겨울) ; 오양호, 「윤동주 시에 나타난 '고향'의 의미」, 『월간문학』 (1988·2) 등을 꼽을 수 있다. 전자는 주로 비교문학적인 입장을 취하고 있으며, 후자의 경우에는 시에 나타난 유랑 의식과 연관을 짓고 있다. 특히 후자의 입장은 그간 제대로 조명되지 못했던 윤동주 시의 새로운 면을 부각시켰다는 점에서 인상적이긴 하나, 그러한 유랑 의식 자체를 고향 상실감과 직접 연관지으려 한 점은 다소 무리가 따르는 대목이다.

방황하는 자아의 분열상과, 현실적 판단에 따른 고향 탈출의 결연한
의지가 동시에 형상화되어 있다.

> 고향에 돌아온 날 밤에
> 내 백골(白骨)이 따라와 누웠다.
>
> 어둔 방은 우주(宇宙)로 통하고
> 하늘에선가 소리처럼 바람이 불어온다.
>
> 어둠 속에 곱게 풍화작용하는
> 백골(白骨)을 들여다보며
> 눈물짓는 것이 내가 우는 것이냐
> 백골(白骨)이 우는 것이냐
> 아름다운 혼(魂)이 우는 것이냐
>
> 지조 높은 개는
> 밤을 새워 어둠을 짓는다.
>
> 어둠을 짓는 개는
> 나를 쫓는 것일 게다.
>
> 가자 가자
> 쫓기우는 사람처럼 가자
> 백골(白骨) 몰래
> 아름다운 또 다른 고향에 가자.
>
> ―「또 다른 고향(故鄕)」 전문

이 시는 많은 난해한 요소를 포함하고 있는 것으로 평가되어 왔으
며, 그런 만큼 해석 또한 구구하다. 문제는 〈나―백골―아름다운 혼〉

사이의 관계, 그리고 〈고향－또다른 고향〉 사이의 관계를 어떻게 적절하게 설명하느냐 하는 데 있다.[13]

우선 여기서의 〈고향〉은 이제까지의 논의를 통해 밝혀졌듯이 가족을 둘러싼 억압적 삼각형의 포위망 속에 훼손된, 그러나 한편으로는 유년기의 순수했던 추억도 아울러 간직하고 있는 공간이다. 그 고향에 돌아온 날 밤에 '백골이 따라와 한 방에' 눕는다는 것은 무슨 의미일까? '내 백골'이란 표현으로 보아 '백골'이란 결국 나의 분신이자, 훼손된 고향에 대한 미련을 벗어버리지 못하고 있는 자아의 일면일 것이다. 그러나 그 백골은 '어둠 속에서 곱게 풍화작용'을 시작한다. 이는 곧 기계에 의해 지배되었던 훼손된 고향에 대한 인식이 점차 명확해지면서, 역으로 유년기 고향의 추억 속에 자리 잡은 순수의 의미가 자아의 내부에서 서서히 탈색되어 감을 뜻한다.

이러한 전반적인 인식은 스스로에 비추어볼 때 매우 괴롭고 안타까운 것일 수밖에 없는데, 따라서 그 다음에 보이는 구절, 즉 '백골을 들여다보며 눈물 짓는' 행위가 뒤따르게 된다. 그런 다음 시적 화자는 눈물 짓는 주체가 '나'인지, '백골'인지, '아름다운 혼'인지를 묻고 있다. '백골'이 나의 분신인 만큼, '아름다운 혼' 역시 '나'의 또 다른 분신으로 이해함이 타당할 듯하다. 그러나 그것은 가족적 삼각형을 억

---

13) 이 점에 대한 기존의 논의들을 훑어보면, ① 김우창의 경우 〈백골〉을 '삶의 가능성을 죽음의 세계 속에 묻어버린 과거의 자기, 고향에 남아 있는 자기'로, 〈나〉를 '이것(백골)을 반성하고 있는 현재의 자기'로, 〈아름다운 혼〉을 '삶을 하나의 조화된 통일체로 완성해가는 성장의 원리'로 설명한다. ② 김흥규의 경우, 〈백골〉을 '초월적 세계의 추구를 제약하는 지상적 현실적 연쇄에 속한 존재'로, 〈아름다운 혼〉을 '진실로 평화와 광명이 있는 다른 세계를 갈구하는 정신'으로 〈나〉를 '이 둘이 결합된 실존적 인간'으로 파악하다. ③ 이남호의 경우에는 〈백골〉을 '자기의 삶에서 추방당한 죽은 분신이자, 순수 세계를 추구하던 본래적 자아'로, 〈아름다운 혼〉을 '백골의 혼, 즉 본래적 자아의 혼'으로, 〈나〉를 '현실적 자아'로 구분, 설명하고 있다.

압하는 무수한 다른 삼각형들의 집단에 대한 발견이 있기 전, 훼손된 고향에 대한 인식이 자리하기 전, 유년기의 추억 속에 간직된 순수함이 원형 그대로 보존된 자아, 이제는 결코 돌이킬 수도 가까이 다가설 수도 없는 하나의 이상으로서만 존재하는 자아가 아닐까 한다.[14] 그것은 고향에 대한 훼손된 인식을 원천적으로 배제하려 한다는 점에서, 아울러 현실 속에서는 결코 가능하지 않은 이상을 추구한다는 점에서 '백골'과 구별된다. '나'는 따라서 '백골'과 '아름다운 혼' 양자에 대한 동시적인 인식 위에 실존적 아픔을 경험하는 주체로서의 인간, 즉 시인 윤동주 자신으로 이해될 수 있을 것이다.

그 다음 등장하는 구절은 윤동주의 시 가운데서도 이해가 까다로운 부분으로 통하는데, 필자의 판단으로는 이 부분을 해결해줄 수 있는 열쇠는 '어둠을 짖는다'라는 표현 속에 놓여 있다고 생각한다. 거기에는 어둠 속에서 우는 '나'의 소극적인 태도에 대한 준열한 비판, 질책의 의미가 담겨 있다. 이런 점이 감안된다면, '지조 높은 개'란 결국 어둠에 대한 투철한 인식 위에, 무의식적으로 본능에 이끌려 행동하는(우는) '나'의 소극적인 면을 꾸짖고 일으켜 세우려는 자아의 의지적인 측면, 즉 〈초자아 super-ego〉를 지칭하는 말로 보는 것이 합당하다. 마지막에 보이는 '백골 몰래 / 아름다운 또다른 고향에 가자.'라는 구절은, 그러므로, 앞길을 가로막는 모든 과거적, 현대적 어려움을 극복하고 스스로의 운명을 개척해나가려는 절대적 의지의 표현이라고 할 수 있다.

그러나 위 시의 내용을 통해 드러난 그의 의지와는 무관하게, 윤동주를 둘러싼 객관적 현실은 그의 입지를 더욱 비좁게 만든다. 억압적

---

14) 우리는 여기서 〈아름다운 영혼 La belle âme〉이라는 낭만주의적 관념을 떠올릴 수도 있을 것이다. 이에 대한 언급은 김우창의 글에서 이미 가하여진 바 있다.

기계 장치들의 그림자는 그의 유년기 고향의 추억 뿐 아니라, 현실 속에서 그 악마적인 세력을 더욱 확고하게, 공고하게 증식시켜 나가고 있기 때문이다.

차라리 성벽 위에 펼친 하늘을 쳐다보는 편이 더 통쾌하다. 눈은 하늘과 성벽 경계선을 따라 자꾸 달리는 것인데 이 성벽이란 현대로서 캄플라지한 옛 금성(禁城)이다. 이 안에서 어떤 일이 이루어졌으며 어떤 일이 행하여지고 있는지, 성 밖에서 살아 왔고 살고 있는 우리들에게는 알 바가 없다. 이제 다만 한가닥 희망은 이 성벽이 끊어진 곳이다.

기대는 언제나 크게 가질 것이 못되어서 성벽이 끊어진 곳에 총독부, 도청, 무슨 참고관, 체신국, 신문사, 소방조, 무슨 주식회사, 부청, 양복점, 고물상 등 나란히 하고 연달아 오다가 …… (하략) ……

― 「종시」 부분

더더욱 고약한 것은 가족적 삼각형의 질서 내에서 아버지와 아들이 다 같이 결백하며, 다 같이 자신의 삶에 충실하다는 가정이다. 이 경우 가족 위에 군림하는 억압적 삼각형으로부터의 탈출, 도피란 원칙적으로 아버지에 대한 비난과 질책을 수반하지 않고서는 불가능하기 때문이다. 윤동주의 자아는 바로 이와 같은 틈바구니 속에서 또 한 번의 중대한 위기 국면에 처한다. 우리는 다음에서 들뢰즈와 가타리가 〈타락한 외디푸스〉, 혹은 〈사악한 외디푸스〉라고 명명하였던[15] 가

---

15) G. 들뢰즈 · F. 가타리, op. cit., p. 22.
덧붙여 설명하자면, 이 경우 아들은 가족적 삼각형을 억압하는 기계 장치들로부터의 탈출이 필요함을 인식하고 있지만, 이들로부터 벗어나기 위해서는 우선 아버지를 비난하여야 한다는 딜레마에 직면하게 된다. 그러나 아들로서 죄 없는 아버지를 비난하는 일은 결코 쉽지 않은데, 그것은 아버지의 행위가 곧 기계 장치들의 억압 속에서, 그들로부터 자신(아들)을 보호하기 위해 취할 수밖에 없는 어쩔 수 없는 행위임을 잘 알고 있는 까닭이다.

족적 삼각형의 특수한 형태를 발견하게 된다.

> 창 밖에는 밤비가 속살거려
> 육첩방(六疊房)은 남의 나라,
>
> 시인이란 슬픈 천명인 줄 알면서도
> 한 줄 시를 적어볼까,
>
> 땀내와 사랑내 포근히 품긴
> 보내 주신 학비 봉투를 받아
>
> 대학 노—트를 끼고
> 늙은 교수의 강의 들으러 간다.
>
> 생각해 보면 어린 때 동무를
> 하나, 둘, 죄다 잃어버리고
>
> 나는 무얼 바라
> 나는 다만, 홀로 침전하는 것일까?
>
> — 「쉽게 씌어진 시」 부분

  우리는 먼저 이 시가 쓰여진 날짜에 주의를 기울일 필요가 있으리라. 기록에 따르면 이 시는 1942년 6월 3일에 완성된 것으로 되어 있다. 그러므로 이 시는 현전하는 윤동주의 마지막 작품인 셈이다. 새삼스레 이 점을 필자가 강조하는 이유는, 이것이 첫 연에 보이는 '육첩방은 남의 나라'라는 구절의 이해와 관련하여 가지는 중요성 때문이다.

  이 시가 쓰여지기 직전, 윤동주는 동경에 있는 입교(立敎) 대학에 유학하기 위해 도일한다.16) 그리고 그 전(1942년 1월 29일)에 그는 〈평소동주(平沼東柱)라는 이름으로 창씨개명을 하고 만다.17) 아마도 이러한 조치는 1942년이라는 당시의 시대적 상황으로 볼 때, 일본에 유학을 하기 위한 불가피한 선택이었던 듯 싶다. 그러나, 창씨개명까지 한 그가 일본의 하숙집 방에 홀로 앉아 '육첩방은 남의 나라'라고 고통스럽게 되뇌일 수밖에 없었던 진짜 이유는 무엇이었을까?

여기서 우리에게 가느다란 해결의 실마리를 제공해주고 있는 것이 3, 4연의 '땀내와 사랑내 포근히 품긴 / 보내 주신 학비 봉투를 받아 // 대학 노-트를 끼고 / 늙은 교수의 강의 들으러 간다.'라는 구절이다. 누구보다도 효심이 지극했던 그는 아버지를 비롯한 집 안팎의 어른들이 자신에게 거는 기대와 애정을 의식치 않을 수 없었다. 그러기에 그는 아버지가 권하는대로 도일 유학을 하고, 그를 위해 창씨개명까지 아니할 수 없게 되었지만, 그런 일련의 행위가 스스로는 도무지 내키지 않는 행동이었을 것이다.18) 일본 유학이란, 그 자체가 거대한 악마적 기계 장치들과의 직접 맞대결을 의미하는 것이 아니겠는가. 그 거대한 기계 장치들의 통제력과 흡입력에 끌려들어갈 때, 그 자신 역시도 하나의 단순한 기계 부품으로 전락해버릴 위험이 도사리고 있

---

16) 이 대학 학적부에는 윤동주의 입학일이 1942년 4월 2일로 기록되어 있다.

17) 송우혜, 「윤동주의 동반자 송몽규」, 『윤동주 시선 – 잎새에 이는 바람에도 나는 괴로워했다』 (열음사, 1984).

18) 이 사이의 사정을 우리는 윤일주 교수의 다음과 같은 회고를 통해 알 수 있다.
"연전을 마치는 무렵은 태평양 전쟁이 터지는 때로서, 더 진학하고 싶기도 하였으나 시국과 나이 관계 등(그 때 26세였다)으로 일본으로 간다는 것이 그리 석연치 않았던 듯하다. 도일 진학은 아버지가 권하신 편인 것 같다.
그리하여 1942년에 토오쿄오 릿쿄오 대학 영문과에 들고 그해 여름 방학에 집에 온 것이 우리와는 마지막 작별이었다. 그 때 우리 동생들에게 일러둔 말이 있었다. 우리말 인쇄물이 앞으로 없어질 것이니 무엇이나, 심지어 악보까지도 사서 모으라는 것이었다."
윤일주, op. cit.

지 않은가. 그에게는 교수의 강의를 들으러 가는 것조차가 진정으로 부담스러운 일이었으리라. 이런 위기 의식 속에서 그의 자아는 고독하게 '침전'해내려갔던 것이다.

윤동주를 둘러싼 현실적 조건은 그에게 가족적 삼각형, 그리고 그 것을 둘러싼 무수한 다른 삼각형ー궁극적으로 일제라는 거대한 기계 장치에 순응하며, 봉사할 뿐인ー의 연쇄로부터의 탈출을 허용하지 않 는다. 근대라는 기계, 자본주의라는 기계가 지닌 마력이란 바로 이런 것이 아닐까? 이 시의 자조적인 어조 속에는 가족적 삼각형을 에워싸 고 있는 무수한 억압적 삼각형들의 존재와, 그것이 지닌 진퇴유곡의 봉쇄망에 대한 첨예한 인식이 가로놓여 있다. 북간도 출신이라는 〈소 수 집단〉 의식, 식민지 조선의 백성이라는 피치 못할 굴레, 그 위에 가족과 친지들의 기대에 따른 압박감 , 이 모든 것들이 윤동주로 하 여금 서서히 파국의 길로 접어들게 만든 것이리라. 이러한 문제점들 을 총체적으로 고려해볼 때, 그의 시에서 자아 분열의 위기 의식이 강하게 검출되는 것은 어쩌면 당연한 현상일는지도 모른다.

그러나, 그는 그런 자신의 여건을 다만 '슬픈 천명'으로만 받아들였 을까? 그러한 굴레를 뛰어넘기 위한 어떠한 실질적인 노력도 기울이 지 않았을까? 이러한 질문들에 대한 대답을 찾는 과정에서, 이 시의 말미에 보이는 '최후의 나'와 '최초의 악수'라는 시어들을 만나게 된 다. 그리고 이들이 지닌 진정한 의미를 추적해나가는 동안, 우리는 윤동주의 시 속에 담긴 고절한 정신의 높이를 재발견하게 되는 것 이다.[19]

---

19) 이상 본장에서 논의된 사항들을 보완해 줄 수 있는 증거 자료로 다음 2가지 사항 을 추가하고자 한다.
　① 입교 대학 영문과에 입학했던 윤동주는 그 해 가을, 선배의 도움으로 선대(仙臺) 의 동북제대(東北帝大)에 입학할 기회를 얻는다. 그러나 그는 그 기회를 마다하고

3. 자아의 재구성과 형식적 자아의 역할

자신을 둘러싼 거대한 억압적 기계 장치들의 포위망 속에서 윤동주가 자아 분열의 심각한 위기 의식을 느꼈다고 한다면, 다음 순간 이러한 포위망에서 벗어나 자아의 동일성을 유지해나가기 위해 실제 그가 취할 수 있는 대응 방식에는 과연 어떠어떠한 것들이 있을 수 있을까? 논의를 전개시켜 나가기에 앞서, 필자는 이 문제에 대한 약간의 검토가 필요하리라 생각한다.

우선, 가장 손쉽게 떠올릴 수 있는 것이, 억압적 삼각형의 포위망을 내부로부터 헐어내고, 마음속에서부터 깨끗이 배제해버리는 방법일 것이다. 비록 현실적으로 불가능하다 하더라도, 문학을 통해서, 상상의 세계 속에서는 이러한 일들이 가능할 수도 있기 때문이다. 그의 시 「새로운 길」, 「봄」 등에서 느껴지는 평화로움, 화해로움의 정서는 바로 이와 같은 정신적 구도 위에 놓여 있는 것으로 보인다. 그러나 이 경우 배제를 통한 가공의 정서 표출이란 한 개인에게 일시적인 위로는 될 수 있을지 몰라도, 〈거대 외디푸스〉에 대한 인식의 형성으로

미션 계열인 경도(京都)의 동지사대학(同志社大學)에 입학하고 마는데, 그 후 고향에서 이 소식을 받은 그의 아버지 윤영석은 섭섭한 기색을 내비쳤다 한다. 당시의 사회적 인식 상 제대(帝大) 출신과 여타의 사립대학 출신과는 여러 가지 면에서 차별이 있었던 까닭이다. 그러므로 아버지 윤영석으로서는 당연히 아들이 동북제대에 가기를 원하였을 것이다.
② 서울에 유학할 당시, 윤동주는 고향 집과의 교신만은 주로 그의 누님과 하였다고 전해진다. 윤동주의 효심이 지극하였던 사실을 상기하면, 이는 묘한 대목이라 할 수 있다. 필자의 판단으로는, 이러한 사실이 결국 〈거대 외디푸스〉와 관련된 뚜렷한 의식이 그의 내면에 형성되면서, 부모에 대해 느낀 거리감의 간접적인 표출 방식이 아니었나 하는 생각을 해보게 된다.
(이상의 내용은 동생 윤일주 교수의 회고를 토대로 정리한 것이다.)

말미암은 내면의 고통과 갈등을 근원적으로 치유하기에는 도무지 못마땅해 보이는 것이 사실이다. 상상 속으로의 몰입 또한, 어찌 보면 유년기의 미성숙한 가족적 삼각형으로의 퇴영과 동일한 맥락 위에 위치한 듯이 보인다. 윤동주 자신도 이러한 한계를 인식했음인지, 비교적 초기에 해당하는 몇몇 작품을 제외하고는 이후 이 계열에 속하는 작품을 거의 쓰지 않았다.

다음으로 들뢰즈와 가타리가 「카프카론」에서 제시했던 언어의 〈탈주선〉, 〈도피선〉과 관련된 논리도 한번쯤 검토해봄직하다. 어차피 억압적 기계 장치들의 집단이 우리 주위를 에워싸고 있는 것이 사실이라면, 현실을 있는 그대로 받아들이는 대신, 어떻게든 그 악마적인 세력들이 영향력을 행사하지 못하는 곳(탈 영토화된 지역)으로의 탈출, 도피를 기도하는 것이다. 그런데, 이들이 이러한 논리를 펴게 된 것은 문학을 문자 행위로 보기보다는, 정치·사회학적인 담론 체계의 일종으로 파악한 데에 기인한다. 때문에 이들의 결론은 카프카의 문학에서 발견되는 언어적 척박함, 비유와 표상성의 배제 등에 대한 관심과 강조로 귀결되고 만다. 이러한 해결 방식이 처음부터 문학 외적인 차원의 것임은 두말할 나위 없다. 비록 그것이 억압적 삼각형의 포위망을 뚫을 수 있는 가장 확실한 방법이라 할지라도, 문학이라는 테두리 내에서 그 해결을 모색하려 할 경우에는 그리 큰 도움을 주지 못하는 것이 사실이다.[20]

---

20) 바로 이 지점에서 우리는 들뢰즈와 가타리의 이론을 비판할 수 있는 근거를 마련할 수 있을 것이다. 이론적 정밀함과 객관적 타당성에도 불구하고, 필자는 그들이 인간 사고의 자유로움(혹은 비상 가능성)을 지나치게 축소, 왜곡하고 말았다는 점을 지적하고자 한다. 그들이 주장하는 〈분열 분석〉 이론의 가장 큰 문제점은 모든 사안을 지세학적(topological), 정치학적인 입장으로만 이해하고 파악하려 한다는 점이다. 일례로, 위에서도 지적되었듯이, 어떤 이유, 어떤 의미에서건 문학에서 비유나 표상성을 완전히 제거해버린다는 것이 과연 가능한가 하는 의문이 제기될 수

이러한 인식들로부터 벗어나, 실제 윤동주가 취했던 대응 방식은 평소 그의 태도에서처럼 무척 차분하면서도 조심스러운 것이었다. 애초에 우리는 윤동주에게 있어 자아 분열의 위기 의식을 몰고 온 내적 요인이 스스로의 삶에 대한 새로운 자각과 발견이라는 점에 유의할 필요가 있다. 여기서 말하는 삶에 대한 자각이란 결국 경험 현실 일반을 대상으로 한 반성적 사유에 기초한 것인 바, 이를 두고 단순히 부정적인 시각에서만 논의하기는 어려운 것이 사실이다. 그러나 실제 그가 자신을 둘러싼 객관적 현실의 제약 요건, 즉 억압적 기계 장치들의 거대한 포위망으로부터 헤쳐 나가기 위해서는, 공교롭게도 자아의 동일성의 유지란 필수불가결한 요소이다.

이 문제를 해결하기 위해서 윤동주는 자신의 현존재와 자신이 처한 상황에 대한 보다 진지한 모색과 성찰이 선행되어야 함을 인식한다. 이를 위해 그는 잠시나마 자신을 둘러싼 모든 공적인 관계들로부터 벗어나, 그만의 독립된 공간 속에서 고요히 사색에 잠기기로 한다.

세상으로부터 돌아오듯이 이제 내 좁은 방에 들어와 불을 끄옵니다. 불을 켜두는 것은 너무나 피로롭은 일이옵니다. 그것은 낮의 연장이옵기에―

이제 창을 열어 공기(空氣)를 바꾸어 들여야 할 텐데 밖을 가만히 내다보아야 방안과 같이 어두워 꼭 세상 같은데 비를 맞고 오던 길이 그대로 비 속에 젖어 있사옵니다.

있을 것이다. 결국 이들의 문학론은 사회 과학적 인식을 맹신한 나머지, 이를 문학의 영역에까지 무리하게 확대, 적용하려 한 데서 빚어진 결과로 생각할 수 있다. 문학이란 어디까지나 인간 감성과 상상력의 문제이며, 이들을 떠나서는 존립할 수 없는 것이기 때문이다.

하루의 울분을 씻을 바 없어 가만히 눈을 감으면 마음속으로 흐르는 소리, 이제 사상(思想)이 능금처럼 저절로 익어 가옵니다.

— 「돌아와 보는 밤」, 전문

윤동주의 시에 있어서 '방'이라는 시어가 가지는 중요성은 그간 있어온 몇 차례의 논의를 통해 꾸준히 지적된 바 있다. 거기서 얻어진 결론에 따르면, 이는 결코 모든 실질적인 관계로부터 완전 단절된 자폐적 공간을 지칭하는 것이 아니라, 스스로의 삶의 자세에 대한 반성적 자기 인식을 가능케 해주는 내면 공간을 의미하는 말로 이해된다.21) 동시에 그것은 현존재가 지닌 한계를 뛰어 넘어 완전한 자기 완성을 추구하려는 의지가 내재화된 공간이기도 하다.22) 삶이란, 자신의 의지와는 무관하게 주어지고 규정된 것이라 이해되기보다는, 스스로 그것을 이끌며 개척해나가려 할 때 그 진정한 가치를 발할 수 있다. 윤동주가 '피로롭은' 삶의 현장으로부터 벗어나, 스스로에 대해 일정한 거리를 두고 되돌아볼 기회를 가지게 된 것은, 이로 보면, 매우 의미 있는 행동이라 할 수 있을 것이다. 그러한 가운데 그는 내면에서 '사상이 저절로 익어가'기를 기원했던 것이다.

단순화의 위험을 무릅쓴다면, 이와 같은 일련의 과정을 통해 윤동주가 최종적으로 의도하였던 바는 자아의 재구성을 통한 새로운 자아의 확립이라 할 수 있다. 이는 이제까지 그를 압박해온 위기 의식을 애써 외면하기 위함이 아니라, 오히려 그러한 위기 의식의 토대 위에서 현존재가 지닌 여타의 문제점들을 냉철하게 분석, 비판해 내기 위한 자기 점검의 성격을 지닌다. 이 점에서 우리는 또 한 번의 반성적

---

21) 김흥규, 윤동주론, 『문학과 역사적 인간』(창작과비평사, 1980), p. 131 참조.
22) 이 경우 우리는 '어둔 방은 우주로 통하고'라는 「또다른 고향」의 한 구절을 떠올릴 수 있을 것이다.

사유가 개입하게 됨을 알 수 있는데, 이 경우 그 직접적인 반성의 대상은 다름 아닌 이전 단계에서 행해진 반성적 사유의 결과물, 곧 위기 의식 그 자체이다.

구체적으로 그의 글에서 그것은 '어둠'으로 대변되는 억압적 기계 장치들에 대한 재인식의 형태로 드러난다.

> 이 밤이 나에게 있어 어린 적처럼 한낱 공포(恐怖)의 장막인 것은 벌써 흘러간 전설(傳說)이오. 따라서 이 밤이 향락(享樂)의 도가니라는 이야기도 나의 염원(念願)에선 아직 소화(消化)시키지 못할 돌덩이다. 오로지 밤은 나의 도전(挑戰)의 호적(好敵)이면 그만이다.
>
> ...... (중략) ......
>
> 이제 닭이 홰를 치면서 맵짠 울음을 뽑아 밤을 쫓고 어둠을 짓내몰아 동켠으로 훠―ㄴ히 새벽이란 새로운 손님을 불러 온다고 하자. 하나 경망스럽게 그리 반가와할 것은 없다. 보아라, 가령 새벽이 왔다 하더라도 이 마을은 그대로 암담(暗澹)하고 나도 그대로 암담(暗澹)하고, 하여서 너나 나나 이 가랑지길에서 주저주저 아니치 못할 존재들이 아니냐.
>
> ― 「별똥 떨어진 데」 부분

'밤은 나의 도전의 호적이면 그만'이라는 그의 인식의 전환은 매우 의미심장한 것일 수 있다. 이제 「어둠」은 더 이상 그를 억압하는, 그리고 그의 자아를 분열의 위기로 몰고 가는 그 어떠한 존재도 아니다. 다만 그것은 스스로의 내적인 실력을 배양하기 위한 필요충분조건일 뿐이다.

그렇다면, 이와 같은 놀라운 인식의 전환, 이러한 극적인 자기 반성을 가능케 해준 주체는 과연 무엇인가? 이 질문에 대한 답변은 오직 자아를 반성하는 자아, 즉 고도로 형식화된 〈형식적 자아〉의 개념을 빌어 와야만 가능하리라 생각된다. 윤동주의 시를 논함에 있어 우리가 발견하는 가장 큰 특색은 그의 자아가 이상에서 본 바와 같이 이중의 반성 구조 위에 놓여 있다는 점이다. 그리하여 각 단계를 거치는 동안 그의 자아는 필수적으로 형식화의 과정을 겪게 된다. 여기서 말하는 〈형식(forme)화〉란 관념적으로 구성된 절대 의식을 전제로 한 개념인 만큼, 이는 현실 경험에 대해 일정한 거리를 유지하는 것이다.[23]

---

23) 이에 대해서는 다소간의 설명이 가해질 필요가 있다. 바슐라르 G. Bachelard에 따르면 존재의 자기 동일성의 문제는 결국 존재의 연속성, 통일성의 문제로 치환된다. 따라서 이 문제에 대한 접근 과정에서 우리는 필연적으로 시간성의 문제와 마주치게 되는데(자아와 시간성의 개념이 상호간에 불가분의 관계를 유지하고 있음은 별도의 설명을 필요로 하지 않는다고 생각된다.), 이 때 작용하는 시간 개념은 물질적이며 자연적인 것으로서의 추이적 시간과는 구별되는 사유된 시간, 즉 형식화된 자아의 활동을 통해 형성된 형식적 시간인 것이다. 추이적 시간이 수평적인 축을 구성하고 있는 데 반해, 이 형식적인 시간은 그러한 추이적 시간에 직각으로 교차하는 수직적 시간축을 형성한다. 이는 인간만이 가지고 있는 독특한 시간축으로서, 현실 경험에 대한 지속적인 반성 행위를 통해서만 획득될 수 있다. 바슐라르는 이같은 반성적 사유의 각 단계를 cogito의 지수를 사용해서 나타낸다.
그는 〈je pense〉를 (cogito)^{1}으로, 〈je pense que je pense〉를 (cogito)^{2}로, 〈je pense que je pense que je pense〉를 (cogito)^{3}로 표현한다. 여기서 (cogito)^{1}의 단계는 경험의 단계이다. 이 단계에서 자아는 오직 대상적 경험에만 몰두하며, 자기 의식을 지니지 않는다. 때문에 자아의 분리 역시 일어나지 않는다. 그러나 나머지 두 단계에서 우리는 자아의 분리를 목격하게 되는데, 이 때 자아는 각각 〈지각하며 반성하는 자아〉와 〈지각되며 반성되는 자아〉로 분리된다. (cogito)^{2}의 단계에서 반성 주체인 자아는 경험하는 자아((cogito)^{1}의 자아)를 사유 대상으로 하며, (cogito)^{3}의 단계에서 반성 주체인 자아는 앞선 단계의 반성하는 자아((cogito)^{2}의 자아)를 사유 대상으로 한다. (이 경우 (cogito)^{3}는 (cogito)^{1}와 (cogito)^{2}를 함축한다.)
이론상 이와 같은 반성적 사유의 단계는 무한히 진척될 수도 있을 것이나, 그 실제에 있어 바슐라르는 인간이 (cogito)^4 이상의 단계에 도달하기는 어렵다고 못 박는다. 달리 표현하면, 인간에게 있어 (cogito)^{3}의 자아는 가장 형식적인 자아이며, 더 이상 파악되거나 반성될 수 없는 자아이다. 후설 E. Husserl 식의 견해를 빌어 설명할 때, 이 단계에서 자아는 시간의 영역을 벗어나 절대 의식 속에 머물게 된다. 바슐라르는 이 단계의 자아를 〈3승의 형식적 자아〉라고 불렀거니와, 인간 정신은 이와 같이 거듭된 자기 반성을 통해 존재를 삶의 궤적 밖으로 밀어내며, 그와 동시

현실의 어려움을 극복하기 위해서는 우선 그와 같은 현실로부터 한 발짝 벗어나, 현실에 대응하는 스스로의 자세를 냉정하게 평가, 비판해볼 필요가 있다. 윤동주에 있어 〈형식적 자아〉란 앞선 단계의 반성적 인식을 재반성케 하는 자아, 동일성과 연속성의 관념에 기초하여 분열의 위기 의식에 처한 자아를 재구성하는 자아이다. 그것은 지금까지 현실에 대해 그가 지녔던 일체의 부정적인, 비관적인 인식으로부터 벗어나, 현실 자체를 자신의 발전의 밑거름으로 삼고자 노력한다는 점에서 분명 의지적이다.

그러나, 그와 동시에 윤동주는 주어진 현실의 어려움을 주체적으로 헤쳐 나가기에는 아직 자신이 충분히 내적으로 성숙하지 못했음을 인식한다.[24] 동일성에 대한 관념만으로 현실의 어둠에 효과적으로 대응하기를 기대하는 것은 무리이다. 그에 앞서, 현실과 당당히 맞설 수 있는 내적인 실력의 배양이 선행되어야 한다. 그것은 목표 달성을 위한 끊임없는 노력과, 목표를 향한 확고한 의지를 통해서만이 이루어질 수 있는 것이다.

그러나 불행히도 윤동주에겐 아직 그럴만한 역량이 축적되어 있지

에 시간을 재구성하여 자아의 동일성, 연속성을 유지하기 위한 형식적인 틀을 제공한다고 설명하고 있다.

이상 자아와 시간성과의 관계 및 〈형식적 자아〉와 결부된 바슐라르의 논의는 ① 한스 마이어호프, 『문학과 시간 현상학』, 김준오 역 (삼영사, 1987), 제2장 4절 '시간과 자아' 부분과 ② 이경신, 「G. Bachelard의 시간 형이상학에 대한 고찰」 (서울대대학원 석사논문, 1992), 제5장 '사유된 시간', 제6장 '시간 형이상학에 근거해서 확장된 논의들'의 해당 부분을 토대로 재정리한 것임.

참고로 바슐라르의 시간 형이상학에 대한 논의는 그가 남긴 두 권의 저서, *L'intuition de l'instant, Gonthier*. Paris : 1966 (Stock, 1932)와 *La dialectique de la durée*, P. U. F. Paris : 1972 (Bolvin, 1936)에서 집중적으로 다루어지고 있다.

24) 위의 글에서 그것은 '가령 새벽이 왔다 하더라도 이 마을은 그대로 암담하고 나도 그대로 암담하고, 하여서 너나 나나 이 가랑지길에서 주저주저 아니치 못할 존재들이 아니냐'라는 솔직한 자기 진단의 형태로 드러나 있다.

못하다. 그것은 상황적인 열악함 이전의, 주체 자체에 내재하는 보다 근원적인 한계일 수 있다. 때문에 그는 이와 같은 믿음과 의지를 가슴 속에 간직한 채로, 완전한 자기 완성의 시점을 미래의 어느 한 순간에로 돌린다. 그리고는 이 모든 것을 넘어서기 위하여 끊임없이 스스로를 채찍질해가며 한 걸음 한 걸음 성실하게 자신이 정한 목표를 향해 전진해 나아간다.

이 대목에서 우리는 윤동주의 시를 그의 신앙과 결부시켜 논의할 필요성을 느낀다.[25] 독실한 기독교도로 알려진 윤동주에게도 한때나마 신앙의 회의기가 있었다는 사실[26]은 특별한 주의를 요하는 대목이다. 「이적」, 「팔복」, 「무서운 시간」 등과 같은 시들에서 우리는 그 사상적 편린을 찾아볼 수 있거니와, 이와 같은 회의가 당시의 시대 상황에 대한 그의 비관적인 인식과 맞물려 있음을 추측해보는 일은 그리 어렵지 않다. 이 때 그는 연희전문 졸업 무렵부터 심취하기 시작한 키에르케고르 S. Kierkegaard에게서 강한 영감을 얻음으로써 능히 그러한 위기를 극복할 수 있었던 것으로 보인다. 〈신 앞에 선 단독자〉라는 키에르케고르의 실존적 인식에 대한 이해가, 흔들리던 그의 신앙심을 바로 잡아주고 뒷받침해주는 강력한 지렛대의 구실을 한 것이

---

25) 윤동주의 시를 분석함에 있어, 그가 가진 기독교 신앙과의 연관 관계를 살피는 일은 대단히 중요한 의미를 지니는 작업으로 생각된다. 이는 비단, 그의 작품 가운데 종교적 색채가 짙게 드러나는 시가 몇 있다는 순순한 이유 때문만은 아니다. 적어도 상당수에 달하는 시들이 알게 모르게 종교적 인식을 근거로 하여 그 토대 위에서 쓰여진 것이며, 또한 이러한 사실은 앞서 논의된 바 있는 억압적 기계 장치들의 그림자로부터 벗어나기 위한 시인 자신의 치열한 내적 모색과 밀접한 상관성을 지닌 것일 수밖에 없다는 필자 나름의 판단에 근거한 것이다. 다시 말해 그의 시에 드러난 종교적 인식은 결코 현실에 대한 외면의 의미를 지니는 것이 아니라, 형식적 자아의 활동과 관련하여 거듭된 반성적 사유의 마지막 도달점으로 이해되어야 할 것이다.

26) 윤일주, op. cit.
문익환, 「동주 형의 추억」, 『하늘과 바람과 별과 시』(정음사, 1968).

다.

이 같은 전환적 인식의 연장선상에서 그가, 억압적 기계 장치들에 둘러싸여 있는 현실 상황을 기독교적인 원죄의 개념과 결부시킨 것은, 얼핏 평범한 듯하면서도 결코 가벼이 지나치기 어려운 장면이다(「태초의 아침」,「또 태초의 아침」 등에서 우리는 그 명백한 증거를 발견할 수 있을 것이다.). 기독교에서 말하는 원죄란, 인간이면 누구나가 짊어지고 태어나는 피치 못할 숙명과도 같은 것이다. 여기서 윤동주는 스스로를 둘러싼 외부적 상황이 바로 이 원죄와 동일한 구조를 지니고 있다는 사실을 깨닫게 된다.

어차피 인간으로 태어난 이상, 어느 누구도 원죄를 면할 길은 없다. 마찬가지로, 그가 아무리 가족적 삼각형의 평화로움을 억압하고 위협하는 무수한 기계 장치의 그림자들로부터 벗어나려 몸부림쳐도, 현실적으로 그것의 지배력을 부정하기란 불가능한 일이다. 이와 같이 인간 조건의 원초적 한계에 대한 인식이 깊어가는 동안, 그에게 강한 인력으로 다가온 것은 바로 예수 그리스도에게 부여된 수난과 그 영광이었다. 「십자가」의 마지막 부분에 나오는 '십자가가 허락된다면 // 모가지를 드리우고 / 꽃처럼 피어나는 피를 / 어두워가는 하늘밑에 / 조용히 흘리겠읍니다.'라는 구절에서 우리는 그러한 태도를 엿볼 수 있다. 여기서 그가 진정으로 소중하게 여겼던 것은, 실존적 자기 완성이라는 목표 그 자체라기보다는, 그것에 도달하기 위한 끊임없는 노력과 한 점 흐트러짐이 없는 성실한 삶의 자세임이 드러난다. 이와 같은 구도자적인 자세에는, 〈신 앞에 선 단독자〉라는 키에르케고르적 인식 아래, 주어진 현실적 조건 속에서 존재가 지닌 한정된 틀을 뛰어넘기 위해 최선의 삶을 살아가려는 윤동주의 고절한 의지가 그대로 반영되어 있다고 생각된다.

그리하여 우리는 지금까지 논의된 이 모든 사상적 구도가 가장 집약적으로 표출되어 있는 작품으로 그의 시 「참회록(懺悔錄)」을 들 수 있을 것이다.

> 파란 녹이 낀 구리거울 속에
> 내 얼굴이 남아 있는 것은
> 어느 왕조의 유물이기에
> 이다지도 욕될까.

이 시의 첫 연에서 우리는 무수한 억압적 삼각형의 질서 속에 방황하는 자아의 초상을 만나게 된다. 거울이란, 인간의 모습을 비추어주는 도구이다. 그런 만큼 그것은 정확한 상의 재현을 그 생명으로 한다. 이런 관점에서 본다면, '파란 녹이 낀 구리 거울'은 사실 거울로는 다소 부적당한 편에 속한다. 그럼에도 시인이 굳이 이러한 표현에 집착한 것은, 원죄 의식과 결부하여 인간 존재의 불완전성을 강조하고 싶었기 때문이라 생각된다. 그러한 표현은 곧 악마적 기계 장치들의 틈바구니에서 생을 영위해나가야 하는 윤동주 자신의 모습과 겹쳐진다. 그러나 그에겐, 그런 자신의 모습이 다분히 '욕된' 것으로 받아들여진다.

> 나는 나의 참회의 글을 한 줄에 줄이자
> ----- 만(滿) 이십(二十)사년(四年) 일개월(一個月)을
> 무슨 기쁨을 바라 살아왔든가

'후회'가 아니라 '참회'이다. 이 둘의 차이점은 죄의식의 유무와 관련이 있다. 현실을 지배해온 기계 장치들의 존재에 대한 새로운 눈뜸

은 윤동주로 하여금 지금까지 별다른 고민 없이 살아왔던 스스로의 삶의 태도에 사유((cogito)[2])가 개입하게 됨을 알 수 있다. 그리고 그러한 반성적 사유는 '만 이십 사년 일개월을 / 무슨 기쁨을 바라 살아왔든가'라는 표현을 통해 구체화되어 나타난다. 주위를 둘러싼 억압적 기계 장치들의 포위망 속에서, 그 어떤 '기쁨'조차도 바랄 수 없는 처지, 그 처지야말로 윤동주의 자아가 처한 객관적 현실의 위기 상황인 것이다.

> 내일이나 모레나 그 어느 즐거운 날에
> 나는 또 한 줄의 참회록을 써야 한다.
> ───── 그 때 그 젊은 나이에
> 왜 그런 부끄런 고백(告白)을 했던가.

그러나 그의 반성은 일회성으로 그치지 않는다. 그는 곧이어 또 한 번의 진지한 반성적 사유(cogito[3])에 몰입하게 된다. 이 지점에서 앞서의 반성적 사유, 즉 위기 의식은 다만 '부끄러운 고백'으로 이해될 뿐이다. '즐거운 날'에 굳이 '참회록을 써야'한다면, 그 날이 결코 예사롭지 않은 날임을 알 수 있다. 여기서 그 날은 미래로 제시되어 있다. 미래의 어느 날, 원죄의 사함을 받게 된다면(즉, 억압적 기계 장치로부터 자유로워지는 날이 온다면). 그 날이 바로 즐거운 날이 될 수 있다. 그러나 인간이란 생명을 지니고 사는 동안에는 영원히 원죄로부터 자유로울 수 없다. 그러므로 그 날은 곧 생의 종말을 의미한다. 다만 그러한 죽음이 자신의 내면적 완성과 모든 사람의 구원을 위하여 스스로가 기꺼이 택한 수난의 길이라면, 그 날은 정녕 '즐거운 날'로 받아들여질 수 있을 것이다.

밤이면 밤마다 나의 거울을
손바닥으로 발바닥으로 닦아 보자.

왜 '밤이면 밤마다'인가. 어째서 시인은 밤에만 자신의 거울을 닦게
되는가. 이는 시인 자신의 시대적 현실 인식과 관련이 있는 것으로
보인다. 즉, 시인이 처한 사회·역사적 상황은 실제로 낮이 존재하지
않는, 오로지 밤만이 지속되는 세계인 까닭이다. 그러나 그 속에 속한
시인은 그러한 가운데서도 삶의 성실함을 잃지 않으려 애쓴다. 그러
기에 운명처럼 주어진 자신의 '(파란 녹이 낀 구리) 거울'을 '손바닥으
로 발바닥으로 닦'는 행위가 뒤따르게 된다. 새로운 자아상을 확립하
기 위해 전개되는 자아의 재구성 작업은 그러한 행위, 즉 목표에 도
달하기 위한 끊임없는 모색 및 노력과 더불어 시작된다. 결국 두 번
의 반성적 사유를 통해 윤동주가 도달한 결론은, 자신을 에워싼 현실
의 객관적 어려움을 넘어서기 위해서는 우선 내적인 자기 완성이 선
행되어야 한다는 것이다.

그러면 어느 운석(隕石) 밑으로 홀로 걸어가는
슬픈 사람의 뒷모양이
거울 속에 나타나 온다.

'운석'이란 한갓 추락한 별의 잔해에 지나지 않는다. 어둠 속에서
찬란히 그 빛을 발하던 별—고향으로 대표되는, 가족적 삼각형의 포
근한 품 속에서 그를 감싸주던 별—은 이미 그의 내면에서 사라져버
린 지 오래다. 이제 그 자리엔 온통 억압적 기계 장치들의 그림자들
이 대신 채워져 있다. 그러나 그는 결코 포기하지 않는다. 스스로의
내적 자기 완성을 위해, 최후의 일순간까지 쉼 없이 노력하는 성실한

삶의 자세만이 그를 진정한 구원의 길로 인도할 수 있다고 생각했기 때문이다. '슬픈 사람의 뒷모양', 이는 스스로 수난의 길을 걷는 윤동주 자신의 모습일 것이다. 그 길의 저편에는 물론, 죽음의 심연이 가로 놓여 있다. 우리는 여기서 스스로의 실존적 한계를 뛰어넘으려는 한 젊은 영혼의 숭고한 의지를 발견하게 된다.

그러나 그러한 길이 이 시의 표현에서처럼 반드시 '슬픈' 것으로만 시인에게 받아들여졌을까? 독실한 기독교인으로서, 시인 윤동주가 보여주었던 성실한 삶의 자세가, 아마도 그렇지만은 않았으리라는 강한 암시를 던지는 듯하다.

4. 결론

지금까지 연구자는 윤동주 시에 나타난 자아의 형성과 전개 과정을 나름대로의 관점에서 재해석하여 보았다. 자아에 대한 탐구란 어느 경우에나 추론 상 단순화의 오류를 범할 가능성을 지니고 있는 것인 만큼, 이 글 역시 그러한 오류로부터 완전히 자유롭다고는 확언할 수 없는 것이 사실이다. 그러나 한 가지 분명한 것이 있다면 그것은 윤동주의 경우 자아란, 현실에 대한 거듭된 반성적 사유의 결과물이라는 점일 것이다.

윤동주에게 있어 최초의 반성은 그가 고향인 북간도를 떠나 조국의 현실에 접하게 되면서부터 시작된다. 그는 이전까지 자신이 막연하게 순수 동경의 세계로만 믿어왔던 유년기 고향이, 실제로는 〈기계 장치〉들의 집단에 의해 구성된 거대한 억압적 삼각형의 포위망 속에 놓인 것이었음을 발견하게 된다. 이와 같은 인식의 획득과 더불어, 그의 의식 속에서 북간도라는 지명으로 대표되는 가족 공동체적 삼각형은 커다란 굴절과 변화를 겪게 된다. 그리고 그가 고향이라고 믿어왔던 북간도는 이때부터 진정한 고향으로서의 의미화 기능을 수행하지 못하게 된다. 그의 시 도처에서 발견되는 고향 상실감의 정서는 바로 이런 인식론적 연장선상에서 이해되어야 할 것이다.

그러나 그를 더욱 혼란에 빠뜨렸던 것은, 그와 같은 거대한 억압적 기계 장치들의 포위망이 현실 속에서 더욱 확고하게 뿌리를 내리며, 그 악마적 세력을 증식시켜 나가고 있다는 사실이다. 이 점에서 윤동주는 자아 분열의 심각한 위기 의식을 경험하게 되는데, 이러한 위기 의식을 극복해보고자 하는 노력이야말로 그를 두 번째 반성적 사유에 몰입하도록 만든 진정한 원인으로 생각될 수 있을 것이다. 〈형식적 자아〉가 개입하게 됨에 따라 그는 우선 자신만의 고요한 세계에 잠겨 위기에 빠진 자아를 재구성해내려 한다. 그러나 그는 곧 그러한 모색만으로는 근본적인 해결책이 될 수 없음을 깨닫게 된다. 왜냐하면 그에겐 아직 현실의 어려움에 맞설만한 내적인 실력이 충분히 축적돼 있지 못하기 때문이다. 그는 결국 자신의 목표, 즉 완전한 자기 완성의 시점을 미래의 한 순간에로 돌린다. 그의 시에서 검출되는 기독교적인 원죄 의식과 속죄양 의식은 그런 그의 태도의 발현이라 생각된다.

「화사」의 정신분석적 연구

사향 박하(薄荷)의 뒤안길이다.
아름다운 베암 ……
올마나 크다란 슬픔으로 태여났기에, 저리도 징그라운 몸둥아리냐

꽃다님 같다.
너의할아버지가 이브를 꼬여내든 달변(達辯)의 혓바닥이
소리잃은 채 낼룽그리는 붉은 아가리로
푸른 하늘이다 ……. 물어뜯어라. 원통히무러뜯어,

다라나거라. 저놈의 대가리!

돌팔매를 쏘면서, 쏘면서, 사향 방초(芳草)ㅅ 길
저놈의 뒤를 따르는 것은
우리 할아버지의안해가 이브라서 그러는게 아니라
석유(石油) 먹은듯 …… 석유(石油) 먹은듯 …… 가쁜 숨결이야

바눌에 꼬여 두를까부다. 꽃다님보단도 아름다운 빛 ……

크레오파투라의 피 먹은 양 붉게 타오르는 고흔 입설이다 …… 슴
여라! 베암.

우리 순네는 스믈난 색시, 고양이같이 고흔 입설 …… 슴여라! 베
암.

― 「화사」 전문1)

1. 문제의 제기

미당 서정주의 초기 대표작 가운데 하나인 「화사」2)는 오늘날까지
수많은 논자들에 의해 거듭 논의되어 왔으면서도, 여전히 그 정체를
베일로 감싸고 있는 듯한 신비스런 텍스트이다. 그것은 모든 다양한
해석의 가능성을 널리 포용하고 있으면서도 동시에 정제된 틀에 의해
짜여진 방법론적 관점의 적용을 거부하는 이중적인 특성을 지니고 있
다. 이와 같은 현상은 일차적으로 작품 전체에 깔려 있는 이율배반적
인 성격, 즉 상호 모순 충돌하는 것처럼 보이는 제 관념들의 카오스
적 요소에 기인한다 할 것이나, 보다 근본적으로는 문제의 핵심을 외
면한 채 텍스트 주위를 겉돌며 수사적 표현에 의존하여 두서없는 인
상 비평만을 남발해온 기존 연구물들의 연구 태도를 지적하지 않을
수 없을 것이다.

일례로, 그 중요성에 비추어 당연히 논의의 중심을 차지하게 되는
〈뱀〉 이미지 해석의 경우만 하더라도, 대부분의 논자들이 보들레르와

---

1) 『미당 서정주 시전집』(민음사, 1993) 제1권 수록본
2) 「화사」가 처음 발표된 것은 1936년 12월 시 전문 동인지인 『시인부락』 제2집을 통
   해서이다. 그 후 이 시는 서정주의 첫 시집인 『화사집』(남만서고, 1941)에 재수록
   되었다.

의 영향 관계를 앞세워 그것이 지닌 관능적, 위악적 성격에 주목하거나, 성경 창세기의 구절들을 원용하여 원죄 의식과 결부된 신화·원형적 의미 탐구에 매달려 온 것이 사실이다. 이러한 접근 방식들이 부분적인 성과를 거두었다는 점은 일단 인정된다. 그러나 미리부터 협소한 틀 속에 스스로를 가두어버림으로써 작품 각 부분들과의 긴밀한 관련 아래 총체적인 의미망을 보여주는 데에는 실패한 까닭에, 최종적인 결론 역시 애당초 전제한 내용들의 동어 반복 수준에 머물고 말았다는 아쉬움을 남긴다.

여기서 문제는 논리 전개상의 선후 관계가 뒤바뀌어버렸다는 데 있다. 다시 말해서 이 텍스트에서의 〈뱀〉 즉, 〈화사〉가 가지는 상징적 의미는 텍스트 분석의 최종 단계에서 거론될 성질의 것으로, 한갓 가능성에만 의존하여 미리부터 규정하여야 할 그 어떤 필연성도 찾을 수 없다는 것이다.

따라서 필자는 기존 논의의 연구 성과를 선별적으로 수용하는 한편, 해석에 있어서의 논리와 일관성을 잃지 않는 새로운 방법론의 적용이 필요함을 주장하고자 한다. 무엇보다도 강조되어야 할 점은 개개 시어의 상징적 의미를 규정하기에 앞서, 그들 사이의 내적인 상관 관계에 대한 고려가 선행되어야 한다는 것이다. 「화사」에 나타난 표현 어법상의 혼란과 모순된 감정의 뒤엉킴 같은 것은 텍스트 내적, 외적인 각종 요인들이 복합적으로 작용한 결과로 이해된다. 이와 같은 인식 하에 필자는 텍스트에 등장하는 각 개체들 간의 상관 관계, 즉 〈베암(화사)-할아버지-이브-순네-시적 화자〉의 관계를 다시금 재검토해볼 필요를 느낀다. 이들 사이의 관계가 구체적으로 드러날 때, 이 텍스트 내부에 잠재해 있는 욕망의 본질이 제대로 파악될 수 있다고 믿기 때문이다. 이상의 요구 조건들에 효과적으로 대응하기

위해서, 본고에서는 작품 「화사」에 대한 정신분석학적 비평 원리의
적용 가능성을 조심스럽게 타진해보고자 한다.

2. 논의 상의 유의점

정신분석이론을 문학에 도입함에 있어 각별히 유의하여야 할 점 가
운데 하나는 프로이트가 말한 소위 리비도적 원리의 무분별한 대입과
적용은 텍스트에 대한 객관적 이해도를 오히려 떨어뜨리는 결과를 초
래할 수도 있다는 사실이다. 리비도와 관련된 무의식적 욕망이 정신
분석의 중심축을 이루는 것임은 부인할 수 없겠으나, 거기에는 항상
다음과 같은 두 가지 사항에 대한 이해가 우선적으로 이루어져야 한
다.

첫째, 무의식적 욕망이 문학이나, 특히 꿈의 텍스트 내에서 검출되
는 것은 명백한 사실이지만, 이 경우에도 본래의 모습 그대로를 유지
한 채 표출되는 것은 결코 아니다. 자아 및 초자아는 잠들어 있는 상
태에서도 스스로가 지닌 영향력을 완전히 포기하려 하지 않으며, 끊
임없이 무의식 속에 잠재되어 있는 욕망(본능)을 억압하고자 한다.[3]

---

3) 프로이트는 충동적이요 자극적인 정신의 힘을 〈카텍시스〉라 하고, 이를 억압하는
힘을 〈항 카텍시스〉라 하였다. 이 때 이드는 카텍시스의 힘을, 자아와 초자아는
항 카텍시스의 힘을 지니게 된다. 그는 인간의 생활이란 카텍시스와 항 카텍시스의
상호 관계에 의해 결정된다고 생각하였다. 억압은 항 카텍시스의 능력을 감소시키
거나 카텍시스의 힘을 강화함으로써 자유롭게 된다. 그러나 이 양자 가운데 어느
쪽도 그리 간단한 문제는 아닌데, 왜냐하면 억압을 뚫고 들어가면 갈수록 그에 따
른 저항도 거기에 비례하여 커지기 때문이다. 다만 꿈을 꾸거나 환각 상태에 다다
르게 될 경우 저항은 현저히 약화된다. 하지만 이 경우에도 항 카텍시스가 완전히
그 능력을 상실한 것은 아니어서 본능적 카텍시스는 자신의 정체를 숨기기 위해
변장한 채로 의식 내부에 등장하게 된다.
이와 관련된 내용은 캘빈 S. 홀, 『프로이트 심리학』, 백상창 역 (문예출판사, 1992),

이와 같은 조건 아래서 본능적 욕망은 왜곡되거나 변형된 형태로 나타나는 바, 그 본래의 것과는 상당히 다른 모습으로 의식의 표면에 떠오르게 된다.

둘째, 위의 내용과 관련하여, 텍스트 내에서는 두 개의 작업 메커니즘, 즉 〈압축 condensation〉과 〈전치 displacement〉 현상이 작동하게 된다.4) 이 말은 즉, 꿈이나 문학에 대해 정신분석학적인 방법론으로 접근을 시도할 경우, 그 대상이 되는 텍스트의 내용 못지않게 형식적인 측면에 주의를 기울여야 한다는 것을 뜻한다. 나아가 이는 텍스트 곳곳에 널린 의식과 무의식적 욕망의 조각난 파편들을 바탕으로, 그 각각의 결합 가능성에 대해 심사숙고를 거친 후, 하나의 모자이크화를 완성하듯이 원래의 상태를 재복원해내려는 섬세한 관찰과 노력이 요구됨을 의미한다.

이상의 논의를 기초로 하여, 연구자는 「화사」가 지닌 제 양상들을 해명해내기 위해서는 정신분석학적인 연구 방법론의 적용이 효과적임을 인식하고, 앞서 거론했던 몇 가지 사항들에 유의하면서 텍스트의

---

pp. 74~81 / pp. 128~147 관련 부분 참조.
4) "프로이트는『꿈의 해석』의 1925년판에 붙인 한 각주에서 "꿈의 밑바닥은 사고의 특별한 형식에 다름아니다. …… 그 형식을 창출해내는 것은 바로 꿈의 작업이고 그것만이 꿈꾸기의 본질이다."라고 말하고 있다. 이 말이 갖는 중요성은 그가 이탤릭체로 강조하고 있는 '형식'과 '꿈의 작업'이라는 두 단어 속에 집약적으로 드러나 있다. 그리고 이 말은 "(억압된) 내용의 (위장된) 성취"라는 프로이트의 꿈에 대한 고전적 정의하고도 일치한다."
"압축 현상은 두 개 혹은 그 이상의 잠재적 꿈의 내용을 하나의 복합적 이미지 속에 함축하려는 시도이고, 전치 현상은 어떤 무의식적 요소가 그 본래의 모습과는 다른 형태로 변신하거나 자리바꿈하는 것을 일컫는다. 전자는 이미지의 중첩, '복수 결정 over-determination'의 문제와 관련 있고, 후자는 이미지의 탈 중심화 문제와 관계있다. 다시 말해서 프로이트가 무의식적 과정으로 설명하는 대표적인 이 두 정신적 메커니즘이 특징적으로 보여주고 있는 것은, 무의식의 표현은 직설적이거나 직접적인 것이 아니고 간접적이며 은유적이고 수사적이라는 것이다."
박찬부, 「문학과 정신분석학」,『외국문학』제32호 (열음사, 1992), pp. 16~17.

실제 분석을 시도한다.

3. 작품의 실제 분석

정신분석학의 창시자인 프로이트 S. Freud는 무의식의 영역과 관련을 맺는 상징을 ① 기억 상징, ② 꿈의 상징, ③ 상징화 과정으로서의 상징5)이라는 세 가지 유형으로 분류하여 이해하였다. 이들 각각은 무의식의 영역 속에서 서로 밀접한 연관 관계를 지니고 있는 것이지만, 실제 그것의 표출 방식은 조금씩 차이가 있었던 것으로 이해된다. 프로이트의 경우, 그는 이같은 분류를 통해 주로 정신 병리학적인 측면에 관심을 기울였던 것으로 생각되지만, 문학 작품의 분석에 있어서도 이는 동일하게 중요한 이해의 틀을 제공하고 있다고 생각된다.

여기서 특별히 관심을 가지고 볼 것은 〈기억 상징〉의 경우이다. 프로이트에 따르면 히스테리의 증상들은 외상적, 병적 경험을 통해 형성된다. 그런데 이 경험은 기억 상징의 형태로 환자의 실생활 속에서 재생된다. 그러므로 정신과 의사는 재생된 발화를 통해서 환자의 무의식 속에 깊게 각인되어 있는 기억 상징의 원천으로 거슬러 올라갈 수 있는 것이다.

이러한 모델을 문학 작품에 적용시킬 경우, 문학적 상상력의 연구와 해명에 적지 않은 도움을 줄 수 있으리라는 사실을 알게 될 것이다. 특히 이와 같은 논의를 불란서의 정신분석학자인 자끄 라깡 J. Lacan의 이론과 결부시켜놓고 보면, 상당히 흥미로운 관점에 도달하게 된다. 라깡에 따르면 인간의 주체는 근원적으로 분열되어 있다. 그것

---

5) 미셸 아리베, 『언어학과 정신분석학』, 최용호 역 (인간사랑, 1992), pp. 81~92.

은 주체의 형성 과정상 어쩔 수 없는 일이다. 그러기에 인간은 끊임없이 주체의 분열 속에서 고뇌와 갈등을 경험하게 되며, 그것을 넘어서고자 하는 시도조차 마다하지 않는다. 인간 내부의 〈욕망〉이란 바로 이런 구조의 결과물이다.6) 그렇다면, 다시 말해서 인간의 주체가 근원적으로 분열되어 있음을 승인한다면, 인간은 바로 그런 주체 분열의 흔적을 기억 상징의 형태로 가지고 있을 수밖에 없지 않은가?

「화사」에 이르는 길은 그와 같은 기억 상징의 원천, 즉 인간의 정신 속에 남아 있는 흔적으로서의 외상적 경험 *trauma*7)을 추적하는 방법과 밀접한 관련을 맺고 있는 것으로 생각된다.

> 사향 박하(薄荷)의 뒤안길이다.
> 아름다운 베암 ⋯⋯
> 을마나 크다란 슬픔으로 태어났기에, 저리도 징그라운 몸둥아리냐

「화사」의 제1연은 '사향'과 '박하'라는 자극적인 후각 이미지의 도입과 더불어 시작된다. 이 점과 관련하여 연구자는 바로 뒤에 이어지는 '뒤안길'이라는 시어의 쓰임에 주목하고자 한다. 왜 굳이 뒤안길이어야만 했을까. 벤야민 W. Benjamin 에 따르면 향기, 즉 후각과 관련된 이미지는 '무의지적 기억 mémoire involontaire의 접근하기 힘든 피난처8)이다. 향기 속에 떠오른 기억은 주체 내부에 형성된 시간의 흐

---

6) 라깡의 이론에 대한 개괄적인 논의는 ① 권택영 편, 『자크 라캉 ─ 욕망 이론』(문예출판사, 1994)과 ② 김형효, 『구조주의의 사유 체계와 사상』(인간사랑, 1989), 그리고 ③ 아니카 르메르, 『자크 라캉』, 이미선 역 (문예출판사, 1994)을 참조할 것.
7) 이러한 〈외상적 경험〉은 불안의 한 원인이 되기도 한다.
   캘빈 S. 홀, op. cit., p. 97.
8) 발터 벤야민, 『발터 벤야민의 문예 이론』, 반성완 편역 (민음사, 1983), p. 153.
   〈무의지적 기억〉이란 〈의지적 기억〉에 대응되는 것으로서, 프루스트 M. Froust 로부터 유래하는 개념이다. 한편 벤야민의 경우는 이러한 무의지적 기억을 회상

름에 대한 의식을 일순간 마비시켜 버린다. 무의식 상태에서 향기와 연결된 과거의 기억들이 주체를 장악하게 되고, 그 결과 기억은 극적으로 현재화하게 된다. 이와 같은 사항들을 고려할 때, '사향 박하의 뒤안길'은 자연스럽게 무의식의 심연과 연결되는데, 여기서 심연은 사향이나 박하 향과 같은 고도로 자극적인 후각 이미지가 아니면 도저히 떠올릴 수 없을 정도로 깊은 곳에 침잠해 있었던 것이다.

그러한 가정에 실질적인 근거를 부여해주는 것은 그 다음 구절들이다. 시적 화자는 무의식의 심연을 헤매는 동안 한 마리 '아름다운 베암'을 머리 속에 떠올린다. 그러나 그 '베암'은 아름답지만 슬픔 속에서 태어난, 그래서 징그러운 몸둥아리를 가질 수밖에 없었던 운명적인 존재이다. 여기서 한 가지 주목하여 볼 사실은 '크다란 슬픔'이 '징그라운 몸둥아리'의 결과가 아니라, 도리어 그것의 원인으로 작용한다는 점이다. 어찌 보면 본말이 전도된 것처럼 보이는 이러한 연결법은, 그러나, 필자의 관점에서 볼 때 이후 논의에 있어 한 가지 중요한 시사를 던져주는 것으로 생각된다.

무의식의 차원에서 이 부분이 지닌 내적 함의에 천착해 들어가려 할 때, 앞서 잠시 언급한 기억 상징의 논리를 원용해 보는 것이 도움이 될 듯하다. 문면 그대로 '크다란 슬픔'이 '징그라운 몸둥아리'의 직접적인 원인에 해당하는 것이 사실이라면, 이는 기억 상징 내부의 가

---

*Eingedenken*의 형식과 연결시켜 그의 산책자 *flâneur* 모티브론의 한 중요한 근거로 삼고 있다. 산책을 하는 동안, 혹은 차를 타고 시내를 돌아다니는 동안, 인간은 순간적으로 방심 상태에 이르게 되고, 그러는 가운데 지나간 날들을 무의식적으로 떠올리며 회상에 잠기게 된다. 이러한 현상을 베르그송은 인간의 정신으로부터 시간에 대한 강박 관념을 제거하는 일, 즉 〈지속 *durée*의 현재화〉로 규정하는데, 특히 쉬르 레알리슴 계열의 작가들의 작품에서 이와 같은 수법이 자주 눈에 띄는 것을 볼 수 있다. 한편, 바슐라르 역시 『몽상의 시학』을 통해 유년기의 원형의 시니피앙이 후각과 밀접히 연관되어 있다는 사실을 지적한 바 있다.

장 원초적인 형태, 소위 〈출생 외상〉과 관련된 상징적인 어법이라 볼 수 있기 때문이다. 모든 외상적 경험의 원형인 출생 외상은 그 자체가 무의식 속에 뿌리박힌 채 영원히 우리의 기억 깊숙한 곳에 깊게 각인된 암흑의 면과 연결된다.[9] 그리고 그러한 기억이 남긴 상흔은 이 시에서 '징그라운 몸둥아리'라는 그로테스크한 이미지로 발현되고 있는 것이다.[10]

여기서 연구자는 일단 이와 같은 〈기억 상징〉의 논리를, 해석상 있을 수 있는 여러 다양한 가능성들 가운데 하나로만 접어두고자 한다. 이 논리를 전면에 내세우기 위해서는 좀더 확실한 텍스트 내적 근거가 확보되어야 한다고 생각되기 때문이다. 이를 확인하는 작업은 앞으로 전개될 논의의 계속적인 과제로 남게 될 것이다.

꽃다님 같다.
너의할아버지가 이브를 꾀여내든 달변(達辯)의 혓바닥이
소리잃은 채 낼룽그리는 붉은 아가리로
푸른 하늘이다 ……. 물어뜯어라. 원통히무러뜯어,

---

9) 모든 인간은 태어나는 순간부터 모체와의 분리(탯줄로부터의 절단)라는 아픔을 어쩔 수 없이 감수해야만 한다. 이러한 사실은 인간이 근원적 균열의 존재이며, 따라서 모든 인간은 정신적, 육체적 〈출생 외상〉을 지닌 존재임을 암시하는 것이다. 정신분석학적인 면에서 볼 때, 이러한 외상, 즉 육체적 절연에 대한 인식은 결핍의 원인이며, 결핍은 인간에게 있어 충동과 욕구의 근원적인 인자로 작용하는 것이다.
10) 〈기억 상징〉은 반드시 육체와 연결된다. (미셸 아리베, op. cit., p. 83.)
   여기서 아리베가 정리한 〈기억 상징〉의 3가지 특성에 대해 알아보면,
   첫째, 기억 상징은 육체와 관련되어 형성된다.
   둘째, 그러한 기억 상징은 흔적의 존재를 전제로 한다.
   셋째, 기억 상징은 일종의 유연적 motivé 관계를 맺는다.
   이 문제와 관련하여 미당의 초기 시에 두드러진 육체성의 본질을 해명하는 작업도 병행될 필요가 있다. 그것들이 대부분 왜곡된 형태로 전달되고 있다는 사실 또한 흥미로운 일이다. (부흥이, 화사, 청사, 웅계, 문둥이 등)

제2연은 1연 끝 부분의 내용과는 정반대의, 상반된 진술로 연결되고 있다. 앞서 '징그라운 몸뚱아리'로 표현되던 '베암'은 이 대목에서 다시 '꽃다님 같다'라는 극단적인 찬사의 대상으로 뒤바뀌어 버린다. '아름다운 베암'에서 '슬픔'과 '징그라운 몸뚱아리'를 지닌 존재로, 이어 '꽃다님'과 같은 매혹적인 존재로 연속적으로 교차하는 이와 같은 이율배반적인 감정의 표출은 화자 내부의 무의식 속에 잠재해 있는 '베암'에 대한 매혹과 혐오의 감정의 뒤섞임일 수 있다.

연이어 이어지는 대목의 이해를 위해서는 '달변의 혓바닥'과 '소리 잃은 채 낼룽그리는 붉은 아가리'라는 대조되는 구절들 간의 관계를 눈여겨 보지 않을 수 없다. 이 구절들은 물론 성경 창세기의 내용에 기대어 손쉽게 이해될 수 있는 것이기도 하지만, 무의식 속에 잠재해 있는 주체 내부의 본능적 욕망을 언어의 문제와 연결시켰다는 점에서 되돌아볼 필요가 있다. 언어가 무의식과 밀접한 관계를 유지하고 있는 것이 사실이라면[11], 위의 두 구절은 서로가 없어서는 안 될 필요충분조건의 관계를 형성하고 있는 셈이다. 다시 말해서 만일 '달변의 혓바닥'이 없었다고 한다면, '소리잃은 채 낼룽그리는 붉은 아가리' 또한 애초부터 존재할 수 없는 것이 되고 만다.[12]

---

11) 고전적 정신분석학에서 주장하듯 무의식을 언어의 전제 조건으로 이해하든, 아니면 라깡의 경우에서처럼 언어를 무의식의 전제 조건으로 인정하든, 두 가지 경우가 모두 언어와 무의식과의 밀접한 연관을 의심치 않고 있다는 점에서는 일맥상통한다.

12) 이 관계는 어린 아이의 사회화 과정에도 그대로 적용된다.
"욕망은 말할 줄 모른다. 욕망에 응답하면서 언어는 욕망을 금지하면서 또한 보호한다. 주체는 말하는 한에서만 주체가 된다. …… (중략) …… 어린 아이는 언어 속에서 욕망을 소외시키는 한에서만, 다시 말해서 기호 내용의 위에 기호 표현을 부가함에 의해서만, 사회의 구성원이 된다."
줄리아 크리스테바, 「정신분석과 폴리스」, 김열규외 역 『페미니즘과 문학』 (문예출판사, 1992), p. 243.

본능, 즉 무의식적 욕망은 의식의 통제 아래 주체 내부에 억압된 형태로 잠재하게 된다. 그러나 억압된 욕망은 언제든 의식의 표면으로 부상할 기회를 호시탐탐 노리고 있는 까닭에, 의식과 잦은 마찰을 일으킨다. '소리잃은 채 낼롱그리는 붉은 아가리'라는 구절을 통해 우리는 '베암'의 내부에 잠재해 있는 억압된 본능을, 그리고 그러한 억압을 언제든지 밀치고 올라서려는 본능의 원초적인 욕구를 인식하게 된다.

다라나거라. 저놈의 대가리!

돌팔매를 쏘면서, 쏘면서, 사향 방초(芳草)ㅅ 길
저놈의 뒤를 따르는 것은
우리 할아버지의안해가 이브라서 그러는게 아니라
석유(石油) 먹은듯 …… 석유(石油) 먹은듯 …… 가쁜 숨결이야

제3연의 내용, '다라나거라. 저놈의 대가리!'라는 구절은 비록 한 행에 불과하지만, 작품 전체에 미치는 의미 작용은 결코 단순하지가 않다. 무의식의 심연에 자리잡은 '베암'에 대한 시적 화자의 태도는 '다라나거라'에서 보듯, 그것에 대한 혐오 내지 분노의 감정과 더불어 보호적인 양상을 보이고 있기 때문이다. 그런 태도는 이어지는 제4연의 내용 가운데 '돌팔매를 쏘면서, 쏘면서, 사향 방초(芳草)ㅅ 길 / 저놈의 뒤를 따르는 것은'이라는 구절에서 더욱 확연히 드러난다.

어째서 이런 현상이 벌어지는가. 화자는 그 이유에 대해 '우리 할아버지의안해가 이브라서 그러는게 아니라 / 석유(石油) 먹은듯 …… 석유(石油) 먹은듯 …… 가쁜 숨결이야'라고 설명하고 있다. 이 구절은 표면상 명확한 이유를 대지 못한 채 적당히 얼버무리는 것처럼 보이지

만, 구체적으로 분석해 들어갈 경우 깊은 의미를 담은 부분임을 알수 있다. 먼저 우리는 '이브'를 굳이 '우리 할아버지의안해'라고 수식한 데 주목하여야 할 것이다. 그냥 '우리 할머니' 정도로 표현해도 될 것을 이렇게 긴 수식어로 나열한 것은, 일차적으로 2연에서 '배암'을 향해 '너의 할아버지'라는 표현을 사용한 데 대한 대응 심리에서 비롯되었다고 볼 수 있을 것이다. '너의 할아버지'가 '우리 할아버지의안해'인 이브를 꼬셔서, 그 결과 낙원의 질서를 파괴하고 인류에게 영원한 고통의 씨를 뿌렸으므로, 정상적인 경우라면 우리 할아버지의 자손인 시적 화자는 당연히 '배암'에 대해 좋은 감정을 가질 리 없다. 그러나 화자는 다음 순간 '우리 할아버지의안해가 이브라서 그러는게 아니' (강조—인용자)라고 밝힘으로써, 배암을 향한 감정의 원인이 다른데 있음을 암시한다. 하지만 그로서도 그 원인을 정확히 짚어내기는 어려웠던지 '석유(石油) 먹은듯 …… 석유(石油) 먹은듯 …… 가쁜 숨결이야' 라는 식으로밖에 표현하지 못한다.

　　　바눌에 꼬여 두를까부다. 꽃다님보단도 아름다운 빛 ……

　　　크레오파투라의 피 먹은 양 붉게 타오르는 고흔 입설이다 …… 슴여라! 베암.
　　　우리 순네는 스물난 색시, 고양이같이 고흔 입설 …… 슴여라! 베암.

　제5연의 내용 역시 '배암'에 대한 상반된 감정을 노출하고 있다. '바눌에 꼬여'라는 대목에서 우리는 '배암'을 향한 화자의 공격적인 심리 상태를 엿볼 수 있는가 하면, 그 후 이어지는 '두를까부다.' '꽃다님보단도 아름다운 빛 ……'이라는 구절을 통해서는 친화감과 매혹적인 측면이 강조되고 있는 것을 알 수 있다. 문제는 이 대목에 이르러 '베암'의 관능미를 대하는 화자의 태도가 단순한 친화감의 수준을 넘어서고 있다는 점이다. 특히 주의하여야 할 것은 '두를까부다'라는 표현 속에 함축되어 있는 내적 의미이다. 이는 결국 '베암'에 대해 화자가 단순한 친화감이나 매혹의 수준을 넘어서서 '베암'과의 연대감을 획득하기 위해 시도하는 작업인 것으로 생각될 수 있다. 자신의 몸에 '베암'을 두름으로써, 화자는 '베암'과의 동질성을 경험하면서 스스로를 향해 '고흔 입설' 속으로 스며들 것을 명령한 셈이다.

그렇다면 화자가 '베암'과 더불어 스며들고자 한 '고흔 입설'이란 과연 무엇을 뜻하는가. 실제 이 문제는 텍스트 전체의 의미 맥락을 좌우할 만큼 중요하며, 또한 그만큼 난해한 것으로 풀이된다. 그간 많은 논자들이 이 문제를 놓고 고민하여 왔으나, 뚜렷한 결론에 이르지 못하고 만 것도 이 때문이다. 여기서의 고민의 원인은 분명하다. 즉 '크레오파투라의 피 먹은 양 붉게 타오르는 고흔 입설'이란 결국 베암의 입술을 의미하는 것이 아닐 수 없는데, 그 입술을 향해 다시 '슴여라! 베암.'이라고 외치는 것은 앞뒤가 일치하지 않기 때문이다. 이러한 사실에 착안하여, 우리 주변에서 '베암'이 가진 남녀 양성, 양성 구유 *androgene*의 양가적인 속성을 밝혀보려는 시도가 없었던 것은 아니다.[13] 그러나 문제는 텍스트 내부에서 이 문제를 보다 설득력 있게 정리하고 해명하는 작업이라 할 것이다.

베암과의 연대감을 경험한 상태에서, 화자가 '크레오파투라의 피 먹은 양 붉게 타오르는 고흔' 베암의 입술, 즉 스스로의 내부를 향해 스며들고자 한 이유는 무엇일까. 이 표현법의 숨겨진 의미를 정의내리

---

13) 남진우, 「남녀 양성의 신화 – 서정주 초기 시에 있어서 심층 탐험」, 『바벨탑의 언어』(문학과지성사, 1989), p. 107.

는 일이야말로 작품 「화사」의 비밀을 캐내기 위한 가장 중요한 포인트이다. 필자는 이 대목을 화자가 주체 내부의 이글거리는 욕망, 꿈틀거리는 무의식의 심연으로 빠져들어가는 통로로 이해하고자 한다. 달리 말해 이 지점에서 '베암'이란 화자 내부에 잠재해 있는 무의식의 심연과 연결된다. 그것은 아직 의식의 손길이 미치지 않는 부분이며, 원초적인 본능적 욕구가 살아 숨쉬는 공간이다. 화자는 거기서 스스로의 영혼의 벌거벗은 모습과 대면하게 된 것이다.

이런 각도에서 그 다음 구절('우리 순네는 스물 난 색시, 고양이같이 고흔 입설 …… 슴여라! 베암.')도 해명 가능한 것이 된다. 대부분의 경우 독자들은 느닷없이 튀어나온 '순네'라는 존재의 출현에 대해 당황하기가 십상이다. 그러나 해명의 단서는 항상 작품 내부에 있으며, 그것을 찾아내는 작업은 어디까지나 비평가의 몫이다. 결론부터 먼저 말해버린다면, 여기서 '우리 순네'는 4연에 보이는 '우리 할아버지의안해'인 '이브'의 대치물[14], 다시 말해서 '이브'의 영상이 투사된 존재로 해석된다. 이와 같은 결론이 도출되게 된 데에는 다음과 같은 두 가지 근거를 들 수 있을 것이다.

첫째, 양자 모두가 '우리'라는 한정사에 의해 수식된다는 점. 무의식적인 욕망의 표현이 의식의 억압을 뚫고 겉으로 드러날 경우, 본래의 모습과는 다른 위장된 형태로 드러남은 이미 지적한 바 있다. 그러나 그런 때에도 자신의 모습을 완전히 감추지 못하고 일부를 드러

---

14) 본능적 선택이 억압될 경우, 각종 대치물의 형성이 이루어지게 된다. 이 때 이 대치물들은 에너지를 위장한 모습으로 방출시키는 데 도움을 준다. 여기서 위장이란 하나의 대상 선택을 다른 대상 선택으로 대치시키는 것을 말한다. 이러한 대치물들은 자아를 속일 수도 있고, 어느 정도 긴장을 완화시킬 수 있는 한 대치 상태를 지속하게 된다.
이상 〈대치물〉에 대한 보다 상세한 내용은 캘빈 S. 홀, op. cit., pp. 147~154 참조.

내는 경우가 있을 수 있는데, '우리'라는 한정사의 무의식적인 사용이 바로 그런 예에 속한다고 하겠다.

둘째, 이와 결부시켜 앞서 4연에서 '이브'를 '우리 할머니'라고 표현하지 않고 '우리 할아버지의안해'라고 한 것에 대해 되돌아가 생각해보면, 이는 화자의 할아버지에 대한 은밀한 대결 의식이 잠재해 있는 표현이라고 할 수 있을 것이다. 다시 말해 시적 화자는 할머니인 '이브'(= 순네)를 사이에 두고 할아버지와 내부적으로 암투를 벌이고 있다. 그러나 절대적 권위의 상징인 할아버지에 맞선다는 것은 의식의 차원에서는 결코 용납될 수 없는 일이다. 때문에 '석유(石油) 먹은듯 …… 석유(石油) 먹은듯 …… 가쁜 숨결이야' (4연)라는 식으로 말꼬리를 흐리며 진퇴양난에 처한 자신의 답답한 심정을 드러내거나, '이브'의 대치물인 '순네'를 '스믈난 색시' (6연)로 변형시키는 작업이 뒤따르게 된다. 이러한 현상은 자아의 방어 기제가 작용한 결과일 뿐, 무의식의 본능적인 욕망이 완전히 소멸된 것을 의미하지는 않는다.

지금까지의 논의를 토대로 정리해볼 때, 이 텍스트의 시적 화자는 무의식의 차원에서 사회적, 도덕적, 상징적 권위의 소유자인 '할아버지'의 감시망을 피해 '베암'과 은밀히 공모하여, 할아버지의 안해인 '이브'와 근친상간적인 욕망을 꿈꾸고 있는 것으로 판단된다.

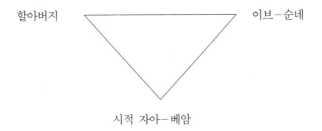

할아버지   이브-순네

시적 자아-베암

이러한 구도는 전형적인 외디푸스 모델과 부합되는 것이다. 그러나 외디푸스적인 구도 자체보다도 더욱 중요시되어야 할 것은 그 구도 속에서 차지하는 개별 상징 개념들의 의미와, 그들 사이의 상관 관계를 밝혀내려는 노력이다. 「화사」의 총체적인 의미를 확보해내기 위해서는 이에 대한 완결된 논의가 뒤따라야 할 것으로 생각된다.

4. 결론

위의 제1연의 분석에서 연구자는 '베암'의 '징그라운 몸둥아리'가 기억 상징의 원초적인 형태인 출생 외상일 가능성에 대해 언급한 바 있거니와, 이제 이러한 가능성을 텍스트 해석의 최종 단계에서 재검토해 보도록 한다. 6연에 보이는 '순네', 즉 우리 할아버지의 안해인 '이브'의 '고흔 입설'로 스민다는 것은 근친상간적인 의미와 함께, 보다 근원적으로는 모태로의 회귀, 출생 외상 이전의 상태로의 회귀에 대한 갈망을 의미하는 것으로 판단된다.[15] 그러한 회귀가 성공적으로 마무리됨으로써만 '베암'은 자신이 타고난 '크다란 슬픔'과 '징그라운 몸둥아리' (1연)라는 운명적인 굴레에서 해방될 수 있을 것이기 때문이다. 물론 인간 주체의 성격상 이와 같은 시도는 터무니 없는 것이며, 따라서 가능하지도 않다. 다만 그것이 간직하고 있는 정향성 자체

---

15) 이 경우 부친 살해 의지는 작품의 표면에는 잘 드러나 있지 않지만, 앞서 지적하였듯이 '이브'를 소개하면서 굳이 '우리 할아버지의안해'로 표현함으로써 은밀하게 대결 의식을 드러낸다든지, 또한 '베암'을 향해 '푸른 하늘(이는 야훼로 표상되는 권위의 상징이며, 그런 점에서 부성(父性), 즉 이 텍스트에서는 할아버지가 지닌 권위와도 연결될 수 있을 것이다.)'을 물어뜯으라고 주문하는 등의 태도는 그 간접적인 표현 방식으로 생각된다. 텍스트 내에서 부친 살해 의지가 공식적으로 드러나 있지 않은 것은 자아의 방어 기제가 강하게 작용한 결과로 이해된다.

가 주체에게 있어서는 두려움과 공포의 대상이자 끊임없는 매혹의 원천인 셈이다. 이상의 논의를 통해 볼 때, 「화사」의 '베암'은 결국 시적 화자의 무의식 속에 잠재되어 있는 길들여지지 않은 원초적인 욕망, 계몽적 이성의 지배를 받길 거부하는 무의식적인 욕망을 담은 존재로 이해될 수 있다.16) 화자의 '베암'을 향한 상반된 감정─〈분노〉와 〈매혹〉─은 스스로의 주체 내부에 잠재해 있는 무의식의 본능적 욕구와 관련된 감정이며, 그런 의미에서 그것은 인간 존재의 원초적인 감성과 상호 깊은 관련성을 지닌다.

일찍이 서정주는 자신의 시를 뒤덮고 있는 관능성에 대해 해설하면서, 니체 F. Nietzsche의 디오니소스 *Dionysus*적인 세계관의 영향17)을 언급한 바 있다. 디오니소스적 세계란 비극적 세계 인식에 대한 극복 의지를 표현한 것인 동시에, 새로운 세계를 맞이하기 위한 정신적 자세이다. 또한 디오니소스적 세계는 성적인 흥분과 도취를 통해 개체를 부수고 본래적인 존재, 존재의 본질로 되돌아가려는 것이다.18) 그것은 원초적인 통일성을 지향한다. 이렇게 보면 본고의 분석 대상인 「화사」는 서정주가 정신적으로 지향했던 이와 같은 디오니소스적 세계관을 가장 잘 체현한 텍스트로 이해하여 부족함이 없을 것이다.

---

16) 외디푸스 설명 모델에 있어서 출생 외상과 근친 상간, 부친 살해 의지와 모태 회귀의 본능은 서로 간 밀접하게 연결되어 있는 것으로 이해된다.
17) 서정주, 『서정주 문학 전집 · 5』 (일지사, 1972), p. 266.
18) 니체의 〈아폴로적인 것〉과 〈디오니소스적인 것〉과의 상관 관계에 대한 설명은 프리드리히 니체, 『비극의 탄생─니체 전집 · 1』 (청하, 1989), pp. 37~148 참조.

번역가의 임무

1. 마주침, 그리고 당혹스러움—하나의 삽화로서

분석심리학의 창시자이기도 한 칼 융 Carl Gustav Jung (1875~1961)은 일찍부터 동양 사상에 대해서도 깊은 관심을 보여 왔던 것으로 알려져 있다. 그가 극동에 위치해 있는 조그마한 나라, 일본에서 건너온 불교 학자 히사마츠 신이치 久松眞一를 만난 것은 죽기 몇 해 전인 1958년 의 일이었다. 당시 〈집단 무의식〉이라는 개념으로 널리 알려진 이 노 철학자에게 히사마츠는 다음과 같은 말을 건넴으로써, 그를 혼란과 당 혹스러움에 빠뜨렸던 것으로 알려졌다.

> 성불(成佛)함으로써 찾아지는 〈진아(眞我)〉라는 것은 완전한 자유, 즉 해탈(解脫)의 상태를 가리키는 것으로, 이는 당신이 말했던 〈집단 무의 식〉에서조차도 해방된 상태를 의미합니다.

2. 화폐의 기원에 대하여

화폐의 기원 문제를 거론할 때, 일반적으로 가장 흔히 동원되는 설명 모델은 아마도 아담 스미스 A. Smith가 주장한 다음과 같은 내용이 아닌가 한다. 사람들이 필요로 하는 모든 것을 자급자족을 통해 해결할 수 있는 것은 아니었을 테고, 이렇듯 자신이 노동한 결과로 얻게 된 생산물로만 삶을 영위하는 것이 어차피 불가능하다면, 생산물 중 일부 잉여가 발생하는 부분에 대해서는 다른 사람과의 교환을 통해 그러한 문제점을 해결하려 들었을 것이다. 이 때 교환 과정에서의 불편을 덜기 위한 현실적인 목적에서, 무언가 공동체 내에서 통용될 수 있는 생산물에 대한 객관적 가치 기준이 필요하게 되었는데, 그 결과 등장하게 된 것이 화폐라는 것이다. 이와 같은 설명 방식, 즉 공동체 내에서의 인간들 사이에 전제된 분업과, 그에 따른 자연스런 교환의 필요성 증대에 기반을 둔 설명 방식이야말로 이 문제에 대한 전통 고전 경제학에서 지금까지 주류를 이루는 견해일 것이다.

그러나 이제껏 우리가 상식처럼 알고 있는 이런 식의 화폐 기원설에 대해, 지난 세기 사회학자와 경제학자들의 상당수는 비판적인 생각을 가지고 있다. 그들의 주장은 의외에도, 일반적인 교환 수단으로서의 화폐가 공동체 내부의 자연스런 필요에 의해 창출된 것이 아닐 수도 있다는 점을 강조한다. 오히려 그것은 공동체의 내부가 아닌 공동체의 바깥, 좀더 엄밀히 말한다면 공동체와 공동체 〈사이〉에서 이루어지는 거래 과정에서 파생된 결과물일 가능성이 높다는 것이다.

공동체 내부에서의 재화의 분배란 화폐와 같은 별도의 매개물이 개입되지 않더라도, 오랜 세월에 걸쳐 형성된 그들만의 고유한 안전 장치나 질서 체계에 의해 유지되고 발전될 수 있었을 것으로 판단되기 때문이다. 반면에, 그러한 내부적 교환 규칙이나 코드 자체가 통용되지 않는 타 공동체와의 거래 시에 있어서는 문제가 전혀 다르다. 이른바 원격지 교역이나 역외 교역의 경우에는 상호간의 서로 다른 교환 규칙을 매개해줄 수 있는 제3의 완충 장치가 요구되었는데, 그러한 필요성의 결과로 탄생한 것이 바로 화폐 거래 시스템이라는 설명이다.

요컨대 화폐란 공동체 내부에서가 아니라, 공동체들 〈사이〉의 교역 관계에서 먼저 출현하게 되었다는 것이다. 그것은 이미 각기 서로 다른 완성된 교환 규칙과 코드를 사용하고 있던 둘 이상의 공동체가, 그들 사이의 상품 거래의 필요성을 절감하게 되었을 무렵 탄생하게 된 새로운 개념의 발명품이었다. 이런 견해에 따른다면 화폐란 그 초기 단계에서는 원격지 교역이나 역외 교역의 경우에만 한정적으로 통용되던 것이었다. 따라서, 이 시기만 하더라도 공동체 내부에서의 화폐의 사용은 극히 예외적이고 이질적인 현상에 속하는 것으로 받아들여졌다.

번역 문제를 논하는 자리에, 뜬금없이 웬 화폐 이야기냐고 반문할 사람이 있을지 모르겠다. 솔직히, 이들 양자 사이에는 직접적인 아무런 관련이 없다. 그럼에도, 필자가 이 문제를 굳이 거론하는 이유는 위의 주장, 즉 화폐의 기원이 공동체의 〈내부〉에서가 아닌 〈사이〉에서 출발한다는 일부 학자들의 주장에 새삼 흥미를 느꼈기 때문이다.

3. 공동체들 〈사이〉의 이질성과 중개상의 역할

필자의 전공이 사회학이나 경제학 분야가 아닌 까닭에, 위 문제에 관한 한 어느 쪽의 주장이 보다 역사적 사실에 부합되는지를 놓고 본격적으로 따진다거나 추궁할 입장은 못 된다. 그러나 분명한 것은 맑스 K. Marx나 베버 M. Weber, 폴라니 K. Polanyi를 비롯한 이 방면의 많은 저명한 연구자들이 후자 쪽의 견해를 폭넓게 지지하고 있으며, 그러한 사실로 미루어, 후자와 같은 주장이 전혀 근거 없는 것은 아니라는 느낌을 강하게 받게 된다는 점이다.

여기서 문제의 핵심은 그러한 공동체들 〈사이〉에서 벌어지는 미묘한 상황에 있다. 만일 화폐가 공동체들 간의 교역 관계에서 파생된 것이 맞다면, 그것은 공동체와 공동체를 연결시켜주는 고도로 세련된 방식의 매개물이자 연결자인 셈이다. 상품에 대한 가치 기준이 틀리고 교환의 원리나 규칙이 다른 공동체끼리의 교역에서는 항상 이런저런 말썽의 소지들이 생겨나게 마련이다. 공동체 내에서는 별다른 문제없이 통용되던 기준이나 원리들도 공동체간의 교역에서는 무용지물이 되는 경우를 흔히 보게 된다.

일례로, 한 공동체에서 귀한 물건이라고 해서 그것이 반드시 다른 공동체와의 교역에서도 마찬가지로 귀하게 취급되리라는 보장은 없다. 반대로 어떤 공동체 내에서 흔하거나 하찮게 취급되는 물건이 다른 공동체에서는 뜻밖에도 진귀한 상품으로 대접받는 경우도 생각해볼 수 있다. 이러한 사실은 상품의 가치란 도대체 어떻게 결정되는가라는 근본적인 의문을 제기하는 것일 수 있다.

이 점에 대해 맑스는 일찍이 '상품의 가치란 사전에 내재하는 것이 아니라, 오로지 교환의 결과로서 주어진다.'라고 설명한 바 있다. 이런 식의 설명을 따른다면 상품 자체에 원천적으로 내재하는 가치란 없다. 상품이 지닌 가치는 오직 교환된 결과로서 주어지는 것일 뿐이며, 이럴 경우 사람들 사이에서 상품이 상품으로서 교환되지 못한다면, 그것의 가치 또한 따질 근거가 없게 된다. 하나의 공동체 내에서 당연시되는 상품의 가치가 다른 공동체에서는 별 대접을 받지 못하는 이유 또한 여기에 있다. 그것이 다른 공동체에서도 동일한 상품성을 획득하기 위해서는 물건이 지닌 유용성과 가치에 대한 고도로 복잡한 설명 과정이 필요하다. 그와 같은 설명이 만족스럽게 받아들여지지 못할 경우에는 상품으로서의 가치 또한 인정받을 수 없을 것이기 때문이다.

그러므로 중요한 것은 이와 같은 이질적인 공동체들 사이를 연결시켜주는 중개상들의 능력이다. 그들은 기본적으로 개별 공동체의 성격이나 그 내부의 규칙에 대해 훤히 꿰고 있어야 한다. 뿐만 아니라, 그들 간의 이질성이나 차이를 뛰어넘을 수 있는 독특한 중개 기법을 발휘할 수 있어야만 한다. 상품으로서의 가치 창조와 발견은 그들의 몫이며, 그것을 다른 공동체의 구성원들에게 요령껏 설명하고 상품으로서의 유용성을 설득하는 작업 또한 그들의 몫이다. 이 모든 것들은 그들이 얼마나, 어떻게 노력하느냐에 달린 문제이다. 거기에는 이질적인 것들 사이에 펼쳐져 있는 심연을 건너뛸 수 있을만한 용기와 비약이 요구된다. 그런 점에서, 상인이란 선천적으로 타고난 모험가요 도전가인 셈이다.

지구 전체가 자본주의 경제 체제라는 단일화된 시스템에 의해 움직이게 된 오늘날, 이와 같은 본질적인 의미에서의 상인의 모습을 찾아보기란 쉽지 않은 일이다. 공동체의 안팎이라는 개념이 무색할 정도로, 세계 전체가 이미 거대한 자본주의 시장 개념의 공동체로 탈바꿈되어 버린 감이 있기 때문이다. 더 이상 공동체와 공동체 사이의 이질성을 건너뛰며 연결시켜주는 모험가, 도전가로서의 중개 상인은 존재하지 않는다. 있다면 그것은 다만 자본의 흐름을 좇아 이리저리 방황하며 몰려다니는 투기꾼, 장사꾼으로서의 상인일뿐이다.

4. 타자의 발견 : 공동체에서 사회에로

공동체란 하나의 중심을 지닌 규칙 체계, 단일한 인식론적 기반에 의해 유지되는 집단이자 영역을 지칭하는 말이다. 그것은 일종의 닫힌 구조로 되어 있으며, 그런 의미에서 그것은 그 체계 밖으로의 이탈이 사실상 불가능한 체계이다. 적어도 그 내부에서 체계 밖으로의 이탈을 꿈꾼다는 것은 불가능하다는 의미이다. 이 체계 속에서, 한 개인의 사고나 행동은 엄격히 공동체의 경계선 내부에서만 이루어진다. 그런 그의 사고 및 행동 특성은 공동체를 유지하고 받혀주는 내부의 규칙에 입각해 있기 때문이다. 그러나 그가 평소에 그런 규칙을 반드시 자신에게 가해지는 강제적이고 억압적인 규율로서 인식하지는 않는다. 더군다나 대개의 경우 그는 규칙 자체를 체계적이고 조직적으로 정리한 상태에서 이해하고 따르고 있지도 않다.

예를 들어 한국어를 사용하는 공동체에게 있어 한국어란 자신의 의사를 표현하기 위한 자연스런 표현 수단일 뿐이다. 그것은 나면서부터 한 번도 의심해본 적이 없는 극히 자연스런 조건이기에, 그것의 사용과 관련하여서는 어떤 강압적인 분위기도 개입하고 있다고 볼 수가 없다. 뿐만 아니라 그는 평소에 그것의 문법이나 사용 규칙을 체계적으로 이해하고 있지도 못하다. 그런데도 그는 평상시 한국어를 사용하는 데 아무런 불편함이나 어려움을 느끼지 않는다. 그런 점에서 그는 한국어 문법 규칙의 구조나 체계에 대해 충분히 자각적이지 못하다.

그러나 만일 어떤 외국인이 한국어를 잘못 사용하고 있는 것을 보게 된다면, 그는 분명히 그것이 어디가 어떻게 이상한지를 지적하고 가르쳐줄 수는 있을 것이다. 다시 말해서 그는 그 외국인에게 문법의 규칙을 체계적으로 〈설명〉할 수는 없지만, 어디가 이상한지, 어디를 틀렸는지를 정확히 〈지적〉해줄 수는 있다. 이러한 현상은 하나의 규칙을 체계적으로 이해하고 정리한다는 것과, 현실에 있어 그 규칙을 제대로 적용하고 활용할 수 있다는 것은 사실상 별개의 영역에 속하는 문제라는 것을 의미한다. 실지로 그가 자신이 속한 공동체의 규칙에 대해 심각하게 생각하고 받아들이기 시작하는 것은 외국인이라는 이질적인 〈타자〉를 발견하고 난 이후의 일이다. 타자를 만나기 전까지 그에게 공동체적인 규칙이란 너무도 자연스러운 것이어서, 결코 공식적인 거론이나 탐구의 대상이 될 수 없을 것이기 때문이다.

이처럼 공동체 내부의 규칙이란 다만 〈사후적으로〉 발견되고 완성될 뿐이다. 그것은 어쩌면(대부분의 경우에) 타자의 발견으로부터 비롯된 소급 적용의 산물일지도 모른다. 공동체 내부의 구성원들에게 이러한 규칙에 대한 자각은 조금은 어색하기도 한, 미묘한 문제이다. 왜냐하면 그것은 평소 그들에게는 너무도 자연스럽게 받아들여지는 것이기 때문에, 차라리 규칙이라고도 할 수 없는 것이기 때문이다. 그가 공동체의 규칙을 규칙으로서 객관적으로 〈발견〉하고 받아들이게 되는 것은 대개가 그들과는 전혀 다른 규칙 속에서 사고하고 행동하는 이질적인 타자와의 조우를 경험하고 나서야 가능한 일이다.

공동체와 공동체 〈사이〉에서 빚어지는 이러한 비대칭 관계의 장을 일본 학자 가라타니 고진 炳谷行人은 공동체들 간의 〈교통〉 공간이라는 의미에서의 〈사회〉라는 개념으로 정의한다. 그에 따르면 사회란 서로 다른 내부적 규칙에 의해 운영되는 둘 이상의 공동체 사이에서 이루어지는 관계이다. 공동체가 닫힌 구조인 데 반해, 사회는 언제든 열린 체계와 구조 위에 놓여 있다. 사회 내에서, 공동체들 간의 이러한 실질적인 교류(교통)가 성립하기 위해서는, 그 중간 과정에서 필연적으로 모종의 도약이 요구된다. 서로의 체계와 규칙이 다른 이상, 그들 체계나 규칙을 각기 연결하고 이어줄 수 있는 제3의 조건이 성립되지 않으면 안 되기 때문이다.

그런데 이 제3의 조건을 꿈꾼다는 것은 현실에 있어 하나의 거대한 모험이자 도전이다. 서로가 서로를 전혀 이해할 수 없는 상황에서, 어떻게든 이들 양자를 연결시키려 애쓴다는 것은 그 자체가 수많은 좌절과 실패의 가능성들을 원천적으로 끌어안을 수밖에 없는 위험한 발상이기 때문이다. 그러나 그 과정을 통해서만 공동체는 타자의 사고와 행동 양태를 이해할 수 있으며, 또한 그러한 과정 속에서 자기 자신의 특성과 규칙조차도 객관적으로 돌아볼 수 있는 기회를 얻게 된다. 그런 점에서, 여기서의 위험은 충분히 감수할만한 가치가 있는 위험이기도 하다.

5. 심연의 발견 : 혁명 기술로서의 번역

오늘날, 지구 전체가 차츰 하나의 단일한 공동체로 통합되고 있는 상황에서도 예외적으로 공동체와 공동체 〈사이〉의 틈을 찾고, 그 틈 속에서 굳이 자신의 거주지를 마련해보고자 애쓰는 일군의 지식인 집단이 있다. 공동체 내부에서의 규칙을 무비판적으로 따르는 개인이 아니라 공동체와 공동체 사이의 이질적인 차이의 비교를 통해 〈사회〉 의식을 지닌 존재로서 자기 자신을 정립시켜나가고자 노력하는 사람들, 이들이 바로 번역가이다.

그런 의미에서, 오늘날 번역가란 화폐 발생 초기 단계에서의 중개 상인과도 같은 존재라 할 수 있다. 여기서 말하는 번역가란 단순히 어떤 한 언어를 다른 체계의 적당한 언어로 옮기는 사람을 지칭하는 개념은 아니다. 정작 중요한 것은 언어를 옮기는 것이 아니라 그 밑바닥에 놓인 사유의 틀 자체를 들추어내고 그 차이를 체계적으로 비교 분석하고, 소개하는 것일 터이다. 그것은 어쩌면 이질적인 두 언어와, 그것을 기반으로 한 사유 체계가 다른 두 공동체 사이에 본질적으로 내재하는 이질성 자체를 문제 삼는 작업일 터이다.

그들 앞에 놓인 것은 언제나 공동체와 공동체 사이에 패인 심연이다. 거기에는 원칙적으로 어떤 공통의 규칙도, 공인된 합리적인 이해의 절차나 방식도 존재하지 않는다. 하나의 공동체 내에서 별다른 자각이나 의심 없이 받아들여지고 있는 사안이 다른 공동체로 넘어가서는 전혀 그렇게 취급되지 않는 경우가 있을 수 있다. 더 나아가 내부적 조건이나 사고 방식이 다른 경우, 그런 사유 자체가 아예 불가능해지는 경우도 있을 수 있다. 번역이란 기본적으로 이러한 심연, 즉 공동체들 간의 본질적인 차이로 인해 빚어지는 사고 방식의 차이, 사유의 엇갈림 문제를 해결하고 이어주는 중개 기술이다. 그것은 특정의 공동체 내부에서는 도저히 사유될 수 없는 것을 사유할 수 있게끔 만들어주는 기술인 것이다. 거기서는 모종의 도전 정신과 도약이 개입한다. 그런 의미에서 번역이란 공동체의 갇힌 구조가 지닌 한계와 울타리를 넘어서고자 하는 〈사회〉적 기술이다.

비슷한 맥락에서, 번역이란 또한 일종의 혁명 기술이다. 그것은 궁극적으로 사유의 혁명을 지향한다. 적어도 사상사적인 맥락에서 본다면 그렇다. 공동체 내부의 갇힌 상태에서 행해지는 반복된 사유만으로는 획기적이고 혁명적인 전환을 기대하기란 힘들다. 어떤 비판도, 심지어는 사유의 근거에 대한 불신이나 회의마저도 궁극에 있어서는 공동체 내부의 인식론적 기반에 바탕을 둔 것인 이상, 그것을 원천적으로 뛰어넘기 어려운 것이기 때문이다. 그러나 공동체의 외부에서 이 문제를 바라볼 경우에는 이야기가 달라진다. 공통된 사유의 기반이 전제되지 않은 상태에서의 교류란 그들 사이의 본질적인 차이를 노출하는 것이며, 그렇게 노출된 차이의 비교를 통해 얻어진 결과는 결국 공동체 내부에서의 거대한 사유의 혁명으로 이어질 것이기 때문이다.

새로운 사상의 출현은 이처럼 상호 비교를 통한 공동체들 간의 진지한 교류에서부터 싹튼다. 이 점과 관련하여, 고진은 '사상가의 길을 처음으로 여는 일은 공동체 내부에서는 있을 수 없다'[1]라고 단언한다. 아무리 독창적으로 비친다 할지라도, 그것은 결국 공동체 내부의 공통 기반과 규칙에 의해 파생된 것인 까닭이다. 거기에는 사유 자체가 문제시되는 그런 사유란 생각조차 할 수가 없다. 그러나 필자가 문제 삼고자 하는 것은 그런 사유와는 사유의 기반 자체가 다른 사유, 전혀 다른 기준 위에 구축된 사유이다. 그것은 그와 동일한 공통의 기반과 기준을 지니지 못한 공동체의 구성원들에게는 심한 당혹감을 안겨준다. 그리고 그 당혹감으로부터 진정한 의미에서의 〈타자〉는 발견되고, 그러한 발견과 더불어 비로소 타자와의 본격적인 대결이 시작된다.

그러기에 여기서 중요한 것은 공동체의 내부가 아닌 외벽, 즉 그들 간의 숨 막히는 접점인 〈사이〉인 것이다. 번역이란 이러한 〈사이〉의 질적인 차이를 탐구하고 그것을 어떻게든 이해하며 연결시켜나가기 위한 전초 작업이다. 번역가들은 자주 어떤 한 용어에 적합한 번역 어휘나 개념을 찾아내지 못해 노심초사하는 경우가 있다. 좀더 확대해서 보면, 글의 내용이나 주제가 도저히 기존의 사고 방식으로는 이해가 되지 않는 경우도 생각해볼 수 있다. 이러한 이해의 불가능성, 이러한 심연의

---

1) 가라타니 고진, 「교통 공간에 대한 노트」, 『유머로서의 유물론』, 이경훈 역 (문화과학사, 2002), p. 42.

체험은 실제 번역을 해본 적이 있는 사람이라면 누구나 한번쯤 맞닥뜨려본 어려움일 것이다.

그러나 번역가는 어쨌든 그러한 불가능성을 가능성으로 탈바꿈할 수 있는 혜안과 능력을 지닌 자여야만 한다. 그러기 위해서는 그는 우선 공동체들 간의 서로 다른 코드들, 예컨대 사고 방식의 차이나 이질적인 개념 체계 따위를 훤히 꿰뚫고 있지 않으면 안 된다. 그 위에 사유할 수 없는 것을 사유할 수 있도록 만드는 독특한 자신만의 비법을 터득하고 있어야 한다. 번역의 진정한 가치는 바로 그런 그만의 중개 비법으로부터 파생된다. 그것이 가치를 지닌다는 것, 지니고 있는 것처럼 느껴진다는 것은 그의 설명 방식과 설득 작업이 그만큼 탁월했다는 증거이다.

6. 상인, 이방인, 혁명가 : 번역가의 기본 자세

여기서 잠시, 다시 화폐의 기원과 관련된 문제로 돌아가 보도록 하자. 화폐 발생의 초기 단계에서 활동하던 중개 상인들은 대개가 이민족들이거나 이방인이었다. 초기의 화폐는 이들 이방인 중개 상인들의 전유물이었다. 이 점에 대해 맑스는 다음과 같이 말한다.

> 고대인들에게 있어 교환 가치(화폐─인용자)는 연결자가 아니었고, 스스로 생산하지 않고 다만 중개 무역만을 수행했던 상업 민족들에게만 연결자로 기능했다. 적어도 페니키아인, 카르타고인 등에 있어서는 그러했다. …… (중략) …… 그들은 유태인들이 폴란드나 중세에 그러했던 것처럼, 고대 세계의 중간 지대에만 살 수 있었다.[2]

---

2) K. Marx, *Grundrisse der Kritik der Politischen Ökonomie*, Vol. 1, S. 253~254.

그들이 전문적으로 화폐를 다룰 수 있었던 것은 성격상 어떤 공동체에도 소속되어 있지 않은 그들 자신의 이방인적인 위상 때문이었다. 그들이 머문 곳은 공동체의 〈사이〉, 다시 말해서 어느 공동체에도 소속되어 있지 않은 〈중간 지대〉였다. 고대의 페니키아인이나 카르타고인, 그리고 중세의 유태인들이 이 테두리 내에 속한다. 이들 상업 민족들에게서 공통되는 요소는 공동체 내부의 구성원들과는 결코 동화될 수 없으면서도, 동시에 그들 구성원들의 사고 방식이나 생활 특성에 대해서 훤히 꿰고 있다는 점이다.

화폐를 다루고 교역을 성사시키기 위해, 이들은 결코 공동체에 동화되어서는 안 되는 존재였다. 공동체와는 얼마간의 거리를 유지하면서도, 각 공동체 내부의 사정에 대해서는 누구보다도 정확하게 꿰뚫고 있어야 했다. 유태인들은 곧잘 탐욕스럽게 돈만 밝히는 자들로 낙인 찍혀왔던 것이 사실이다. 그러나 유태인에 대한 이러한 편견은 사태의 일면만을 왜곡되게 부각시킨 결과일 것이다. 그들이 돈을 밝힐 수밖에 없었던 것은, 공동체의 외부에 거주하는 이방인으로서, 공동체간의 거래를 성사시키기 위해 노력한 대가였을 뿐이다. 공동체는 그들의 그런 역할에 일정 부분 혜택을 입고 있었으나, 그렇다고 그들의 역할에 고마움을 표시하는 따위의 행동은 하지 않았다. 공동체 구성원들의 편에서 본다면 그들은 어디까지나 이방인이었으며, 그들의 행동과 역할이란 이방인으로서 해야 할 당연한 것으로 받아들여졌기 때문이다. 동시에 그들이 원래 머리가 좋다는 것도 근거 없는 낭설에 불과하다. 이방인으로서 공동체 내에서 어떻게든 비집고 살아가기 위해서는, 남들보다도 갑절로 열심히 노력하지 않으면 안 될 처지에 놓였기 때문이다.

오늘날, 이들 유태인과 같은 중개 상인의 이방인적인 기질과 성격을 고스란히 물려받은 이가 바로 번역가이다. 사유되지 않는 것을 사유할 수 있도록 전달하고자 애쓰는 그들의 모습은 개별 공동체를 넘나들며 상품이 지닌 가치를 부각시키고 어떻게든 그것을 팔기 위해 동분서주 하는 중개 상인의 모습을 연상케 한다. 대부분의 사람들에게서 그는 환영받지 못하는 존재이다. 왜냐하면 그는 공동체의 내부가 아닌 바깥에 위치한 존재이기 때문이다. 그러면서도 동시에 그는 공동체를 위해서는 없어서는 안 될 존재이다. 이질적인 타자와의 교류를 통해 하나의 공동 체는 그들 자신의 고유한 특성들에 대해 자각하며, 또한 변화와 발전을 꾀할 수 있기 때문이다. 공동체들 간의 이와 같은 교류를 성사시키기 위해서, 그는 각 공동체가 지닌 특성과 내부 사정에 대해 정통해야 한 다. 그래야만 상대방에게 자신이 전달하고자 하는 전혀 이질적인 내용 들에 대해 조금이나마 그에 따른 근접한 방식으로 설명할 수 있을 것 이기 때문이다.

화폐 경제가 일반화되기까지 중세의 유태인들이 그랬듯이, 번역가들 또한 그들의 작업을 통해 전달하고자 하는 내용들이 제대로 이해되기 까지 상당 기간 동안 공동체의 구성원들로부터 외면당할 수밖에 없는 운명을 지닌 존재이다. 그러나 근대 자본주의 경제 체제 성립의 초기 단계에서 이들 유태인 상인, 자본가들의 역할을 무시할 수 없었듯이, 학문의 심화 발전 단계에서 이들 번역가의 역할과 업적이 과소 평가되 어서는 안 될 것이다.

화폐가 상당 기간 동안 공동체로부터 환영받지 못하였던 것과 마찬 가지로, 새로운 사상을 소개하는 초기 단계에서의 번역 작업 또한 그 가치나 중요성에 비해 공동체 내부의 구성원들에게는 별로 인정받지 못하는 행동으로 비쳤을 가능성이 많은 것이 사실이다. 그러나 중요한 것은 번역을 통해 얻을 수 있는 당장의 인정 여부가 아니라, 그것으로 인해 공동체 내부의 사고 방식과 가치 체계에 어떤 사후적 충격을 던

졌는가이다. 진정으로 가치 있는 번역이란 이런 점에서 본다면 먼 곳을 향해, 미래를 넉넉히 내다볼 수 있는 혜안을 가진 자만이 이룰 수 있는 성과이다. 이런 종류의 번역가에게는 동시대인들의 환영 여부는 그리 중요한 것이 아니다. 오히려 그는 그에게 쏟아질 비난이나 질책, 조소 따위를 능히 감당할 각오가 되어 있지 않으면 안 된다. 앞서 밝혔듯이, 번역이란 혁명의 기술이며, 그 혁명을 수행해나가기 위해서는 마땅히 그에 상응하는 대가를 치러야 할 것이기 때문이다.

번역가는 공동체의 사이에 위치한 이방인이자 공동체 내부의 안정된 체계를 뒤흔들어놓을 야심으로 가득 찬 기질적인 반항아, 혁명가이다. 그런 의미에서, 번역의 기술은 반역의 기술이기도 하다. 번역이 곧 반역일지 모른다는 생각은 이미 일찍이 이탈리아 사람들이 번역 과정에서 겪게 된 실질적인 문제에 부딪치면서 자연스럽게 떠올린 생각 가운데 하나이다. 그들에게 번역이란 사유될 수 없는 것, 심지어는 사유되어서는 안 될 것까지를 능히 사유할 수 있게끔 만들어주는 작업이었던 까닭이다. 사유의 혁명이란 이런 반역의 정신으로부터 출발한다.

이런 점에서 본다면, 번역가들이란 공동체의 바깥쪽에 위치하면서 호시탐탐 공동체 안쪽의 안정된 체계를 뒤흔들어놓기 위해 골몰하는 반항적 기질의 소유자들이다. 그들은 그들의 번역이 지닌 위험성을 누구보다도 잘 알고 있다. 그런 만큼 그들에게 쏟아지는 공동체 내부 구성원들의 비난과 조소에 견딜 마음의 준비가 되어 있다. 그러나 그들은 그들의 행위가 공동체의 변화와 발전을 위해 얼마나 유용한 것인지를 잘 알고 있다. 그러기에, 그들은 또한 그러한 내부 구성원들의 비난조차 기꺼이 감수하고자 한다.

7. 진정한 혁명가의 길

그러나, 혁명이란 어쨌든 극도로 위험한 선택이며, 그런 점에서 그것은 또한 일종의 도박과도 같은 것이다. 이러한 위험성에 대한 인식은 그것이 결코 함부로 다루어질 수 있는 것이 아니라는 의미를 내포한다. 공동체의 새로운 가치 창조를 위한 조심스러운 열정이 뒷받침되어 있지 않다면, 여기서의 혁명은 다만 혁명을 위한 혁명에 그칠 공산이 크다. 그리고 그 결과는 공동체 전체에 엄청난 재앙을 가져다 줄 수도 있다. 그러므로 바람직한 사유의 혁명을 위해서라면, 번역가는 그 시작 단계에서부터 남모르는 고뇌와 불안 속에 스스로를 내맡기지 않으면 안 된다.

사실, 어떤 측면에서 보면 공동체의 안정된 체제를 뒤흔들어 놓기란 쉬운 일이다. 우리가 속한 공동체에서는 미처 생각해보지 못했던 이질적인 부분들만을 따와, 이를 집중적으로 부각시키기만 하면 되는 일이기 때문이다. 그것이 의식적이든 무의식적이든, 우리 주변에서도 이런 종류의 번역의 결과물들을 접할 기회는 얼마든지 있다. 그러나 이런 식의 번역은 어디까지나 무책임한 번역일 뿐이다. 진정한 혁명가가 되기를 꿈꾸는 번역가라면 결코 이런 종류의 무책임한 번역에 값싸게 자신의 이름을 팔려 하지는 않을 것이다.

번역 대상의 선정에서부터 신중을 기할 필요가 있다. 그러나 더욱 중요한 것은, 이런 경우에도 중개 상인으로서의 자신의 본분을 망각하는 일이 없도록 하여야 한다는 점이다. 진정한 혁명가가 되기 위해서는, 먼저 이방인이자 중개 상인인 자신의 본분에 충실하여야 한다. 자신이 소개하고자 하는 상품, 즉 번역물의 가치에 대해 스스로가 분명한 확신을 가지고 있어야 하며, 동시에 그것을 다른 공동체에 속한 구성원들에게 납득시키기 위해 꾸준히, 그리고 최선의 노력을 다하지 않으면 안 된다. 이 점에 있어서 그는 단순한 투기꾼, 장사꾼들과는 명백히 구분된다.

공동체의 바깥은 그 내부에서 생활하는 구성원들에게는 쉽사리 발견되거나 상상되어지지 않는다. 그러나 그것의 발견이나 상상이 전혀 불가능한 것만도 아니다. 어느 시대에나 그 시대의 인식론적 틀을 근본에서부터 부정하는 혁명적 사상을 전개하는 인물은 있게 마련이며, 그런 인물들의 끊임없는 노력과 열정을 통해 역사의 흐름은 뒤바뀌게 마련이다. 물론 그러한 혁명에 도달하는 길이 공동체들 간의 근본적인 차이의 비교를 통해서만 마련되는 것은 아닐지 모른다. 그러나 이제까지의 경험상, 그러한 비교가 상당히 중요한 역할을 담당하여 왔다는 사실만큼은 분명하다. 비교를 통한 공동체들 사이의 교류는 가장 보편적인 혁명의 원동력이다.

번역은 그런 교류의 실질적인 장이다. 번역가의 역할과 책임이 중시되는 것은 바로 이 때문이다. 그가 궁극적으로 꿈꾸는 것은 기존의 체계 속에서는 사유될 수 없는 것의 사유이며, 그것을 통해 공동체 내부의 체계를 전도시키려는 혁명인 것이다. 그것은 단순히 전도와 파괴만을 위한 작업이 아니며, 그런 의미에서 그것은 가치 추구의 한 방식일 것이다. 가치 추구에는 목표 설정과 그것을 향한 결단이 따르게 마련이다. 그리고 그와 같은 결단에는 반드시 그에 상응하는 책임이 뒤따른다. 번역가는 이 점에 있어서 극히 의식적이다. 그는 항상 자신이 무엇을 위하여 번역을 하는지, 번역을 통해 얻을 수 있는 것은 무엇인지를 깊이 고민하는 자이다. 앞서 지적했듯이, 번역이란 궁극적으로 공동체의 새로운 미래를 열기 위한 전초 작업인 까닭이다.

진정한 혁명가의 길은 바로 여기에 놓여 있지 않을까?

찾아보기

□ 용어

ㄱ

ㄴ

□ 저자 약력

김유중(金裕中)

    1965년 서울에서 태어났다. 서울사대 국어교육과에서 학부를 마치고 국어국문학과 대학원에 진학하여 현대문학 석사, 박사 학위를 받았다. 군 복무 중이던 1991년, 『현대문학』지 신인 평론 추천으로 등단하였다. 석사 졸업 후 잠깐 동안 서울의 모 고등학교에서 국어과 교사로 근무한 적이 있으며, 육군사관학교와 건양대학교를 거쳐 현재는 한국항공대학교 부교수로 재직 중이다.

    대학원 재학 기간 동안 주로 한국 현대시 분야, 그 가운데서도 특히 모더니즘 시 분야에 관심을 가지고 연구를 지속하여왔다. 이전까지의 모더니즘 연구에서 사상적 깊이의 문제에 대한 천착이 미흡한 것을 깨닫고 이 분야의 연구에 노력을 집중하기 시작하였다. 그런 연장선에서 석사 논문으로 「김기림의 과학적 시학 연구」를, 박사 논문으로 「1930년대 후반기 한국 모더니즘 문학의 세계관 연구」를 발표했다. 그 후로도 꾸준히 이 분야에 관심을 가지고 연구의 기조를 유지하여 왔으며, 이와 관련된 다수의 연구물들을 각종 학술지 등을 통해 발표하여 왔다.

    저서로는 『한국모더니즘 문학의 세계관과 역사 의식』(1996, 태학사), 『김기림』(1996), 『김광균』(2000)이 있으며, 편저로 경북대 김주현 교수와 공동 편집한 『그리운 그 이름, 이상』(지식산업사, 2004)이 있다.

한국 모더니즘 문학과 그 주변

2006년 12월 20일 1판 인쇄
2007년 7월 20일 2판 발행

지은이 • 김 유 중
펴낸이 • 한 봉 숙
펴낸곳 • 푸른사상사

등록 제2-2876호
서울시 중구 을지로3가 296-10 장양B/D 701호
대표전화 02) 2268-8706(7) 팩시밀리 02) 2268-8708
메일 prun21c@yahoo.co.kr / prun21c@hanmail.net
홈페이지 //www.prun21c.com

ⓒ 2006, 김유중

 ISBN 89-5640-518-2-93810
 값 22,000원